Ehrenkodex

Alexander West

EHRENKODEX

Teil I I

Roman

Bibliografische Information der Deutschen Nationalbibliothek: Die Deutsche Nationalbibliothek verzeichnet diese Publikation in der Deutschen Nationalbibliografie; detaillierte bibliografische Daten sind im Internet über dnb.dnb.de abrufbar.

Instagram: alexander_west_official

Facebook: alexander.west

Handlung und Personen sind frei erfunden und Namen verfremdet.

Ähnlichkeiten mit lebenden oder verstorbenen Personen und tatsächlichen Begebenheiten sind nicht beabsichtigt und wären rein zufällig. Ich habe größtmögliche Sorgfalt walten lassen, allen Rechten zu entsprechen.

Sollten Rechte Dritter berührt sein, bitte ich die Betreffenden, mir dies mitzuteilen.

Für den Inhalt ist der Autor verantwortlich.

Verlag: BoD · Books on Demand GmbH, In de Tarpen 42,

22848 Norderstedt, bod@bod.de

Druck: Libri Plureos GmbH, Friedensallee 273, 22763 Hamburg

ISBN: 978-3-7693-0757-3

KAPITEL 1

Lange stand Tom Seeger schweigend am Fenster seines Büros und beobachtete die Stadt. Der Kaffee, den er in der Hand hielt, war mittlerweile kalt und doch konnte er sich von dem Blick nicht losreißen. Ihm war bewusst, dass er sich an einem Wendepunkt in seinem Leben befand. Alles, was er bisher erreicht hatte, war kurz davor zerstört zu werden oder ihn in noch höhere Sphären in das Zentrum der Macht zu katapultieren.

Wenn nur nicht der wage Begriff „könnte" dabei eine große Rolle spielen würde ...

Noch einmal ließ er den gestrigen Abend in Gedanken passieren.

Es war ein Abend, an dem man seine Geschäftsbeziehungen pflegte in den Räumen des elitären Country Clubs der Hauptstadt. Hier verkehrten die mächtigsten Männer der Politik. In den großzügig getäfelten Räumen aus heller amerikanischer Eiche konnte man sich ungestört unterhalten. Hier wurden Pläne und Allianzen geschmiedet, über neue Geschäftsverbindungen oder das Schicksal einzelner Personen entschieden. Hinter verschlossenen Türen der Separees wurde das Fundament vieler politischer Entscheidungen vorbereitet. Der Zeitpunkt und der Ort waren perfekt ausgewählt um dem einflussreichem Senator McCoyle und den beiden demokratischen Abgeordneten seinen Plan für Afghanistan vorstellen.

Vorrangig ging es ihm dabei um die geschäftlichen Möglichkeiten. Das Politische wollte er denen überlassen, die darüber zu entscheiden hatten. Ihm blieb noch Zeit, um seine Zukunft auf der politischen Bühne vorzubereiten, aber dieser Coup sollte seine zukünftigen politische Ambitionen unterstreichen. Zunächst musste das Geld verdient werden, dass ihm seinen weiteren politischen Weg ebnen würde und er musste um Unterstützer werben.

Der Abend verlief wie erwartet; nach dem Hauptmenü kamen sie direkt zum Thema und er hatte ihre Aufmerksamkeit sofort bei sich. Der Senator und seine Gäste hatten noch die Situation in Irak vor den Augen und verstanden sofort die Brisanz der Lage. Gerade schwellte der Konflikt in Libyen und in Südamerika wurde die Lage in Venezuela instabil, was direkte Auswirkungen für die Vereinigten Staaten zur Folge hatte. Mit der Übergabe weiterer Dienstleistungen an private Serviceunternehmen konnten sie ihre eigenen Truppen entlasten — das Argument „Kostenersparnis" schlug somit schnell alle Argumente, die gegen den Einsatz von Privatarmeen sprachen. Der Krieg in Afghanistan war gewonnen und jetzt wurde es Zeit, die Afghanen sich wieder selbst zu überlassen. Sein Unternehmen hat bereits bewiesen, wie effektiv sie arbeiteten und sie waren bereit für neue Aufgaben. An den Staatsaufträgen konnte jeder mitverdienen, der seine Idee unterstützte — das wussten auch seine Gesprächspartner. Ihre Wahlkämpfe verschlangen Unmengen an Geld und ihre Kinder sollten später eine vernünftige Ausbildung bekommen. Die richtige Highschool und die entsprechende Elite-Universität konnte die Tür für ein unbeschwertes, erfolgreiches Leben eröffnen, wenn die Eltern das Geld dafür hatten.

Seine Aufgabe an diesem Abend war es, diese Männer für seine Idee zu gewinnen. Sie waren das Fundament für seine zukünftigen Pläne und wenn er sie heute überzeugen konnte, dann war er einen großen Schritt vorangekommen. Der Ball lag sozusagen in ihrem Feld und er spürte, er konnte es an ihren Gesichtern erkennen, dass er sie hatte. Bis auf den Senator, der an diesem Abend sehr reserviert war, aber keine kritischen Fragen stellte und sich eher im Hintergrund hielt. Senator McCoyle war ein harter Brocken und es war mit seinem Widerstand zu rechnen, wobei er in ihren ersten Sondierungsgesprächen eine gewisse Kompromissbereitschaft signalisiert hatte. Das Verhalten des Senators machte Tom etwas unsicher und um etwas Druck aus ihrem Gespräch zu nehmen und ihnen einen ungestörten Gedankenaustausch zu ermöglichen, verabschiedete er sich vorerst von seinen Gästen und ging zu den Waschräumen.

Der Weg dorthin war verschachtelt und in Gedanken versunken, nahm Tom die beiden Männer, die sich ihm in den Weg stellten, erst im letzten Augenblick wahr. Schwarze Anzüge und kein Lächeln. Sie hatten rote, sechseckige Anstecknadeln mit dem goldenen amerikanischen Adler an ihren Revers befestigt. Überrascht blieb er vor den beiden Männern vom Secret Service stehen.

Während der eine ihn im Auge behielt, holte der andere einen länglichen Gegenstand aus der Jacke heraus und begann ihn wie bei einer Flughafenkontrolle abzuscannen.

„Sauber", sagte er kurz danach. Der andere machte den Weg zur Toilette frei, immer noch, ohne ein Wort zu sagen.

„Was euch noch fehlt, ist ein Röntgengerät", bemerkte Tom und setzte seinen Weg fort.

Dahinter wartete jedoch eine weitere Überraschung auf ihn, von der er sich nicht so schnell erholen sollte und die ihn immer noch beschäftigte.

Vor ihm stand der Justizminister persönlich und wie es aussah, waren sie beide allein in der Toilette. Das war kein Zufall.

Diesem Mann unterstand ein riesiger Sicherheitsapparat, der aus den Bundesbehörden des FBI, der DEA, dem ATF und dem NSB mit der Terrorbekämpfung und der Spionageabwehr bestand.

„Mister Seeger, ich habe nicht viel Zeit", eröffnete dieser sofort das Gespräch. „Uns sind einige Ihrer Aktivitäten bekannt geworden, die uns nach dem derzeitigen Stand der Ermittlungen einige Sorgen bereiten."

Tom fühlte, wie sich ein Stein in seinem Magen festsetzte, dennoch ließ er sich die Überraschung nicht anmerken. Zumindest hoffte er das.

„Guten Abend, Sir ... Ich wusste nicht, dass mein heutiges Treffen mit den Senatoren live übertragen wird", versuchte er, seine Anspannung zu überspielen.

Der Mann, der vor ihm stand, war so etwas wie eine Legende in Washington, bekannt für sein Faible für schwarze Anzüge mit der mittlerweile legendären roten Krawatte, die er am liebsten auch noch im selben Muster trug. Seine kalten blauen Augen musterten ihn eindringlich.

„Die Bundesbehörden ermitteln gegen Ihr Unternehmen in den Fällen: Verkauf von Staatseigentum, Steuerhinterziehung und Drogenhandel", sagte er mit ruhiger Stimme. „Ich nenne hier nur die Kapitalverbrechen. Andere Aktivitäten werden von einem Bundesgericht verfolgt und sie lauten: Spionage, Anstiftung und Herbeiführung eines Umsturzes in einem befreundeten Staat."

Nicht nur seine gute Laune war augenblicklich verschwunden, Tom hatte das Gefühl, dass ihm der Boden unter den Füßen weggerissen wurde. Seine Gedanken rasten ... Nicht einmal während seiner ganzen Dienstzeit bei der Navy hatte er schon einmal so eine ausweglose Situation erlebt. So musste sich ein Todeskandidat fühlen, bevor man ihm die Todesspritze setzte.

„Es muss sich da um ein Missverständnis handeln ...", war das Einzige, was er herausbrachte.

Immer noch musterten ihn diese eiskalten blauen Augen.

„Wir haben leider gesicherte Erkenntnisse", fuhr sein Gegenüber erbarmungslos fort „Heute Nacht sind zwei weitere ihrer Männer in einem Gefecht in Kandahar gefallen. Die Vorfälle in Ihrem Unternehmen mit ungeklärter Todesfolge häufen sich in letzter Zeit. Was wissen Sie über die Operation „Janus"?

Mit allem anderen hatte Tom gerechnet und viele seiner Träume waren in diesen letzten Sekunden endgültig zerplatzt. Man denkt, man liegt bereits

KO am Boden und dann trifft dich ein weiterer Schlag — genauso fühlte er sich gerade.

„Kandahar …", stammelte er. „Ich war gerade dabei, den Abgeordneten einen Vorschlag zu unterbreiten: Einen Teil der Aufgaben der Army könnten meine Männer übernehmen. Aber sonst ist mir persönlich darüber nichts ... Heute Nacht ... zwei unserer Männer?!"

Er hatte seine Gedanken laut ausgesprochen und schaute seinem Gesprächspartner verdutzt in die Augen, um überrascht festzustellen, dass sich eine lange Sorgenfalte über der Stirn des Justizministers gebildet hatte. Irgendetwas an seinem letzten Satz hatte eine Reaktion bei ihm ausgelöst.

Der Minister schaute auf seine Uhr, um festzustellen: „Unsere Zeit ist um." Anschließend holte er ein altes Handy aus seiner Tasche und hielt es Tom hin.

„Ich erwarte eine vollständige Kooperation mit den Bundesbehörden. Über dieses Handy können wir ungestört kommunizieren. Wir brauchen die Namen und die Akten der beiden Gefallenen."

„Muss ich jetzt meinen Anwalt konsultieren?" Es war mehr eine rhetorische Frage, aber Tom spürte, dass an dieser Angelegenheit mehr dran war, als sein Gegenüber ihm offenbarte. Sie hätten sonst einen Bundesagenten geschickt oder einen Staatsanwalt, um ihm zu drohen, aber wenn der Justizminister persönlich unter diesen Umständen mit ihm sprechen wollte, dann war vielleicht noch nicht alles verloren.

„Vertrauen Sie niemandem und halten Sie sich streng an ihre täglichen Abläufe." Der Minister zögerte einen Augenblick, bevor er sagte: „Seien Sie besonders vorsichtig vor ihrem Mann für Geheimnisse - Jack Lebermann. Wir gehen davon aus, dass er seine eigene Agenda innerhalb Ihres Unternehmens verfolgt."

Auch dieser Schlag saß. Ohne ein weiteres Wort zu verlieren, nahm er das Handy.

„Ich bin selbstverständlich zu einer umfassenden Kooperation mit den Bundesbehörden bereit." Es war ein Satz, den er aus sich herauswürgte. Ihm war übel und er merkte, wie das Steak langsam in seiner Speiseröhre nach oben kroch.

Erneut musterte ihn der Justizminister streng, doch er drehte sich wortlos um und verschwand in der Tür. Tom stürzte sich kurz darauf in die nächste Kabine und übergab sich.

Den Rest des Abends erlebte er wie durch einen Schleier. Alles, was hier besprochen wurde und vor nur einer Stunde einen Wert von mehreren hundert Millionen Dollar hatte, war jetzt bei null angekommen. Nichts, was hier besprochen oder geplant, würde sich erfüllen können, wenn die Tageszeitungen ihre Schlagzeilen herausbringen werden. Nicht nur wirtschaftlich wäre das sein Todesstoß, sondern auch seine Pläne, irgendwann für den amerikanischen Senat zu kandidieren würden sich in Luft auflösen.

Am meisten beschäftigte ihn die Sache mit Jack Lebermann. Er wäre tief enttäuscht über seinen Verrat, sollten sich die Vorwürfe der Justiz tatsächlich bestätigen. In seinem eigenen Unternehmen von einem Mann, dem er eine zweite Chance gegeben hatte, nachdem die CIA ihn aussortiert hatte, betrogen zu werden … das traf ihn hart. Zu alt, zu eigensinnig, viele hatten ihn vor Jack gewarnt, aber Tom konnte diese Vorwürfe bislang nicht bestätigen. Er kannte diesen Mann als einen Teamplayer, der einen exzellenten Job in seinem Unternehmen machte. Innerhalb kürzester Zeit hat Jack Lebermann eine Abteilung in seinem Unternehmen etabliert, die sich auf Informationsbeschaffung spezialisierte. Die Anfragen von anderen Geheimdiensten und Regierungsstellen bestätigten seine Arbeit, und diese Abteilung war mittlerweile das Herzstück des Unternehmens. Sie hatten weitere Pläne und der Ausbau dieser Sparte war noch längst nicht abgeschlossen.

Nach einer furchtbaren, schlaflosen Nacht war sein täglicher Morgenlauf ein Segen. Wenige Menschen verirrten sich so früh in den Park, aber heute war ihm zum ersten Mal aufgefallen, dass es seit Monaten dieselben waren. Die junge Frau mit dem Hund, der letzte Woche noch eine andere Fellfarbe hatte und etwas größer und fülliger wirkte als sonst. Der Kaffeetrinker, der an der Straße gegenüber gelangweilt auf sein Handy starrte und der graue Sedan, der wie immer an der Kehre seiner Laufstrecke parkte. Er war lang genug Soldat gewesen, um sich unwichtige Kleinigkeiten einzuprägen und jetzt wusste er, dass diese Leute schon immer um ihn herum waren. Er hatte sie irgendwo in seinem Kopf registriert, aber nie als unmittelbare Bedrohung wahrgenommen. Strategisch gesehen waren sie gut positioniert, sie hatten ihn immer im Blick. Doch irgendwie wirkten sie alle deplatziert und nach dieser Entzauberung hatte Tom ständig das Gefühl, beobachtet zu werden. Doch zu welcher Partei gehörten sie? Waren es Bundesagenten oder die Leute von Jack?

Er hatte das neue Handy seit gestern Abend immer bei sich getragen. Auch jetzt lag es in seiner linken Jackentasche, schwer wie ein Stück Blei. Immer wieder ließ Tom den gestrigen Abend Revue passieren, anschließend konzentrierte er sich auf die letzten Wochen und Monate. Nichts ergab einen Sinn ... Ist das vielleicht der Versuch sein Unternehmen zu destabilisieren und der Beginn einer feindlichen Übernahme? Der Zeitpunkt lag nah an der Verkündung seiner Afghanistan-Pläne und in dieser Branche musste man schnell sein, wenn man richtig viel verdienen wollte und über richtige Verbindungen verfügen. Mit Jack Lebermann gelang es ihnen, einen neuen Geschäftsbereich für Geheimdienstarbeit zu etablieren und damit eröffneten sich seinem Unternehmen neue gewinnbringende Felder, die aus Informationsbeschaffung bestanden. Damit gelang ihnen seinen Konkurrenten erneut einen Schritt voraus zu sein. Der Erfolg erzeugte nicht nur Achtung, sondern auch Neid und Tom wusste, dass seine Konkurrenten alles daran setzten, um seine Aufträge zu übernehmen. Aber das was, der Justizminister erwähnte, klang kompliziert, er musste zunächst sich selbst einen Überblick verschaffen. Sein erster Gedanke war, sofort seinen Anwalt zu informieren und selbst in den Angriffsmodus zu gehen. Doch schwere Geschütze, Presse, Interviews und die Öffentlichkeit waren hier vermutlich der falsche Weg.

Was war die Operation „Janus", die der Minister erwähnte und wer führte diese in seinem Namen in Kandahar? Laut seiner Google Recherche war Janus der römische Gott des Anfangs und des Endes, des Eingangs und des Ausgangs. Er hatte zwei Gesichter und das zeigte, dass jede Situation zwei Seiten hatte, eine Vergangenheit und eine Zukunft.

Tom hatte selbst eine Menge Einsätze während seiner Zeit bei der Navy erlebt und es gab wenige kreative Operationsplaner, die sich solche sinnbildlichen Namen ausdenken konnten. Zum einen waren es die, die immer zu groß dachten, und zum andern waren es die Männer ohne Namen und ohne Gewissen. Solche wie Jack Lebermann ... Niemals! Diesem Mann verdankten sie nicht nur die Erschließung neuer Geschäftsfelder, sondern auch ihren unglaublichen Erfolg der letzten Jahre. Aber sollte Jack in diese Sache wirklich verwickelt sein, könnte das auch seinen eigenen Untergang bedeuten. Das wäre sein Ende als Geschäftsmann und das Ende seines Unternehmens.

Vor Wut schlug Tom mit der Stirn gegen die riesige Glasscheibe, vor der er stand und der Kaffee schwappte über.

„Es wird Zeit, die Sache selbst in die Hand zu nehmen", wiederholte er den Satz.

Die dünnen Mappen mit den persönlichen Daten der beiden Gefallenen befanden sich in einem braunen Umschlag auf seinem Schreibtisch. Eine Frachtmaschine sollte die Särge nach Leipzig überstellen und an die Angehörige übergeben. Seine Gedanken schweiften ab. Dass seine Männer in einem Einsatz ums Leben kamen, das gehörte zu ihrem Beruf. Jeder, der seine Unterschrift auf diesen Vertrag setzte und eine Waffe in die Hand nahm, wusste um das Risiko, das ihn in diesen Krisenherden erwartete. Er machte sich nicht nur um die beiden Deutschen Gedanken, sondern um die Gesamtzahl der Männer, die in den letzten fünf Jahren ums Leben gekommen waren. Dreihundertzweiundachtzig Tote insgesamt. Davon entfielen fünfundzwanzig Tote und sechs vermisste auf nächtliche Operationen im Zusammenhang mit ihren Geheimoperationen.

Alle Einsatzberichte stimmten wortwörtlich überein, obwohl sie aus verschiedenen Ländern stammten. Immer passierten diese Todesfälle in den Nächten, immer waren es zwei Männer am selben Tag und immer traf es die größten von ihnen ...

Unfall, Zufall oder Unvermögen konnten zu solchen Ereignissen führen, aber bei dieser Häufung an „Zufällen" gab es immer die gleiche Konstante und das waren ausschließlich Operationen, die in den Zuständigkeitsbereich von Jack Lebermann fielen. Die Berichte trugen die Unterschrift von William Goldsby.

Gedankenverloren lief Tom die Treppen hinunter. Manchmal nahm er sich die Zeit und verzichtete auf den Aufzug, um sich etwas locker zu machen, wenn der Tag im Büro zu anstrengend war. Ein Reinigungswagen versperrte ihm auf der vierten Etage den Weg. Eine Frau in der Uniform einer Reinigungsfirma tauchte augenblicklich aus der Nebentür auf.

„Sir, Sie werden erwartet ... dritte Etage im Büro Young", nuschelte sie und zog ihren Wagen klappernd beiseite.

Verwundert folgte er den langen Flur mit unendlichen Glastüren entlang, wo am Ende des Ganges jemand den Teppich saugte. Die Tür zu seiner rechten öffnete sich einen Spalt und Tom machte einen unsicheren Schritt auf sie zu.

Der Raum glich einem stinknormalen Besprechungsraum. Ein langer Tisch mit dunklen Stühlen. Die Wände waren kahl, keine technische Ausstattung. Nichts deutete darauf hin, dass der Raum überhaupt genutzt wurde.

„Guten Morgen, Mister Seeger", sagte eine angenehme Stimme. Der Mann war groß, glatzköpfig und trug einen gut geschnittenen, dunklen Anzug. Seine wachen, aufmerksamen Augen musterten Tom neugierig.

„Ich bin Spezialagent Jeffrey Logan und leite die Ermittlungen", stellte er sich vor.

„Guten Morgen, Mister Logan. Haben Sie so etwas wie einen Ausweis?", erwiderte Tom ungerührt.

„Natürlich, bitte!", zeigte dieser ihm seine goldene Marke mit dem eingeprägten Logo des FBI.

„Unsere Ermittlungsgruppe untersteht direkt dem Justizminister und ich unterrichte ihn über den aktuellen Stand unserer Ermittlungen. Nach unserer heutigen Kontaktaufnahme werde ich für unsere persönliche Kommunikation zuständig sein. Wenn Sie irgendetwas brauchen oder über neue Informationen verfügen sollten, bitte ich Sie, mir das sofort mitzuteilen. Ich bin in dieser Sache rund um die Uhr für Sie erreichbar."

Tom fühlte, wie sein Bauch sich erneut verkrampfte. Wortlos holte er den Umschlag aus seiner Tasche heraus und übergab ihn dem Agenten.

„Hier sind die Personalakten und die Frachtpapiere für die Maschine, die heute mit den Särgen in Leipzig landet."

Er war neugierig darauf gewesen, wie die erste Kontaktaufnahme mit den Bundesbehörden aussehen würde, aber seine schlaflose Nacht und die Tatsache, dass das FBI jetzt schon drei Etagen unter seinem Büro saß, machte ihn langsam wütend.

In aller Ruhe studierte der Agent die ihm ausgehändigten Akten.

„Der Flug landet direkt in Leipzig?", fragte er Tom, obwohl es schwarz auf weiß in den Frachtbriefen stand.

„Ja, natürlich, wo soll die Maschine sonst landen?", antwortete Tom ihm gereizt.

Doch der FBI Agent ließ sich nicht so leicht einschüchtern. Er machte eine unbestimmte Geste mit der Hand und sagte: „Nach unseren Informationen von der Flugsicherung der NATO soll die Maschine zuerst in Zypern landen und anschließend nach Leipzig fliegen. Auf der Insel soll militärische Ausrüstung abgeladen und anschließend über den Seeweg direkt nach Odessa gebracht werden. Zwei gepanzerte Humvees und zwanzig Javel-Raketenwerfer für die ukrainischen Truppen, die gegen die Separatisten im Donbass kämpfen."

Tom Seeger brauchte nicht lange zu überlegen, um festzustellen, dass die Angaben nicht stimmten.

„Wer hat den Auftrag für diesen Transport ausgelöst?", fragte er tonlos.

Der FBI-Mann schaute in seine Unterlagen und hielt ihm dann eine Kopie des Auftrages zwischen der US Army und seinem eigenen Unternehmen hin.

Deutlich las er den Namen auf dem Auftrag: „Goldsby" und daneben das gestrige Datum.

„Das ist ein Angestellter meines Unternehmens, der zurzeit in Kandahar arbeitet, aber Mister Goldsby hat keine Befugnisse zur Zeichnung eines solchen Auftrages. Alle Rücktransporte der US Army werden von meinem Unternehmen im Rahmen eines festgelegten Vertrages mit dem Verteidigungsministerium begleitet. Dieser umfasst ausschließlich die Sicherung der Waffentransporte in die Staaten. Ein anderes Verfahren, das von unserem Vertrag abweicht, entzieht sich meiner Kenntnis. Vielleicht hat Mister Goldsby nur den Transport der Särge unterzeichnet und hat nichts mit dem Transport der restlichen Ladung zu tun." Etwas Hoffnung keimte in ihm auf, doch in seinem Kopf rasten die Gedanken wild durcheinander.

Der Ermittler lächelte schmal und deutete auf eine gelbe Akte mit einem dicken roten Strich. „Ich kann Ihnen gerne die Transportscheine der vergangenen Jahre und der letzten vierundzwanzig Monate vorlegen, die die gleiche Flugroute mit anschließenden Verschiffungen nach Albanien und Odessa zeigen. Daher wollte ich erst mit Ihnen darüber reden, um zu erfahren, was Sie darüber denken."

Sein Mund fühlte sich trocken an und in seinem Kopf schrillten jetzt alle Alarmglocken.

„Zeigen Sie mir die anderen Papiere ...", würgte er heraus.

„Sie vertrauen uns nicht, Mister Seeger ..." Der lange Kerl kramte in der Akte und schlug nacheinander die Seiten auf, die seine Behauptungen bestätigten. Tom kannte zwar die Männer hinter den Unterschriften, aber er begann langsam zu realisieren, dass er zwar ein Unternehmen führte, aber scheinbar vieles nicht wusste. Er rechnete kurz nach und alle Aktivitäten, die vor ihm aufgezeichnet waren, begannen kurz nachdem Jack Lebermann die Verantwortung für seine Abteilung übernommen hatte. Sie wurden von dem Mann ausgelöst, dem Tom am meisten vertraute und den er in den Vorstand seines Unternehmens geholt hatte. Was bezweckte Jack damit und welches Spiel trieb dieser verrückte Kerl? Einige Weggefährten vor Jack meinten, er hätte sich nach dem Tod seines Sohnes verändert und führe jetzt seinen privaten Krieg gegen die Welt. Aber sie sagten auch, dass es keinen Besseren gab, und Tom wollte den Besten mit allen seinen Macken. Die Führung der CIA hatte Jack Lebermann bereits vor Jahren abgeschrieben und sie warteten nur noch auf eine Gelegenheit, um ihn loszuwerden. Er war das Risiko mit Lebermann eingegangen, sie brauchten sein Wissen und seine Expertise für die weitere Entwicklung des Unternehmens. Jack hatte sie nicht enttäuscht und die hohen Erwartungen, die Tom an ihn stellte, voll erfüllt. Aber jetzt, nachdem er die Aufzeichnungen des FBI vor sich sah, begann Tom langsam zu begreifen, wie sehr er Jack Lebermann unterschätzt hatte.

Bevor ich dem Typen vom FBI irgendetwas sage, werde ich diese Informationen persönlich überprüfen und dann werden wir sehen, wer am längeren Hebel sitzt.

Die ruhige Stimme von Jeffrey Logan holte ihn wieder in die Wirklichkeit zurück.

„Es wäre anmaßend zu sagen, dass ich weiß, wie Sie sich gerade fühlen, Sir. Doch wir müssen jetzt sehr vorsichtig vorgehen. Bleiben Sie aufmerksam und besonnen. Wir möchten, dass Sie uns helfen, diese Männer zu fassen und dass was auch immer diese planen, aufgedeckt wird."

Sie sind auf meine Unterstützung angewiesen, dann ist noch nichts verloren! Sie verdächtigen mich also nicht mehr..., ging ein Gedanke durch seinen Kopf und Tom nickte wortlos.

„Sie gehen jetzt zurück in Ihr Büro und sagen, dass Sie etwas vergessen haben. Anschließend fahren Sie wie immer mit dem Fahrstuhl nach unten, um keine Aufmerksamkeit zu erregen. Wir melden uns wieder bei Ihnen."

Noch lange nach ihrer Unterhaltung saß Spezialagent Jeffrey Logan in dem leeren Raum. Vor ihm lag die geöffnete Personalakte. Ein Bewerbungsfoto, Personalbogen, Lebenslauf und Fingerabdrücke, anschließend folgten die Zertifikate des Mannes, den er nur als Mitch kannte.

Er brauchte einige Minuten, um sich zu sammeln, ehe er sein Telefon aus der Tasche zog und die Nummer des Büros des Justizministers wählte.

KAPITEL 2

Hassan eilte an den Wachen vorbei, die es sich im Schatten der Bäume auf den Stühlen bequem gemacht hatten, ohne sie eines Blickes zu würdigen. Er spürte ihr Unbehagen und ihre abschätzenden Blicke auf sich ruhen. Auf dem Hof sog er die frische Luft ein, bemerkte dabei ein Ziehen in seiner rechten Seite, wo die Lunge sich befand und stieß die gepresste Luft langsam durch die Zähne wieder aus. Der aufkommende Schmerz legte sich sofort wieder.

Er mochte den neuen Besprechungsraum im Keller nicht und er mochte auch die Amerikaner nicht. Sie waren wie sein Geschwür, dass sich von seinem Körper ernährte und stetig wuchs. So hatte es ihm zumindest der Arzt erklärt und gesagt, dass man nichts dagegen tun könne, selbst ein Eingriff wäre sinnlos. Irgendwann würden andere Geschwüre an einem anderen Ort in seinem Körper auftauchen und erneut beginnen zu wachsen.

Neidlos musste Hassan anerkennen, dass die Amerikaner ihr Handwerk verstanden. Sie nutzten dabei eine clevere Strategie: anfangs machten sie sich noch nützlich, erledigten kleine Jobs, überbrachten Geschenke. Irgendwann hatten sie das System so weit infiltriert, dass sie unentbehrlich wurden. Plötzlich ging nichts mehr ohne sie ihr Preis für diese Unterstützung stieg und ihre Forderungen wurden immer begehrlicher. Irgendwann saßen sie mit dir am Tisch und diktierten ihre Regeln und erst dann wurde es einem bewusst, dass man die Kontrolle verloren hatte.

So haben sie den Gouverneur für sich vereinnahmt und jetzt tanzte dieser nach ihrer Pfeife. Dabei war Melai früher selbst ein Bluthund gewesen und hatte die schmutzigen Jobs für den Präsidenten erledigt. Manchmal erwischte Hassan ihn mit diesem hungrigen Blick des Jägers, wenn es darum ging sein neues Reich aufzubauen. Diese Gier nach Reichtum und Macht ließ ihn nicht einmal Halt vor seiner Familie machen. Viele haben Melai unterschätzt und hatten ihn abgeschrieben aber unter seiner Führung blühte der Süden auf. Mit internationalen Geldern wurden neue Straßen gebaut und alte repariert. Schulen, eine Universität und neue Projekte wurden eröffnet. Neue Fabriken rund um Kandahar entstanden in den letzten Jahren, in deren Kellerräumen das Rohopium verarbeitet und später von schweren Lastwagen in Richtung Osten zur iranischen Grenze gebracht wurde. Die Amerikaner übernahmen die gesamte Logistik. Die Opiumernte der afghanischen Bauern aus dem Süden wurde mit ihren großen Flugzeugen nach Europa und Amerika gebracht. Die genauen Zahlen kannten vermutlich nur der Gouverneur persönlich und seine amerikanischen Freunde. Ihm genügte es zu wissen, dass über neunzig Prozent des Opiums, das auf den Weltmarkt gelangte, aus seinem Land stammte.

Zusätzlich verdiente der Gouverneur am Wegezoll, den die Drogenbarone entrichten mussten, wenn sie das Opium über seine Straßen transportierten. Um den Schutz der Transporte kümmerte sich sein Geheimdienst. Einmal zeigte ihm Melai stolz eine Liste der reichsten Männer der Welt, und sein eigener Name stand ganz oben mit den anderen Mächtigen auf einer Stufe. „Weißt du, wo ich früher einmal war? Der Computer kannte nicht einmal meinen Namen und jetzt bin hier! Hier oben! Eines Tages wird mein Name ganz oben auf dieser Liste stehen. Deine Aufgabe wird es dann sein, meinen Wohlstand zu sichern. Hast du mich verstanden, Hassan? Mein Überleben wird deine Position sichern", sagte er damals. Viel Zeit ist seit diesem Gespräch vergangen und heute würde Hassan keinen einzigen Dollar mehr auf diese Zusage setzen.

Dieser Stress und die Abhängigkeit von den Amerikanern ist nichts für mich, aber untätig war ich trotzdem nicht. In deinem Schatten habe ich mir ein kleines Vermögen verdient und schon bald werde ich meinen eigenen Weg gehen, dachte er und ein Grinsen erschien auf seinem Gesicht. *Was die da oben können, das mache ich auch auf meiner Ebene. Kleine Beträge, schnelles, unauffälliges Geld — in ein bis zwei Jahren verschwinde ich von hier, kaufe mir ein kleines Häuschen und lass für mich arbeiten. Ich will in eine große Stadt, in der man untertauchen und das Leben genießen kann. Das wäre schön.* Seine letzte Reise nach Istanbul hatte etwas mit ihm gemacht. Die Sonne und das blaue Meer … Ja, da wollte er unbedingt wieder hin. Wenn nur diese Krankheit nicht wäre…

Hassan drehte ein paar Schleifen durch den Park des Palastes und fand sich wieder vor dem Palast. Aufmerksam schaute nach links und rechts, bevor er in einer unauffälligen Tür im Seitenflügel verschwand. Schnellen Schrittes eilte er den langen Gang bis zu einem kleinen vollgestellten Raum mit alten Schränken und Tischen. Dieses Durcheinander hatte einen großen Vorteil: hierher verirrte sich niemand und der kleine Raum barg ein Geheimnis, von dem nur er selbst und der kleine Küchenjunge Azizullah wusste.

Damals, als dieser neue Besprechungsraum auf Betreiben der Amerikaner gebaut wurde, überwachte Hassan die Bauarbeiter und entdeckte zufällig diesen Hohlraum, in dem die Versorgungsleitungen für das Anwesen verlegt wurden. Woher und warum man an dieser Stelle die Gespräche aus dem Besprechungsraum hören konnte, wusste er nicht. Aber die Tatsache, dass der Gouverneur Geheimnisse vor ihm hatte und er ihn ungestört belauschen konnte, brachte ihm gewisse Vorteile. Früher konnte er die unverständliche Sprache der Amerikaner nicht verstehen, aber seitdem Azizullah ihm gezeigt hatte, wie er mit seinem Telefon andere Gespräche aufzeichnen konnte, war auch dieses Problem erledigt.

Woher wusste der Junge überhaupt von diesem Raum und wie lange? Hassan war schon immer misstrauisch gegenüber anderen gewesen, aber bei dem Kleinen war er plötzlich nachsichtig geworden. Er hätte ihn auf der Stelle töten können, doch irgendetwas in ihm sperrte sich dagegen. Vielleicht erinnerte dieser Junge ihn zu sehr an sein eigenes Schicksal. *Trotzdem muss ich ihn im Auge behalten. Menschen, die neugierig sind, haben meistens selbst etwas zu verbergen.*

Er hörte die dumpfen Stimmen von Gouverneur Melai und dem Amerikaner Goldsby hinter der Wand und holte sein Telefon aus der Tasche, fuhr vorsichtig über die spiegelglatte Oberfläche, bis das Symbol mit dem Mikrofon aufleuchtete, und drückte drauf.

Keine halbe Stunde später raste Hassan mit seinem schweren Wagen durch die Stadt, vorbei an den neu errichteten Kontrollposten der Polizei. In den letzten Wochen wurden die Sicherheitsmaßnahmen rund um den Gouverneurssitz verstärkt. Alle Polizeiposten, die Zugangskontrollen zur Stadt, die wichtigsten Knotenpunkte, sowie Funk- und Radiosender in Kandahar waren jetzt in Phase „zwei" der unauffälligen Übernahme der Kontrolle. In der Phase „drei" war die komplette Übernahme der Macht mit der Ablösung von der staatlichen Abhängigkeit aus Kabul geplant. Der Gouverneur wird die Abspaltung des Südens von dem Rest des Landes proklamieren und sich mit Hilfe der großen Ratsversammlung zum Staatsoberhaupt ausrufen. Das war der Plan der Amerikaner.

So gewaltig diese Pläne auch klangen, so bezweifelte Hassan mittlerweile ihre Durchsetzbarkeit. So blind und so selbstüberzeugt konnten die Amerikaner nicht sein, dass sie nicht erkannten, dass die anderen Provinzen Kandahar nach der Abspaltung folgen würden. Bislang waren nur drei Provinzgouverneure bereit, Melai zu folgen, aber auch nur, weil die jeweiligen Regionalvertreter von ihm abhängig waren.

Den Versprechen der Amerikaner traute Hassan nicht mehr. Hier konnte man nicht alles mit Geld lösen. Einige Stämme waren seit Jahrzehnten untereinander verfeindet und der amerikanische Dollar verschaffte nur eine kleine Friedensphase, das war keine dauerhafte Lösung des Problems. Ihm war immer noch nicht klar, wie die Amerikaner die internationalen Koalitionstruppen aus dem Konflikt halten wollten oder wie sie sich die politische Unterstützung erkaufen wollten. Aber vielleicht verfügten sie tatsächlich über genügenden politischen Einfluss, um Melai auf diesen Posten zu heben.

Nach dem missglückten Überfall gestern Nacht hatte er da seine Zweifel. Sie hätten die beiden Männer gleich ihm überlassen sollen, dann hätten sie heute ihr unterschriebenes Geständnis. Jetzt hatte er einen Kranken an der Backe, um den er sich kümmern und den er am Leben erhalten musste.

Ihm war das kurze Zucken in den Augen und die Anspannung von William Goldsby während des heutigen Meetings nicht entgangen, nachdem der Gouverneur darauf bestand, den Gefangenen selbst zu verhören. Aber bevor Hassan die neuen Befehle des Gouverneurs umsetzte, wollte er hören, was sein Telefon aufgezeichnet hatte.

„Manchmal war abzuwarten die bessere Lösung", sagte er laut zu sich selbst.

Hassan steuerte seinen Wagen in den chaotischen Verkehr hinein. Anders als sonst ließ er sich durch das Geschiebe der Blechlawine nicht aus der Ruhe bringen. Stattdessen stellte er überrascht fest, dass er sich in der letzten Zeit viele Gedanken über Sachen machte, die ihn früher überhaupt nicht berührten. Hatte das alles mit seiner Krankheit zu tun oder mit seinem sechsten Sinn für Gefahr, der ihn bis zum heutigen Tag am Leben hielt, wo viele seiner ehemaligen Weggefährten lange tot waren?

Am Anfang waren es kleine Indizien, doch innerlich wusste er genau, woher diese Gedanken kamen: Der Gouverneur wollte ihn los werden. Die Amerikaner übernahmen mehr und mehr die Kontrolle über den Sicherheitsapparat. Der Gouverneur entzog ihm das Vertrauen und betraute seine neuen Freunde mit wichtigen Aufgaben. Ähnlich war es auch seinem Vorgänger ergangen und Hassan wusste genau, was am Ende ihn erwartete. Zu seinem Glück verfügte er über ein dichtes Netzwerk an Spitzeln in der Stadt und im Palast mit der Möglichkeit die geheimen Gespräche des Gouverneurs abzuhören.

Er fand eine Lücke am Straßenrand, parkte den Wagen und schlenderte auf den Hof einer Schule zu. Eine viertel Stunde später saß er wieder im Wagen und starrte vor sich hin. Seine Gedanken überschlugen sich und unbewusst steuerte er sein Auto zu seinem abgeschirmten Anwesen seines Geheimdienstes unweit des Palastes. Auf dem Weg dorthin sah er eine kleine Gruppe Schülerinnen, die am Straßenrand auf den Bus warteten. Etwas abseits von ihnen stand ein einzelnes Mädchen so um die vierzehn, vertieft in ein Buch.

„Entschuldige ... Ich brauche deine Hilfe. Kannst du die englische Sprache verstehen? Ich habe gestern einen Film geschaut und hab nicht verstanden, worüber sie gesprochen haben", sprach er das Mädchen zaghaft an. Erwartungsvoll schaute er in ihr breites Gesicht mit den dunklen, mandelförmigen Augen. Sie schaute von ihrem Buch auf und musterte ihn misstrauisch. „Ja. Wir lernen die englische Sprache und später möchte ich selbst Schüler unterrichten."

„Das ist ein ehrenhafter Beruf. Leider bin ich zu alt, um eine fremde Sprache zu lernen, aber vielleicht kannst du mir helfen." Hassan wusste, wie er das Vertrauen der Menschen gewinnen konnte und diese Rolle spielte er gut.

Stirnrunzelnd hörte sich das Mädchen die Aufnahme an. „Können Sie das noch einmal abspielen? Die Aufnahme ist wirklich schlecht."

„Das stimmt, aber ich kann mir keinen neuen Fernseher leisten, deswegen bin froh, dass ich diesen alten Kasten noch habe."

„Also: Es ist ein Dialog zwischen zwei Männern. Leider ist der Zusammenhang schwer zu verstehen, aber es geht um einen Hassan, der sich um einen Kranken kümmern soll… später wird dieser beseitigt. Der andere antwortet ihm, dass er das selbst erledigen wird. Sie reden über Berge und Verträge und dann soll ein Botschafter oder eine Botschaft kommen. Das letzte verstehe ich allerdings selbst nicht genau. Am Ende will ein Mann mit seinem Sohn ausreiten. Die Unterhaltung in diesen Film ergibt leider keinen Sinn, aber das ist das, was ich verstanden habe", sagte das Mädchen entschuldigend.

„Ach, dann habe ich ja nichts Wichtiges verpasst und muss mir diesen Film nicht mehr ansehen. Vielen Dank, du hast mir sehr geholfen." Hassan steckte das Telefon in seine Tasche und bemerkte dabei, wie seine Hand zitterte.

Das Mädchen umklammerte ihr Buch mit beiden Händen. „Mein Bus kommt ... Ich muss los."

„Gott sei mit dir, mein Kind", krächzte Hassan und war froh, dass das Mädchen bereits zum Bus rannte, vor dessen Tür bereits eine große Traube Schüler wartete.

Das Zittern hatte aufgehört, aber jetzt lag ein lang gezogener Ton in seinem Ohr, der sein Gleichgewicht störte. Das, was die Kleine ihm gerade mitgeteilt hatte, war eindeutiger als die erste Übersetzung, die er aus der Schule hatte. Jetzt ergab alles einen Sinn, mehr brauchte Hassan nicht zu wissen. Jetzt wusste er, dass seine Tage in Kandahar und seine Tage, die er am Leben bleiben würde, gezählt waren.

Er war nicht überrascht von dem Verrat der Amerikaner, viel mehr war er von dem Gouverneur enttäuscht, der vor nicht einmal einer Stunde nach ihrer Unterredung seine Ermordung in Auftrag gab. Er hat ihn benutzt und seine Fähigkeiten ausgenutzt, bis er der Meinung war, mit einer sauberen Weste vor dem Rest der Welt stehen zu müssen. Er war ein Makel, ein Fleck, der entfernt werden musste.

Hassan wusste anschließend nicht mehr genau, wie lange er noch in seinem Wagen am staubigen Straßenrand gesessen hatte. Bilder und Erinnerungen tauchten vor ihm auf. Sein erstes Blut, dass er in der Hütte seiner Eltern vergossen hatte. Die unzähligen Toten, die Schreie derer, die er quälte, die Erdrosselten und die Erstochenen. Eine lange, anklagende Reihe, die immer öfter in seinen dunklen Träumen auftauchte. Selbst hier, wo er sich in Sicherheit fühlte und in Ruhe leben wollte, war ihm der Frieden nicht vergönnt. Er war immer nur ein Werkzeug, das von anderen gebraucht und später einfach weggeworfen wurde. Diese neue Erkenntnis verschlimmerte nur den lang gezogenen, drückenden Ton in seinem Ohr und etwas in ihm zerbrach.

Ein lautes Klopfen an der Scheibe brachte ihn zurück in die Gegenwart. Ein Soldat stand vor seiner Tür.

„Verschwinde hier, Alter!" Die Geste, die der Mann mit seinem Arm machte, war eindeutig.

Die gesamte Wut und Anspannung explodierten in diesem Augenblick in seinem Körper. Bevor der Soldat überhaupt begriff, was mit ihm geschah, sprang Hassan aus dem Wagen und schleuderte den Mann mit aller Kraft gegen sein Auto. Im nächsten Moment war er auch schon bei ihm und hielt ihm seine Pistole unters Kinn.

Überraschung und Wut standen für einen Moment in den Augen des Soldaten und als ihn die Erkenntnis traf, nur noch die Angst.

„Herr ... Verzeiht mir ... Ich habe Euch nicht erkannt...", stammelte dieser.

Hassans Finger fand leicht den Druckpunkt am Abzug der Waffe und es wäre in diesem Moment so einfach, dieses nutzlose Leben, das in seinen Händen lag, auszulöschen. Zwei Stimmen kämpften in seinem Kopf um das Leben des Soldaten. Die eine wollte es haben und die andere kämpfte protestierend dagegen an.

Hassan senkte seine Waffe langsam, als ihm bewusst wurde, dass er selbst in der gleichen Situation steckte und dass gerade sein einstiger Herr seinem Mörder die Waffe gereicht hat. Gerade der, zu dem er immer aufblickte und für den er diesen blutigen Weg an die Spitze trotz aller Widerstände geebnet hatte. So sah also sein Dank aus. Seine Wut verebbte und Resignation machte sich breit.

Das Messer hatte sich abgenutzt und jetzt musste es durch ein neues ersetzt werden. Er wusste bereits, wie sie es machen würden. *Sie werden mich zu einem wichtigen Gespräch einladen und mich dann mit einem neuen, wichtigen Auftrag ins Vertrauen einbeziehen. Der Tod wird langsam von hinten kommen, mit einem Messer in die Nieren, sodass ich noch Zeit habe, den Verrat zu realisieren. Sie haben währenddessen Zeit, sich über meine Verwunderung und die anschließende Ohnmacht, die Erkenntnis und die Enttäuschung in meinem Gesicht zu amüsieren. So würde ich es machen und die Männer, die den Auftrag bekommen werden, sind aus dem gleichen Holz geschnitzt wie ich — eines Tages werden sie genauso enden.*

„Geh und kümmere dich um deine Arbeit", zischte er dem verängstigten Mann ins Gesicht.

In den nächsten vierzig Minuten, die er bis zu seinem Hauptquartier brauchte, wurde ihm eins klar: Seine Zeit hier war begrenzt. Irgendwann würden sie ihn erwischen, aber bis dahin konnte er einige seiner Henker ins Jenseits zu befördern.

Er ärgerte sich über sich selbst. Er war die ganze Zeit über blind gewesen. Das Schicksal seines Vorgängers hätte ihm eine Warnung sein sollen, wie schnell sich der Wind dreht. Melai war gerade dabei sich von seiner Vergangenheit zu trennen und ein neues Image aufzubauen. Er war ein Makel aus der dunklen Vergangenheit, dass beseitigt werden musste.

Er war zwischen zwei Lager geraten, die sich gegenseitig belauerten und gleichzeitig ausnutzten. Hassan wusste, dass der Gouverneur die Amerikaner seit Jahren für eigene Ziele benutzte. Heimlich schmiedete er hinter dem Rücken von Lebermann und Goldsby eine Allianz mit dem Botschafter Whittaker und seinem Schweizer Buchhalter. Leider verliefen diese Bestrebungen in letzter Zeit nicht ganz nach Plan, den der Versuch mit den Indern ins Geschäft zu kommen, war gescheitert. Jemand hatte die Sache an die Schweizer Behörden verraten und jetzt übernahm Jack Lebermann wieder die Führung. Die Amerikaner hatten sich mit den Jahren immer unverzichtbarer gemacht und steckten jetzt so tief in seinem Hintern, dass sie wussten, wenn der Gouverneur Durst hatte oder wann er aufs Klo musste. Dahinter steckte eine ausgeklügelte Strategie und wenn die so clever waren, wie sie arbeiteten, dann planten sie bestimmt auch schon für eine Zeit nach Melai.

Der Drogentransport, den sie aufgebaut hatten und kontrollierten, funktionierte tadellos und die neuen Verträge für den Abbau von Rohstoffen ließen sich bestimmt auch mit einem neuen starken Mann fortsetzen.

Bei seinen ganzen Überlegungen hätte Hassan fast noch jemanden vergessen: den Onkel von Azizullah, diesen schmierigen Händler. Auf seine Empfehlung und eine kleine Zahlung war der Junge überhaupt in diese Stellung im Palast gekommen.

Azizullah hatte ihm seine Geschichte unter Tränen erzählt und Hassan ließ alles überprüfen. Sie stimmte. Warum interessierte sich ein Teppichhändler so brennend an den internen Vorgängen im Palast? Warum zwang er den Jungen, ihm darüber zu berichten? Die blauen Abdrücke seiner Fettfinger auf dem Oberarm des Jungen zeigten, dass er nicht gerade zimperlich mit ihm umging. Die Beobachtung des umtriebigen Händlers bestätigte, dass seine Auftraggeber in Kabul saßen.

Vor dem stark bewachten Eisentor standen zwei Männer mit gezogenen Waffen und grüßten ihren Chef. Weitere Soldaten befanden sich in dem

Wachturm mit dem großkalibrigen Maschinengewehr. Auch diese Männer erhoben ihre Hände zum Gruß und zeigten Haltung. Hassan war jetzt in seinem Hauptquartier angekommen.

Als er das Tor passierte, wusste er ganz genau, was als nächstes getan werden musste und auf seinem Gesicht breitete sich ein teuflisches Grinsen aus.

KAPITEL 3

Mia drückte auf den Garagentoröffner und wartete geduldig in ihrem Wagen, bis sich das Tor vor ihr öffnete. In Gedanken war sie noch bei der seltsamen Nachricht von Steve, die er auf ihrer Mailbox hinterlassen hatte und bemerkte den Schatten, der neben ihrem Fenster auftauchte, zunächst überhaupt nicht. Jemand klopfte vorsichtig an der Scheibe und sie schrak aus ihren Gedanken auf. Sie brauchte einen Moment, um sich wieder zu beruhigen und ihre Fassung zu finden. Erst, als sie den Verursacher erkannte, ließ sie die Fensterscheibe herunter.

„Mensch, Doc! Du kannst mich doch nicht so erschrecken", wies sie den Mann luftschnappend zurecht.

„Tschuldige Mia, mache ich nie wieder!", beeilte sich der Angesprochene. Doch sein verräterisches Grinsen verriet ihn. „Hast du einen Moment Zeit? Ich muss etwas mit dir etwas besprechen."

Nach dem langen Arbeitstag und den Problemen ihrer Patienten hatte Mia eigentlich keine Kraft und auch keine Lust mehr auf Gespräche oder andere Menschen. Sie musterte kurz sein Gesicht, aus dem das entschuldigende Lächeln von eben verschwunden war, und sah die Sorgenfalten. Seine wachsamen Augen musterten bereits die Umgebung.

Doc war genauso wie die anderen Jungs, diese Gemeinschaft war wie ein Orden. Die wenigsten von ihnen hatten eine Familie, es ging immer irgendwohin, keiner wusste genau, was sie dort erlebten und wenn sie zurückkehrten, waren sie übersät mit Schrammen, zerschlagen von den Strapazen müde, aber glücklich.

Wie oft hatten sie hier alle gemeinsam gefeiert und gegrillt — die Partys waren wild und laut. Manchmal erzählte jemand eine lustige Geschichte von einem ihrer Einsätze und manchmal schwiegen sie, wenn einer von ihren Kameraden sein Leben bei einer Mission verloren hatte.

Sie wusste, das Doc ihre beiden Männer bei dem letzten Einsatz aus einem Hinterhalt der Taliban herausholte und dafür war sie ihm ewig dankbar. Trotzdem war Mia überhaupt nicht danach, ihm etwas von ihrer kostbaren Ruhezeit zu überlassen.

„Komm rein, aber ich habe nichts zu essen da …", entschied sie kurzerhand.

Sie machten es sich im Garten bequem, der wie eine grüne Oase mitten in der Stadt den Stress des Alltags aufsaugte. Erwartungsvoll schaute sie zu Doc herüber, doch der nippte nur an seinem Wasserglas und schien erst einmal seine Gedanken zu ordnen.

„Ich weiß, dass du einen anstrengenden Tag hattest, aber ich muss dir etwas erzählen, bevor du es von einer anderen Stelle hörst", begann er zögernd. „Ich weiß auch, dass die beiden gerade auf einer Mission sind, obwohl wir offiziell nichts über laufende Operationen, in die wir selbst nicht involviert sind, wissen dürfen."

Mia erinnerte sich an die Worte von Mitch: „Wir arbeiten immer mit zwei Teams; das eine ist direkt vor Ort und das andere Team übernimmt die Absicherung."

Doc fuhr in ruhigem Ton fort. „Bei diesem Einsatz ist keiner von uns direkt involviert, doch ich glaube, dass die ganze Sache ziemlich hoch angehangen ist ... Vielleicht sind die Amerikaner dabei, aber keiner von uns. Verstehst du?"

Irgendwie ergaben seine Worte keinen Sinn für sie. Mia schaute ihn fragend an.

„Ich weiß auch nicht so genau, wo die beiden sich herumtreiben. Sonst meldet sich Mitch immer von unterwegs, aber dieses Mal ist es seltsam ruhig." Ohne dass sie es wollte, hatte sie ihre Sorgen doch jemanden anvertraut.

„Du kennst doch Whity, oder? Den Glatzköpfigen mit dem kleinen Bärtchen."

Mia glaubte, sich dunkel an ihn erinnern zu können. „War er bei der letzten Gartenparty dabei? Der reist doch ständig durch die Gegend, oder?"

„Ja, genau, den meine ich. Also Whity hatte heute Dienst in unserem Lagezentrum und da rief jemand vom Geheimdienst bei uns an", holte Doc weit aus und Mia ärgerte sich bereits, dass sie sich auf diese Unterhaltung eingelassen hatte. „Der Typ erzählte etwas von einem Notruf aus Herat über unsere tote Leitung. Verstehst du?"

Mia stand völlig auf dem Schlauch. Mitch hatte nie eine „tote Leitung" erwähnt.

„Ick sehe schon, ick muss noch weiter ausholen", sagte Doc, nachdem er ihren fragenden Blick bemerkte. „Wir hatten vor vielen Jahren einen Einsatz in Herat, Afghanistan. Ein hochrangiges Treffen zwischen Taliban und den Amerikanern. Die Aufständischen trauten den Zusagen der Amis nicht und verlangten eine unabhängige Absicherung der Gespräche — so kamen wir ins Spiel."

Plötzlich hatte Mia die Umgebung vor ihren Augen. Ein auf einem Berg errichtetes Tagungsgebäude, darunter Kiefern und mittendrin alte, verrostete Karussells in ausgeblichenen bunten Ölfarben. Ein ehemaliger Freizeitpark, der von Pflanzen überwuchert war.

Sie erinnerte sich genau an die Beschreibung von Mitch. „Das sah aus wie ein ehemaliger Park in Berlin. Plänterwald, nur etwas kleiner und bunter." Ihr Interesse war sofort geweckt.

„Eine Woche lang waren wir damals da unten und haben uns auf den Einsatz vorbereitet. Gewohnt haben wir in einer Villa am Stadtrand mit einem eigenen Pool und dort haben wir eine Leitung direkt nach Berlin eingerichtet."

Die Worte kamen schärfer, als sie es beabsichtigte. „Was heißt hier Notruf?"

„Na ja, du weißt schon, falls etwas schiefläuft. So hat man eine Möglichkeit, sich über eine Festnetzleitung Hilfe zu holen." Er wartete einen kurzen Moment, bevor er fortsetzte. „Wir haben dieses System damals eingerichtet, um der Überwachung über das Mobilfunknetz zu entgehen."

„Also habt ihr den Amerikanern auch nicht vertraut", schlussfolgerte Mia.

Ein Grinsen breitete sich auf seinem Gesicht aus. „Jenau, so ist es in unserem Geschäft. Bislang dachten wir, dass die Leitungen nach unserem Einsatz stillgelegt wurden, doch die Nachricht von letzter Nacht scheint das Gegenteil zu beweisen."

„Und was wurde genau übermittelt?"

„Na unser Code für Nothilfe."

„Was für ein Code?" Mia merkte, wie ihr Hals trocken wurde und nahm einen großen Schluck Wasser.

„Wir gehen immer davon aus, dass unsere Kommunikation abgehört und überwacht wird, also versuchen wir, diese Überwachung auf anderen Wegen zu umgehen. Einen Mobiltelefonanschluss mit seinem Standort und Besitzer kannst du innerhalb weniger Minuten ermitteln, aber bei einer Festnetzleitung ist es fast unmöglich. Wir haben ein verabredetes Zeichen für den Notfall: wir rufen an, lassen das Telefon klingeln und legen wieder auf. Es wird nichts am Telefon besprochen."

„Aber ich kann doch auch hier jeden beliebigen Anschluss wählen und dann sofort wieder auflegen", konterte Mia.

„So einfach, ist es auch nicht. Wie oft lässt du das Telefon klingeln, bis du auflegst?", richtete er die Frage an sie.

„In der Regel fünf- bis sechsmal. Bis ich die Geduld verliere oder die Mailbox anspringt."

„Genau zweimal hat das Telefon von der toten Leitung geklingelt, dann wurde am anderen Ende wieder aufgelegt. Das war unser verabredetes Zeichen."

Irgendwie hatte Mia das Gefühl, dass hinter dieser Sache noch mehr steckte, aber Doc versuchen wollte, ihr alles schonend beizubringen. Dazu musste sie nicht sechs Semester Psychologie studieren.

„Ich sehe es an deinen Augen, dass du mir noch etwas anderes sagen möchtest, aber die ganze Zeit drum herumredest", sagte sie nach kurzem Überlegen.

Ihre Blicke kreuzten sich.

„Na gut", entschied sich Doc und holte tief Luft. „Der Anruf kam aus Herat und ich weiß zufällig, dass die beiden gerade da unten sind. Vermutlich ist irgendetwas schiefgelaufen und jetzt brauchen sie unsere Hilfe. Diese Nummer kennen nur eine Handvoll Leute, ausschließlich die, die damals an diesem Einsatz beteiligt waren."

Bei ihrer nächsten Frage schaute sie ihm direkt in die Augen. „Warst du damals dabei?"

Seine Antwort war präzise. „Wir alle waren dabei. Ich, Whity, Mitch und Becks. Tom hatte die Operation mit einem verrückten Oberst, der unsere Drohne bediente, koordiniert."

Mia brauchte einen Augenblick, um ihre Gedanken zu ordnen. Der heutige Anruf von Steve hatte bestimmt etwas mit dieser Sache zu tun. Sie musste jetzt eine Entscheidung treffen.

„Du kannst es mir ruhig sagen."

Doc zog seine Schultern hoch und schaute sie fragend an. Seine blauen Augen wurden dunkel.

„Ich habe heute etwas recherchiert und die neuesten Meldungen aus Afghanistan über unsere Kanäle eingeholt. Gestern Nacht wurde eine amerikanische Einheit von den Aufständischen überfallen. Ich sehe da erstmal keinen Zusammenhang", sagte Doc vorsichtig, doch seine Augen verrieten ihn.

Zur Bestätigung nickte Mia nur und fühlte, wie die Kraft sie langsam verließ.

„Der Anrufer kann doch von überall aus Herat anrufen, oder?", stellte Mia die Frage, die zwischen ihnen stand.

„So gesehen schon …", begann er, bevor Mia ihn unterbrach.

„Also nur für mich zum Verstehen. Gestern Nacht werden Amerikaner überfallen und anschließend klingelt plötzlich euer totes Telefon, das ihr nur für Notfälle benutzt und von dem nur wenige Eingeweihte wissen. Findest du nicht, dass es zu viele Zufälle für eine Nacht sind?"

Stille breitete sich zwischen ihnen aus und nur von weitem hörte man noch die Geräusche der Großstadt.

„Ich werde weiter über die Sache nachdenken und mit meinen Jungs reden. Vielleicht hat jemand von denen eine Idee …", sagte Doc zögernd.

Nachdem sie ihn einige Zeit später hinausbegleitet hatte, lehnte sich Mia an die warme Ziegelsteinmauer und schloss die Augen. Sie war mit ihrer Kraft am Ende. Im Wohnzimmer im Safe, dort lagen ihre Testamente und ein großer, weißer Briefumschlag mit ihren Namen darauf. Nie hatte sie ernsthaft daran gedacht, dass sie diesen eines Tages aufreißen muss, um seinen letzten Willen, seine Patientenverfügung oder die Lebensversicherung rauszuholen. Diese beiden riesigen Kerle, die nur so vor Lebensfreude und Kraft strotzten ...

Sie fühlte tief in sich hinein, aber da war kein Abschied zu finden, kein Verlust. *Was war wirklich dort unten passiert und warum war Doc, der immer einen aufmunternden Spruch parat hatte, so still?* Tränen liefen über ihr Gesicht und ihre Gedanken suchten nach Mitch.

Als sie eine Stunde später bei Doc anrief, war ihre Stimme gefasst und eine Wut, die ihr die Kraft gab, zerrte an ihr.

„Was machst du morgen?", fragte sie ihn.

„Wenn ich dir irgendwie helfen kann, dann bin ich für dich da", brummte die Stimme am anderen Ende der Leitung.

„Hast du Lust, für einen Tag nach Brüssel zu fliegen?"

„Wenn es um die Sache geht, dann bin ich dabei."

„Ich buche für uns die Tickets. Sag mir den Namen, auf den es ausgestellt werden soll."

Sie kannte es bereits von Mitch, dass er verschiedene Pässe mit unterschiedlichen Namen benutzte und so fragte sie auch Doc danach.

„Peter Kleinert."

„Das ist nicht dein Ernst, oder?"

„Ich glaube, da hatte sich jemand einen Scherz gemacht, als er mir diesen Namen verpasste", kicherte Doc ins Telefon.

„Also gut, ich versuche mein Glück mit dem Namen, aber bei Gelegenheit würde ich denjenigen gerne in eine Tagesklinik einweisen."

Das gemeinsame Lachen tat ihr gut und sie merkte, wie die Anspannung langsam von ihr abfiel.

Sie hatte schlecht geschlafen und sich von einer in die andere Ecke gerollt. Das gemeinsame Treffen mit Steve, der gerade auf dem Weg nach Europa war und die Sorge um Mitch hielt sie fast die ganze Nacht wach. Erst als es bereits dämmerte, verfiel sie in einen unruhigen Schlaf. Um kurz nach sechs erlöste sie endlich der Wecker und nach einer heißen Dusche machte sie sich für das Treffen fertig.

Doc holte sie pünktlich um 09.00 Uhr ab. Bis dahin hatte sie bereits ihre Tasche gepackt und alle Termine abgesagt. Als sie eine halbe Stunde später an dem blauen Schild „*Flughafen Tegel*" auf der Stadtautobahn vorbeifuhren, schaute sie fragend zu Doc herüber.

„Ich habe uns für das VIP Gate angemeldet", war seine Antwort.

Sie kannte bereits diesen Weg. Es war derselbe, den sie selbst früher oft genutzt hatte, wenn sie „ihre Jungs" von ihren Einsätzen abholte. Sie kamen meist in den frühen Abendstunden mit großen grünen, ratternden Militärmaschinen oder mit diesen schlanken Jets, die sich so leicht und schnell in den Himmel erhoben.

Sie waren auf dem Weg zum streng bewachten, militärischen Teil des Flughafens Tegel. Eine unscheinbare Ansammlung von Baracken, eine große Halle und ein Parkplatz. *Hier habe ich immer auf Mitch gewartet.* Mit großen Gepäcktaschen, müde und verbrannt von der Sonne kam er wieder nach Hause. Nach diesen Einsätzen roch er nach fremdem Staub, Diesel und irgendetwas anderem, dass nach einigen Tagen zuhause wieder verschwand. So wie seine Anspannung, die unruhigen Träume und das Zähneknirschen, das mit der Zeit wieder nachließ. Seine gute Laune und die Fröhlichkeit, die er stets versprühte, konnten nicht darüber hinwegtäuschen, wie es nach diesen Einsätzen in seinem Inneren vorging. Den Tag, als er schwer verletzt hier ankam, würde sie nie im Leben vergessen. Er sah so bleich und verletzlich aus und diese schrecklichen Narben auf seinem Rücken ...

Ihre Augen füllten sich mit Tränen, aber sie musste jetzt stark sein, denn Steve war aus einem besonderen Grund unterwegs nach Brüssel.

Den Rest der Fahrt war sie in ihre Gedanken vertieft, bis sie schließlich die Sicherheitskontrolle passierten und Doc seinen Wagen zu einem gelbschwarzen Follow-Me-Fahrzeug steuerte.

„Ich habe dir die VIP-Vorfahrt versprochen und die bekommst du jetzt auch."

Mia wunderte sich nicht mehr über solche Dinge, die sie ständig mit Mitch oder Becks erlebte. Aber als sie anschließend über das ganze Vorfeld des Flughafens fuhren und direkt vor ihrer Maschine nach Brüssel standen, war sie doch sprachlos.

„So umgehen wir die Kontrollen und die Videoüberwachung am Flughafen", flüsterte Doc ihr zu, als sie die schmale Metalltreppe nahmen, die sie direkt vor die Tür zu ihrem Flugzeug brachte.

„Hätte ich das vorher gewusst, dann hätte ich mir die Buchung auch sparen können", sagte sie zu Doc, der neben ihr den Gangplatz nahm.

„Wir arbeiten daran …", grinste er zu ihr rüber.

Zwölf Stunden später stand Mia wieder vor ihrem Haus in Berlin.

„Soll ich noch mit reinkommen?", fragte Doc besorgt.

„Vielen Dank für deine Hilfe, aber nein."

Dieser letzte Satz hatte sie viel Kraft gekostet, aber jetzt wollte sie mit ihren Gedanken allein sein. Mia versuchte es mit einem Lächeln und winkte ihm zum Abschied. Anschließend verschwand sie in ihrem Haus, das so viel von Mitch in sich trug.

Es war ihre Rettungsinsel, eine grüne Oase der Ruhe und Entspannung nach den langen und anstrengenden Arbeitstagen in der Großstadt. Als sie die verlassene, ehemalige Likörfabrik das erste Mal vor vielen Jahren sah, wollte sie sie unbedingt haben. Sie liebte große, offene Räume mit den alten Industriefenstern und ihrer nüchternen Ausstrahlung.

Damals mussten sie um dieses Objekt mit harten Bandagen Kämpfen. Es gab mehrere Interessenten und Investoren, die sich mit ihren Projekten für eine Luxuswohnanlage gegenseitig überboten. Sie hatte Mitch und Becks mit ihrer Idee für ihr neues Domizil sofort angesteckt und nach acht Wochen Hoffen und Bangen unterschrieben sie den Kaufvertrag. Erst später erzählte Mitch ihr, dass sie ihre Konkurrenten mit unlauteren Methoden von dem Kauf dieser Immobilie abgeschreckt hatten.

Eine Motorradgang hatte sich auf dem verwahrlosten Gelände breitgemacht und feierte immer dann ihre lauten Partys, wenn Immobilienbesichtigungen anstanden — angesichts der gefährlich wirkenden Biker und den eventuellen juristischen Auseinandersetzungen verloren viele ihr Interesse an dieser Investition. Einer versuchte die Rocker mit einer größeren Summe zu bestechen, aber nachdem sein Mercedes mit zerstochenen Reifen aufgefunden wurde, sah er von weiteren Versuchen ab. Mia hätte dieser Strategie niemals zugestimmt, aber am Ende überwog ihre Liebe zum alten Haus alle Bedenken und so entstand ihr neues Heim. Becks baute sich die alte Werkstatt auf dem Gelände zu einer Wohnung aus und war nicht nur gleichberechtigter Teilhaber, sondern auch ein sehr begabter Gärtner, der ihren kleinen Garten pflegte.

Alles, was sie an diesem Abend tat, war wie ferngesteuert. Seit dem Treffen in Brüssel hatte sie nur noch funktioniert. Erst nach einem heißen

Bad und einem Glas Rotwein fiel sie auf die Couch und ließ ihre Gedanken zu dem schweifen, was so schwer auf ihrer Seele lastete. Doch selbst hier, in ihrem geliebten Zuhause, fand sie keine Ruhe.

Sie stand von der Couch auf, nahm ihr Glas in die Hand und ging in den Garten hinaus, vorbei an den Bäumen und Blumen, die sie alle gemeinsam gepflanzt hatten. Ihre Füße trugen sie direkt zu der Wohnung von Becks.

In seinem großen Wohnzimmer, das durch alte gusseiserne Säulen geteilt wurde, stand eine einzige Pflanze. Es war eine Anthurie mit gelbroter Blüte. Sie goss etwas Wasser auf die trockene Erde und beobachtete, wie die dünnen Wasseradern sich ihren Weg nach unten zu den Wurzeln suchten. Anschließend öffnete sie die große Terrassentür und ließ die frische Abendluft hinein, so wie sie es immer machte, wenn ihre Jungs irgendwo in der Welt gemeinsam unterwegs waren.

Auf ihrem Weg nach draußen blieb sie bei den Bildern stehen, die verstreut an der Wand hingen. Auf den meisten war Becks gemeinsam mit Mitch zu sehen, auf einigen waren sie zu dritt und grinsten in die Kamera. Sie kannte jede dieser Aufnahmen. Manchmal tauchte Becks unversehens für ein paar Tage in ihrem Urlaub auf und brachte Chaos und Unruhe hinein, aber heute würde sie alles dafür geben, das noch einmal zu erleben. Bevor sie die Tür verschloss, blickte sie zu der großen Glasscheibe, die zwischen dem Wohnzimmer und der Garage eingelassen war. Dort glänzten der alte schwarze Porsche und sein Motorrad.

Ohne darüber nachzudenken, sagte sie: „Keine Angst, er kommt bald wieder."

Anschließend ging sie in ihr Haus und suchte alle Räume auf, die sie an Mitch erinnerten. Sie sortierte seine Sachen und konnte an einigen noch sein Parfüm riechen. Bilder, Uhren, seine Sammlung von Messern und eine Menge von Erinnerungsstücke, die er aus der ganzen Welt mitbrachte.

Ihre Gedanken kehrten nach Brüssel zurück. Sie hatten sich gleich nach ihrer Ankunft mit Steve in dem Flughafenhotel getroffen. Als sie ankamen, saß er an einem einsamen Tisch und las aus einer grünen Mappe. Doc hatte sich in der Lobby postiert, für den Notfall, wie er sagte, aber vermutlich wollte er sie bei dem Gespräch nicht stören oder er wusste bereits etwas, das er aber für sich behielt.

Das Restaurant lag in der sechsten Etage und war trotz des schönen Ausblicks auf den Flughafen und die weiten Felder dahinter nur mäßig besetzt. Mia liebte schöne Sachen und dazu gehörte auch Mode. Entsprechend zog sie mit ihren dunklen, lockigen Haaren und dem roten Lippenstift die Blicke der wenigen Besucher auf sich. Sie blieb mitten im

Raum stehen und blicke sich langsam um. So hatte sie es von Mitch gelernt.

„Um deine eigene Unsicherheit zu bekämpfen, musst du dem anderen direkt in die Augen schauen und ihn damit herausfordern." Das erklärte er ihr einmal, als er bemerkte, wie unsicher sie durch ein volles Restaurant ging, den Blick starr zu Boden gerichtet.

„Hallo Mia", begrüßte Steve sie und erhob sich von seinem Platz an einem der hinteren Tische. „Du siehst hinreißend aus." Sie blieb vor dem Tisch stehen und musterte ihn aus ihren riesigen, dunklen Augen.

Er zögerte einen Augenblick, ehe er sie an sich drückte.

Ihr entgingen die Falten um seine Augen und die dunklen Ringe nicht.

„Und du siehst aus, als würdest du direkt aus dem Urlaub kommen", bemerkte sie sarkastisch.

Ein müdes Lächeln erschien auf seinem Gesicht. „Ja, der dauerte acht Stunden in zehntausend Metern Höhe. Kann ich nur empfehlen. Ein herrlicher Ausblick auf die Welt."

„Ich hoffe, du hattest gute Filme an Board", erwiderte Mia.

„Akten und noch mehr Akten." Er tippte auf die dicke grüne Mappe auf dem Tisch.

„Du hättest lieber bei der Army bleiben sollen."

Er winkte müde ab, aber dennoch musste er über diese Bemerkung lächeln. Sie hatte wohl ihre Unterhaltung von damals nicht vergessen.

„Ach was, dann würde ich jetzt irgendwo am Khyber Pass auf einem einsamen Außenposten verrotten."

„Den Unterschied zwischen dem Büro eines Senators und der Freiheit am Khyber Pass musst du mir irgendwann erklären, aber heute haben wir glaube ich Wichtigeres zu besprechen."

Steve sah sie einen Augenblick seltsam an, als ob er tatsächlich über ihre letzten Worte nachdachte, ehe er die Bedienung an den Tisch heranwinkte.

Sie bestellten Kaffee und jeder nutzte die Zeit, um seine Gedanken zu sammeln. Mia fragte sich die ganze Zeit, warum Steve sich unbedingt treffen wollte und er sah so aus, als würde er einen Einstieg für das Gespräch suchen.

Seit fünf Jahren kannten sie sich bereits und sie konnte jede seiner Bewegungen im Gesicht deuten. Vielleicht hätten sie es bei der sporadischen Freundschaft belassen sollen, aber es war nun mal anders gekommen.

Vor drei Jahren, als Mitch auf einer längeren Mission war, besuchte Steve sie in Berlin und sie nahm sich einen Tag frei, um ihm die Stadt zu zeigen. Das übliche Touriprogramm: Stadtrundfahrt, Museum, Ausstellung. Steve erwies sich als geduldiger und charmanter Gesprächspartner, der äußerst witzig war. Sie hatten einen schönen, anstrengenden Tag und nach dem Abendessen endeten sie in der Partymeile der Boxhagener Straße. Cocktails, Musik und Gespräche. Irgendwann war es dann passiert - der erste Kuss und dann wurde es mehr. Sie war lange allein gewesen und sehnte sich nach Liebe und Zärtlichkeit und so ging sie mit ihm in sein Hotel. Am nächsten Morgen war alles anders. Sie haben die Blicke des anderen gemieden und verabschiedeten sich hastig voneinander. Jeder von ihnen war in einer Beziehung. Steve war verheiratet, hatte zwei Kinder und sie hatte Mitch - trotzdem war es irgendwie passiert. Zwei Menschen, die sich an einem Tag nichts anderes als Nähe und Liebe wünschten.

Sie lebte schon lange mit Mitch zusammen und es war in der bürokratischen Amtssprache eine eheähnliche Gemeinschaft was der Verpflichtungen einer Ehe gleich kam. Für sie beide war das aber eine Beziehung, in der jeder die Freiheit des anderen respektierte. So ist es im Leben. Man kann Fehler bereuen, den Moment genießen, oder einfach alles hinnehmen und damit weiterleben. Jeder hat einen schwachen Moment und es kommt immer darauf an, wie man damit umgeht.

Sie hatten sich nach dieser Nacht einige Male geschrieben, aber das war's auch. Es gab eine stille Übereinkunft zwischen ihnen, nicht über diese Nacht zu reden.

Nachdenklich nahm Mia einen Schluck Kaffee. „Wie lange bleibst du in Brüssel?"

Unruhig wanderten seine Augen hin und her. „Ich werde noch heute zurückfliegen."

„Oh. Dann ist deine Zeit sehr begrenzt."

„Hör zu, Mia. Ehrlich gesagt bin ich heute nur wegen unseres Gesprächs hierhergekommen." Er bemerkte ihren fragenden Blick und beeilte sich. „Ich wollte das mit dir persönlich besprechen und nicht über das Telefon."

Sie merkte, wie sich die Anspannung in ihrem Körper ausbreitete. Seit dem gestrigen Anruf hatte sie ein komisches Gefühl, dass hinter dem Besuch von Steve mehr steckte, als er auf ihrer Mailbox sagte.

„Es ist so ...", begann Steve sehr offiziell und stützte sich auf seine Arme. „Die beiden waren mit einem sehr wichtigen Auftrag in Afghanistan unterwegs ..."

Mia konnte sich nicht länger zurückhalten. „Woher weiß du, wo sie gerade sind und warum sagst du *waren*?", platzte es aus ihr heraus.

Das Gespräch mit Doc kam ihr wieder in den Sinn, aber sie behielt diese Tatsache für sich.

Beschwichtigend hob Steve seine Hände. „Warte einen Moment, lass es mich erklären. Die Sache hat eine größere Tragweite, als du ahnst."

Die nächste halbe Stunde erlebte sie wie in Trance. Sie durchlebte alles noch einmal. Die tödliche Mission seines Vaters, die Verwundung von Mitch und alles andere, was in den letzten Jahren passiert war. Von Steve erfuhr sie das erste Mal die Details von dem damaligen Ausflug der beiden Freunde nach Kabul, als sie Onkel Nabi befreiten. Die Besessenheit von Mitch nach der Wahrheit. Jetzt ergab auch die Verwicklung von Günther einen Sinn, der hinter ihrem Rücken in dieser Sache ermittelte. Der Unfall in der Schweiz und die Verbindung bis nach Afghanistan. Ihr schwirrte der Kopf und sie fragte sich, ob sie Mitch wirklich kannte. Warum war ihr das alles nicht aufgefallen? Hatte sie sich nie dafür interessiert oder hatte sie seine Versuche, ihr etwas mitzuteilen, ignoriert? Wut und Enttäuschung wechselten sich so oft in ihrem Gefühlsdurcheinander, dass sie sich am Ende entschied, einfach wütend zu sein. Sie begriff aber im Laufe des Gesprächs, wie kompliziert der Fall geworden war. Seit dem Anschlag in Sourobi durchzogen jetzt die Fäden der Verschwörung verschiedene Länder auf der ganzen Welt. Aus einem persönlichen Racheakt war eine Staatsaffäre geworden.

Ihr Gehirn arbeitete auf Hochtouren, aber es gab so viele verwirrende Einzelteile in diesem Fall, dass selbst Steve irgendwie hilflos wirkte. Doch sie hatte immer noch das Gefühl, dass er irgendetwas zurückhielt und sie langsam auf irgendetwas vorbereitete. Seine Arbeit im Senat trug bereits erste Früchte. Aus dem spontanen, lustigen Kerl, den sie von früher kannte, ist ein vorsichtiger Taktiker geworden, der jedes Wort und jede Geste bewusst einsetzte.

„Jetzt haben wir eine Stunde lang über die große Politik gesprochen. Was ist der wirkliche Grund deines Besuches?", fragte sie geradeheraus.

Steve versteifte sich, aber dann sah Mia eine Trauer in seinen Augen und wusste sofort, was er ihr sagen wollte. Keiner wünscht sich diesen Tag im Leben, an dem man erfährt, dass der Geliebte gefallen ist.

Er legte seine Hand auf ihre, als er ihr das sagte, aber sie nahm seine Worte nicht wahr. Ihre Gedanken waren bei Mitch, wo auch immer er gerade war.

Mia wirkte gefasst, das Gesicht zu einer Maske erstarrt, als sie sich verabschiedeten. Keine Gefühle und Gedanken, eine unendliche Leere breitete sich in ihr aus, und nach allem, was sie in den letzten Stunden erfahren hatte, vergaß sie, Steve über den seltsamen Anruf in Herat zu informieren. Keine Tränen, nur der Wunsch, so schnell wie möglich wieder nach Hause zu kommen. Sie schaute dankbar zu Doc herüber, als er ihr in der Hotellobby entgegeneilte, denn er war der Einzige, der ihr in diesem Moment die Hoffnung gab, dass die beiden noch lebten.

Mit jedem Kilometer, den sie ihrem Zuhause näher kam, bröckelte ihre innere Mauer, die sie so perfekt beherrschte. Erst hier, in diesem geschützten Ort, ergab sie sich ihren Gefühlen und weinte.

Bevor sie das Licht ausmachte, schaute sie sich im Zimmer um. Da standen seine Laufschuhe, und eine schwarze Uhr lag in der Schale, so als ob er gerade aus dem Haus gegangen war.

„Nein. Ich weiß, dass du da draußen bist und lebst ...“

Sie holte das Telefon aus der Tasche und wählte die Nummer von Steve. Nach mehrmaligem Klingeln sprang seine Mailbox an.

„Hör zu, Steve. Hier ist Mia. Ich will ihn sehen ... Verflucht, Steve, ihr habt sie da runtergeschickt und er war dein Freund! Es muss doch irgendwelche Verträge für die Angehörigen geben. Alle beide, ich will sie sehen …“, sagte sie mit einer festen Stimme, die keinen Widerspruch duldete.

Als der Wecker sie am nächsten Morgen aus dem Schlaf riss, hatte sie bereits eine Sprachnachricht auf ihrem Telefon. Doch es war nicht die Stimme von Steve, es war die sonore Stimme des ehemaligen Leiters des Amtes, der sie höflich um einen Rückruf bat. Sie überlegte, wann sie ihn das letzte Mal gesehen hatte.

Es war bei seinem Abschied vor drei Jahren vom Amt, als er alle Mitarbeiter zu einem kleinen Empfang geladen hatte. Ein sehr aufmerksamer, älterer Herr, der sehr galant zu den Damen war und doch sehr steif wirkte.

„Unterschätze ihn nicht, hinter dieser Fassade verbirgt sich ein knallharter Macher, der seine Finger überall im Spiel hat. Selbst die Kanzlerin legt großen Wert auf seine Expertise." So beschrieb ihn Mitch einmal.

Pünktlich um zwölf Uhr holte eine schwarze Limousine sie aus ihrem Büro ab. Sie konnte nicht teilnahmslos zuhause sitzen und warten, daher entschied sie sich, die Zeit zu nutzen, um sich von ihren Gedanken zu lösen und in ihre Praxis zu gehen.

Gedankenverloren blickte sie aus dem Fenster, an dem die Stadt an ihr vorbei glitt. Menschen eilten durch die Straßen, saßen in den Cafés oder lachten zusammen.

Der Wagen rollte langsam zu dem Haupteingang des Bundeskanzleramtes vor. Die Polizisten warfen einen strengen Blick auf den Ausweis des Fahrers und schauten interessiert auf den Fahrgast, aber sie stellten keine weiteren Fragen. Im Foyer wurde sie bereits erwartet und nach einer kurzen Begrüßung folgte sie der Dame zum Fahrstuhl. Sie kannte das Gebäude, in dem sie sich befand, gut. Hier war sie schon einige Male mit Mitch gewesen.

Die riesige Eingangshalle mit den kunstvollen Säulen war in nüchternem Grau und Weiß gestaltet. Die Wände trugen ein seltsames Grün, das warm und gleichzeitig unnahbar wirkte. Erneut erinnerte sie sich an die Worte von Mitch. „Es ist Porsche grün ... Diese Farbe hatte der Porsche von James Dean. Der Architekt schaffte mit diesen Lichthöfen und der scheinbar schwebenden Decke ein Gefühl der Leichtigkeit in diesem großen, schweren Gebäude." So stand es zumindest im Prospekt.

Damals führte Mitch sie durch das Gebäude und erklärte ihr jedes Zimmer und jeden Saal darin, als ob er selbst schon seit Jahren darin arbeitete. Wie auch immer er das machte, nach einigen kurzen Anrufen bekamen sie Zutritt zu allen wichtigen Gebäuden in dieser Stadt und er schaffte es, sie damit zu beeindrucken. Es war eine schöne, unbeschwerte Zeit, als sie sich damals kennenlernten.

Was würde sie nicht alles dafür geben, wenn dieser unmögliche Kerl plötzlich hinter einer der Säulen auftauchen würde. Ihre Augen füllten sich mit Tränen, aber dafür war jetzt nicht der richtige Zeitpunkt. Sie hatte ein wichtiges Treffen vor sich und der Direktor war vermutlich der Einzige, der ihr noch helfen konnte.

Der runde Fahrstuhl rauschte in die achte Etage und die Tür öffnete sich lautlos. Grüner Teppich, die Wände mit rotbraunem Holz verkleidet, darüber befanden sich schmale Lichtfenster. Die Sekretärin bog um die Ecke und blieb vor einer geöffneten Tür stehen. „Bitte nehmen Sie Platz, es dauert einen Augenblick."

Sie befand sich in einem großen Besprechungsraum. Am Ende waren zwei Plätze mit Gedeck für zwei Personen vorbereitet. Diese Mittagspause war sein einziger freier Termin und sie wusste diese Geste sehr zu schätzen.

Als sich die Tür öffnete und der ehemalige Chef von Mitch den Raum betrat, schien es ihr, als ob die letzten Jahre überhaupt nicht vergangen waren. Der Mann sah immer noch so aus, wie Mia ihn in Erinnerung hatte, selbst das Alter schien ihm nichts auszumachen. Ein maßgeschneiderter schwarzer Anzug, ein weißes Hemd und eine dezente

Krawatte in grau rundeten sein Gesamtbild ab. Fast könnte man sagen, er sei ein typischer Beamter der höheren Laufbahn, wenn da nicht diese stahlgrauen, durchdringenden Augen wären. Auch seine Körpersprache zeigte, dass er es gewohnt war, sich durchzusetzen und Entscheidungen zu treffen. Er durchschritt den Raum mit schnellen Schritten und anstatt ihr die Hand zu geben, drückte er sie vorsichtig an sich.

„Mia. Es ist schön, Sie wieder zu sehen, auch wenn die Umstände unseres Treffens mich unglaublich traurig stimmen." Er geleitete sie zum Platz und schob ihren Stuhl einladend zum Tisch. „Bitte setzen Sie sich. Es gibt heute leider nur Salat. Meine Frau hat mir eine strenge Diät verordnet." Er eilte um den Tisch herum und wie auf Kommando erschien ein Koch und servierte ihnen das Essen.

Das alles hatte nur wenige Augenblicke gedauert und schon schlossen sich die Türen und sie waren wieder allein im Raum.

„Bitte nehmen Sie sich ruhig etwas ..." Mia bemerkte, wie er sie genau in diesem Moment beobachtete, so als ob er versuche, abzuschätzen, wie viel er ihr anvertrauen konnte.

„Vielen Dank noch einmal, dass Sie etwas Zeit für mich haben", antwortete Mia und erinnerte sich an die Worte von Mitch, als er versuchte, ihr die Verhandlungsstrategien in den Ministerien zu erklären.

„Jede Geste, jeder Satz könnte eine besondere Bedeutung haben und trotz deiner ablehnenden Haltung können solche Gesten ein zukünftiges „Ja" bedeuten oder eine Möglichkeit zu neuen Verhandlungen eröffnen. So entstehen die sogenannten „schmutzigen Deals" hinter verschlossenen Türen, bei denen sich jeder als Gewinner sieht. Es ist immer eine Ansichtssache, wer am Ende wirklich als Gewinner dasteht."

Der Direktor sah Mia eindringlich an. „Ich bedaure die Umstände, die uns zu diesem Treffen zusammenführen. Wir haben bislang nur wage Informationen, die zwar von den Amerikanern bestätigt wurden, aber es besteht immer noch eine Chance, dass es sich um Fehlmeldungen handelt."

Mia kaute auf einem Salatblatt herum, obwohl sie überhaupt keinen Hunger verspürte. Die Worte des Direktors wie sie ihn immer noch nannte plätscherten dahin, es waren bürokratische Floskeln.

Sie ging vermutlich ein hohes Risiko ein, aber was hatte sie schon zu verlieren.

„Sind Sie in diesen Auftrag involviert?" Sie fixierte den Direktor mit ihren dunklen Augen und einen Moment lang lieferten sie sich ein stummes Duell.

Er legte sein Besteck beiseite und nahm eine Serviette. Nahm sich Zeit, um seine Antwort genau zu überlegen.

„Ja. Vor einigen Monaten saßen die beiden hier im Büro und wir haben reinen Tisch gemacht. Ihre Aktivitäten waren mir nicht entgangen, aber es handelte sich um eine Privatangelegenheit, also habe ich darüber hinweggesehen. Leider hat sich die Situation anders entwickelt und im Moment können wir die Folgen überhaupt noch nicht einschätzen. Wir stehen an der Schwelle eines Bürgerkrieges in Afghanistan und die Ermittlungen in Amerika erreichen gerade die höchsten politischen Ämter. Der amerikanische Präsident ist informiert und hat den Justizminister mit den Ermittlungen in dieser internationalen Angelegenheit beauftragt. Also Sie sehen, welchen Stellenwert dieser Auftrag hat. Ich versuche alles zu tun, um Klarheit in die Ereignisse in Afghanistan zu bekommen. Ich kenne die beiden und habe immer noch Hoffnung."

Es war mehr, als Mia erwartet hatte und deckte sich mit der Geschichte, die Steve ihr gestern in Brüssel erzählte. Ihr wurde plötzlich bewusst, welche Dimension die Sache hatte und ein kalter Schauer überfiel sie.

Die nächste halbe Stunde lang erlebte sie ein Wechselbad der Gefühle. Die Geschichte setzte sich wie ein Puzzlespiel zusammen und sie war selbst ein Teil davon. Sie sah sich unzählige Male am Flughafen stehen und warten, ihre Streitgespräche, als es um seine Reisen nach Kabul ging und als Mitch später diesen Artikel fand, der ihn so nachhaltig veränderte. Sie hatte Günther vor Augen, wie er im Krankenhaus lag, angeschlossen an diese Maschinen, so hilflos. Stets hatte sie Mitch in seinen Entscheidungen unterstützt, auch bei seinem letzten Einsatz. Es war ihre gemeinsame Entscheidung gewesen, dass er in diesen Einsatz ging und wo auch immer und in welchen Schwierigkeiten ihre Jungs gerade steckten, sie musste ihnen helfen.

„Ich weiß, dass sie noch leben, und ich weigere mich, die Tatsache zu akzeptieren, dass sie gefallen sind ...", sagte Mia. Dann berichtete sie ihm von dem seltsamen Anruf in Herat. Zum ersten Mal sah sie so etwas wie Überraschung in seinem Gesicht, dann sprang er von seinem Platz auf und eilte zur Tür.

„Entschuldigen Sie mich für einen Augenblick, bitte ...", sagte er von der Türschwelle und verschwand in seinem dunklen Büro.

Nach zehn Minuten tauchte er wieder auf und man sah ihm an, wie es in seinem Gesicht arbeitete.

„Ich habe gerade mit meinem Kollegen in Amerika telefoniert und wir brauchen jetzt Ihre Unterstützung. Es könnte sehr hart für Sie werden, aber wir müssen diesen Schritt gehen, um ganz sicher zu sein. Es hängt viel davon ab. Sind Sie bereit dazu?"

Sie ahnte was kommen musste, aber sie hatte es selbst herausgefordert.

„Ja. Ich werde es tun."

Der Flughafen Leipzig liegt einsam an der Autobahn A9, der schnellsten Verbindung zwischen Berlin und München. Ursprünglich als Konkurrenz zu den beiden Flughäfen in der Hauptstadt geplant, verlor er jedoch schnell an Bedeutung für internationale Fluglinien. Dafür gewann er für den Frachtverkehr schnell an Bedeutung.

Die amerikanischen Streitkräfte nutzen seine zentrale Lage für die Truppentransporte und die logistische Unterstützung ihrer Streitkräfte in Asien. Unbemerkt von der Öffentlichkeit werden hier Truppentransporter für ihren Weiterflug in die Einsatzländer aufgetankt und die Soldaten nutzen die Zeit am Boden, um sich von den Anstrengungen der langen Flüge zu erholen. In den grauen Hallen warten sie anschließend auf ihren Weiterflug, während die Flugzeuge in dieser Zeit be- oder entladen werden.

Eine weiße Maschine einer privaten Fluggesellschaft folgte dem gelbschwarzen Fahrzeug auf dem Vorfeld, das sie zielsicher zu ihrer Position am Boden brachte. Die Zeit, die die Flugzeuge am Boden verbringen, kostet Geld und als die Turbinen das letzte Mal aufheulten und langsam zum Stillstand kamen, eilten bereits die fahrbaren Treppen zu den beiden Eingängen der Maschine.

Keine zwei Minuten später stieg eine lange Reihe Soldaten aus der Maschine aus, sog die nach Kerosin riechende Luft ein und ging auf die offenen Türen der Wartehalle zu. Man merkte schon aus der Entfernung, dass die Stimmung locker und gelöst war. Sie waren auf dem Weg nach Hause und hatten unbeschadet den hinter ihnen liegenden Einsatz überstanden. In acht Stunden werden sie auf einem Militärstützpunkt in den Staaten landen, wo ihre Familien auf sie warteten.

Sofort wurde das Flugzeug von allen Seiten geschäftig umringt. Der Tankwagen rollte von einer Seite heran, während auf der anderen die große seitliche Klappe aufging und die große Hebebühne heranrollte. Neben den üblichen Blechcontainern rollte eine Palette mit zwei grauen, länglichen Kisten heraus, die fest mit dicken Rollgurten verzurrt waren.

Der Lademeister und ein Kerl mit einem Klemmbrett sonderten die Palette gleich von der anderen Fracht ab.

„Die Särge kommen in die Halle drei", versuchte der Lademeister den Lärm auf dem Vorfeld zu übertönen.

Kurze Zeit später zog eine kleine Zugmaschine zwei Wagen beladen mit je einer grauen Kiste in die leere Halle hinein. Hier warteten bereits mehrere Menschen und zwei schwarze Fahrzeuge eines Bestattungsunternehmens.

Der Mann mit dem Klemmbrett beobachtete aufmerksam die Trauergesellschaft vor ihm. Er hatte seine Unterschriften bekommen und damit war die Sache für ihn erledigt, aber der heutige Anruf von der Zentrale aus Washington ließ ihn besonders beflissen sein. Er hatte alle Unterlagen für die Übergabe der Leichen und der persönlichen Sachen der beiden Gefallenen aus Afghanistan erhalten und den Familien übergeben.

Der Ablauf war immer der gleiche, denn der unterschied sich nicht von dem von zivilen Bestattungen. Zwei trauernde Familien, die ihren Verlust laut beklagten. Viele von ihnen vergaßen jedoch, dass die Toten Söldner waren und dass das ein gefährliches Geschäft war. Jeder von ihnen sollte wissen, dass ihr Angehöriger sein Leben in diesem Job riskierte und deswegen war es nicht unwahrscheinlich, dass er es irgendwann auch dadurch verlor.

Die beiden armen Schweine in den schlichten Holzsärgen hatten wohl nicht viel mitbekommen, als sie starben.

Der offizielle Obduktionsbericht, ausgestellt vom Hauptquartier der Koalitionstruppen in Afghanistan, ließ an der schnellen Todesursache der beiden keinen Zweifel. Ihre Körper waren bei der Explosion fast vollständig verbrannt. Schon bald werden die Anwälte von „Thunder" ihnen über ein Treuhandkonto die vereinbarten Gehälter bis zum Vertragsende auszahlen und dann war die Sache für alle erledigt.

Ich verdiene vielleicht nur die Hälfte von dem, was die Männer in Afghanistan im Jahr verdienen, aber ich lebe ruhiger und das Bier hier in Deutschland ist hervorragend, dachte sich der Rampagent. Er löste sich von der Szene der Trauernden und ging zu seinem Büro, um die Übergabeprotokolle einzuscannen and an die Zentrale zu schicken.

Seit zwei Stunden saß Mia bereits in dem langen, kalten Flur der Leipziger Universitätsklinik. Ihr Herz raste und die Nerven waren zum Zerreißen gespannt. Immer in ihrer Nähe befand sich abwechselnd entweder Doc oder Whity. Sie spürte auch ihre Unruhe.

Auf welchem Weg auch immer es ihnen gelang, die beiden Leichen aus dem Beerdigungsinstitut zu „entführen", sie mussten noch heute dorthin zurück. Das amerikanische Sicherheitsunternehmen schirmte seine Mitarbeiter gut ab und die Betreuung ging bis zur endgültigen Bestattung der Toten.

Die Tür aus Milchglas schwang leise auf und eine Frau in blauer Operationskleidung trat heraus. Mia machte einen Schritt auf sie zu. Ihre Augen trafen sich und darin konnte sie den nüchternen Blick eines Facharztes erkennen. Die Ärztin machte ihren Mundschutz ab.

„Es ist ungewöhnlich, dass wir in so einer kurzen Zeit eine ausführliche Obduktion durchführen müssen, aber der Fall sei dringend, wurde mir versichert", begann sie, bevor sie von allen Seiten umringt wurde. „Sind Sie alle Angehörige der Verstorbenen?"

Die beiden Männer und die junge Frau vor ihr nickten zur Bestätigung.

„Bevor wir jetzt da hineingehen, möchte ich ihnen sagen, dass es kein angenehmer Anblick ist. Die beiden Körper weisen starke Verbrennungen auf. Ich meine so stark, dass ich ihnen eigentlich den Anblick ersparen möchte und sie daher alles über die großen Bildschirme verfolgen können."

„Zeigen Sie es uns", sagte Mia leise.

Erneut musterte die Ärztin sie, aber dieses Mal mit einer Spur Mitleid. „Ich möchte Ihnen wirklich den Anblick ersparen. Auch wir bekommen solche Verletzungen nicht oft zu sehen. Uns wurden die Bilder der Obduktion von den Ärzten aus Kandahar zugestellt, sodass wir hier keine weiteren Untersuchungen durchführen werden, da die Papiere von einer Militärbehörde ausgestellt wurden. Bitte", sagte sie zögerlich und zeigte den Flur entlang.

Mia biss die Zähne zusammen und schüttelte nur den Kopf.

Sie folgten der Pathologin den langen, weißen Flur entlang, vorbei an unzähligen Türen. Am Ende des Korridors brannte helles Licht und Mia merkte, wie ihr schon jetzt die Knie weich wurden. In jedem Krimi, in dem die Gerichtsmedizin gezeigt wird, sah es gleich aus und auch dieser Flur unterschied sich nicht von den Räumen, die sie aus den Filmen kannte. Sie blieben vor einer unscheinbaren Tür stehen, hinter der sich vier Stühle und ein Beamer an der Decke befanden.

„Sind Sie bereit?"

Mia schaffte es nur noch, mit dem Kopf zu wackeln. Ihr Blick war starr auf die Wand gerichtet. Sie spürte die Nähe der beiden Jungs im Rücken, die sich hinter ihr postierten.

Nachdem sie die ersten Bilder sah, war sie sich sicher, dass sie das im ganzen Leben nie mehr vergessen wird. Sie zeigten etwas Schwarzes, das einmal ein Mensch war. Die Hälfte des Kopfes fehlte und der Rest, der davon noch übrig war, war vollständig verbrannt — es hatte nichts mehr mit einem menschlichen Antlitz zu tun. An anderen Stellen der Körper schimmerten weiße Knochen, umgeben von verbranntem Fleisch, durch. Sie hielt den Atem an, schaute auf das, was ihr die Bilder aus der Gerichtsmedizin zeigten und sammelte ihre Gedanken.

Erst die leise Stimme der Ärztin löste diesen Bann. „Ich hatte es Ihnen bereits angekündigt, dass der Zustand der Körper sehr mitgenommen ist.

Können Sie ihren Mann vielleicht anhand irgendwelcher Anhaltspunkte erkennen? Eine alte Verletzung, ein Knochenbruch oder irgendein anderer Hinweis für uns?"

Es folgten mehrere Aufnahmen, aber Mias Verstand weigerte sich, das zu akzeptieren, was vor ihr war. Was sollte sie sagen? Diese Bilder mit dem verbrannten Körper erinnerten sie nicht im Entferntesten an einen Menschen, der einmal gelebt hatte und schon überhaupt nicht an Mitch. Sie versuchte, ein Band zu knüpfen, eine Verbindung, ihre Erinnerungen abzurufen, aber da war eine Leere, die sie nicht durchdringen konnte.

„Er hat eine Narbe an der rechten Schulter. Eine Verletzung nach dem Anschlag", hörte sie ihre eigene Stimme aus der Entfernung.

„Das Einzige, was ich mit Sicherheit sagen kann, ist, dass einer der beiden Schnittverletzungen aufweist. Bei diesem hier …", deutete die Ärztin auf das Bild rechts von ihr. „Deuten die Zerstörungen am Thorax auf Einschusslöcher. Mehr könnte uns eine eingehende Untersuchung sagen. Mit einem 3D-Scan können wir vielleicht ihre Gesichtsformen nachbilden, aber im Moment ist der Zustand der Zerstörung im Gesicht zu weit fortgeschritten, um überhaupt einen Anhaltspunkt für die Angehörigen zu liefern. Eine starke Explosion hat ihre beiden Gesichtshälften zerstört, außerdem wurden die Hände in Mitleidenschaft gezogen. Verbrennungen dritten Grades. Wir verlassen uns deswegen auf die amtlichen Dokumente und die Berichte zu der Todesursache."

Die Bilderfolge der Leichen stoppte und jetzt folgten die Bilder der Autopsie aus Afghanistan. Sie stammten vermutlich aus dem Inneren eines Militärkrankenhauses. Ein Raum mit zwei Liegen, darauf zwei Leichensäcke. Mehrere Ärzte, wie sie die Körper von den Überresten ihrer Kleidung befreiten.

„Den Rest möchte ich Ihnen eigentlich ersparen. Unsere Obduktionsergebnisse decken sich mit den unserer Kollegen", sagte die Ärztin und schaltete den Beamer aus. Sie ließ den drei Besuchern einen Augenblick Zeit, um das gesehene zu verarbeiten. Anschließend steuerte sie die drei in Richtung des Ausganges.

„Das Einzige, was ich Ihnen mit achtzigprozentiger Sicherheit sagen kann, ist, dass sie bereits tot waren, als ihre Körper verbrannten. Ich bin mir sicher, dass wir auch Spuren eines Brandbeschleunigers auf ihren Körpern finden werden …" Weiter kam die Ärztin nicht, da Mia sich plötzlich umdrehte und den langen, mit Neonlampen beleuchteten Gang zurück zu dem Raum rannte.

„Ihre Schuhe … Ich habe die ganze Zeit überlegt, was an diesem Bild nicht stimmt … Mitch machte sich immer einen Doppelknoten in die Schnürsenkel und dann legte er die Enden in die Schuhe hinein. Becks machte es genauso! Bitte zeigen Sie uns das Bild noch einmal, als ihnen die Schuhe aufgeschnitten wurden", rief sie der Ärztin zu.

Sie bemerkte, wie Doc und Whity sich einen Blick zuwarfen.

„Das lernen wir sehr schmerzhaft in der Ausbildung", murmelte Whity leise.

„Geht dein Schuh auf, bedeutet das fünfzig Liegestütze und so kann es den ganzen Tag gehen. Immer einen Doppelknoten und den Rest in den Schuh stecken, damit man nirgends hängen bleibt", ergänzte Doc.

Jetzt war es die Ärztin, die sie alle drei fragend ansah und sich vermutlich ihre eigenen Gedanken über deren geistigen Zustand machte. Das zeigte ihr Geschichtsausdruck sehr deutlich. Doch jetzt waren sie nicht mehr aufzuhalten. Doc lief zu Mia, die sich weigerte, den Raum zu verlassen und Whity schob sich elegant dazwischen und verwickelte die Ärztin sofort in ein Gespräch, bevor diese weitere Fragen stellen konnte.

Stunden später saß Mia gedankenverloren in einem schlichten Krankenzimmer des Bundeswehrkrankenhauses. Sie war sofort nach ihrer Rückkehr in Berlin zu Günther geeilt. Sie musste sich wieder sammeln und ihre Gedanken ordnen, der Schock des Erlebten saß noch tief.

Am Ende war sie sich sicher, dass die beiden verbrannten Leichen aus Leipzig irgendjemand aber nicht Mitch oder Becks waren. Während der Rückfahrt hatten sie lange darüber diskutiert und es gemeinsam ausgeschlossen, aber leise Zweifel blieben, solange sie keinen endgültigen DNA-Abgleich hatten. Die Zweifel blieben vor allem, als sie die beiden schweren Kisten mit den Habseligkeiten der beiden in ihr Fahrzeug beluden, die die Amerikaner ihnen übergaben. Sie hatte Angst, die Kiste zu öffnen und seine Sachen anzufassen — es hatte etwas Endgültiges. Es war etwas anderes, als seine Sachen zu Hause zu berühren, da war noch Hoffnung, dass er bald zurückkehren würde.

Günther wurde vor vier Wochen aus der Schweiz nach Berlin verlegt. Er lag jetzt auf der VIP-Station des Bundeswehrkrankenhauses, die über zusätzliche Sicherheitsmaßnahmen verfügte. Sie wurden notwendig, als die Schweizer Behörden ein steigendes Interesse Unbefugter an Günther meldeten.

Zunächst versuchte jemand, sich einen Zugriff auf seine Patientendaten in dem Schweizer Krankenhaus zu verschaffen. Anschließend meldeten sich „Verwandte", die unbedingt den Kranken besuchen wollten, der aber unter einem falschen Namen auf der Station lag. Der Trick der Schweizer Polizei funktionierte und jetzt wussten sie, dass Günther immer noch in Lebensgefahr schwebte und sein „Unfall" viel mehr ein Mordanschlag war. Uerli, der Schweizer Polizeikommissar, den sie damals kennengelernt hatte, meldete sich bei ihr vor ein paar Wochen und unterrichtete sie über die seltsamen Vorgänge. Daraufhin hatten sie beschlossen, Günther sofort nach Deutschland zu verlegen. Die Polizei hatte den Austausch im Krankenhaus sehr unauffällig durchgeführt, denn schon wenige Tage später wurde ein Amerikaner auf der Station festgenommen, der versuchte, in das Zimmer, in dem zuvor Günther lag, einzudringen. Die Polizei fand eine Schusswaffe bei ihm.

Unter anderen Umständen hätte sie Günther darüber informiert, schließlich war es der zweite versuchte Anschlag auf sein Leben. Erneut hatten sie Glück gehabt, doch wie lange würde das gut gehen? *Was hatte sich Mitch dabei gedacht, als er uns in seinen privaten Rachefeldzug verwickelte?*, dachte sie bitter.

Was hast du gefunden, dass sie dich unbedingt töten wollen?, war ihre nächste Frage, bevor sie zu Günther ins Zimmer trat.

Dieser saß aufrecht in seinem Krankenbett, vertieft in seine Notizen. Nach einer kurzen, herzlichen Begrüßung begann er, irgendetwas auf seinem Laptop zu schreiben. Über den Fernseher, der weit oben an der weißen Wand hing, liefen Nachrichten in einer Dauerschleife. Parallel dazu bediente Günther ein Spiel auf seinem iPad und murmelte von Zeit zu Zeit unverständliches Zeug.

Immer und immer wieder ging sie die Ereignisse und die Gespräche der letzten Tage durch. Von der schlaflosen Nacht in tiefer Trauer bis zu der neuen Hoffnung nach dem Besuch der Gerichtsmedizin war alles dabei.

Die Untersuchungsergebnisse werden sicherlich ihre Behauptung bestätigen. Nein, sie mussten es, alles andere war nicht vorstellbar. Sie war sich so sicher, dass die beiden verbrannten Körper nicht die waren, für die sie ausgegeben wurden. Das sagte sie sich immer wieder wie ein Mantra, um sich selbst zu beruhigen.

Aber wie sollte es weiter gehen? Was wenn doch ... Wo steckten die beiden und was hatte es mit diesem mysteriösen Anruf in Herat auf sich? Es war ein kleiner Hoffnungsschimmer. Aber neben jemandem zu sitzen, dem sie vertraute, tat ihr gut und langsam entspannte sie sich etwas.

„Da, der Kupferpreis! Es gibt ein neues Kupfervorkommen ...", sagte Günther plötzlich laut und starrte gebannt auf den Fernseher. Dort liefen gerade die Notierungen für Rohstoffe über ein rotes Band. Noch bevor Mia verstand, worum es überhaupt ging oder reagieren konnte, lief bereits die nächste Meldung.

„Hast du das auch gesehen?", fragte Günther und drehte sich ihr zu.

Sie bemerkte, wie es hinter seinen Augen arbeitete, nahm seine warme Hand in ihre und blickte in seine grauen Augen. „Günther, ich habe dir von Mitch erzählt ... Ich glaube, er braucht jetzt deine Hilfe. Egal, was dir einfällt, sag es mir ..."

Einige Momente vergingen. Immer noch saßen sie zueinander gewandt, bis er ihre Hand drückte.

„Es ging alles so schnell. Die Lichter, die mich verfolgten … Ich wusste es die ganze Zeit, aber dann haben sie mich doch noch erwischt. Ich hörte noch den harten Schlag und das Geräusch, als das Blech zerdrückt wurde. Dann verlor ich die Kontrolle. Es war wie in einer Waschmaschine, ich wusste nicht mehr, wo oben oder unten war und dann habe ich euch an meinem Bett gesehen", flüstere er und seine Augen waren jetzt starr, als holte er die Ereignisse aus der tiefsten Ecke seiner Erinnerungen hervor.

„Ja, wir haben dich damals in der Klinik besucht", erwiderte Mia und runzelte die Stirn. Irgendetwas brachte Günther gerade durcheinander, aber er begann sich an etwas zu erinnern und das machte ihr neue Hoffnung.

„Ich spüre immer noch deinen Duft in der Luft. Auch wenn ich meine Augen geschlossen hielt, fühlte ich mich nicht mehr so allein und verloren. Das war etwas Spezielles, orientalisch, würzig, warm und mystisch, das sich nie veränderte." Sein Gesicht nahm einen verträumten Ausdruck an und er fuhr fort. „An diesem Tag kam ich aus Zürich. Etwas war schief gelaufen in unserer Observation und ich machte mir Gedanken darüber. Wir hatten uns über das Handy des Hausmeisters in das WLAN-Netz des Hauses eingeloggt und erhielten so Zugriff auf den Computer im Haus. Es war die einzige Möglichkeit eine direkte Verbindung von Brunner zu Melai zu finden. Der Trojaner lieferte uns eine Menge Daten und es lief gut. Im Nachhinein war es zu einfach. Plötzlich gab es einen Datenabriss. Vermutlich wurde unseren Einbruch doch bemerkt. Ich denke, wir haben unsere Gegenspieler unterschätzt." Seine Augen jetzt waren starr auf die Wand gerichtet und sie sah an seinem Gesicht, wie er nach Antworten suchte.

„Da ist es wieder!", hellte sich sein Gesicht plötzlich auf und er zeigte auf den Fernseher.

Dort liefen die letzten Sekunden einer Reportage über ein großes Unternehmen in Indien.

„Darüber wusste ich bereits vor einem halben Jahr Bescheid", sagte er und Mia versuchte, einen Zusammenhang aus diesen letzten Sätzen und ihrer Geschichte zu finden.

Wer konnte ihr noch helfen? Es blieb eigentlich nur der Direktor, der eine andere Sichtweite hatte und vermutlich auch viel mehr über diese Angelegenheit wusste.

Sie spürte, wie aufgewühlt Günther jetzt war, aber sein Verstand konnte nach der langen Zeit im Koma noch keine Zusammenhänge liefern. Eine

Weile saß sie noch bei ihm, hielt einfach nur die Hand und ging ihren eigenen Gedanken nach.

Es ging alles viel zu schnell. Noch eben erreicht sie die Nachricht über den Tod der beiden und im nächsten Augenblick saß sie im Kanzleramt. Schlaflose Nächte durchbrochen von unruhigen Träumen. Dieser furchtbare Tag in Leipzig — brachte er wirklich Gewissheit oder war das einfach ihr Wunsch, dass Mitch noch am Leben war? Sie war hin und her gerissen, klammerte sich an jeden Strohhalm und an ihre Erinnerungen.

Nach Hause gehen und allein sein, das konnte sie noch nicht ertragen und so blieb sie einfach sitzen. Günther schlief bereits in seinem Krankenbett. Irgendwann nahm sie doch ihren ganzen Mut zusammen und verließ das Krankenhaus.

Die Straßen waren ruhig, obwohl erstaunlich viele Leute in den kleinen Cafés an der Straße oder in Grüppchen am Rand saßen. Sie sah bereits das rotbraune Tor zu ihrem Haus, als sie auf zwei Männer davor aufmerksam wurde. Sie erkannte Doc und Whity, die lässig zu ihrem Wagen schlenderten.

„Hallo Mia, wir wollten mal bei dir vorbeischauen und sehen, wie es dir geht", begrüßte Whity sie. Mia erinnerte sich, dass er diesen Spitznamen wegen seines weißen Bärtchens trug.

Doc drückte sich an die Autotür heran. „Na ja, wir machen uns Sorgen um dich und da habe ich ein paar Jungs gefragt, ob sie helfen können ..."

„Helfen? Wobei?!", fragte sie verständnislos.

„Na, wir wissen in was für einer Situation du gerade dich befindest und da haben wir uns gefragt, ob du vielleicht Gesellschaft brauchst", platzte es aus ihm heraus.

Whity bemerkte ihren hilflosen Blick und half seinem Freund.

„Die Geschichte hat sich natürlich schnell bei uns herumgesprochen und wir wollen dich in dieser schweren Zeit unterstützen. Also haben wir uns gedacht, dass wir vielleicht zusammen einen Grillabend machen könnten."

Sie blickte nachdenklich vom einen zum anderen und war sich bereits sicher, dass sie heute keinen Menschen mehr sehen wollte.

Trotzdem fragte sie: „Also, wenn ich euch richtig verstanden habe, wollt ihr zwei jetzt mit mir grillen?"

Das Gesicht von Doc hellte sich sofort auf: „Naja, wir sind etwas mehr als drei!"

„Hmmm ... Keine Ahnung, wie ihr das immer schafft, aber hinein mit euch!" Mia drückte auf den Toröffner.

Als sie den Wagen in die Garage fuhr und einige Minuten später herauskam, war der ganze Garten voller Männer. Bei fünfundzwanzig hatte sie aufgehört zu zählen. Sie schleppten volle Einkaufstüten und es klirrten die Bierflaschen in den Kästen, die gerade abgeladen wurden. Innerhalb weniger Augenblicke verwandelte sich der ganze Hof in ein Getränke- und Warenunterstand.

„Also gut, ich zeige euch, wo der Grill steht und wo die Küche ist und wo ihr die Getränke kühlen könnt. Aber ich brauche erst einmal eine heiße Dusche", ergab sie sich ihrem Schicksal.

Als Mia eine halbe Stunde später in den Garten kam, war er wie verwandelt. Die Männer saßen an langen Tischen, einige standen am Grill und kümmerten sich um das Essen. Es war alles vorbereitet und sie bekam schon ein schlechtes Gewissen, dass sie die Jungs zuerst abweisen wollte. Ihre Augen füllten sich mit Tränen, als jemand sie von hinten umarmte.

„Wir wollten dir in diesen Stunden beistehen und dir zeigen, dass wir sie auch vermissen ...", raunte Doc leise hinter ihr.

Sie sah in die Runde und spürte ihre Blicke. Viele von denen, die heute hier saßen, kannte sie bereits von irgendwelchen Veranstaltungen. Alle zusammen teilten sie das große Geheimnis um ihren Beruf und doch war das, was sie alle gemeinsam verband, eine große Familie und jetzt fühlte sie sich wie ein Teil davon.

„Ich weiß gar nicht, was ich sagen soll und ich bin wirklich selten sprachlos. Vielen Dank, dass ihr gekommen seid", sagte sie und lächelte zum ersten Mal an diesem Tag.

KAPITEL 4

Mitch hatte nur noch Bruchstücke der letzten Tage in seiner Erinnerung. Er konnte sich schemenhaft an die Nacht erinnern, in der er in dem Graben lag und auf die Angreifer schoss, bis sein Magazin leer war.

Die Angreifer warfen eine Nebelgranate auf seine Stellung und er wartete, bis sie kamen, um ihn zu holen. Vermutlich hatte er für einen kurzen Augenblick das Bewusstsein verloren, denn als er einen Körper sah, der sich aus dem Nebel herausschälte, explodierte sein Kopf vor Schmerz und die Dunkelheit umgab ihn.

Danach spürte er manchmal die Anwesenheit von Menschen um sich. Sein Körper wurde bewegt oder hin und her gezerrt. Zu Bewusstsein kam er wieder als seine Arme in die Höhe gerissen und seine gefesselten Hände an einem Haken aufgehängt wurden. Ein kalter Wasserstrahl wanderte über seinen ganzen Körper, wodurch der Schüttelfrost zurückkehrte, und obwohl die Schmerzen in seinem Körper so für einen Augenblick verschwanden, kamen sie kurze Zeit später mit neuer Macht wieder. Die Schreie, Schläge und Enttäuschung in den Gesichtern seiner Peiniger bemerkte er nicht, da er immer wieder das Bewusstsein verlor.

Das schmale Gesicht mit den dunklen, funkelnden Augen, die ihn eindringlich musterten, tauchte seit einer ganzen Weile nicht mehr auf. Er hatte das Gefühl, dass es einem sehr gefährlichen Mann gehörte. Stattdessen kam ein neues, glattrasiertes Gesicht mit blass-blauen Augen, die ihn sorgenvoll mustern, und ein bärtiges Gesicht mit dunklen Augen immer öfter in sein Bewusstsein.

Seitdem diese beiden Gesichter vor ihm auftauchten, bemerkte er eine Veränderung in seinem Körper. Das Essen, das sie ihm jetzt gaben, war besser und er fühlte, wie sein Körper sich langsam stabilisierte. Vermutlich gaben sie ihm irgendwelche Medikamente, denn er schlief seitdem viel ruhiger und sie hatten aufgehört, ihn zu foltern. Anscheinend entschlossen sie sich ihn noch eine Weile am Leben zu halten und er versuchte sich so lange wie möglich hilflos zu stellen, um seine Kräfte zu sammeln. Die Kabul-Grippe brachte den Körper aufgrund des extremen Wasserverlustes an den Rand des Zusammenbruchs und er wusste, dass sein Freund ihn suchen würde — für eine Flucht brauchte er alle Kräfte, die er mobilisieren konnte.

Obwohl es riskant war, musste er eine Flucht wagen, sonst waren seine Tage gezählt. Sie würden ihn so weit herrichten, bis er ihnen das geben konnte, was sie von ihm brauchten, und dann war er wertlos für sie. Immerhin wusste er jetzt, dass es eine Verbindung gab zwischen dem Geheimdienst der „Thunder" und den unbekannten Söldnern gab und nach allem, was passiert war, waren die Chancen dieses Land lebend zu verlassen äußerst gering.

Diese Überlegungen streiften in den Momenten durch seinen Kopf, wenn er klar denken konnte und die Umgebung um sich herum wahrnahm, nur um anschließend wieder in einen tiefen Schlund zu fallen, wenn sein Körper den Kampf gegen die Krankheit erneut verlor.

Die Pausen zwischen diesen Schüben wurden immer länger und Mitch spürte, dass er sich auf dem Weg der Besserung befand. Vielleicht noch drei oder vier Tage und dann werden sie wieder kommen. Bis dahin musste er bereit sein und vermutlich hatte er nur einen einzigen Versuch, aber er musste eine Möglichkeit zur Flucht finden, sonst würde er in diesem Loch verrotten.

Mitch war sich der Tatsache bewusst, dass die Wahrscheinlichkeit, dass Becks ihn in dieser Stadt fand, sehr gering, zumal er auf keine Unterstützung von außen hoffen konnte. Entgegen ihrer ursprünglichen Planung waren sie noch Meilen von einer Aufdeckung einer Verschwörung entfernt. Sie waren von Anfang an nur ein Köder, in der Hoffnung, dass die Haupakteure die hinter dieser Verschwörung standen lang genug abgelenkt werden konnten oder einen strategischen Fehler begangen. Wer auch immer sich diesen Plan sich in Washington ausgedacht hatte, war ein hohes Risiko eingegangen. Der Direktor und seine amerikanischen Partner suchten bestimmt schon jetzt nach einer anderen Lösung. Sie waren gescheitert und das bereits nach so einer kurzen Zeit, das war nicht geplant ... zu früh ... viel zu früh.

Mitch hörte zwei unterschiedliche Stimmen in seiner Nähe, die sich zu seiner Verwunderung miteinander auf Englisch unterhielten und er widerstand dem Reflex, seine Augen sofort zu öffnen. Die eine sprach ein sauberes Oxford Englisch, die andere hatte einen starken Akzent. Der eine unterwies den anderen in der Einnahme der Medikamente. Schritte, noch mehr Stimmen, die jetzt lauter wurden, dann hörte Mitch den Engländer sprechen und ein anderer übersetzte. Wieder verschiedene Stimmen und zahlreiche Schritte, die sich entfernten — dann wurde es ruhig um ihn.

„Du kannst die Augen ruhig aufmachen", hörte Mitch die wohltönende Stimme über sich.

Vorsichtig öffnete er seine Augen und blickte in ein blasses Gesicht mit einer gebrochenen Boxernase und kurzen hellen Haaren. Der Fremde schaute ihm einen Augenblick lang neugierig in die Augen, dann wanderten seine Augen über seinen Körper.

Noch ehe er sich wegdrehen konnte, sagte der Unbekannte: „Bleib liegen. Ich habe dir eine Infusion gelegt und Mohammed wird sich ab heute um dich kümmern."

Seine Hand, die in einem blauen Einweghandschuh steckte, zeigte neben sich und ein bärtiges Gesicht tauchte in seinem Sichtfeld auf, das Mitch bereits aus seinen Träumen kannte. Der Fremde musterte ihn neugierig und entblößte eine Reihe weißer Zähne zu einem breiten Lächeln.

„Du lebst. Wir dachten schon, wir würden dich verlieren. Aber der Doktor hat dir gute Medizin gegeben."

Jetzt schauten ihn beide fragend an.

„Ich bin Mitch", brachte er mit rauer Stimme heraus und merkte, wie angeschwollen seine Zunge war.

„Gib ihm etwas zu trinken", wies der Engländer den anderen an. Seine Augen musterten ihn die ganze Zeit.

Mitch trank das Wasser gierig, doch nachdem er den metallischen Geschmack in seinem Mund und irgendwelche bitteren Reste schmeckte, verschluckte er sich augenblicklich und hustete den Rest wieder aus.

„Nicht so viel auf einmal", sagte der Mann über ihm streng.

Der neue Versuch brachte etwas Erleichterung und Mitch nippte vorsichtiger an der Flasche. Als er seine Beine zu sich heranziehen wollte, klapperte etwas an der Wand und er bemerkte einen Widerstand an seinem Fuß.

„Ich konnte sie überzeugen, deine Hände nicht zu fesseln, aber dafür haben sie dir Ketten an die Füße gelegt", kommentierte der Engländer seinen Versuch nüchtern. Er hatte sich immer noch nicht vorgestellt und machte auch keine Anstalten für eine Erklärung.

Erneut wandte er sich an Mohammed.

„Gib ihm diese Tabletten zum Essen und wenn der Beutel leer ist, dann drehst du den Schlauch so, wie ich es dir gerade gezeigt habe, einfach hier ab. Wenn es ihm wieder schlechter geht, dann machst du einen neuen Beutel ran. Er ist Soldat und wenn er bei Bewusstsein bleibt, dann wird er sich selbst helfen können. Ich komme morgen im Laufe des Tages vorbei."

Dann stand der Fremde umständlich auf und ging mit unsicheren Schritten zur Tür.

Eine Weile herrschte Stille im Raum und Mitch merkte, wie ausgelaugt sein Körper war. Er fühlte sich schwach und schloss die Augen.

„Ich werde hier bleiben", sagte Mohammed und Mitch zwang sich, die Augen wieder zu öffnen. „Dieser Engländer ist ein guter Mann, er hat auch mir geholfen. Hassan hat mir das Bein gebrochen, als ich versucht habe, die Wachen zu bestechen. Der Engländer hat mir einen Gips gemacht." Er klopfte auf sein Bein.

Es polterte und dann sah Mitch einen dreckigen, gipsartigen Verband um das Schienbein von Mohammed gewickelt. Dann wurde es wieder dunkel vor seinen Augen und er fiel in den Abgrund. Die letzten Worte hörte er nicht mehr.

„Der Doktor sagt, du bist Soldat und du schuldest dem Gouverneur viel Geld. Vielleicht können wir uns gegenseitig helfen, er möchte nämlich unser Land stehlen." Ein kurzer Seitenblick genügte Mohammed, um zu sehen, dass der große Mann ihn nicht mehr hörte und wieder in seinen Traum versunken war.

Nachdenklich betrachtete er den Unbekannten, der vor ihm lag. Konnte dieser Mann ihm dabei helfen, aus diesem Loch zu entkommen? Mit dem Gipsbein würde er es aus eigener Kraft nicht schaffen und der hier war zwar groß und kräftig, aber zu krank, um eine wirkliche Hilfe zu sein. Konnte er einem Dieb überhaupt trauen? Es war zu gefährlich, unter Folter könnte er ihnen seine Fluchtpläne verraten. Hassan war ein Meister darin, den Menschen ihre Geheimnisse unter Schmerzen zu entlocken. Mohammed atmete tief durch. Das war sehr leichtsinnig, aber er hatte vermutlich keine andere Wahl, er war auf die Hilfe eines Unbekannten angewiesen.

In vier Tagen wird die große Ratsversammlung aller Stämme der Provinz Kandahar stattfinden. Auch sein Vater wird als Stammesfürst daran teilnehmen. Der Gouverneur hat seit seiner Ernennung stets versucht, die Stimmen in der Versammlung zu seinen Gunsten zu beeinflussen, aber die Bergstämme waren störrisch und stolz. Sie grenzten sich gegen einen dahergelaufenen Verwandten des Präsidenten ab und leisteten Widerstand, wo sie nur konnten. Melai versuchte es mit Geld aber als es ihm nicht gelungen war, den Widerstand der Stämme zu brechen, begann er mit Gewalt seine Ziele durchzusetzen. Eines Tages tauchten Fremde in den Dörfern auf und begannen mit ihren Überfällen. Selbst die Taliban stellten sich auf die Seite der Stämme, aber die Unbekannten hatten einen starken Verbündeten. In den Nächten schlugen sie zu und verschwanden anschließend spurlos wie Geister. Alles, was sie über die unbekannten Kämpfer wussten, war, dass diese eine andere Sprache sprachen und keine ideologischen Ziele verfolgten.

Die Bodenschätze in den Bergen wurden bereits von den Sowjets entdeckt, aber sie trauten sich damals nicht in die abgelegenen Täler mit nur einer Durchgangsstraße hinein. So erzählte es ihm sein Vater und nach ein paar Jahren vergaßen alle die alten Geschichten. Bis der neue Gouverneur seine Erkundungstrupps in die Berge schicke.

Melai täuschte sie und behauptete, seine Männer würden Standorte für neue Funktelefonmasten suchen und sie wollten den Untergrund für die Aufstellung prüfen. Die Männer sammelten Bodenproben und kurze Zeit später erfuhren sie aus dem Fernsehen, dass ihr Land an die Inder verkauft wurde. Schon bald sollte eine Straße durch ihr Gebiet gebaut werden und später die Förderung von Kupfer beginnen.

Sein Vater tobte und die Ältesten schworen Rache für diesen Verrat. Unter solchen Umständen hatte sich die große Ratsversammlung schon einmal gegen den Landverkauf ausgesprochen und den Stämmen den Anspruch auf ihr Land bestätigt. Das war vermutlich das erste Mal, dass sie sich alle einig waren. Zum Erstaunen aller zeigte sich Melai einsichtig und reumütig, aber nur, um später einen Keil zwischen sie zu treiben. Sie vermuteten, dass die Männer, die Nacht für Nacht ihre Dörfer terrorisierten, in seinem Auftrag handelten und die ersten Stammesfürsten begannen, ihren Widerstand gegen den Gouverneur aufzugeben, nachdem ihrer Dörfer verwüstet wurden. Ihr Widerstand bröckelte und die Shura wird vermutlich den endgültigen Bruch beschleunigen. Der Präsident in Kabul untersagte zwar nach ihren Protesten dieses Projekt aber das Kind war in den Brunnen gefallen. Sein Stamm saß auf einem Berg voller Geld und das weckte Begehrlichkeiten und wenn es heute nicht die Inder, dann würden es morgen die Chinesen sein. Am Ende wird Melai das bekommen, was er will und kein Präsident wird ihn aufhalten können.

Um seinen Vater endgültig zu isolieren, haben sie ihn entführt und man hielt ihn seit zwei Wochen in diesem Haus gefangen. Vermutlich war es ein Fehler, von hier zu fliehen. Hassan fackelte nicht lange. Als Mohammed hier ankam, legte Hassan sein Bein zwischen zwei Stühle und trat einfach mit seinem Fuß dagegen. Das Video mit seinen Schmerzensschreien schickten sie seiner Familie als Warnung. *Mit dem Versuch die Wachen zu bestechen habe ich unserer Sache mehr geschadet als geholfen.*

Er musste seine Familie warnen, denn die große Stammesversammlung war eine Falle. Der Gouverneur plante, an diesem Tag aller seiner unliebsamen Gegner zu entledigen. Die Pläne, die dieser Wahnsinnige verfolgte, waren nicht nur gefährlich für seinen eigenen Clan, sondern gefährdeten den Frieden im ganzen Land. Aber würde ihm jemand glauben? Sein Wort stand immerhin gegen das von Melai. Die Männer des Gouverneurs sprachen offen über ihre Pläne, aber reichte das wirklich aus, um die anderen Clans zu überzeugen?

Etwas machte „Klick" in seinem Kopf. Wenn sie offen vor ihm über ihre Pläne sprachen, dann bedeutete es, dass er dieses Gefängnis niemals lebend verlassen würde. Panik und Hilflosigkeit wechselten sich in den folgenden Stunden ab, sein Herz raste und seine Gedanken überschlugen sich. Immer wieder schaute Mohammed auf den bewusstlosen Mann vor ihm. Er musste dringend von hier verschwinden und der Große konnte ihm dabei helfen. Nur zwei oder drei Straßen weiter, dann einen Unterschlupf und ein Telefon finden, das war sein Plan.

In dieser Nacht träumte Mitch, dass er mit Mia in einem großen Konzertsaal saß und jemand auf der Bühne Klavier spielte. Doch er konnte den Spieler nicht genau erkennen, so sehr er sich auch bemühte. Die Musik war laut und es schien, als spielte er völlig durcheinander, aber Mitch erkannte ein Muster und bekam das Gefühl, dass er den Spieler kannte.

Er wachte irgendwann auf und fühlte den kalten Schweiß auf seinem Körper. In der Ecke, in der er angekettet lag, war es stockfinster. Die Kette klapperte leicht, als er sich bewegte. Sofort ging ein kleines gelbes Licht in der Ecke an.

„Bleib ruhig liegen. Beweg dich nicht, sonst kommen die Wachen rein", zischte es aus der Ecke, in der das Licht leuchtete.

Mitch erkannte die Stimme von Mohammed.

„Was machst du in meiner Zelle?"

„Hey, hast du mir nicht zugehört? Ich soll dich pflegen, damit sie sich endlich mit dir beschäftigen können."

Eine Weile blieb Mitch ruhig, um über seine Worte nachzudenken.

„Hast du Wasser?" Er spürte einen brennenden Durst. Sein Körper verlangte Flüssigkeit, um diese sofort wieder auszuscheiden und er bemerkte erneut, dass die Pausen zwischen seinen Anfällen länger wurden. Vermutlich hatte er jetzt den Höhepunkt überstanden. Bislang kannte er den Verlauf der Krankheit nur unter hygienischeren Bedingungen und unter Einnahme der richtigen Medikamente. Jetzt steckte er in einem Loch und wurde mit welchen Pillen auch immer abgefüllt.

Er spürte eine Hand, die ihn abtastete und dann stieß eine Wasserflasche gegen seine Hand.

„Danke", brachte er nach einigen Schlucken hervor. „Komm mir lieber nicht zu nah, ich könnte dich anstecken."

„Ich glaube, das ist unser kleinstes Problem. Wenn mich deine Krankheit nicht tötet, dann die Männer des Gouverneurs."

Jetzt wusste Mitch endlich, wer ihn in seiner Gewalt hatte. Melai, der Gouverneur von Kandahar.

Seine Gedanken rasten und trotz seiner Erschöpfung erkannte er plötzlich die Zusammenhänge. Die „Thunder" machte gemeinsame Sache mit den Afghanen. *Natürlich, wir waren so blind!* Wie konnte der Gouverneur allein, ohne Unterstützung von außen, eine solche Logistik in so einer kurzen Zeit aufbauen? Dafür brauchte er starke Partner mit entsprechenden Verbindungen.

Der Flughafen in Kabul tauchte vor seinem Auge auf, der Teil, der vor den Augen anderer abgeschirmt war. Sechs russische MI-8 Hubschrauber in Farbe Sand standen dort, die gleiche Anzahl auch hier in Kandahar — sie alle gehörten einer privaten Sicherheitsfirma ... „Thunder" besaß mehr Hubschrauber als einige Koalitionspartner. Selbst ihr kleiner Stützpunkt in der Stadt strotzte nur so vor Waffen und Personal, mit einem streng abgesicherten Bereich und einer riesigen Satellitenantenne. So etwas nutzten nur Geheimdienste in den Hauptquartieren der Koalitionstruppen.

Was will eine private Sicherheitsfirma mit der ganzen Militärtechnik und wozu der ganze Aufwand? Die Anzeichen scheinen sich zu bestätigen, dass die etwas Großes vorbereiten und ihr Auftrag war das herauszufinden.

Er war so in seine Gedanken vertieft, dass er nicht bemerkte, wie Mohammed immer näher zu ihm heran kroch.

„Hör zu, Großer. Es ist mir egal, warum der Gouverneur deinen Tod will, aber ich muss hier raus und dazu brauche ich deine Hilfe", flüsterte der Afghane.

„Wie kommst du darauf, dass er mich töten will?"

„Ich habe die Männer von Hassan belauscht, der hat getobt, als der Engländer sich für dich eingesetzt und ihn um seine geliebte Folter gebracht hat."

„Hmm ... Das verstehe ich nicht. Warum sollte der Engländer sich für mich einsetzten?", spielte Mitch den Einfältigen.

Mohammed machte eine wegwerfende Geste.

„Was weiß ich, was der hat. Die Wachen sagten, er braucht dich für seine Ermittlungen und der Gouverneur hat seine Männer angewiesen, dich so lange zu pflegen, bis du wieder gesund bist."

Trotz der schummrigen Lichtverhältnisse bemerkte Mitch, wie Mohammed ihn aufmerksam musterte. Mit seinem Bart und den dunklen Augen erinnerte er ihn sehr an seinen Freund Ajmal aus Kabul.

Er musste vorsichtig sein. Trotz der Umstände, in denen sie sich beide befanden, konnte das auch eine Falle sein.

„Keine Ahnung, was die von mir wollen. Ich bin ein einfacher Söldner, der einen Vertrag hat, um hier Geld zu verdienen und dann werde ich auf einmal in einer dunklen Gasse mitten in der Stadt von irgendwelchen Typen überfallen."

Mohammed lächelte schief. „Hey, was erzählst du mir? Wer überfällt schon freiwillig Amerikaner mitten in der Stadt? Wir wissen alle, dass ihr für den Gouverneur arbeitet."

Die Unterhaltung machte ihn müde und Mitch brauchte Zeit zum Überlegen. Er wollte diese Fragerei endlich beenden.

„Da fragst du die falsche Person. Es war oben im Norden der Stadt, an der Grenze zu den neuen Vierteln."

„War der Gipfel, der wie ein abgebrochener Zahn aussieht, direkt vor dir oder in deinem Rücken?"

Die Frage überraschte Mitch. Er schmunzelte. „Der Zahn war rechts von uns."

„Ahh … Ich weiß, wo du warst. Weiter im Norden, hinter dieser Bergkette, erstreckt sich ein grünes Tal bis zum Arghandab-Damm. Das ist meine Heimat, dort lebt meine Familie schon seit Jahrhunderten. Hinauf bis nach Chora siedelt unser Stamm."

Die Stimme von Mohammed nahm einen verträumten Ton an, während Mitch das Satellitenbild vor den Augen hatte. Es war alles in eine graugelbe Farbe getaucht, durchbrochen von langgezogenen braunen Bergketten, dazwischen etwas grün und dann wieder die typische Landesfarbe Graugelb.

„Aber soweit ich weiß, gehen die Aufständischen nicht so weit in die Stadt hinein", murmelte der Afghane leise.

Mitch nahm erneut einen Schluck Wasser und hatte wieder die Bilder des Überfalls vor den Augen, als Becks auf dem Boden kniete.

„Das waren keine Taliban. Wir wurden verraten und die Männer, die uns überfielen, waren vermutlich arabische Söldner. Zumindest haben sie Arabisch miteinander gesprochen."

Es dauerte einen Moment, bis Mohammed das Gesagte realisierte. Er versuchte, aufzuspringen, aber der Schmerz in seinem Bein ließ ihn nicht so weit hochkommen. Er fiel hin und als der Schmerz nachließ und er gerade zu der nächsten Frage ansetzte, die ihm auf der Zunge brannte, merkte er, dass der Große vor ihm wieder in einen unruhigen Schlaf gefallen war.

Tausend Fragen schwirrten seitdem in seinem Kopf und er fand keine Ruhe. Immer wieder rief er sich die Worte des Ausländers in den Kopf.

Arabisch sagte er, das bedeutete, dass der Gouverneur arabische Söldner angeheuert hatte für seine Überfälle. Aber warum überfallen seine Söldner seine eigenen Verbündeten oder sollte es nur so aussehen?

Er musste dringend seine Familie warnen. Sie hatten es schon immer vermutet, aber jetzt konnte dieser Mann es bestätigen. Konnte er ihm trauen, der selbst nur für das Geld lebte? Was, wenn das alles nur ein Trick war, um uns auf eine falsche Fährte zu schicken? Er führte sich vor Augen, wie sie diesen Mann an Ketten an die Decke gezogen hatten und mit kaltem Wasser immer wieder übergossen, bis er sein Bewusstsein verlor. Nein, der Mann hier war wirklich krank und er hatte ein offenes, freundliches Gesicht mit strahlend blauen Augen, in denen keine Tücke zu sehen war.

Ich brauche einen Verbündeten und jemanden, der mir helfen kann. Mit seinem gebrochenen Bein war an eine Flucht nicht zu denken. Vielleicht sollte er dem Engländer Geld anbieten, aber selbst der stand im Sold des Gouverneurs und machte nicht den Eindruck, dass er ihm helfen wollte. Sein Interesse galt ausschließlich dem Kranken, den er für das Gespräch mit dem Gouverneur wieder gesund machen wollte.

Melai war kein Mann für lange Spielchen, was er wollte, das nahm er sich und wenn der Große ihm nicht das geben konnte, was er begehrte, dann gehörte er Hassan. Mohammed kannte keinen, der ein Gespräch mit diesem kranken Typen überlebt hatte und darüber berichten konnte.

Je mehr Mohammed über diese ganze Geschichte nachdachte, umso mehr Zweifel wuchsen in ihm. Er musste sich schnell entscheiden.

Warum war dieser Mann wirklich hier?!", brummte Mohammed leise in seinen Bart. Falls er ein Feind des Gouverneurs war, dann war er sein Freund und gemeinsam konnten sie es versuchen. Die Beantwortung dieser Frage musste jedoch wohl etwas warten.

Mitch lag eine ganze Weile wach und sah sich unauffällig in seinem neuen Zuhause um. Er nahm an, dass sie heute in den ersten Morgenstunden aus dem Schlaf gerissen wurden. Staubige Säcke wurden ihnen über den Kopf gestülpt und dann wurden sie in eine Kiste verfrachtet. Von der gesamten Fahrt bekam er nichts mit, aber er schätzte, dass sie sich immer noch in der Stadt befanden. Anschließend wurden sie in dieser Zelle gezerrt, die sich erheblich von dem ersten Gefängnis unterschied.

 Dort roch es nach Tod und Fäulnis, hier wirkten die Wände wesentlich stabiler und es schien, als würden sie sich jetzt in einem wirklich festen Gebäude befinden. Ihm gegenüber in der hinteren Ecke schnarchte Mohammed auf einer schmutzigen Matratze. Sie befanden sich in einem großen Raum ohne Fenster, aber Mitch bemerkte einen leichten Zug am Boden — irgendwo musste es einen Ausgang geben. Der Untergrund bestand aus einer Mischung von Beton und losen, kleinen Steinen. Die grün lackierte Tür schien aus schwerem Metall zu sein, so wie sie quietschte. Ihre einzige Lichtquelle war der Spalt zwischen der Tür und dem Boden. Neben ihm hing ein schiefes Waschbecken und daneben befand sich ein Loch im Boden, das ihnen als Toilette diente. Mitch wusste, dass seine Kette nur bis zur Toilette reichte und gerade mal bis zur Hälfte der Zelle. Somit konnte ein Wärter ungehindert ihre Zelle betreten, ohne Angst zu haben, dass ihn ein Insasse angreifen konnte.

Ab und zu drangen quietschende Geräusche durch den Spalt, also gab es noch eine weitere Sicherheitstür. Der Wachmann, der ihnen vorhin das Essen brachte, brauchte etwa zehn Sekunden bis zu ihrer Tür. Also musste er einen kleinen Flur durchqueren.

Vielleicht war es etwas zu früh, sich Gedanken über eine Flucht zu machen, aber die Zeit rannte und wenn sie bemerkten, dass er vernehmungsfähig war, dann würden sie anfangen, alles aus ihm herauszuholen.

Sie waren ein hohes Risiko eingegangen, als sie sich hierher wagten und sie wurden kalt erwischt. Das Spionageprogramm von Günther war wie ein Krebsgeschwür und infizierte alle Anwender und ihre Kontakte. Nach der ersten Aktivierung des Trojaners in der Ukraine gelangte sein Laptop nach Kandahar und hier ploppten plötzlich zwei weitere Aktivierungen auf. Zum einem besaß jetzt die amerikanische Regierung detaillierte Informationen über das verzweigte Firmengeflecht von Gouverneur Melai. Besonders stolz war das FBI über die Erkenntnisse seiner schwarzen Konten in Dubai, Katar, Schweiz und Mazedonien. Darüber sind sie auf nicht deklarierte Transporte militärischer Technik und Flugbewegungen gestoßen, die sie, als Drogentransporte identifizierten.

Sie hatten natürlich eine Vorgeschichte mit Melai, aber sie waren auch die einzigen auf die kein Verdacht bei der strengen Sicherheitsüberprüfung von „*Thunder*" fiel. Es hieß das Unternehmen sei sehr wählerisch bei der Auswahl seiner Söldner und suche vor allem großgewachsene Männer für spezielle Aufgaben in Afghanistan. Hier vor Ort galt es herauszufinden, wer die wirklichen Hintermänner hinter allem waren. Als sie sich für ihre Mission vorbereiteten, waren die Bundesagenten immer noch mit der Auswertung der gestohlenen Daten beschäftigt. Hier waren keine Amateure am Werk, ihre planmäßige Vorgehensweise deutete auf ein ausgeklügeltes Transport und Verteilungssystem hin. Diese Leute kannten sich in dem schmutzigen Geschäft aus und nutzten alle legalen und illegalen Mittel für ihre Geschäfte. Es musste sich um ehemalige Militärs oder Geheimdienstleute handeln, aber weiter waren damals die FBI Agenten leider nicht mit ihren Ermittlungen gekommen.

Es blieb ihnen kaum Zeit diesen Einsatz optimal vorzubereiten, sie mussten schnell handeln. Ihr vordringliches Ziel war es, die Akteure die hier vor Ort agierten zu identifizieren und so viele Informationen zu beschaffen, wie es nur möglich war. Im Nachhinein hat ihre Tarnung nicht lange gehalten, aber zumindest konnte sie in der Kürze der Zeit einige der Beteiligten direkt in Action erleben. Das „Thunder" direkt für den Gouverneur arbeitete, war schon vorher bekannt, aber dass diese Zusammenarbeit auch noch arabische Söldner einbezog, das war überraschend. Ihre Rolle war Mitch nicht ganz klar, aber es schien so, als würden die Amerikaner sich nicht selbst die Hände schmutzig machen und überließen diesen Teil lieber den anderen. Leider war ihr Plan gescheitert aber zumindest Becks war ihnen entkommen.

Sie werden jetzt seinen Freund mit allem jagen, was sie hatten. Er war ein Zeuge und ein sehr unbequemer dazu. Mitch grinste in sich hinein.

Zum Glück wissen sie wenig über uns und diesen Vorteil müssen wir zu unseren Gunsten nutzen. An ihrer Stelle würde ich versuchen, den Flüchtenden von allen zu isolieren, ging Mitch im Kopf bereits die Strategien durch. *Den Kontakt zu internationalen Truppen abschneiden, an die er sich wenden könnte. Anschließend eine Fahndung auslösen und ihn diskreditieren: "Flüchtiger Söldner für den Tod von Kindern verantwortlich" oder "Söldner flüchtet mit Waffe nach einem psychischen Zusammenbruch und tötet dabei eigene Kameraden." Diese Leute waren sehr fantasievoll und geschult in Desinformation. Als nächsten Schritt werden sie eine Ringfahndung auslösen und anschließend die Stadtteile einzeln durchkämmen. So viel Intelligenz werden sie Becks zubilligen, dass er vermutlich versuchen wird, aus der Stadt zu fliehen. Deswegen werden sie hier die Stadtgrenzen dicht machen. Die lokale Polizei riegelt hermetisch die Stadt von der Außenwelt ab und schon haben sie ihn ... So könnte ihr Vorgehen in den nächsten Tagen aussehen.* Ihre Verfolger hatten nur ihre frisierten Lebensläufe bekommen. *Mit etwas Glück werden sie uns unterschätzen, das wäre unsere einzige Chance, die Initiative zu ergreifen und die Verfolger unter Druck zu setzen. Keiner von uns würde in dieser Situation versuchen zu fliehen, sondern dorthin gehen, wo unsere Gegner uns am wenigsten erwarten ... Direkt zu ihnen nach Hause.*

Er sah in Gedanken, wie Becks durch die staubigen Straßen der Stadt lief, wie er versuchte, sich im Stadtbild zu verstecken. Sein Freund hatte genug Wasser und Verpflegung für ein paar Tage und musste jetzt vorsichtig vorgehen. Mitch wusste, dass Becks ihn hier nicht zurücklassen würde, er würde versuchen, ihn zu finden. Das waren die beiden schwierigsten Punkte aus seiner Sicht: Ihn zu finden und zu überleben. An seinem Körper, der vor dumpfen Krämpfen durchzogen wurde, und an dem kalten Schweiß merkte er, wie angeschlagen er war. Sie hatten nur einen einzigen Versuch, zu mehr würde seine Kraft nicht reichen. Es musste in den kommenden Tagen passieren. Ihn überkam ein Schwindelanfall und Mitch sah kleine helle Punkte vor seinen Augen. Er würgte und erbrach sich.

KAPITEL 5

Sean blickte in den Rückspiegel, um sich zu überzeugen, dass er nicht verfolgt wurde und steuerte seinen Wagen in den Kreisverkehr in Richtung der Basis der internationalen Koalitionstruppen. Dort gab es ein Krankenhaus und einen Freund, der ihm das beschaffen konnte was er für den Gefangenen brauchte.

Die letzten vierundzwanzig Stunden hatten etwas in seiner Einstellung verändert. Er konnte es sich selbst nicht erklären, aber er konnte es nicht über sich bringen, dass der Mann in diesem Gefängnis zu Tode gefoltert wurde. Er war ein hohes Risiko eingegangen, aber das war vermutlich die einzige Möglichkeit, dem armen Kerl das Leben zu retten. So geschwächt, wie er durch seine Krankheit war, würde er nicht einmal eine Stunde der „Befragung" durch Hassan durchhalten. Je mehr er über die Methoden dieser „Ermittlungen" erfuhr, umso mehr distanzierte er sich von seinem Auftraggeber.

Als er diesen Auftrag annahm, ging es um die Identifizierung von Verdächtigen, die in einen Bankraub verwickelt waren. Der Überfall war bereits einige Jahre her, aber dem Gouverneur nach ging es um seine Ehre und er bestand darauf, die Schuldigen zu finden.

Auf die Idee, eine Bank in Afghanistan auszurauben, würde ein normaler Mensch überhaupt nicht kommen, aber anderseits war es sehr clever. Die afghanischen Banken verfügten seiner Meinung nach nur über sehr unzureichende Sicherheitsmaßnahmen. Sie besaßen weder moderne Tresore noch moderne Alarmanlagen. Sie setzten mehr auf Manpower vor der Tür mit geladener Kalaschnikow.

Auf den verschwommenen Bildern von dem Überfall konnte er zunächst eindeutig Einheimische identifizieren und dazu zwei weitere Männer, die eher europäisch aussahen. Daraus schlussfolgerte er, dass die Gruppe gemeinsame Sachen machte. Es gab nicht viele Möglichkeiten: Entweder wurden die Männer von den Afghanen angeheuert oder umgekehrt, die Afghanen führten sie zu den Banken und erhofften sich so ihre Unterstützung. Diese letzte Variante schloss er aber sofort aus, da es schwierig war, in einem fremden Land mit beschränkten Ausgangsmöglichkeiten professionelle Diebe zu finden. Außer man machte irgendwo am Baum einen Aushang, dass man Partner für einen gemeinsamen Banküberfall mit Monats- und Tagesdatum suchte. *Nee. So etwas gab es nur in den Filmen.*

Zwischen den beiden Männern herrschte ein gewisses Grundvertrauen, das konnte er in den kurzen Sequenzen der Überwachungsaufnahmen erkennen. Sie mussten sich kennen. Besonders imponierten ihm ihre abgestimmten Bewegungen. Schnelle, sichere und taktisch kluge Positionswechsel, immer bereit, sich einer Bedrohung zu stellen und sich gegenseitig zu sichern. So etwas lernt man nicht auf der Straße und auch nicht in der Grundausbildung bei der Armee. So etwas erfordert jahrelanges Training. Die Jungs waren eindeutig Profis.

Leider konnte oder wollte ihm der Gouverneur nicht sagen, wohin das gestohlene Geld verschwunden war, obwohl das seine Ermittlungen erheblich vereinfachen würde. Seltsamerweise schien Melai überhaupt nicht daran interessiert zu sein, das gestohlene Geld wieder zu beschaffen, er wollte nur die beiden Diebe. Doch die Wahrscheinlichkeit, die beiden irgendwo zu erwischen, war nicht viel höher, als die Nadel im Heuhaufen zu finden. Eher die afghanischen Mittäter zu identifizieren.

Irgendwann fand Sean heraus, dass das gestohlene Geld auf die Konten von Hilfsorganisationen überwiesen wurde. Er verstand jetzt den Gouverneur, aber seltsam war das schon.

Natürlich fiel sein erster Verdacht auf einen Insider in der Bank aber alle vorherigen Ermittler haben keine Auffälligkeiten festgestellt und so verliefen ihre Untersuchungen im Sand. Daher wählte er einen anderen Ansatz, er befasste er sich so lange mit den Aufnahmen der Überwachungskameras, bis er jede Position und jeden Schritt der Räuber kannte. Letztendlich gab die Aussage des Wachmannes, der damals vor dem Hintereingang Wache schob, den Ausschlag für eine neue Richtung, auf die er sich seitdem konzentrierte. Dieser wurde bewusstlos geschlagen und ihm wurden die Augen und Hände verbunden. Das bedeutete, dass die Täter kein unschuldiges Opfer wollten und auch nicht erkannt werden wollten.

Melai war der einzige Leidtragende an diesem Tag, was eher auf ein persönliches Motiv deutete. Zwar war das nur eine Ermittlungsrichtung aber als er Melai seine Idee die Ermittlungen auf die beiden Weißen zu konzentrieren vorstellte, bekam er sofort den Job.

Eigentlich war die Sache ganz einfach zu erklären. Die beiden waren zum Zeitpunkt des Überfalls in Kabul und sie waren eindeutig keine Soldaten, also konnten sie sich gemeinsam mit den Afghanen relativ frei in der Stadt bewegen. Unmöglich für Soldaten, die ohne einen Auftrag nicht einmal einen Reifen wechseln durften. Er dachte dabei an seine eigene Dienstzeit und die zahllosen Anträge, die man für jede Kleinigkeit ausfüllen musste. Es war ein Wunder, dass man für das Klopapier keinen Antrag brauchte, obwohl für einen größere Menge vielleicht doch.

Das solche Männer eigens für diesen Job angeheuert wurden, hatten bereits sein Vorgänger untersucht und verworfen. Es fand sich keine einzige verdächtige Einreise in diesem Zeitraum nach Kabul, die man mit den beiden in einen Zusammenhang bringen konnte. Die Amerikaner überwachten jeden, der in das Land einreiste, über die Grenzkontrollen. Daher legte Sean seinen Focus auf die, die bereits in der Stadt waren und über den militärischen Teil des Flughafens nach Afghanistan einreisen konnten. Das konnten nur Militärs und auch Söldner, die hier für verschiedene Sicherheitsunternehmen tätig waren. Er konzentrierte sich auf diese Möglichkeit und Gouverneur Melai war bislang mit seiner Arbeit sehr zufrieden. Sie kamen der Lösung dieses Falls immer näher.

Eher zufällig stolperte er bei seinen Recherchen über Meldungen von vermissten und toten Söldnern in den letzten Monaten. Aus einer Laune heraus stellet er eine Zeitberechnung auf bemerkte einige Parallelen zu seinen Nachforschungen. Zunächst schloss er einen Zusammenhang mit seinen Ermittlungen kategorisch aus. Hier herrschte Krieg und Männer wurden getötet oder verwundet, das gehörte zu ihrem Berufsrisiko, damit verdienten sie immerhin ihr Geld. Aber je mehr er über die Umstände nachdachte, desto mehr Zweifel überkamen ihn.

Sie alle passten genau in das Profil, das von ihm erstellt wurde. Sie dienten alle zu der Zeit als die Bank ausgeraubt wurde in Kabul und hatten etwa dieselben Körperabmessungen.

Der Kreis der Verdächtigen war nicht groß. Soweit er es heute überblicken konnte, waren die meisten von ihnen heute als vermisst gemeldet oder gefallen nach Überfällen der Aufständischen. Sean glaubte nicht an Zufälle und begann sich langsam Gedanken zu machen, ob seine Ermittlungen in die richtige Richtung gingen. Ein anderer Aspekt, der bei diesem seltsamen Überfall eine Rolle spielte, war, dass kein Geld erbeutet wurde. Der Gouverneur hatte schon früher viele Feinde und Neider, aber Goldsby gab ihm dezent zu verstehen, dass er in diese Richtung nicht weiter ermitteln sollte. Dabei war es durchaus möglich, dass ein Auftraggeber eine Truppe für den Überfall zusammenstellte, um Melai zu schädigen. Der Job war gut bezahlt. Vielleicht zu gut, wenn er genau darüber nachdachte und er konnte sich nicht beschweren. Sein Schweigen war ein Teil dieser Vereinbarung. Doch seit den Ereignissen der letzten Tage war eine Mauer in seinem Inneren gefallen.

Er hatte es sich angewöhnt, an den Wochenenden in das britische Camp am Flughafen zu fahren, um der Langeweile seines begrenzten Wohnsitzes zu entfliehen. Dort fand er sein altes Leben unter den Soldaten und hatte sich mit dem Quartiermeister, einem drahtigen, trockenen Mann aus Wales, angefreundet, der ihn mit Zeitschriften und den Neuigkeiten aus der Welt versorgte. Von ihm erfuhr er von den Toten, als er begann, vorsichtig Fragen zu stellen. Von den neuen Söldnern der „Thunder", die im Wechseldienst zwischen Kabul und Kandahar pendelten, erfuhr er über die Umstände der Todesfälle. Den Anstoß für seinen Sinneswandel gaben aber die Beschreibungen der

Gefallenen, sie entsprachen alle seinem erstellten Profil. Was für alle anderen ein normaler Alltag in einem Krisengebiet war, sah für ihn nach gezieltem Handeln aus. Da konnten ihm alle noch so viel von internen Ermittlungen und von Mördern und Kriminellen in ihren Reihen erzählen. Die Unterlagen, die ihm die Amerikaner zur Verfügung stellten, stammten ausschließlich von „*Thunder*" und langsam hegte er Zweifel, dass die Informationen darin der Wahrheit entsprachen. Er war jetzt sehr vorsichtig mit seinen Aussagen und Notizen geworden und vertraute niemandem mehr.

Heute nutzte er die Gelegenheit bei seinem Ausflug und ließ die Medikamente, die Goldsby ihm für den neuen Gefangenen überbrachte von einem befreundeten Militärarzt untersuchen. Der Doktor brauchte eine Weile aber als er seine Untersuchung beendete, schaute er ihn an, als wäre er ein Junkie.

„Wenn sie wirklich so starke Schmerzen haben, dann sollten sie nach Hause fliegen, denn ich bezweifle, dass dieses Zeug ihnen überhaut, irgendwie helfen kann. Diese Medikamente erzeugen Psychosen und machen sie von dem Zeug abhängig. Solches Zeug verabreichten die Amerikaner den Gefangenen in Abu Ghraib, um sie zum Reden zu bringen und ihren Willen zu brechen." Die Antwort des Arztes bestätigten nur seine Vermutungen, dass hier irgendetwas nicht stimmte und Goldsby sein eigenes Spielchen trieb.

Der Mann aus Wales blickte ihm tief in die Augen und drückte seine Hand zum Abschied. „Wenn du das Geschehene vergessen willst, dann nicht damit, das Zeug frisst dich von innen auf."

Er konnte ihm schlecht erklären, dass die Medikamente für einen Gefangenen bestimmt waren. Selbst wenn er seine Geschichte jemandem im Camp erzählen könnte, dann würden sie keine Beweise finden. Sobald ihre Kolonne das Tor zum Camp verlässt, würden die „Aufräumarbeiten" in den Häusern des Gouverneurs beginnen. Sein Einfluss reichte sehr weit und sogar im Camp musste Sean vorsichtig mit dem sein, was er sagte.

Er hatte sich im Camp der Koalitionstruppen mit neuen Medikamenten und Infusionen eingedeckt und konnte damit das Leben des Gefangenen für einige Tage verlängern. *Ich gehe ein hohes Risiko ein, aber mit meinen Ermittlungen habe ich diese Leute erst auf seine Spur gebracht. Zwar ist seine Schuld nicht bewiesen, aber vielleicht habe ich mit meinen Behauptungen sogar sein Todesurteil unterschrieben. In vier Tagen beginnt die große Ratsversammlung, die insgesamt drei Tage dauert, mit großem Empfang und allem, was bei den Afghanen dazu gehört. Wer weiß, was danach alles passiert. Vielleicht ist der Gouverneur so mit ihren internen Streitigkeiten beschäftigt, dass er seinen Gefangenen darüber vergisst.*

Sean warf einen kurzen Blick in den Rückspiegel und sagte laut zu sich selbst: „Nein. Niemals wird er diese Schmach vergessen. Wer nach so langer Zeit so von Rache besessen ist und sogar vor Mord nicht zurückschreckt, der lässt sich diese Gelegenheit nicht entgehen. Selbst wenn er den falschen hätte, das wäre ihm vermutlich ziemlich egal…"

Ein anderer Gedanke, um den er sich viel mehr Sorgen machte, führte ihn erneut zu der Rolle von William Goldsby und den Unternehmen „*Thunder*" in dieser Sache. Das Unternehmen verkaufte Sicherheitsleistungen hier im Süden und arbeitete hauptsächlich für die Provinzregierung. Was versprachen sich die Amerikaner wirklich von dieser Zusammenarbeit? Da musste doch viel mehr dran sein als Ausbildung und Beratung, die hier so offen zur Schau getragen wurde. Goldsby verbrachte die meiste Zeit entweder im Gouverneurspalast oder am Flughafen.

Als ihm während der Rückfahrt vom Flughafen eine Kolonne der Söldner begegnete, hatte er eine verrückte Idee, aber die musste bis morgen warten. Zunächst musste er sich um seine Gefangenen kümmern.

Das gesamte Gelände des Flughafens in Kandahar war mit einer hohen Betonmauer umgeben. Es gab eine Durchfahrt zum zivilen Teil des Flughafens, gesichert durch mehrere Kontrollposten der afghanischen Armee, und eine, die zum militärischen Teil führte und von internationalen Koalitionstruppen kontrolliert wurde. Daneben gab es vier weitere kleinere Zugänge zum Flughafen, die vom Geheimdienst des Gouverneurs kontrolliert wurden. Diese lagen in den verwickeltsten Teilen des riesigen Flughafengeländes und waren nur durch schmale Zufahrten erreichbar.

In aller Frühe, als die Gläubigen zum ersten Gebet eilten, bezog Sean seine Position auf einem der Felsen, die im Norden eine natürliche Barriere zu der dahinter liegenden Steinwüste bildeten. Vor ihm breitete sich das gesamte Gelände des Flughafens aus. Zu seiner Rechten befand sich ein Posten der Armee, die die umliegenden Felsen überwachte, damit die Aufständischen keine Möglichkeit fanden, um von hier aus Anschläge auf den Flughafen zu verüben. Die Soldaten waren zunächst über sein Auftauchen hier oben beunruhigt, aber mit etwas Geld ließ sich seine Anwesenheit ohne weitere Probleme genehmigen. Vielleicht wunderten sich die Afghanen, warum ein Europäer unbedingt hier frühstücken wollte, aber das war Sean egal. Die Möglichkeit, einen Kaffee in dieser Stadt zu finden, war gleich null und so machte er es sich mit seinem Brot, Tee und Geduld auf dem Stein bequem und wartete. Sein Gehirn war trainiert, alle Informationen und Beobachtungen zu speichern, irgendwo abzulegen und bei Bedarf wieder abzurufen. Somit war es relativ einfach, sich die Tage zu merken, an denen die Amerikaner ihre Flughafenrunde machten. Durch sein riesiges Fernglas beobachtete Sean jetzt zwei

Fahrzeuge, die sich langsam einer dieser Zufahrten im nordöstlichen Teil der Anlage näherten.

Auf dem Flughafengelände des militärischen Teils herrschte reger Betrieb — der Lärm der Rotoren drang bis ihm hoch. Langsam hoben sich die schwer beladenen Transportflugzeuge der Armee in die Luft und zogen dünne schwarze Streifen hinter sich in den blauen Himmel.

Sean fühlte sich sofort in den runden Bauch einer solchen Maschine versetzt. Der Geruch nach Kerosin, lange grüne Klappsitze entlang der Bordwände, darauf eng zusammengepfercht die Soldaten und in der Mitte auf Paletten gestapelt die Ladung. Durch die kleinen Fenster dringt kaum Licht hinein, gleichmäßig dröhnen die Motoren, die Augen fallen zu und man fällt in einen leichten Schlaf. Manchmal knallte es laut beim Anflug, wenn die Bordelektronik einen feindlichen Kontakt empfing. Rechts und links der Flügel lösen sich die Flairs ab, um feindliche Flugkörper abzuwehren.

Immer noch fühlte er sich als Soldat und Wehmut überkam ihn. Doch seine Erinnerungen verblassten, als er einen beigefarbenen Lastwagen entdeckte, der von zwei Pick-Ups flankiert langsam eins der Kontrollposten am Flughafen ansteuerte. Die Ladung schien wertvoll sein, denn normalerweise fuhren Armeelaster ohne Begleitung durch die Stadt. Die kleine Kolonne wurde eilig durch alle Checkpoints ohne Kontrolle durchgelassen. Ein weiterer Punkt, den er sich im Kopf notierte. Zielstrebig steuerten die Fahrzeuge einen provisorischen Hangar am äußersten Ende des Flughafens an. Eine Wette brauchte er nicht mehr abzuschließen, denn schon vor einer Stunde waren die Männer des Sicherheitsunternehmens dort aufgetaucht. Die beiden Pick-Ups blieben auf dem Vorfeld stehen, während der Lastwagen in den Hangar hinein rollte. Sein Jagdfieber und sein Interesse erwachten. Was könnte das für eine Ladung sein, die unter solchen Umständen zum Flughafen gebracht wurde, um anschließend in einem Hangar zu verschwinden? Sollte etwa keiner diese Ladung sehen?

Jetzt richtete er seine Aufmerksamkeit auf ein Flugzeug, das etwas abseits stand und gerade beladen wurde. Eine Weile beobachtete er das Treiben dort unten, bis zwei lange Kisten, die auf einem Transportkarren an das Flugzeug herangefahren wurden. Um zu wissen, was da drin war, brauchte er keine Fantasie, er wusste es ganz genau: So transportierte man nur Tote.

Er hatte genug gesehen, doch als Sean seinen Rucksack packte und gerade seine Beobachtungsposition verlassen wollte, gingen die Tore zum Hangar wieder auf und der Lastkraftwagen fuhr wieder heraus. Aufgrund der Entfernung konnte er keine Einzelheiten erkennen, aber er könnte schwören, dass er die Umrisse eines weiteren Flugzeuges darin gesehen hatte. Vier Männer verließen die große Halle und gingen gemächlich zu ihren Fahrzeugen. Sie blieben stehen und beobachteten eine Weile die Beladung der Maschine, in die die beiden Särge gerade verladen wurden.

Sean schaute auf seine Uhr. Es war jetzt 09.00 Uhr und er schätzte, dass die Flugzeuge in spätestens einer Stunde in der Luft sein würden. Jetzt beschäftigten ihn nur noch zwei Fragen: Was war das für eine geheimnisvolle Ladung, die in einem Hangar verladen werden musste und wer waren die beiden Toten? Eindeutig hatte die „Thunder" etwas damit zu tun, denn es waren ihre Maschinen und es waren ihre Mitarbeiter, die die Verladung auf dem Flugfeld überwachten.

Drei Stunden später saß Sean vor dem Gefangenen und blickte ihm fest in die Augen, als hoffte er, darin die Wahrheit zu erkennen.

Nach seinem morgigen Ausflug war er direkt in das Camp der „Thunder" gefahren. Zwar brauchte er einen Grund für seine Anwesenheit dort, aber neue „Medikamente" für den Gefangenen abzuholen, hatte als Erklärung gereicht. Bei einem Kaffee in der Kantine bemerkte Sean sofort die bedrückte Stimmung. Er musste vorsichtig vorgehen. Sein Instinkt hatte ihn selten getäuscht und so stellte er auch keine Fragen.

Beim Hinausfahren erlaubte er sich eine Bemerkung an einen der Wachen, der gerade seinen Wagen untersuchte, und fragte, ob alle heute so schlechte Laune im Camp hatten. Er konnte die Mimik der Gurkhas, ohnehin nie richtig deuten. Die Royal Army hatte ein ganzes Regiment dieser Soldaten und sie hatten einen guten Ruf in der Armee. Viele dieser Männer verdienten sich nach ihrem aktiven Dienst ihren Lebensunterhalt als Söldner. Sie waren gefragt als zuverlässige, genügsame Wachleute, die ohne zu murren jeden Auftrag annahmen.

„Hör auf, Mann. Die Neuen sind gerade mal eine Woche hier und schon hat es zwei von ihnen erwischt. Sie hatten einen Einsatz in der Nacht, aber das war wohl eine Falle. Pass auf dich auf da draußen. Viel Glück!", sagte er, ohne sich von seiner Tätigkeit ablenken zu lassen und hob seinen Daumen nach oben. Daraufhin öffnete sich knarrend das große eiserne Tor vor ihm.

Jetzt wusste Sean, dass der Mann vor ihm auf der dreckigen Matratze vermutlich einer der vermeintlich Toten war, dessen Leiche heute auf dem Rollfeld in ein Flugzeug verladen wurde. Die Zeitabläufe stimmten überein. Über die Geschichte, die dieser Kerl ihm über die Umstände seiner Gefangennahme erzählte, würde Sean unter anderen Umständen vielleicht herzlich lächeln, aber mittlerweile glaubte er, dass der Gefangene die Wahrheit sagte. Dieser erzählte etwas von ausländischen Söldnern und einer Schießerei. Wer lag dann in diesen beiden Kisten am Flughafen? Weiter wollte Sean nicht darüber nachdenken, er selbst war an dieser Situation nicht ganz unschuldig. Der lange Kerl war ein Todeskandidat, egal, ob er schuldig oder unschuldig war. Sein eigenes

Eingreifen in diesen Fall spielte keine entscheidende Rolle, es verlängerte ihm das Leben nur um ein paar Tage.

Die letzten beiden Tage haben alles auf den Kopf gestellt an das er glaubte. Wie war er in diese Geschichte überhaupt hineingeraten?

Draußen in der Sonne nahm Sean seine Maske ab und zündete sich eine Zigarette an, um den unerträglichen Geruch aus der Zelle loszuwerden.

Dabei erwischte er sich dabei, wie er das Gelände, auf dem er sich gerade befand, unauffällig in Augenschein nahm. Es war das Hauptquartier des örtlichen Geheimdienstes. Das zentrale Gebäude mit einer kleinen Auffahrt davor war der Hauptsitzt und der Stab dieser Truppe. Es gab nur zwei schwer bewachte Zufahrten umgeben von hohen Mauern mir eisernen Spitzen. Die Stämme der Bäume waren weiß getüncht, Blumen und Rosensträucher erinnerten eher an einen angelegten Park. Die Wege waren mit Beton gegossen, umrundet von sauberen Bordsteinen. Das Gebäude hinter ihm war ein in grau gemauertem Block der wie ein Fremdkörper in diesem Garten wirkte.

Sean verdiente hier das Dreifache von dem, was er normalerweise für seine Aufträge bekam und es war nicht so, dass die Anfragen sich stapelten.

Du machst dir wieder mal zu viele Gedanken..., ermahnte er sich. Aber das ungute Gefühl, dass er jetzt zu viel wusste, wollte nicht weichen. Dieses Wissen und diese Leute waren gefährlich. *Ich habe ein Talent, mich selbst immer wieder in solche Situationen zu manövrieren. Damals im Irak und jetzt erneut ... Eigentlich müsste ich es besser wissen und mit einer gewissen Distanz die Dinge betrachten. Aber nein, ich habe mich freiwillig in die erste Reihe gedrängt und jetzt stecke ich bis zum Hals im Schlamassel.*

Gedankenverloren betrachtete er die Umgebung. Die Anlage wirkte wie ausgestorben, aber er wusste, dass er gerade von mindestens vier verschiedenen Seiten beobachtet wurde. Er durfte nicht unentschlossen oder unsicher wirken, das würden sie sofort bemerken. Um die Zeit, die er zum Nachdenken brauchte, zu überbrücken, steckte er sich umständlich eine neue Zigarette an. Das Zeug war hier so billig, dass er mindestens eine Schachtel am Tag rauchte.

Ok. Ich habe zwei Möglichkeiten: Ich mache so weiter wie bisher und verschwinde, wenn mein Job erledigt ist, oder ich versuche, diesem armen Kerl zu helfen. Schließlich habe ich es zu verantworten, dass er jetzt in dieser Zelle lag. Seine Unschuld ist keineswegs bewiesen, aber seine Schuld auch nicht. Wenn ein Bankräuber eine Bank ausraubt, dann würde er nicht freiwillig zurück nach Afghanistan gehen, wo die Gefahr, sein Leben zu verlieren, relativ hoch ist.

Im Prinzip hatte er sich bereits entschieden, was er als nächstes tun müsste, aber er suchte noch eine Rechtfertigung für sein Handeln. Seine Auftraggeber haben ihn clever ausgesucht. Ein Kriegsveteran mit Erfahrung als Ermittler, gierig, geschieden und keine Familie. Damit erfüllte er alle Kriterien. Falls er eines Tages durch einen „Unfall" ums Leben kommen sollte, dann würde keiner Fragen stellen. Er hatte die beiden Särge gesehen und einer der vermeintlich Toten lag lebendig keine zwanzig Meter von ihm entfernt. Wenn er nichts unternahm, werden sie den armen Kerl in einigen Tagen irgendwo in der Wüste außerhalb der Stadt verscharren. Daneben werden sie wahrscheinlich noch eine Kuhle für ihn selbst ausheben.

Zwischen den Zügen blickte Sean sich ein letztes Mal aufmerksam um und in seinem Kopf entstanden die Umrisse eines Plans. Die beiden Tore konnte er ausschließen, da kam keiner ohne Kontrolle rein und schon gar nicht raus. Wieder schweifte sein Blick über das weitläufige Gelände. Von drei Seiten war das Gelände von einer Straße umsäumt. Nur auf der Seite, wo sich der Gefangenentrakt befand, grenzte es an ein anderes Grundstück, getrennt durch eine hohe Mauer, die scheinbar weniger überwacht wurde als der Rest der Anlage. Sean grinste über das gesamte Gesicht und schlenderte fröhlich zu seinem Fahrer, der im Fahrzeug auf ihn wartete.

Dann stutzte er und erinnerte sich an die Bemerkung über zwei Tote. Wer war der andere Mann? Und wo war er?

KAPITEL 32

Becks spürte den Atem seiner Verfolger in seinem Nacken. Er wusste, dass die Zeit gegen ihn arbeitete und so versuchte er, ständig in Bewegung zu bleiben.

Sie wussten, dass er eine Gefahr für ihre Pläne darstellte, solange er frei war und lebte. Auch wenn seine Geschichte auf den ersten Blick sehr unglaubwürdig klang, würde sie trotzdem unangenehme Fragen nach sich ziehen und am Ende könnte es zu Ermittlungen kommen. Das galt unter allen Umständen zu vermeiden, ihr ehemaliger Chef hat es ausdrücklich betont: „Es darf keine Verbindung zu offiziellen Stellen in Berlin oder Washington geben. Sie sind auf sich allein gestellt."

Er musste improvisieren und er war sich bewusst, dass sie ihn hier in der Stadt über kurz oder lang schnappen würden. Man konnte natürlich bei geschätzter halber Million Einwohnern in so einer Stadt untertauchen, aber leider sah er mit seiner Größe nicht gerade wie ein typischer Landsmann aus. Seine äußerlichen Merkmale würden ihn irgendwann verraten. Doch darüber konnte er sich später noch Gedanken machen.

Ihm blieben noch etwa drei Stunden bis zur Dämmerung. Die Zeit wurde langsam knapp und Becks zwang seinen neuen chinesischen Freund, etwas schneller zu rollen, während dieser mit quietschendem Tretlager laut dagegen protestierte.

Sein Plan war ganz simpel. Er wollte dorthin, wo sie ihn am wenigsten erwarteten: direkt in das Camp der „*Thunder*". Die Männer vom Geheimdienst des Unternehmens waren die einzigen, die ihm sagen konnten, wo sich sein Freund befand und diese Information würde er aus ihnen herausbekommen, da war er sich ganz sicher.

Dafür brauchte er zunächst ein Fahrzeug aber die Suche danach erwies sich schwieriger als erwartet. Er konzentrierte sich auf einen passenden Armee- oder Polizeijeep, um damit ohne große Umstände an den Kontrollposten vorbei zu kommen. Ihm war klar, dass kein Afghane ihm freiwillig sein Fahrzeug ausleihen würde, also musste er sich etwas einfallen lassen.

Nach einer längeren Suche fand Becks einen Kontrollposten, der mit drei Soldaten und einem sandfarbenen Pick-Up besetzt war. Zwei von ihnen standen auf der Straße, während der dritte seinen Posten oben auf der Ladefläche an einem Maschinengewehr bezogen hatte. Das war keine ideale Situation, aber ihm rannte die Zeit davon und er entschloss sich, als erstes den Mann oben auf der Ladefläche aufzuschalten. Er war der gefährlichste und hatte die beste Übersicht von seiner Position aus. Die anderen beiden waren durch die vorbeifahrenden Fahrzeuge abgelenkt.

Die von ihm gerade ausgedachte Steinwurfnummer war eigentlich die perfekte Ablenkung in diesem wenig erfolgversprechenden Unternehmen. Wie sagte doch sein Freund immer: „Wer nichts wagt, der nicht gewinnt."

Nachdem er sein Fahrrad in einiger Entfernung abgestellt hatte, nahm er seinen Rucksack und näherte sich dem Posten vorsichtig von der Straßenseite an. Becks wartete einen Bus ab, der Lärm und Dreck durch die Luft wirbelte und lief mit zwei schnellen Schritten an die hintere Seite des Fahrzeuges.

Jetzt begann der wirklich schwierige Teil seiner Unternehmung. Er sammelte einige kleine Steine von der Straße und wartete, bis erneut ein Fahrzeug vorbeifuhr und warf dem Soldaten am Maschinengewehr einen kleinen Stein direkt auf den Kopf. Doch entweder war er kein guter Werfer, oder diese Art der Kommunikation war diesem nicht bekannt. Es dauerte eine Weile, bis der Soldat verstand, dass die Steine nicht zufällig auf seinem Kopf landeten. Becks hörte laute Schritte über sich, dann sah er einen Schatten, der sich hinunterbeugte und neugierig ihn betrachtete.

Er sprang schnell auf, griff dabei mit einer Hand in den Gürtel und mit der anderen an den Hals des Soldaten und warf ihn in einer runden Bewegung auf den Boden. Es war ein trockener, dumpfer Aufprall. Der Mann riss die Augen weit auf und schnappte wie ein Fisch. Durch den Fall aus dieser Höhe war Luft in seiner Lunge gestaucht und er hatte Glück, dass er eine Schussweste trug, sonst hätte er sich vermutlich alle Rippen gebrochen. Becks zog sofort seine Pistole und wartete auf einen Warnruf, aber es blieb alles ruhig. Vorsichtig schaute er unter den Wagen und sah die Beine der anderen Soldaten immer noch an ihrem Platz stehen. Jetzt musste es schnell gehen, er stopfte dem Mann unter sich ein Stück Stoff in den Mund und verschnürte seine Arme hinter dem Rücken. Anschließend setzte er den Soldaten angelehnt an das Fahrzeug in den Schneidersitz, um ihn an der Flucht zu hindern und damit seine Kameraden ihn unter dem Fahrzeug sehen konnten.

Als nächstes versuchte er die beiden auf der Straße mit seine bewährten Steinwurfmethode voneinander zu trennen. Erneut dauerte es eine Weile, bis der nächste Soldat begriff, dass er nicht zufällig von den Steinen getroffen wurde.

Zunächst hörte Becks nur laute Beschwerden und als die Steine nicht aufhörten zu fliegen, wurde die Stimme immer dringlicher. Jetzt beobachtete er, wie der Getroffene sich abrupt umdrehte und mit schnellen Schritten zum Wagen eilte. Der Mann wirkte sehr verärgert und seine schnellen Schritte trommelten dumpf auf dem warmen Asphalt. Als der Soldat den Wagen umrundete und verwundert stehen blieb, schlug ihn Becks dorthin, wo es bei jedem Mann besonders weh tat. Der Getroffene klappte wie ein Schweizer Taschenmesser zusammen. Seine Hände fanden noch im Fallen die Stelle, woher der Schmerz kam und dann krümmte er sich auf dem Boden. Auch ihm stopfte Becks einen Lappen in den Mund und fesselte ihn.

Jetzt brauchte er nur zu warten, bis der letzte seine Kameraden vermisste. Das dauerte jedoch so lange, dass Becks schon überlegte, sein Spiel von neuem anzufangen. Aber dann hörte er Schritte.

Mirza schaute sich um zu Pick Up und vermisste seine Kameraden. Verunsichert ging er zu ihrem Fahrzeug. Von den beiden fehlte jede Spur aber als er um den Wagen herum ging, sah er seine beiden Vorgesetzten auf dem Boden sitzen. Vor ihnen lag ein Stück Brot ausgebreitet auf einem Tuch. Er entspannte sich und nahm seine Hand von der Waffe.

Dann fiel ihm die unnatürliche Sitzhaltung der beiden auf. Sie lehnten aneinander und hatten etwas im Mund. Weiter kam er nicht mit seinen Überlegungen, denn an seiner linken Seite erhob sich ein großer dunkler Schatten in den Himmel und nahm ihm das Licht.

Nachdem Becks sich bereits zum zweiten Mal in der Stadt verfahren hatte, fand er endlich die Straße, die zum Camp der Amerikaner führte. Um die gefesselten Soldaten machte er sich keine Gedanken mehr, er hatte sie geknebelt und ihnen ihre Waffen gelassen, die werden schon genug Ärger wegen des Fahrzeuges bekommen. So benommen, wie die waren, brauchten sie mindestens noch eine halbe Stunde, um zu sich zu kommen und eine weitere, um sich von den Fesseln zu befreien. Also hatte er etwas Zeit gewonnen, um seinen Plan umzusetzen.

Er hatte bereits seine afghanische Kluft abgelegt und trug die Bekleidung vom Tag des Überfalls wieder. Damit sollten ihn die Wachen im Camp als einen von ihnen erkennen, und mit etwas Glück schaffte er es bis hinein. Das bedeutete aber auch, dass ihm der schwierigste Teil seines Plans noch bevorstand. Welche andere Wahl hatte er überhaupt? Er musste etwas unternehmen, um seinen Freund zu retten.

Gut. Dann wollen wir mal am Tor klingeln und hoffen, dass die Dame des Hauses heute allein ist…

Die Polizeiposten winkten seinen Wagen, ohne einer Kontrolle zu unterziehen, nachdem er seinen Ausweis vorzeigte, durch. Vermutlich waren sie es gewohnt, dass die Amerikaner ständig zwischen der Stadt und ihrem Camp pendelten. Langsam steuerte Becks den Wagen in die eingeengte Einfahrt zum Camp der „Thunder" hinein. Zusätzlich zu den am Boden befestigten Betonelementen wurde die Zufahrt durch eine Schikane erschwert, um den Selbstmordattentätern keine Möglichkeit zu geben, mit hoher Geschwindigkeit das Tor zu rammen.

Seitdem er sich den Polizisten so offen zu erkennen gab, wurde er von zwei Wachen am Turm beobachtet, die jetzt mit ihren Waffen direkt auf ihn zielten. Er gab sich alle Mühe, ihnen keinen Anlass zu geben, den Abzug abzudrücken. Die Gurkhas waren erfahrene Soldaten und sie würden nicht lange zögern, um einen möglichen Angriff auf ihr Lager zu unterbinden. Sie waren im Vergleich zu ihm nur mittelgroß, aber berühmt für ihre Zuverlässigkeit und ihren Mut. Ihre typische Uniform bestand aus beigen Cargohosen, blauen Hemden und den unverkennbaren Abschluss bildeten ein breiter Gürtel mit Strickmuster mit einem fast fünfzig Zentimeter langen, gekrümmten Dolch. Soweit er sich erinnerte, nannte man diese Waffe *Khukuri*.

Becks setzte darauf, dass die Wachen zwar über den Tod der beiden Söldner unterrichtet wurden, aber nicht unbedingt erwarteten, dass einer der beiden „Toten" gerade vor ihnen stand. Die Gurkhas gehörten zwar der Wachmannschaft des Camps an, aber sie hatten wenige Berührungspunkte mit dem Rest der Truppe und lebten in einem abgesonderten Bereich.

Zwei Wachleute am Tor verließen gerade ihren Unterstand, nachdem sie ihn und den Wagen hinter ihrer Betondeckung eingehend gemustert und daraufhin festgestellt hatten, dass von ihm keine Gefahr ausging. Der Mann zu seiner Linken beobachtete einen Augenblick lang aufmerksam die Straße hinter ihm, ehe er an das Autofenster trat. Unaufgefordert streckte Becks ihm seinen Ausweis entgegen. Dessen dunkle Augen huschten über das Bild auf dem Ausweis und dann über sein Gesicht. Dann musterte der Wachmann aufmerksam das Fahrzeuginnere und sagte immer noch kein Wort.

„Ich habe ein neues Spielzeug für uns mitgebracht. Mit den besten Grüßen von der Afghan National Army", brach Becks das Schweigen mit ernstem Unterton, da er es nicht riskieren wollte, diesen misstrauischen Krieger zu provozieren. Die Augen des Wachmannes verharrten eine Weile an dem Maschinengewehr, dann nickte er anerkennend.

„Können wir hier gut gebrauchen. Der Sprengstoffhund muss den Wagen noch absuchen", sagte er, ohne zu blinzeln.

„Ich habe Zeit. Hatte ehe das Gefühl, die ganze Zeit auf einer Bombe zu sitzen", pflichtete Becks ihm bei.

Ein neuer Wachmann tauchte mit einem Hund an der Leine auf und führte ihn langsam am Fahrzeug entlang. Weitere quellende Minuten verstrichen.

„Sauber", meldete der Hundeführer und verschwand wieder.

Aus dem Augenwinkel beobachtete Becks den Wachmann, der keine zwei Meter von seinem Fenster entfernt stand. Seine rechte Hand umfasste die Waffe, die ihm quer über der Brust hing. Endlich schaute er auf die Straße hinter ihm und streckte den Daumen der linken Hand langsam in die Höhe. Das war das Zeichen für die Torwachen. Das riesige Tor machte einen Ruck und begann, sich langsam vor ihm zu öffnen. Er fuhr vorsichtig in die sogenannte „Schleuse" hinein und fand sich vor dem nächsten geschlossenen Tor wieder.

Im Rückspiegel beobachtete er, wie das Tor, das er eben passiert hatte, hinter ihm wieder verschlossen wurde. Mit diesem System sollte ein Durch verhindert werden, falls es doch irgendjemand schaffte, an den Torposten vorbeizukommen oder sich an eine einfahrende Kolonne heran hängte, um in das Camp zu gelangen. So musste jedes Fahrzeug in diese Schleuse hinein, bevor das zweite Tor aufgeschlossen wurde. Mehr als zwei Fahrzeuge passten in diese enge Stelle sowieso nicht hinein. In diesem Moment schloss sich hinter ihm das Eingangstor und Becks saß faktisch in einer Falle, aus der es kein Entkommen mehr gab. Zwei weitere Wachen kontrollierten die Schleuse oberhalb der Mauer, bereit, bei jeder verdächtigen Bewegung sofort das Feuer zu eröffnen. Sein Puls beschleunigte sich, dann wackelte das Tor vor ihm und glitt langsam auseinander. Er war drin.

Keine fünfhundert Meter entfernt, in einem abgeschotteten Containerkomplex, lehnte sich William Goldsby zufrieden in seinem Stuhl zurück und ein süffisantes Lächeln erschien in seinem Gesicht.

„Ok. Er ist wieder zu Hause! Ich will Zugriff auf alle Kameras und das Eingreifteam soll sich bereit machen."

Diese Söldner sind so berechenbar und die Deutschen so vorhersehbar pünktlich. Das war schon unheimlich. Aber diesen Gedanken behielt er für sich, denn die Männer, die an seiner Seite standen, waren es auch.

Die Spannung, die sich im Raum ausbreitete, war zum Greifen spürbar. Sie befanden sich in ihrem „War Room". Es war das Herzstück ihrer Operationsbasis, zusammengesetzt aus sechs Containermodulen, die alle miteinander verbunden waren und in dessen Mitte sich ihre Kommandozentrale befand. Jeder dieser Module hatte seine eigene Funktion und konnte autark von den anderen betrieben werden. Die gesamte Anlage war beliebig erweiterbar und konnte ohne großen Aufwand innerhalb weniger Stunden an jeden beliebigen Ort dieser Welt verlegt oder an weitere bestehende Komponenten angeschlossen werden. Die Module waren aufgeteilt in Spionage, Abwehr und Überwachung. Ein Modul diente ihm als sein persönliches Büro, mit Zugang zur verschlüsselten Kommunikation zum Mutterschiff in den Staaten. Ein anderes Modul diente ihnen als Besprechungsraum für Videokonferenzen. Für den Bereich „Nachrichtendienst" waren sechs Mitarbeiter für eine Schicht notwendig. Nach dem Sicherheitsprotokoll durfte kein Mitarbeiter sich allein in dem Bereich mit dem höchsten

Sicherheitslevel aufhalten. Zurzeit befanden sich drei von ihnen vor ihren Monitoren, drei weitere überwachten die Kommunikation der Afghanen und der internationalen Koalitionstruppen. Ein Zugriffsteam aus fünf schwer bewaffneten Männern hielt sich im Besprechungsraum bereit.

„Wir lassen ihn den nächsten Schritt machen", befahl Goldsby von seiner erhöhten Position aus, von der er alles in diesem Raum überblicken konnte. Seine Männer hatten hervorragende Arbeit geleistet und er war sichtlich zufrieden mit dem bisherigen Verlauf der Operation. Jetzt mussten sie den Sack nur noch zumachen und er hätte ein Problem weniger.

Sie waren in einer entscheidenden Phase und in einer Stunde könnte er Jack Lebermann den erfolgreichen Abschluss melden. Um keine unnötige Aufruhe im Camp auszulösen, waren die Waffen des Zugriffsteams mit Schalldämpfern ausgestattet. In der offiziellen Rundmail wurde für heute eine Übung auf dem Gelände angekündigt. Dieses Mal hatte er sich auf alle Eventualitäten vorbereitet und überließ nichts dem Zufall.

Offiziell waren die beiden Deutschen sowieso für tot erklärt und ihre Leichen an ihre Angehörigen übergeben. Jetzt musste er nur noch alle Spuren beseitigen. Eine Wiederauferstehung von einem der Toten könnte den Fall unnötig verkomplizieren und das wusste er zu verhindern.

William nahm sich eine frische Tasse Kaffee und blickte entspannt auf den Monitor, auf dem der Pick-Up gerade den Parkplatz ansteuerte.

Becks kam es vor, als hätte er erst vor einigen Stunden das Camp verlassen, es wirkte alles so vertraut, so unaufgeregt. An den Nachmittagen nach dem Schichtwechsel war hier weniger los, das Freizeitangebot beschränkte sich auf Selbstbeschäftigung. Einige hockten in ihren Betten vor ihren Computern, sie spielten oder schauten stundenlang Filme. Andere vertrieben sich ihre Freizeit beim Sport. Die Scheiben in der Baracke waren gerade hell beleuchtet und beschlagen, anscheinend waren einige Jungs noch beim Training. Vor der Kantine lungerten einige Männer herum, verwickelt in Gespräche. Aufmerksam beobachtete Becks seine Umgebung, um frühzeitig eine Gefahr zu erkennen. Seltsamerweise blieb alles ruhig.

Sie werden es nicht wagen, mich vor den Augen der anderen einfach zu erschießen. Man kann ein oder zwei Leute zum Schweigen bringen, aber hier waren eindeutig zu viele Zeugen, das werden sie nicht wagen.

Über die Überwachungskameras zeigten, wie der Pick-Up umständlich in eine Parklücke rangiert wurde. Einer der Männer ließ sich zu einem spöttischen Kommentar hinreißen, aber man merkte ihnen an, dass sie alle angespannt waren. Endlich kam der Wagen in der dunkelsten und engsten Parklücke zum Stehen, dann erloschen die Scheinwerfer.

„Nachtsicht", bellte William Goldsby.

Einer der Monitore tauchte alles in ein grünes, fluoreszierendes Licht.

„Außenbeleuchtung aus!" Jemand schaltete die Außenscheinwerfer auf dem Parkplatz nacheinander aus. Die Dunkelheit senkte sich über den gesamten Platz mit etwa zwanzig Fahrzeugen.

„Kein Kontakt!", kam eine Meldung aus der Ecke.

„Kann mir jemand sagen, was dieser Trottel dort so lange macht?"

„Schalte auf Wärmebild." Die Sekunden vergingen in solchen Momenten wie Stunden.

„Kein Kontakt! Wiederhole — kein Kontakt! Zielperson verschwunden."

„Schickt das Team!", befahl Goldsby.

Einige Augenblicke später tauchte auf dem ersten Monitor ein schwer bewaffnetes Kommando auf, das sich vorsichtig in Richtung des Parkplatzes bewegte. Sie schwärmten vor dem Fahrzeug aus und umstellten es von allen Seiten, dann folgte der Sturm.

„Das Fahrzeug ist leer. Hier ist …"

Die Übertragung brach abrupt ab und auf einem der Monitore bildete sich im selben Moment ein riesiger Feuerball. Das Dröhnen einer Explosion erreichte jetzt auch die Kommandozentrale.

„Notbesetzung! Alle anderen bewaffnen sich!", brüllte Goldsby und sein Befehl riss die Männer aus ihrer Erstarrung raus. Sie funktionierten wie ein Uhrwerk, jeder von ihnen kannte seine Aufgabe. Er hatte sich diese Truppe, die ihm loyal ergeben war, persönlich zusammengestellt. Diese Männer kämpften für Geld und ihr Land. Früher in ihrem ersten Leben bei Geheimdienst war hatten sie noch Ideale, aber jetzt lagen die Prioritäten anders.

Draußen im Camp wurde jetzt in einer unregelmäßigen Reihenfolge geschossen.

„Verdammt", fluchte Goldsby. Der Kerl war scheinbar schlauer, als er aussah.

„Der verdammte Kerl hat eine Handgranate im Fahrzeug gezündet, dabei ist Munition explodiert", meldete der Einsatztrupp.

„Sie sollen ausschwärmen und ihn endlich finden", schrie Goldsby.

„Einsatzteam. Suche fortsetzen!", gab die Einsatzleitung seinen Befehl weiter.

„Roger." Kam die Bestätigung über Funk.

Becks hatte sich mit Absicht so viel Zeit beim Einparken gelassen. Er wollte Zeit gewinnen, denn ihm war bewusst, dass jeder seiner Schritte seit seiner Ankunft im Camp überwacht wurde.

Sobald sein Wagen zum Stehen gekommen war, wechselte er sofort auf die Beifahrerseite und kletterte aus dem geöffneten Fenster nach draußen. Dann kroch er hinter dem nächsten Fahrzeugen entlang und entfernte sich so schnell er konnte von dem Parkplatz. Die Handgranate, die er unter dem Fahrersitz mit einer dünnen Schnur an der Tür befestigt hatte, diente nur zur Ablenkung.

Er hatte seine Gegner unterschätzt, er wurde bereits erwartet. Aus einiger Entfernung beobachtete er, wie sich ein bewaffnetes Team seinem Fahrzeug näherte. Becks wartete, bis ein Feuerball die Umgebung in ein grelles Licht tauchte und der Alarm im Camp ausgelöst wurde. Die Söldner rannten zu ihren Baracken, um sich zu bewaffnen. Jetzt musste er die Situation ausnutzen. Ihm blieben nur noch wenige Minuten Zeit, bis das Camp hermetisch von der Außenwelt abgeriegelt wurde.

Zielgerichtet steuerte er auf die Unterkünfte des Geheimdienstes zu. Sie waren vermutlich die einzigen, die ihm den Aufenthaltsort seines Freundes verraten konnten. Im letzten Moment bemerkte er, wie jemand seinen Weg kreuzte. Doch so schnell waren seine neunzig Kilogramm nicht zu stoppen und er überrannte den Mann einfach. Becks hörte das Scheppern der Waffe, als sie auf den Boden fiel, blickte sich um und blieb wie angewurzelt stehen. Hinter ihm auf dem Boden lag Marc. Derselbe Marc, der gemeinsam mit ihnen bei diesem Überfall dabei war. Wenn zwei verschwinden sollten und der Dritte plötzlich quicklebendig durch die Gegend lief, dann war an der Sache etwas faul.

Der Schrecken, den Becks trotz der Dunkelheit in seinen Augen sah, bestätigte seine Vermutung. Mit einem gewaltigen Satz war er bei ihm und riss den Mann trotz seiner Schutzweste wie eine Puppe in die Höhe.

„Becks … Was machst du denn hier? … Sie suchen dich …", piepste dieser.

Vor Wut brachte Becks nur ein bedrohliches Knurren heraus.

„Du kleiner Scheißkerl … Wenn du nicht sofort redest, dann reiße ich dir deinen dünnen Arm aus … Wo haben sie Mitch hingebracht?"

„Hör zu, Mann … Die haben mich gezwungen … Ich schwöre, ich wusste nicht, was die vorhaben." Marc zappelte wie ein Fisch an der Angel und versuchte sich verzweifelt für seinen Verrat zu rechtfertigen.

„Was haben sie dir versprochen?" Becks ergriff seine Hand und nahm zwei Finger in seine Pranke.

Der Mann jaulte auf, als seine beiden Finger mit einem trockenen Laut brachen. Ruhig umfasste Becks die nächsten drei Finger und blickte Marc fragend in die Augen. Tränen, Angst und Schmerz sah er darin. Doch das war ihm egal, er brauchte diese Information.

„Rede oder ich fange gleich mit der anderen Hand an …", knurrte Becks.

„Es war nicht meine Idee … Goldsby hat mir einen langfristigen Vertrag versprochen … Ich habe eine Tochter und brauche diesen Job, um das College zu bezahlen und die Hypothek …"

„Wo habt ihr Mitch hingebracht!"

„Es ist William Goldsby. Er führt hier das Kommando. Ich schwöre es bei dem Leben meiner Familie, ich weiß nicht, wo sie ihn hingebracht haben. Er meinte der Gouverneur hat ihn … Ja, das hat Mister Goldsby gesagt… Bitte! Es ist die Wahrheit!"

„Gut, ich glaube dir. Aber jetzt bring mich zu diesem miesen Typen, der uns reingelegt hat."

„Du kommst hier niemals lebendig raus, das ist dir doch klar, oder?", zischte der schmierige Kerl, als er ihn auf dem Boden abstellte.

Becks musterte den Mann kurz von oben bis unten und dann brach er ihm die anderen drei Finger.

Marc jaulte vor Schmerz auf. Tränen liefen ihm über die Wange und er war kurz davor, sein Bewusstsein zu verlieren.

„Du wirst das machen, was ich dir sage, oder ich fange mit der nächsten Hand an. Hast du mich verstanden?"

Die Tür zu der Einsatzzentrale wurde aufgerissen und das seltsam rote Gesicht von Marc tauchte darin auf.

„Mister Goldsby! Wir haben ihn hier draußen erwischt!"

Jubel ertönte in dem nüchternen Raum.

„Gut gemacht!"

William Goldsby sprang von seinem Platz auf und kam mit schnellen Schritten zum Eingang gerannt. Er trug bereits seine schwere Schutzweste und war bewaffnet mit einer Pistole.

„Hier entlang, Sir, wir haben ihn gleich hinter dem Shelter erwischt."

William Goldsby trat in die Dunkelheit, hörte Marc rechts von sich und folgte seiner Stimme. Nach zwei Schritten wurde er hart am Kinn getroffen und seine Beine gaben nach.

Er wurde wach, als er etwas Nasses in seinem Gesicht spürte. Sein Kopf fühlte sich an, als ob ihn ein Pferd getreten hatte, sein Kiefer schmerzte und er hatte den Geschmack von Blut im Mund. Er versuchte sich zu der Stimme, die ihn von der Seite ansprach, zu bewegen.

„Sieh mal einer an … Sie leben ja noch!" Zischte er, als er den großen Deutschen vor sich erblickte.

„Halt die Schnauze, du Arschloch, und mach das Tor auf."

Der Wagen blieb schaukelnd vor der Ausfahrt stehen.

„Du hast doch nicht wirklich gedacht, dass du hier lebend herauskommst?" Die dicke Lippe hinderte ihn am Sprechen aber der Zynismus war in seiner Stimme nicht zu überhören.

Becks schlug ansatzlos mit der rechten Hand zu.

„Übertreib es nicht, sonst müssen wir heute noch zum Zahnarzt fahren."

Zwei Wachmänner näherten sich ihrem Fahrzeug und hantierten nervös an ihren Waffen.

„Bring uns hier raus und spiel keine Spielchen mit mir." Zur Unterstützung seiner Forderung steckte Becks ihm seine Pistole zwischen die Rippen.

„Halt!", rief einer der Posten. „Das Camp ist geschlossen." Er überkreuzte seine beiden Unterarme zur Verdeutlichung.

„Solange die Lage unklar ist, darf keiner das Camp verlassen", sagte der andere, als sie bei ihrem Wagen ankamen. Ihre Haltung entspannte sich augenblicklich, als sie erkannten, wer neben Becks im Jeep saß.

„Mister Goldsby. Verzeihen Sie, aber wir haben die Anordnung, dass keiner das Camp verlassen darf, solange die Lage noch unklar ist."

Becks spannte sich an, bereit, diesen hinterhältigen Mistkerl neben sich auszuschalten.

William Goldsby spuckte geräuschvoll etwas Blut vor sich auf den Boden und lehnte sich im Sitz zurück. Wenn sein Gesicht nicht so angeschwollen wäre, dann könnte man glauben, der Typ wollte gerade eine Spazierfahrt unternehmen.

„Das weiß ich! Ich selbst habe diese Anordnung herausgegeben. Machen Sie einfach das Tor auf! Ich muss zum Arzt."

Die beiden Posten traten zur Seite und einer machte ein Zeichen zum Torposten. Das Tor vor ihnen erzitterte und öffnete sich langsam. Noch ehe Becks die „Schleuse" erreichte, öffnete sich bereits das nächste Tor vor ihm.

Gerade wollte er sich entspannen, es lief besser als geplant, aber der nächste Gedanke holte ihn von seinem Siegerhimmel wieder runter.

Da stimmt doch etwas nicht. Niemals dürften die beiden Tore gleichzeitig geöffnet und schon gar nicht in so einer unübersichtlichen Lage, wie sie gerade im Camp herrschte. Die beiden Wachen gehörten zur „Thunder", dabei waren die Gurkhas für die Bewachung des Camps zuständig. Vielleicht möchte Mister Goldsby, dass ich das Camp verlasse und hat eine solche Situation vorausgesehen. Vermutlich wartet draußen eine Überraschung auf mich. Gut, dann tue ich euch diesen Gefallen.

Vorsichtig steuerte Becks den Jeep über die quer liegenden Poller aus der Einfahrt heraus. Der gepanzerte Wagen wackelte bedächtig. Auf der rechten Seite der Straße blockierte ein quer stehender Wagen die Durchfahrt. Ein kurzer Seitenblick bestätigte sein ungutes Gefühl. Der Ami neben ihm war zu ruhig und zu selbstsicher. Er verfolgte einen Plan und seinen letzten Trumpf würde er hier vor den Toren des Camps ausspielen. Becks drückte das Gaspedal durch und beschleunigte den Wagen.

Ich würde zwei Scharfschützen platzieren, und zwar so, dass sie mich ins Kreuzfeuer nehmen.

Nach fünfzehn Metern bremste er scharf. Der Wagen folgte der Trägheit und machte eine kurze Bewegung nach vorne und der schwere Hintern drückte ihn gleichzeitig nach oben. Im selben Augenblick zeigte ein dumpfer Aufschlag auf der Windschutzscheibe, dass er mit seiner Vermutung recht hatte. Einige Zentimeter über seinem Kopf war ein Einschussloch zu sehen. Selbst eine gepanzerte Scheibe konnte heftigem Beschuss auf Dauer nicht standhalten. Die Schützen hatten Zeit, sich auf diesen Moment vorzubereiten und sich eine optimale Position auszusuchen. Ein gutes Gewehr, panzerbrechende Munition und dann ist die Sache nach drei oder vier sauberen Schüssen erledigt. Vorausgesetzt man schaffte es, ein entsprechend kleines Trefferbild in die Scheibe zu platzieren.

Er hatte noch zwei Schikanen vor sich und der Wagen konnte nur langsam durch die enge Zufahrt gesteuert werden. Gas geben, bremsen und den wenigen Platz ausnutzen, den er hatte, das war im Moment alles, was er tun konnte.

„Deine Zeit wird langsam knapp … Soldat", bemerkte Goldsby süffisant neben ihm.

Dann passierten mehrere Dinge auf einmal: Becks drückte das Gaspedal durch, der Wagen heulte auf und beschleunigte rasant. Kurz bevor der Wagen mit seinen fünf Tonnen Gesamtgewicht frontal in die kleine Begrenzungsmauer rein krachte, spürte er den zweiten Einschlag einer Kugel in seiner Seitenscheibe. Dann schlug der Wagen scheppernd in die

Mauer hinein. Die Fliehkräfte zerrten an seinem Gurt, doch der ließ nicht locker und er genoss das Hundertstel einer Sekunde, in dem William Goldsby abrupt durch den sich herauslösenden Airbag in seinen Sitz zurückgeschleudert wurde, wo er bewusstlos zusammensackte.

„Sorry! Hab vergessen, dich anzuschnallen …"

Glassplitter regneten auf seinen Kopf ein, als der dritte Einschlag die Scheibe traf.

Der Geländewagen war robust gebaut und zu seinem Glück war er nicht ausgegangen. Becks schaltete in den Rückwärtsgang, setzte zurück und steuerte den Wagen wieder auf die Straße. An eine weitere Flucht war mit diesem Wagen nicht mehr zu denken. Laute, schabende Geräusche machten ihm klar, dass der Jeep stark beschädigt war.

Er hatte noch etwa dreißig Meter bis zur Hauptstraße und mit jedem Meter, den er zurücklegte, verringerte er das Sichtfeld des Schützen, der ihn frontal unter Feuer hielt. Mit der linken Hand senkte Becks seine Rückenlehne bis zum Anschlag und löste gleichzeitig seinen Sicherheitsgurt. Im selben Moment zerriss eine Kugel von der Seite die Windschutzscheibe aus gepanzertem Glas. Der Schütze von vorne gab jetzt alles, aber er machte einen Fehler: Er begann, auf den Motorblock zu feuern, um den Wagen zum Stehen zu bringen und seinem Partner die Möglichkeit zu geben, den entscheidenden Schuss abzugeben. Leider war der Motorblock bei diesen speziellen Fahrzeugen mit einer Stahlplatte gegen einen Beschuss von vorne geschützt und somit verlor der Scharfschütze wertvolle Zeit.

Mittlerweile klaffte ein Loch von der Größe einer Melone in der Scheibe und der Schütze von der Seite setzte sein Werk ununterbrochen fort.

Ein guter Schütze arbeitete immer mit einem freien Sichtfeld von hundertachtzig Grad. Die beiden Typen hatten ihre Positionen so gewählt, dass ihre Schusslinien sich überlappten.

Becks presste sich in seinen Sitz und hielt das Lenkrad geradeaus, da er seinen Kopf nicht mehr heben konnte, ohne getroffen zu werden. Irgendwo über den Häusern der Stadt blinkte eine Taschenlampe zwei Mal auf. Sein Fuß hielt das Gaspedal bis zum Anschlag durchgedrückt. Der Wagen schoss über den Mittelstreifen, knallte auf die Straße und stieß mit letzter Kraft gegen die Lehmwand eines Hauses. Der Motor erstarb in einer weißen Qualmwolke.

Das war seine Deckung. Becks rollte sich nach hinten, schnappte sich seinen Rucksack und stieß vorsichtig die hintere Tür einen Spalt auf. Immer noch hämmerten einschlagende Kugeln auf den Wagen ein, aber er hörte keine Schüsse.

Schalldämpfer!

Die gesamte Aktion konnte nicht länger als ein paar Minuten gedauert haben. Er sah die überraschten afghanischen Polizeiposten auf der Straße stehen. Die Tore zum Camp schlossen sich gerade wieder, er musste schnell von hier verschwinden. Sein Plan war leider schief gelaufen, er musste den bewusstlosen Goldsby im Fahrzeug lassen. Dafür hatte er von Marc eine wichtige Information erhalten.

Mit zwei schnellen Schritten erreichte er eine kleine Gasse und begann, so schnell er konnte, zu laufen. Das kurze Aufleuchten einer Taschenlampe hatte ihn auf etwas aufmerksam gemacht. In dieser Richtung lag vermutlich der erste Schütze in seiner Stellung. Die Schützen hatten freies Schussfeld, etwa zweihundert Meter, erhöhte Positionen — ein großes Haus. Becks lief im Schutz der Mauern, aber hielt nicht direkt auf den Schützen zu, um ihn von der Seite zu umgehen. Stehen bleiben, orientieren, auf die Umgebung hören. Keiner würde die Position des Schützen freiwillig verraten, außer es war eine neue Falle oder jemand anderes machte ihn darauf aufmerksam.

„Ist der verrückt!", entfuhr es Hassan, als er sah, wie der Geländewagen in die Betonmauer knallte. Mit seinem Fernglas beobachtete er jede Bewegung in den Fahrzeug. Er sah, wie die Kugeln die Scheiben zertrümmerten und wie der Mann hinter dem Steuer verzweifelt versuchte, dieser Falle zu entkommen.

In diesem Moment bewunderte er seinen Mut, einfach so in das Camp seiner Verfolger zu marschieren und dann lebend wieder herauszukommen. Auf dem Beifahrersitz konnte er zwar jemanden erkennen, der reglos dort saß, aber das ergab keinen Sinn. Warum wollte er unbedingt in diese Lager und nahm dieses Risiko auf sich? Wollte er mit jemandem reden? Wie es aussah, geschah das jedenfalls nicht im gegenseitigen Einverständnis.

Seit dem Überfall auf den Armeeposten beobachteten seine Männer diesen Mann und Hassan bewunderte seine Kaltschnäuzigkeit, mit der er die drei Soldaten überwältigte. Natürlich hatte er dabei etwas nachgeholfen, denn so einfach gelangte man mit einem gestohlenen Wagen der Armee an den zahlreichen Posten in der Stadt nicht vorbei. Sein dichtes Netz aus Informanten und Spitzeln hatte ganze Arbeit geleistet. Von der ersten Sichtung bis seine Männer ihn endgültig umstellten, hatte es nur einen Tag gedauert. Dieser Spaß war es ihm wert und seit er wusste, dass Goldsby den Auftrag erhalten hatte ihn zu töten wollte er einiges beisteuern, um die Amerikaner zu ärgern.

Es freute ihn, wenn seinen Gegenspielern solche „kleinen" Missgeschicke passierten. Das stärkte seine eigene Stellung und er genoss in diesem Moment seine Macht, dass er über das Leben eines Menschen nach seinem Belieben entscheiden konnte. Deswegen machte er auch diese Lichtzeichen mit seiner Taschenlampe. Der Mann sollte diesen direkten

Weg nehmen, da er nur so den zweiten Scharfschützen in den engen Gassen entkommen konnte. Der Geheimdienst kontrollierten alle Zugänge in dieser Gegend und es wäre ihm ein leichtes diesen Kerl heute hier festzunehmen. Durch sein Fernglas beobachtete Hassan, wie ein Trupp Amerikaner eine Person aus dem Jeep auf die Straße zog und ein Lächeln erschien auf seinem Gesicht.

„Guten Tag, Mister Goldsby." Hassen setzte sein schönstes Lächeln auf.

Dein Gesicht sieht heute gar nicht gut aus, grinste er in sich hinein und sein Herz machte einen Sprung vor Freude.

Er dachte einen Augenblick nach und änderte in diesem Moment alle Pläne für seine Zukunft. Es war, als würde er eine Zeitreise machen. Er sah sich in der dunklen Hütte seiner Eltern auf dem Boden liegen. Ein viel stärkerer Gegner hatte ihn zu Boden gerungen und dann erfasste seine Hand ein Messer. Genauso fühlte er sich gerade. Schon damals hatte seine Entscheidung zu töten sein Leben verändert. Auch heute wusste er tief in seinem Inneren, dass diese Entscheidung erneut eine Wende in sein Leben bringen sollte.

„Lasst ihn durch und zieht euch zurück!", bellte er in sein Funkgerät.

Irgendwie freute er sich bereits auf das Gespräch zwischen diesem eingebildeten Amerikaner und Gouverneur Melai und er bedauerte zum ersten Mal, dass er kein Englisch verstand. Zu gerne würde er die Geschichte von Goldsby hören und das Gesicht von Melai dabei beobachten, wie seine Gesichtsfarbe von hell zu dunkelrot wechselte, bevor er explodierte. Wirklich schade …

Diesen Mann werde ich als meine Waffe einsetzen und er wird euch um den Schlaf bringen, euch Tag und Nacht beschäftigen.

Becks versuchte, seinen Atem zu beruhigen. Er schwitzte unter der schweren Schutzweste, die er sich im Camp für diesen Ausflug „ausgeliehen" hatte. Vorsichtig spähte er zu dem großen Haus mit der Terrasse hinüber. In der Dunkelheit sah sie aus, wie das Deck eines Schlachtschiffes. Das ganze Viertel lag in Dunkelheit und in der Ferne hörte er das Rattern der Generatoren, die auf den Höfen Strom erzeugten. Irgendwo Stimmen, Fernseher, ein Kind weinte. Trotzdem hatte er das ungute Gefühl, dass er beobachtet wurde. Das kurze Aufleuchten der Taschenlampe war eindeutig gewesen. Sie zeigte ihm den direkten Weg zu dem Haus, in dem sich der Schütze verbarg. Warum und wer hatte Interesse daran, ihn hierher zu locken? War das vielleicht eine neue Falle? So gesehen hatte er gerade nicht viele Möglichkeiten. Eigentlich nur diese eine und jetzt war er hier und sie spielten weiter ihr Versteckspiel.

Das hölzerne Gerüst bedeuteten, dass sich das Haus noch im Bau befand. Eine Silhouette passte nicht hinein. Der Schütze lag auf einem Holztisch hinter seinem Gewehr, neben ihm saß sein Beobachter mit einem Fernglas.

„Verdammt", fluchte Becks leise.

Zwei Männer, die genau den Zugang beobachteten, den er bei seiner Flucht nehmen musste. Egal, was er machte, sie erwarteten ihn bereits. Goldsby hatte die ganze Sache sehr professionell aufgezogen. Ohne fremde Hilfe würde er jetzt vermutlich auf einem Tisch mit einem Zettel am Zeh liegen.

Einen entscheidenden Vorteil hatte er, denn die beiden Schützen wussten in diesem Moment nicht, dass er bereits in ihrer Nähe war.

„Was würde ich jetzt für ein Gewehr mit einem Schalldämpfer geben", seufzte Becks.

Das Tor zu dem Anwesen stand einen Spalt offen, doch er vermied es, diesen Eingang zu nehmen. Die beiden Schützen würden alle Zugänge mit Sprengfallen sichern, um nicht überrascht zu werden. Daher wählte Becks die unkonventionelle Methode über die Mauer. Im Haus roch es überall nach frischem Zement. Werkzeuge, Ziegelsteine und Zementsäcke lagen verteilt über das gesamte Anwesen herum. Anstatt die Treppe zu nehmen, kletterte er über die Brüstung nach oben. Sie wackelte bedächtig, aber hielt sein Gewicht. Auf der Höhe der ersten Etage zog er seine Stiefel aus, um sich leise annähern zu können. Der Boden war übersät mit kleinen Steinen und Bauschutt, der bei jedem Schritt ein Geräusch verursachten. Becks befand sich jetzt auf der Rückseite des Hauses und hatte die beiden Männer direkt vor sich. Die größte Gefahr stellte aus seiner Sicht dabei der Beobachter, er saß auf einem wackligen Stuhl und hatte neben sich sein M-16-Gewehr zu stehen. Damit konnte er sofort auf jede Bedrohung schnell reagieren, während der Schütze in seiner liegenden Position hinter seinem Gewehr einige Augenblicke brauchen würde, um von dem Tisch zu kommen.

Er kletterte über die Rüstung eine Etage höher, da hier noch keine Treppe eingebaut war. Oben angekommen, steuerte Becks zu den nächsten Haufen mit Zementsäcken zu. Die kleinen Steine drückten schmerzhaft gegen seine Fußsohlen, als er sich mit seiner schweren Ladung vorsichtig zur Dachkante herantastete.

In seinem ersten Leben diente Brandon sechs Jahre lang bei der US Army als Scharfschütze. Niemals stellte er Fragen zu seinen Aufträgen oder hinterfragte seine Befehle. Er tötete einfach alles, was sein Auftrag war und das ziemlich präzise. Seine Vorgesetzten wurden auf ihn aufmerksam und er wurde für seine erste Geheimoperation ausgewählt. Seine Zuverlässigkeit und seine Arbeitsweise beeindruckten irgendjemanden und so bekam er irgendwann ein Angebot der CIA, dass er nicht ausschlagen konnte. In diesem Job gab es erfolgreiche und weniger erfolgreiche Operationen. Nach einem missglückten Einsatz mit vielen Toten wurde eine Untersuchung eingeleitet und dann begannen sie, alle seine Einsätze zu durchleuchten, dabei hatte er nur Befehle ausgeführt. Am Ende wurde er auf Bewährung verurteilt und unehrenhaft aus der Armee entlassen. Mister Lebermann hatte ihn nicht vergessen und gab ihm eine neue Chance. Es war die gleiche Arbeit wie bei der Agency, nur besser bezahlt und man hatte das Gefühl, jetzt wirklich für eine Sache zu kämpfen, die die Welt verändern konnte.

„Gleich muss er auftauchen", sagte Brandon leise zu seinem Partner, ohne von seinem Zielfernrohr aufzublicken. Mit zusammengebissenen Zähnen konzentrierte er sich auf die dunkle, lange Gasse, die zu ihrem Versteck führte. Den Schatten, der von oben auf seinen Partner stürzte, nahm er in diesem Augenblick überhaupt nicht wahr.

Er spürte nur einen Luftzug und hörte im selben Moment ein Krachen, als ein Zementsack seinen Partner, der rechts von ihm saß, traf. Das Splittern des Holzes und das schmatzende Geräusch, als ein Körper zerquetscht wurde, passierte innerhalb eines Augenblickes. Instinktiv rollte er sich nach links von dem Tisch runter. Keine Sekunde zu spät, denn der Tisch, auf dem er gerade noch gelegen hatte, brach mit einem ohrenbetäubenden Krachen auseinander, als ein Mann darauf landete. Die Wucht des Aufpralls war so groß, dass der Unbekannte augenblicklich zur Seite fiel.

Sofort realisierte Brandon die Lage und zog seine Pistole. Doch sein Gegenüber rollte sich geschmeidig ab und noch bevor er einen Schuss abgeben konnte, flogen ihm die Reste des Tisches entgegen. Die Erkenntnis traf ihn wie ein Schlag in die Magengrube.

Das ist doch derselbe Kerl, den wir jagen! Wie war er hierher gekommen?!

Für weitere Überlegungen blieb ihm keine Zeit und noch bevor der Tisch ihn mit voller Wucht treffen konnte, rettete er sich mit einem Sprung zur Seite. Kaum stand er auf den Beinen, richtete er seine Waffe auf seinen Angreifer und schoss, doch auch der Mann hatte die Zeit genutzt und sich auf ihn zu bewegt. Noch bevor Brandon seine Waffe korrigieren konnte, umfasste der Angreifer seine Pistole. Es löste sich zwar erneut ein Schuss, aber der Griff verhinderte das erneute Repetieren der Waffe und jetzt befand sich keine Kugel mehr im Lauf. Der Angreifer schlug gegen sein Handgelenk.

Brandon kannte diese Technik. Er hatte sie selbst stundenlang im Dojo geübt und leider gab es dagegen keine Abwehrmöglichkeit, außer man nahm einen gebrochenen Abzugsfinger in Kauf. Er gab seinen Widerstand sofort auf und zog mit seiner rechten Hand ein langes

Kampfmesser in einer geschmeidigen Bewegung aus seiner Hosentasche. Normalerweise schneidet man damit jemanden von unten bis zum Brustkorb mit einem langen, tiefen Schnitt auf, aber der Kerl trug eine Schutzweste und Brandon merkte, wie sein Messer auf seinem Weg nach oben alles bis zu den Keramikplatten in der Schutzweste durchtrennte. Damit verschaffte er wieder etwas Distanz zwischen sich und dem Angreifer, der partout nicht sterben wollte.

In den nächsten zehn bis fünfzehn Minuten müsste auch das Eingreifteam hier sein und dann können wir die Sache endlich selbst klären, nach dem verpatzen Überfall der Söldner. Ich werde mich über meine nächste Kopfgeldprämie freuen und Mister Goldsby kann den Vollzug nach Washington melden.

Dieser einfältige Typ war ihnen direkt in die Falle gelaufen, hatte aber mit seiner couragierten Flucht einiges durcheinander gebracht.

Trotz der spärlichen Beleuchtung musterte Brandon seinen Gegner neugierig. Der Mann war wirklich groß und er war barfuß. Seine Füße bluteten. Diesen Vorteil musste er für sich ausnutzen und den in Bewegung halten.

Ok. Ich werde mit meinem Messer etwas wedeln, um ihn auf Distanz zu halten und dann werden wir sehen, wie weit der heute noch kommt. Das Messer ist das Tödlichste, was du in der Nahdistanz einsetzen kannst. Jemanden mit einem Stich zu töten, ist fast unmöglich, deswegen versucht man, mit langen Schnitten seinen Gegner zu zerschneiden. Tiefe, lange Schnitte verursachen hohen Blutverlust, man wird immer langsamer, während der Lebenssaft aus dem Körper sickert. Es kommt am Ende zum Schock, wenn der Körper kollabiert.

Brandon stieß unvermittelt sein Messer nach vorne und machte zwei schnelle Schnitte von oben nach unten und wieder zurück. Seine eigene verletzte Hand hielt er dabei vor sich, um den Großen zu täuschen. Sein Gegenüber wich seiner Bewegung zwar aus, hatte aber sichtlich Mühe, sein rechtes Bein nach hinten zu verlagern. Sofort nutzte Brandon diese Schwäche aus und stieß erneut vor. Nur mühsam konnte der Mann seinem Angriff ausweichen. Hände flogen, um seinen Angriff zu blocken, aber Brandon spürte, wie der Widerstand gegen seine Messerangriffe bröckelte. Er unterdrückte den pochenden Schmerz in seinem Abzugsfinger, der bei jeder seiner Bewegungen mitschwang und täuschte eine Kombination von Stichen und Schnitten vor, um von seinem eigentlichen Angriff abzulenken. Mit dem letzten langen Schnitt fiel die Keramikplatte krachend aus der Schutzweste seines Gegners und der Weg zu den lebenswichtigen Organen war jetzt freigelegt. Diese Gelegenheit ließ sich Brandon nicht entgehen und startete den nächsten Angriff mit einer Finte. Ein angetäuschter Stich von vorne, dann klappte er sein Messer in die Hand ein, sodass die lange Schneide jetzt entlang seines Unterarmes lag. Er führte eine von oben nach unten führende Schnittbewegung durch und ließ plötzlich die Spitze des Messers nach vorne Schnappen. Zwar konnte sein Gegenüber seinem Angriff im letzten Moment ausweichen, aber er hielt sich jetzt an der Hüfte fest.

Da muss ich ihn erwischt haben und er versucht jetzt, auf seine Wunde zu drücken, um den Blutverlust zu minimieren. Ich kann mich jetzt in aller Ruhe hinsetzen, vielleicht noch meine Pistole aufheben und abwarten, bis der Kerl aufgibt. Aber es machte Spaß, jemanden zu Tode zu hetzen, der wusste, dass er verlieren würde. Ich bin Scharfschütze und mein Job ist es, diesen Mistkerl zu töten. Das sollte ich jetzt auch tun.

Seit ihr Kampf begonnen hatte, waren nur einige Minuten vergangen, aber sie atmeten beide schwer, die Anspannung und die permanente Konzentration kosteten unglaublich viel Kraft.

Unbarmherzig und mit einer gewissen Vorfreude ging Brandon zum nächsten Angriff über. Die breite Klinge leuchtete matt im Mondlicht, als sie die Dunkelheit zerschnitt. Bewegen, täuschen, angreifen, blocken. Erneut begann Brandon seinen Angriff mit einem Stich nach vorne und wollte gerade das Messer umgreifen, um die gleiche Kombination wie vorhin durchführen, als er merkte, wie sich etwas um seine Hand mit dem Messer wickelte. Bevor er überhaupt reagieren konnte, wurde er nach vorne in eine krachende Rechte gerissen, die ihm das Nasenbein brach.

Verdammt! Woher kam dieser Schlag? Habe ich ihn überhaupt erwischt oder hat er mich getäuscht, um seinen Gürtel herauszuziehen?

Das Blut lief wie ein Sturzbach aus seiner Nase, Brandon bekam kaum noch Luft, sein Kopf dröhnte und durch die Schmerzen konnte er keinen einzigen Gedanken fassen. Er musste dringend zu seinem Medipack, um die Blutung zu stoppen und seinen gebrochenen Finger zu schienen. Er hat sich täuschen lassen.

Sein Partner lag in einer seltsamen Haltung auf dem Boden und war vermutlich tot. Seine einzige Chance war, die Zeit zu überbrücken, bis ihr Team hier eintraf. So mobilisierte Brandon trotz aller Schmerzen seine letzten Kräfte und hob beide Arme in Abwehrhaltung, um den Kerl auf Abstand zu halten.

Immer noch hielt er sein Messer in der Hand. Doch sein Gegner machte überhaupt keine Anstalten zu kämpfen, er stand einfach nur da und fixierte ihn mit seinem Blick. Plötzlich machte dieser eine schnelle, gleitende Bewegung und dieses Mal war nichts von einer Verletzung zu merken. Er wischte das Messer ganz professionell mit dem Unterarm zur Seite, und zwar so, dass er selbst dabei nicht verletzt werden konnte. Den kommenden Schlag, der ihn an die Schläfe traf, sah Brandon nicht einmal kommen. Sterne tanzten und seine Knie gaben nach. Den nächsten Angriff spürte er nur noch. Seine Hände wurden nach vorne gerissen und sein ausgestreckter Arm brach wie ein trockener Ast, als der riesige Kerl mit seinem gesamten Gewicht darauf fiel.

Das ist das Ende ... Ich hatte es mir schöner vorgestellt ..., war sein letzter Gedanke, bevor ihm sein eigenes Messer ins Auge gerammt wurde.

Keine fünf Minuten später hörte Becks leise Schritte am Eingangstor zum Anwesen. Die Männer wussten um die versteckten Sprengsätze am Tor und gingen entsprechend sorgsam vor.

Leise schlich er sich an die Hinterseite des Gebäudes, wartete, bis das Team das Gebäude betrat und lief leise zum Eingangstor, das die Männer gerade passiert hatten. Er hörte, wie sie die beiden Toten oben fanden und jetzt über Funk nach Verstärkung riefen. Einen Moment schwankte er, ob er seinen Plan wirklich umsetzen sollte, aber er rief sich ins Gedächtnis, dass er derjenige war, den sie gerade jagten und sie hatten keinen Augenblick gezögert, ihn zu töten. Was er jetzt brauchte, war Zeit.

Vorsichtig umfasste er die Handgranate, die am Tor eingeklemmt war und entspannte die dünne, durchsichtige Sehne, die quer über den Eingang gespannt war. Diese todbringende Falle verlegte er einige Meter vor das Haus, sodass derjenige, der das Haus verließ, sofort diese Sprengfalle auslöste. Diese Konstruktion würde keinen Schönheitspreis gewinnen oder es auf eine Messe schaffen, aber damit sorgte er für genug Ablenkung. Außerdem wurde es Zeit, den Spieß umzudrehen und selbst auf die Jagd zu gehen. Kritisch betrachtete er sein Werk, drehte sich um und verschwand in der Dunkelheit. Er wusste, was jetzt kommen würde und versuchte, so viel Abstand zwischen sich und das Gebäude zu legen, wie er nur konnte.

Zwei Stunden später saß William Goldsby geduscht und bandagiert allein im Konferenzraum und sortierte den Bericht in seinen Gedanken. In fünf Minuten würde Mister Lebermann Antworten von ihm erwarten und er musste sich auf sehr unangenehme Fragen einstellen. Wie konnte dieses Unternehmen in solchem Maße aus dem Ruder laufen? Er schlug vor Wut mit der Hand auf den Tisch und der Beutel mit dem Eis fiel scheppernd runter.

Verflucht! Und das alles in solch einer entscheidenden Phase der Vorbereitung.

Seit dieser unsäglichen Nacht schien alles schief zu laufen. Vielleicht war es doch an der Zeit, die Segel zu streichen und sein Geld irgendwo in Mexico an der Bar auszugeben. Ein angenehmes Gefühl überkam ihn bei dem Gedanken an die Summe, die er am Ende des Einsatzes bekommen würde. Das könnte er unmöglich alles in diesem Leben ausgeben. Wie würde Jack auf diesen Vorfall reagieren? Er hasste Überraschungen, aber aus eigener Erfahrung wusste er, dass nicht immer alles nach Plan lief und man manchmal improvisieren musste. Jedem anderen würde William Goldsby nicht einmal einen Bruchteil dessen erzählen, was sich in den letzten Stunden in ihrer Basis ereignet hatte, aber Jack war der Kopf ihrer Organisation, ihm musste er alles berichten.

Ein eingehender Anruf aus der Zentrale in Washington unterbrach seine Gedanken und einen Moment später er sah das Gesicht von Jack Lebermann auf dem Bildschirm.

Jack musterte ihn einen Moment lang mit seinen dunklen Augen.

„William, du siehst furchtbar aus. Was ist passiert?"

William Goldsby holte tief Luft, rief sich das Wesentliche ins Gedächtnis und begann mit seinem Bericht. Es war, als durchlebte er alle Ereignisse noch einmal.

„Als meine Männer das Haus betraten, fanden sie den Scharfschützen und seinen Beobachter tot vor. Der eine wurde mit seinem eigenen Messer erstochen und der andere lag unter einem Zementsack begraben. Vermutlich warf der Deutsche den Zementsack runter und kämpfte anschließend mit dem Scharfschützen. Wir haben Blutspuren auf dem Boden gefunden, daher gehen wir davon aus, dass er sich barfuß an unsere Männer herangeschlichen hat. Der Teamleader entschied augenblicklich, die Verfolgung aufzunehmen, da wir nach unserer Zeitberechnung davon ausgingen, dass dieser sich noch in unmittelbarer Nähe des Hauses befand. Beim Verlassen des Anwesens geriet das Team in eine Sprengfalle. Zwei Männer wurden schwer verwundet, einer leicht verletzt am Arm. Wir mussten die Suche nach ihm vorerst unterbrechen. Ich wollte nach der Aufregung, die er verursacht hat, zunächst Ordnung im Lager schaffen, bevor wir da weitermachen, wo wir aufgehört haben. Weiterhin habe ich angeordnet, die Zufahrtskontrollen zum Camp mit unseren Leuten zu besetzen. Außerdem habe ich unsere Reserve aus Kabul angefordert, um sie mit der Suche nach dem Flüchtigen zu beauftragen." Mit diesen Worten beendete William Goldsby seinen Bericht.

Eine Weile schwiegen sie beide. Lebermann kniff seine Augen zusammen und trommelte auf der Tischplatte. Das machte er immer, wenn er etwas ausheckte.

Plötzlich fragte er: „Was hat er mitgenommen?"

Dazu musste Goldsby erneut in seinem Bericht blättern, der vor ihm auf dem Tisch lag.

„Er hat den Männern ihre gesamte Munition abgenommen, Handgranaten, Rauch und das Scharfschützengewehr." William blickte von dem Zettel auf und sah überrascht das diebische Grinsen von Jack.

„Der will seinen Kumpel befreien. Ich schlage vor, wir sparen uns die Zufahrtskontrollen und konzentrieren uns auf den Gefangenen. Wo steckt der gerade?"

Trotz seiner Schmerzen erschien jetzt auch ein wissendes Lächeln auf seinem Gesicht.

„Eigentlich sind beide heute früh in zwei Holzkisten mit allen ihren persönlichen Sachen in Deutschland gelandet. Die Obduktionsberichte der ISAF wurden den Behörden übergeben. So wie es mir unser Mann vor Ort berichtete, ist alles problemlos abgelaufen. Der Gefangene wurde auf Anordnung des Gouverneurs in das Hauptquartier des Geheimdienstes verlegt. Zurzeit hat er einen Virus, aber in zwei bis drei Tagen ist er einigermaßen fit und unser „Präsident" will ihn persönlich vernehmen", ergänzte Goldsby überspitzt. „Wir hatten ein sehr konstruktives Gespräch. Er bittet uns, seinen Sicherheitchef zu entsorgen. Außerdem hält er den ältesten Sohn des Stammesfürsten gefangen, um den Verkauf der Ländereien zu beschleunigen. Melai möchte, dass der Brite sich jetzt um die Pflege des Gefangenen kümmert. Wir haben selbstverständlich dafür gesorgt, dass er ihm auch die richtige „Medizin" verabreicht."

So etwas wie ein Lächeln tauchte im Gesicht von Jack Lebermann auf. Er mochte es, wenn seine Mitarbeiter eigenständige Entscheidungen trafen.

„Gut. Dann ist diese Sache auch endlich geklärt und wir müssen nicht auf der ganzen Welt nach irgendwelchen Typen suchen. Warum will der Gouverneur unbedingt, dass wir diesen kleinen, schmierigen Typen beseitigen? Das ist doch sein bester Mann. Versucht er etwa, seine Spuren zu verwischen und gleichzeitig den Dreck auf uns abzuwälzen? Es scheint so, als wachse er langsam in die Rolle eines Staatsmannes hinein."

„Ich denke, er hat einen guten Lehrer gehabt", bemerkte Goldsby und das trockene Lachen vom anderen Ende der Welt verriet Jack Lebermann.

„Sieh zu, dass ihr den Deutschen bald erledigt, dieses Mal ohne großes Aufsehen. Unsere Partner dürfen von unseren Schwierigkeiten nichts mitbekommen."

Das Gespräch nahm eine unerwartete Wendung, denn anstatt der erwarteten strengen Rüge seines Chefs plauderte dieser ganz entspannt mit ihm eine Weile. Aber diese unverhoffte Lockerheit war gefährlich und vielleicht fühlte sich William deswegen so unwohl dabei.

„Genau diese Partner haben uns erst in diese Situation gebracht. Ohne diese dämlichen Halsabschneider hätte ich die beiden Deutschen längst entsorgt und wir hätten ein Problem weniger", erlaubte sich William eine

Bemerkung.

„Hast du mit ihnen gesprochen?"

„Ja, ich hatte während der Fahrt die Gelegenheit genutzt und mit einem der sich Mitch nennt gesprochen."

„Und was meinst du?"

„Der ist kein Soldat. Sehr konzentriert. Ließ sich nicht aus der Ruhe bringen und ich habe keine Unsicherheit gespürt. Wir hätten sie gleich in den Keller werfen sollen und befragen."

„Wir müssen den Schein wahren. Lass dem Mann seine Rache, wir profitieren von seiner Besessenheit, dürfen ihn aber nicht unterschätzen. Lange können wir diese Nummer nicht mehr durchziehen, so etwas spricht sich schnell herum", unterbrach ihn Lebermann. „Es ist alles vorbereitet und jetzt muss Melai sich in Position bringen. Die nächsten Tage werden anstrengend genug werden. Was ist eigentlich mit diesem Laptop aus der Schweiz geworden? Wobei sich für mich zuerst die Frage stellt: Warum will der Gouverneur das Ding unbedingt haben und was ist da drauf?"

„Na ja, er wollte es so dringend, dass er sogar Hassan in die Türkei geschickt hat, um es abzuholen. Anscheinend konnten sie damit nichts anfangen und haben das Ding wieder zu uns gebracht. Wir haben zunächst gelacht, aber du wirst es nicht glauben, unsere Spezialisten konnten den Laptop auch nicht knacken. Wir kommen nur bis auf die Arbeitsfläche, aber der Rest ist verschlüsselt. Die Jungs meinen, das Ding hat eine volldatenfähige Verschlüsselung und vor Ort haben wir keine Möglichkeit so etwas zu entschlüsseln."

Wieder trommelte Jack Lebermann nachdenklich auf seiner Tischplatte.

„Zerstört das Ding sofort! Es gibt zwei Geheimdienste auf der Welt, die mit so einer Software arbeiten. Das ist der Mossad und die NSA. Die Computerheinis sollen alle Systeme sofort auf Viren überprüfen. Wir werden in der Zentrale das Gleiche tun."

Erst jetzt sickerte die Anweisung seines Chefs so richtig zu William Goldsby durch und er begann zu schwitzen.

„Da ist leider eine Kleinigkeit, die wir nicht mehr ändern können… Die Afghanen haben das Ding wieder mitgenommen. Sie haben es die ganze Zeit nicht aus den Augen gelassen. Immer war Hassan dabei, als verstünde er etwas davon."

Die dunklen Augen von Jack Lebermann rückten ganz nah an die Kamera heran.

„Warum erfahre ich solche Sachen nicht sofort?! Hat sich irgendeiner von euch überhaupt Gedanken darüber gemacht, ob wir uns vielleicht einen Virus durch ein fremdes Gerät eingefangen haben?"

„Soweit ich weiß, wurde das Gerät nicht mit unserem System verbunden", beeilte sich Goldsby und merkte, wie sich sein Puls beschleunigte.

„Jeder kennt seine Aufgabe und wir haben einen Plan. Konzentriert euch verdammt noch mal darauf, denn am Ende will ich, dass diese Welt wieder uns gehört." Mit den letzten Worten seines Chefs wurde der Bildschirm schwarz und die Übertragung beendet.

Am anderen Ende der Welt fiel Jack Lebermann in seinen Sessel zurück und schloss die Augen. Ihm fiel es schwer, in diesem Moment ruhig zu bleiben, aber er stand an der Spitze dieser einmaligen Organisation, die er selbst aufgebaut und geformt hatte. Er musste jetzt geduldig sein und die Züge zum richtigen Zeitpunkt setzen. So bedauerlich es nun einmal war, musste man manchmal einige Schachfiguren für ein höheres Ziel opfern. Fehler passierten, man traf falsche Entscheidungen, jemand durchkreuzte Pläne, aber trotz allem musste man ein Ziel fixieren und genau darauf zu steuern. Es war wie beim Schach, am Ende musste nur der König überleben.

William Goldsby machte einen guten Job und in einigen Jahren könnte er sogar sein Nachfolger werden, aber sie mussten den Überblick behalten und durften jetzt nicht die Nerven verlieren.

Jack wusste, wie schwer es vor Ort war, seine Direktiven umzusetzen und gleichzeitig einen sprunghaften Herrscher bei Laune zu halten, aber das war nun mal sein Job und er war der Beste dafür. Um die beiden deutschen Söldner machte er sich keine Gedanken mehr, sie waren unwichtiges Beiwerk, ein Gefallen für einen in seinem Stolz verletzten Mann. Nachdem der Gouverneur sein Gespräch mit dem Gefangenen hatte, wird sich das Problem schnell wieder lösen. Sie brauchtes keine Zeugen.

Gerade machte er sich mehr Gedanken um die gescheiterten Verhandlungen mit den Indern. Dieser kleine Schnüffler war auf etwas gestoßen, dass er lieber nicht sehen sollte. Versuchte Melai vor ihnen etwas zu verbergen oder warum wollte er unbedingt diesen Laptop haben? Ich habe die Sache unterschätzt und zu spät auf die Entwicklung in der Schweiz reagiert. Leider war die Schweizer Polizei ungewöhnlich aktiv und haben einen seiner besten Männer dort festgenommen. Sie haben sogar die beiden Osteuropäer identifiziert und diese zur Fahndung ausgeschrieben. Irgendjemand versuchte gerade, ihnen das Geschäft zu versauen und er hasste es, wenn er nicht wusste, gegen wen er kämpfte. Botschafter Whittaker und Melai war einiges zuzutrauen. Versuchten sie vielleicht, neue Geschäftspartner zu finden? *Ich habe sie vor Whittaker gewarnt! Melai war nur ein Mitläufer und schon lange von der CIA kontrolliert, der würde keine drei Tage ohne unsere Unterstützung überleben.*

Jetzt musste er selbst seinen Unterstützern und Investoren Rede und Antwort stehen, um diese Entwicklung zu erklären.

Die Idee, diesen gordischen Knoten Afghanistan in zwei Teile zu zerschlagen gab es schon vor früher. Die Pläne verstaubten seit Jahren in einem Panzerschrank bei der CIA, doch jetzt nach der Entdeckung der Bodenschätze gab es nicht nur politisches, sondern auch wirtschaftliches Interesse an der Etablierung einer Zwei-Staaten-Lösung. Im Kongress würde Senator McCoyle ihnen den politischen Weg ebnen mit Verbündete in beiden Lagern des Senates.

Ihm persönlich war es egal, ob ihr Plan sich mit Melai umsetzen lassen würde oder letztendlich mit einer Zentralregierung in Kabul. Sie hatten zwei Optionen und wenn die eine versagte, dann musste man nur den richtigen Zeitpunkt erwischen, um die andere Rakete zu zünden. Das Land ist sowieso bald Geschichte und wenn sie keine einfache Lösung wollten, dann probieren wir es wo anders.

Libyen war als nächstes dran. Wir beliefern die Aufständischen mit Waffen, entfachen einen lokalen Krieg und im Zuge dessen machen wir uns unverzichtbar. Mit der Teilung des Landes bekommen Zugang zu dem größten Erdölvorkommen des Landes. Man muss nur rechtzeitig auf der Gewinnerseite stehen. Und das können wir!

William Goldsby saß noch eine Weile versunken in seinem Sessel. Irgendwie war er nicht zufrieden mit dem Verlauf des Gesprächs, er hatte eine Standpauke erwartet, aber Jack blieb erstaunlich gelassen und wirkte zum Ende des Gesprächs sogar abwesend. Aber wer wusste schon, was er noch alles im Kopf hatte.

Jack hat Recht, wir müssen uns auf das Wesentliche konzentrieren. Der Gouverneur gibt am Vorabend der großen Stammesversammlung ein großes Festessen. Bis dahin müssen wir die Kontrolle zurückerlangen.

Als er einige Zeit später die Einsatzzentrale betrat, herrschte dort eine geschäftige Atmosphäre.

„Wer war an dem Laptop aus der Schweiz dran?", warf er in den Raum hinein.

„Danny. Der hat heute frei", antwortete jemand aus der Ecke.

„Ok. Jungs! Herhören! Wir bereiten einen großen Systemcheck vor!"

Sofort brach Hektik in dem kleinen Raum aus. Einige Augenblicke später begann die große „Reinigung", wie sie es nannten. Alle Systeme wurden in einen Schlafmodus versetzt und seine Männer begannen, auf die Tastaturen, die vor ihnen lagen, zu klimpern.

Verflucht!, stöhnte er innerlich. *Wir können nur beten, dass auf diesem Laptop kein Virus ist ... Moment mal... Warum wollte der Gouverneur unbedingt, dass wir den Laptop bekommen? Der hat uns diese Scheiße direkt nach Hause geliefert! Ist Melai so clever und versucht, uns reinzulegen? War diese Sache in der Schweiz womöglich nur ein Ablenkungsmanöver? Aber bevor ich Jack anrufe, brauche ich eine Bestätigung, dass ich mit meiner Vermutung richtig liege.*

„Wie lange noch?", fragte er und leckte sich nervös über die Lippen.

Die Männer spürten seine Ungeduld und keiner von ihnen traute sich, eine Antwort zu geben.

„Ich warte ..."

„Mister Goldsby, das kann jetzt eine Weile dauern, bis alle Systeme über unseren Virenscanner durchgelaufen sind. Eigentlich ist es unmöglich, in unser System einzudringen, ohne dass wir es merken."

„Wer von euch war noch an diesem Laptop?"

Der lange Schlaksige aus der Ecke meldete sich erneut.

„An dem war jeder von uns, aber keine Chance. Das Ding ist wie ein Tresor. Bis zur Tür war es einfach, aber dann steht man da und braucht Sprengstoff. Wir haben ihn auch nicht an unser Netz angeschlossen. Das ist verboten!"

Das waren schon einmal beruhigende Nachrichten. Seine Jungs haben sich an die vorgeschriebenen Sicherheitsmaßnahmen gehalten. Jetzt hieß es einfach nur abwarten.

„Ich will es sofort wissen, wenn wir irgendetwas finden!" Er schaute in die Runde und war trotz der Vorfälle des Tages zufrieden mit sich. Nachdenklich schaute er auf sein Telefon.

Zur gleichen Zeit in Washington machte sich Jack Lebermann seine Gedanken zu den Ereignissen der letzten Wochen. Er sah einen gewissen Zusammenhang, aber noch fehlten ihm die letzten Informationen dazu und er glaubte nicht an Zufälle. Als Geheimdienstmann fragte er sich immer: Wer profitierte davon und wer war der Nutznießer? Es gab zwei Möglichkeiten um zu erfahren, welche Geheimnisse dieser Laptop verbarg. Anhand der Verschlüsselung des Programms konnte man Hinweise erhalten, mit wem man es zu tun hatte. Es gab nicht viele Länder auf der Welt, die über so komplexe Strukturen verfügten, oder die solche Programme unter staatlicher Kontrolle entwickeln durften.

Die erste Möglichkeit war, direkt bei denen anzurufen, die es perfektioniert hatten und das waren die Israelis. Mit Avi verband ihn eine Art Freundschaft, seit sie sich das erste Mal in den Achtzigern in Libanon begegnet sind. Irgendwann hatte dieser verdammte Kerl es geschafft, Jack auf der Karriereleiter zu überholen und leitete später den mächtigen Inlandgeheimdienst Schin Bet. Sie verloren sich aus den Augen und trafen sich später zweimal bei Regierungskonsultationen. Ein Abendessen, ein paar belanglose Gespräche, aber Avi war ein Fuchs und mit allen Wassern gewaschen. Wenn einer etwas über mögliche Verschlüsselungen wusste, dann vermutlich er, denn sein Geheimdienst überwachte alle Unternehmen, die auf diesem Gebiet tätig waren. Doch wenn er Jack Informationen dazu besorgte, dann würde er im Gegenzug wissen wollen, wozu er sie braucht und könnte so seine Pläne in Gefahr bringen. Er könnte ihm wahrscheinlich helfen, aber der Preis war zu hoch, denn wer weiß, was die noch mit diesem Programm angestellt haben und welche Informationen sie damit abschöpfen können.

Die zweite Möglichkeit: seine Kontakte zu der NSA. Seit seine Tätigkeit bei „Thunder" hatte er sie intensiviert. Dieser Weg würde ihn vermutlich etwas Geld kosten, aber dafür blieben ihm unangenehme Fragen erspart. Der Nachteil war, dass er vermutlich nicht alle Informationen bekommen würde, die er sich erhoffte.

Nein. Das Unternehmen war zu weit fortgeschritten, um andere darauf aufmerksam zu machen. Letztendlich könnte er Avi im Notfall immer noch anrufen, damit war die Sache entschieden. Er schrieb eine kurze verschlüsselte Nachricht an seinen Kontaktmann.

Eine Stunde später erhielt er die Antwort: „Ich hole die Blumen um 18 Uhr ab." Damit blieben Jack noch vier Stunden bis zum Treffen.

Als er einige Stunden später am gemeinsamen Treffpunkt erschien, spürte er ein Kribbeln so wie früher, als er selbst noch im operativen Einsatz war. Seine Quelle von der NSA war zu wertvoll, um dieses Treffen jemand anderem zu überlassen. Seine Kontaktpersonen saßen an wichtigen Schnittstellen in verschiedenen Behörden, kosteten ihn viel Geld, aber dafür war er bestens informiert — nicht nur über internes aus den Behörden, sondern auch über nationale und internationale Vorgänge. Ein leises Räuspern neben ihm holte ihn wieder zurück in den Blumenladen.

Der Mann sah wie ein typischer Bürokrat einer Behörde aus: blasse Haut, dicke Hornbrille, unscheinbares Erscheinungsbild. Zwei Kinder, verheiratet und er wohnte in einer typischen Wohnsiedlung. Keine Auffälligkeiten. Schaffte alle zwei Jahre seine Sicherheitsüberprüfung. Grauer Ford als Familienauto.

Sie taten so, als ob sie nach Blumen suchten und tauschten schnell die Informationen aus. Einige Minuten später fuhr der graue Ford mit einem Blumenstrauß zurück in seine Wohnsiedlung. Dort warteten seine Frau und die beiden Kinder auf ihn. In der Innentasche seiner Jacke steckte ein dicker Umschlag mit zehntausend Dollar und der Mann freute sich auf ein Wochenende mit seiner Familie in Disneyland.

Nachdenklich beobachtete Jack Lebermann aus dem Fahrzeug die dunklen Straßen der Stadt. Die Lichter, die Menschen und das pulsierende Leben. Er dachte dabei an die Macht, die in seinen Händen lag. Innerhalb wenigen Minuten konnte er mit einem Anruf ein Leben auslöschen oder eine Staatskrise auslösen überall auf der Welt und er lächelte dabei.

Sein Gefühl hatte ihn nicht getäuscht, es gab tatsächlich Programm mit einer Verschlüsselung, die von den Geheimdiensten benutzt wurde. Entwickelt in Israel wurde das Programm auch von der NSA genutzt. An der Sache gab es jedoch einen Haken: es war nicht nur ein Verschlüsselungsprogramm, sondern gleichzeitig auch ein Spionageprogramm. Jeder, der an der Oberfläche arbeitete und versuchte, den Computer zu knacken, um an die Daten zu kommen, wurde dabei selbst ausspioniert, ohne dass er es bemerkte.

Er schlug sich auf den Oberschenkel. *Ich wusste es! Wir müssen etwas unternehmen und wir werden sogleich mit diesem Schnüffler anfangen.*

Sein Informant hatte über die europäische Organisation zur Sicherung der Luftfahrt Erkundungen über die Lufttransporte aus der Schweiz eingeholt und konnte so den Flug einer kleinen Privatmaschine von Zürich nach Berlin lokalisieren. Da der ausgeflogene Patient direkt vom Flugzeug abgeholt wurde, kannte er über die Flugfeldgenehmigung das Transportunternehmen und sogar das Krankenhaus, wohin der Patient gebracht wurde.

Ab jetzt wollte Jack Lebermann keine Überraschungen mehr. Wer auch immer diesen Schnüffler engagiert hatte, sollte ein unmissverständliches Zeichen bekommen — dafür hatte er eine besondere Truppe Sie alle waren ehemalige Mitglieder der JSOC, einer Spezialeinheit, die immer im Hinterland des Feindes operierte und selbst vor schmutzigen Jobs nicht zurückschreckte. Diese Männer kämpften überall auf der Welt und hielten sich nicht an irgendwelche moralischen Vorstellungen und Gesetze. Es wurde Zeit, die große Keule herauszuholen.

„Ich habe einen Job für euch", sagte er in sein Telefon und aktivierte damit den Auftrag.

An seinen Fahrer gewandt: „Wir fahren jetzt zu meinem Abendtermin."

„Sir, wir werden bei diesem Verkehr gegen 19 Uhr dort sein", antwortete ihm sein Fahrer, aber das nahm Jack Lebermann schon nicht mehr zu Kenntnis. In Gedanken bereitete er sich bereits auf das Gespräch mit seinen Partnern und Geldgebern. Er musste sie über diese neue Entwicklung informieren. Es war wichtig, zu zeigen, dass er die Situation im Griff hatte. Diese Männer interessierten sich nicht dafür, mit welchen Mitteln man zum Erfolg kam. Neben ihren politischen Lippenbekenntnissen waren die Zahlen auf ihrem Konto die wahren Entscheidungshilfen in diesem Geschäft. Unter dem Deckmantel ihrer Überzeugung glaubten sie, ihre Freiheit auf der ganzen Welt einzuführen.

Die schmiedeeisernen Tore der Einfahrt zum Country Club öffneten sich, als die Wachen seinen Wagen erkannten. Dieser Ort war ein Refugium der politischen und wirtschaftlichen Elite des Landes. In den getäfelten Räumen dieser Einrichtung wurden Allianzen geschmiedet, millionenschwere Geschäfte abgeschlossen oder Gesetzesvorlagen abgesprochen. Dieses Refugium abseits der Öffentlichkeit war neutraler Boden. Hier machte es jeder mit jedem.

„Guten Abend, Mister Lebermann", begrüßte ihn der Maître höflich. „Sie werden bereits erwartet."

Er folgte ihm den hell erleuchteten Gang und als die Tür aufging, drang die kräftige Stimme von Senator McCoyle an sein Ohr.

KAPITEL 6

Azizullah lebte wieder auf, seitdem er wusste, dass seine Brüder ihn nicht vergessen hatten. Der Tag, an dem er den Emir auf dem Markt traf, war für ihn der schönste seit langer Zeit, denn der Emir hatte ihm verziehen. Damals an der Polizeiwache versagte seine Sprengweste und Azizullah trug diese Schuld bis zum heutigen Tag mit sich. Doch bei ihrem Wiedersehen nannte sein Lehrer ihn seinen Sohn und drückte ihn fest an sich. Das machte ihn stolz. Die Schuldgefühle, die er mit sich trug, waren verschwunden; er war wieder ein Teil dieser verschworenen Gemeinschaft.

Seit diesem Tag stand er im regen Austausch mit seinen Brüdern, er gab ihnen alle Informationen und Gerüchte, die er im Gouverneurspalast aufschnappte und die Gemeinschaft gab ihm den Halt, den er so dringend brauchte. Er besuchte jetzt wieder regelmäßig die Moschee, wo auch ihr Austausch stattfand.

An besonderen Feiertagen erschien der Emir persönlich in die Moschee, um zu beten und um mit seinen verbündeten Gespräche zu führen. Dabei ging er ein hohes Risiko ein, denn er war eine der meistgesuchten Personen im Land.

Das Einzige, was Azizullah seinen Brüdern verschwieg, war seine seltsame Beziehung zu Hassan. Irgendwie fühlte er sich zu diesem Mann, den alle mieden, hingezogen. Besonders nach ihrer ersten Begegnung in der kleinen Kammer teilten sie das Geheimnis dieses Ortes, an dem sie den Gouverneur belauschen konnten. Er zeigte Hassan, wie man mit dem Telefon fremde Gespräche aufnehmen konnte. Dabei erlernte er selbst diese Fertigkeiten von seinen Brüdern, denn auch sie interessierten sich für das Leben des Gouverneurs und seiner seltsamen Verbündeten aus Amerika.

Gestern hatte Hassan ihn mit seinem Wagen in die Stadt mitgenommen. Sie fuhren eine Weile durch die Stadt und unterhielten sich über belangloses Zeug, bis Azizullah bemerkte, dass sie sich in die Nähe des Hauses seines Onkels befanden.

„Na, kommt dir die Gegend bekannt vor?", fragte ihn Hassan unvermittelt und auf seinem Gesicht erschien ein seltsames Grinsen.

Azizullah war nicht ganz wohl bei der Sache. Es war zwar bereits einige Zeit vergangen, seitdem er aus diesem Haus hinausgeworfen wurde, aber für einen kurzen Moment kehrte der Schmerz zurück.

Bei dem Anblick der hohen Tore und der weißen goldverzierten Säulen am Eingang zog sich sein Herz zusammen. Das gesamte Anwesen wirkte noch größer und noch uneinnehmbarer, als er es in Erinnerung hatte. Neu war der große dunkle Adler auf dem Dach. Das Zeichen der Macht und des Reichtums.

„Na, erinnerst du dich noch daran?", fragte Hassan ihn keck.

Azizullah wollte etwas erwidern, aber in seiner Kehle war ein dicker Kloß und er nickte nur zur Bestätigung.

„Dieser komische Vogel auf dem Dach hat deinen Onkel zweitausend Dollar gekostet. Wurde direkt aus Peschawar angeliefert. Tolle Arbeit. Hat mir der Handwerker persönlich versichert."

Verständnislos schaute Azizullah zwischen dem Dach und Hassan hin und her. Hassan griff in seine Tasche und holte ein dickes Bündel Scheine heraus.

„Wir teilen uns das Geld. Jeder bekommt die Hälfte. Du hast dir schließlich das Geld verdient und außerdem ist es von deinem Onkel. Ich glaube, er hätte es gewollt, dass du das eines Tages bekommst." Der mächtige Geheimdienstchef grinste wie ein kleiner Junge über das ganze Gesicht und zählte die Scheine ab.

Sofort fielen Azizullah seine Treffen mit seinem Onkel im Palast des Gouverneurs wieder ein und er hatte plötzlich kein schlechtes Gewissen mehr, das Geld anzunehmen. Regelmäßig tauchte dieser im Palast auf und versuchte stets aus ihm alles über das Palastleben herauszuquetschen. Besonders interessierte ihn, wer den Gouverneur besuchte, wie oft und was während dieser Treffen besprochen wurde. Die erste Zeit versuchte sein Onkel ihn noch mit Schmeicheleien und kleinen Geschenken dazu zu bringen, ihm etwas zu verraten. Dem folgten Drohungen und Schlägen. Die Blutergüsse auf seinem Arm zeigten deutlich, wie ernst er es meinte. Da Azizullah keinen Freund hatte, dem er sich anvertrauen konnte, erzählte er alles Hassan. Dessen Gesicht wirkte wie eine Maske, als er sich seine Geschichte anhörte. Anschließend stellte er ihm ein paar Fragen und tauchte für ein paar Tage unter, um sich um einen Kranken zu kümmern. Seitdem hatte Hassan nie wieder etwas davon erwähnt, bis er ihn heute morgen abpasste. Jetzt saßen sie gemeinsam in seinem Wagen und fuhren durch die Stadt. Um seine Augen hatte Hassan dunkle Ringe, als ob er eine ganze Nacht nicht geschlafen hätte und auch sein Gesicht machte einen müden Eindruck. Aber dieser Mann begleitete eine hohe Position und hatte bestimmt viel zu tun.

Hassan erwischte Azizullah dabei, wie er ihn nachdenklich beobachtete. „Du brauchst keine Angst mehr zu haben. Dein Onkel wird dich nicht mehr belästigen."

Genau in diesem Moment bewegte sich das schwere Tor vor dem Haus seines Onkels und einige Augenblicke später rollte der weiße Toyota Jeep aus der Einfahrt heraus. Der Wagen glänzte in der Sonne. Man konnte einen roten Teppich auf dem Armaturenbrett erkennen. Hinter dem Lenkrad saß sein Onkel Bajur.

„Dafür sind wir hergekommen?", fragte Azizullah zögerlich.

„Nein, ich wollte dich mit einer Fahrstunde überraschen", antwortete ihm Hassan und grinste zufrieden über das ganze Gesicht.

Er glaubte, sich verhört zu haben. „Wie meinst du das mit der Fahrstunde? Ich darf doch gar nicht fahren, ich bin zu jung dafür." Seine Stimme zitterte.

„Ach, wer redet so ein dummes Zeug? Ich bestimme in dieser Stadt, ob du fahren darfst oder nicht. Also willst du oder nicht? Du hast mir doch erzählt, dass du schon Auto gefahren bist."

„Ja, aber das war noch in der Werkstatt … Ich weiß nicht so recht. Wir sind jetzt mitten in der Stadt."

Ihn beeindruckte wieder einmal, dass Hassan sich genau erinnerte, worüber sie miteinander gesprochen hatten.

„So, nun komm schon, wir tauschen jetzt die Plätze. Ich rutsche jetzt rüber und du gehst außen lang. Los beeil dich, sonst entwischt er uns."

Es war ein unbeschreibliches Gefühl, wieder hinter dem Lenkrad eines Autos zu sitzen. Den Schlüssel eine halbe Umdrehung nach rechts drehen und dann erwachte der Motor. Den Schalthebel auf Position „D" stellen, leicht das Gaspedal durchdrücken und schon rollte der Wagen.

„Warte noch! Der Weg zu einem Treffen ist lang und man muss immer sehr vorsichtig im Straßenverkehr sein", bemerkte Hassan.

Als der Wagen seines Onkels fast aus ihrem Blickfeld zu verschwinden drohte, befahl er ihm: „Los!"

Azizullah lenkte den Wagen von ihrem Parkplatz wieder auf die Straße. Sie fuhren eine Weile scheinbar ziellos durch die Stadt, aber das war ihm egal. Er steuerte einen Wagen und fühlte sich neben diesem unheimlichen Mann, der ihn so glücklich machte, das erste Mal so richtig frei. Sie sprachen wenig miteinander. Azizullah schwitzte, aber nur, weil er sich so intensiv auf die Straße konzentrierte.

„Das machst du schon sehr gut", lobte ihn Hassan und machte es sich in seinem Sitz bequem. Wer diesen Mann aber genau kannte, der wusste, dass seine Augen den weißen Toyota genau beobachteten.

Gerade befuhren sie eine vierspurige Straße, der Verkehr nahm sie auf und Azizullah hielt sich genau an die Anweisungen von Hassan. Ein schwerer Militärlaster überholte sie und beschleunigte unvermittelt.

Bereits nach wenigen Augenblicken befand sich der Wagen auf der gleichen Höhe wie der Wagen seines Onkels. Vor ihnen bremste plötzlich ein Fahrzeug und Azizullah trat auch sofort auf die Bremse. In die entstandene Lücke raste von der Seite plötzlich ein kleiner Lastkraftwagen mit hoher Geschwindigkeit hinein. Bevor Azizullah die Situation erfassen konnte, rammte dieser Wagen den weißen Toyota mit einem dumpfen, lauten Knall direkt in die Seite und quetschte ihn gegen den großen Militärlaster. Das alles geschah binnen weniger Augenblicke.

„Fahr einfach vorbei", meinte Hassan ganz entspannt zu ihm und Azizullah steuerte den Wagen an dem Unfall vorbei. Aus dem Augenwinkel sah er die völlig zerstörte Seite des Wagens und den bewusstlosen Fahrer in seinem Sitz.

Die Stimme neben ihm holte ihn aus der Erstarrung.

„Wie ich dir schon oft gesagt habe, es ist sehr gefährlich, beim Autofahren zu telefonieren. Du kannst dich nicht auf den Straßenverkehr konzentrieren und du siehst hier selbst, was dabei passieren kann."

Warum auch immer, aber Azizullah fühlte kein Bedauern und auch kein Mitleid mit seinem Onkel. Außerdem war es offensichtlich, dass Hassan etwas mit diesem Unfall zu tun hatte. Das war kein Zufall und er hatte ihn nicht umsonst heute mit in die Stadt genommen.

Für eine Weile hatte er jetzt Ruhe vor seinem Onkel, aber das zeigte ihm auch, wie gefährlich sein neuer Freund war und wie aufmerksam er seine Umgebung beobachtete. Hassan vertraute keinem, aber er hatte ihm schon mehrfach geholfen. In diesem Moment wurde Azizullah bewusst, dass er bisher von allen ausgenutzt wurde, die sich in seinem Leben befanden. Er war nur ein Werkzeug für ihre Ziele und am liebsten würde er auf der Stelle mit diesem Mann um die ganze Welt fahren. Er hatte jetzt eintausend Dollar! So viel Geld hatte er noch nie in seinem Leben besessen. Außerdem hatten sie ein Auto. Vielleicht sollten sie einfach aus dieser Stadt verschwinden.

Der Gedanke war so verlockend, dass er das Lenkrad noch fester umfasste, um sein Zittern zu unterdrücken. Er dachte an seine Brüder und an seinen Lehrer. Würden sie ihn vermissen oder würden sie ihn durch jemand anderen ersetzen? Die Trauer um den Verlust seiner Familie und die Freude über das unerwartete, neue Leben kämpften in seinem Inneren; der Himmel und die eigene Neugier, zu erfahren, was am Ende dieser Straße auf ihn wartete. Im Moment war er sich unsicher, was er wollte. In seinen Erinnerungen tauchten noch einmal alle Erlebnisse auf: die schönen und die schlimmsten, die Angst, die ständige Flucht und die Schläge. Im Rückspiegel sah er den weißen Laster in eine Seitenstraße abbiegen und das große Militärfahrzeug tauchte im Gewühl der Straße unter, als sei nichts geschehen. Nur der zerstörte weiße Jeep seines

Onkels stand einsam auf der Straße und eine Traube Schaulustiger bildete sich am Straßenrand.

Woher wusste Hassan, wohin mein Onkel heute fahren wollte? Vielleicht sollte ich mir weniger Gedanken darüber machen, immerhin war er der Einzige, der noch nie etwas von mir verlangt hatte. Was würde er dazu sagen, wenn er wüsste, dass mein Herz meinen Brüdern gehört?

Die Soldaten des Gouverneurs kämpften immerhin gegen die Mudschaheddin. Darüber zerbrach er sich immer wieder den Kopf, eigentlich schon seit diesem Tag im Keller. Er fühlte sich dem Mann neben ihm verbunden und schaute zu ihm auf, wie zu einem großen Bruder. Doch was würde passieren, wenn Hassan eines Tages erfahren sollte, dass er nicht ehrlich zu ihm war? Vor dem Tod hatte Azizullah keine Angst mehr, aber er fürchtete sich davor, seinen Freund zu enttäuschen. Denn dieses Gefühl kannte er selbst zu genüge.

KAPITEL 7

Seit ihrem letzten Gespräch mit Günther war Mia unruhig. Auch wenn seine Erinnerungen noch verschwommen waren, bekam sie langsam Angst vor dem Tag, an dem sie die ganze Wahrheit erfahren würde. Diese Sache, in die sie alle hineingeraten waren, nahm mit jedem Tag immer größere Dimensionen an. Die Datenmenge aus der Schweiz war immens und selbst wenn Günther bereits wieder gesund wäre, würde er vermutlich Monate brauchen, um das alles auswerten zu können.

Es war kein Spiel mehr, wie Mitch es immer betrachtete und sie befanden sich in großer Gefahr. Die Zweifel an seinem Tod waren verschwunden. Sie war sich heute mehr den jäh sicher, dass die beiden noch lebten. Aber eine Leere breitete sich in ihr aus und sie klammerte sich an jeden Strohhalm, der ihr Hoffnung gab.

Mit Steve konnte sie in den letzten Tagen nur einige Male telefonieren, da er ständig in Sitzungen und Ausschüssen saß, aber es reichte, um die letzten Neuigkeiten auszutauschen. Es ging, soweit sie die ganze Sache überblicken konnte, nicht mehr um Rache oder Bodenschätze wie sie zunächst vermutete. Es ging mittlerweile um einen Putsch und um die Teilung eines Landes. Da waren Kräfte am Werk, die skrupellos zu allem entschlossen ihre eigenen Ziele verfolgten.

Mitch täuschte sich, wenn er glaubte, diese alte Geschichte mit dem Gouverneur allein ausfechten zu können. Vermutlich handelte Melai damals nicht nur aus eigenem Interesse, er war ein Teil eines Plans zur Erhaltung der Macht und alle beteiligten haben dabei zugeschaut. Es ist eine Ebene, die eine eigene Agenda verfolgte. Staub waren wir und kleine Körner in dem großen Mahlwerk des komplizierten, politischen Mechanismus. Vermessen war es, zu glauben, dass keiner etwas wusste oder alle Spuren ins Nichts führen. Die Verantwortlichen sitzen vermutlich immer noch in ihren Ämtern und planten bereits neue Ränkespiele.

Mia war so in Gedanken versunken, dass sie das Parkhaus des großen schwedischen Möbelhauses in Spandau erst jetzt richtig wahrnahm und folgte einfach den anderen Fahrzeugen auf der Suche nach einem freien Parkplatz. Selbst heute, mitten in der Woche, war hier ziemlich viel los. So wie es gerade aussah, schien die halbe Stadt sich ausgerechnet hier versammelt zu haben. In der Nähe des Einganges einen Parkplatz zu finden, war so gut wie aussichtslos. Vermutlich waren es sogar Stammkundenparkplätze, die rund um die Uhr belegt waren. Nach einigen Runden fand sie unverhofft im hinteren Teil eine freie Parklücke und steuerte den Wagen sofort hinein. Hinter ihr drängte bereits ein großer schwarzer Wagen, der ebenfalls auf der Suche nach einem freien Platz war.

Das Einsatzteam wurde direkt von ihrer Zentrale in Doha geführt. Drei Fahrzeuge: zwei zur Absicherung und eins für den direkten Einsatz. Zunächst sicherte das Einsatzteam den Ort von allen Seiten ab, sie blockierten das Zielfahrzeug und die beiden Agenten stiegen aus.

Mia nahm ihre Tasche von dem Beifahrersitz und wollte gerade aussteigen, als jemand an den Wagen, der links von ihr stand, herantrat.

Na toll. Gerade jetzt, wo ich aussteigen will. Im Rückspiegel sah sie einen Wagen, der direkt hinter ihr stand. *Vielleicht war es doch kein guter Tag, heute hier einkaufen zu gehen, aber diese Lampe brauchen wir unbedingt für das Wohnzimmer und etwas Abwechslung könnte ich gerade auch gut gebrauchen.*

Nach einem kurzen Blickkontakt gab ein älterer Mann ihr ein Zeichen, dass sie jetzt aussteigen könnte. Doch als sie die Fahrertür einen Spalt öffnete, trat dieser unvermittelt auf sie zu, und zwar so, dass sie nicht mehr aussteigen konnte. Sie war jetzt zwischen der Tür und ihrem Sitz eingeklemmt. Im selben Moment spürte Mia eine leichte, unangenehme Berührung unterhalb ihrer linken Rippe und dann noch eine. Es ging alles unglaublich schnell. Ihre linke Hand wanderte an die Stelle, von der sich eine Taubheit in ihrem Körper ausbreitete. Überrascht sah sie einen dunkelroten Fleck unter ihrer Hand und sie fühlte, wie es unter ihrer Jacke feucht wurde.

Blut!, schoss ihr der erste panische Gedanke durch den Kopf. Überrascht blickte sie zu dem Mann auf, der sie aufmerksam beobachtete, doch sie sah kein Mitleid in seinen Augen. In diesem Moment wusste sie, dass der Pfad der Rache jetzt auch sie erreicht hatte.

Der Mann griff nach ihrer Handtasche. Ihre rechte Hand rutschte hinein und sie ertastete ihren Kugelschreiber. Sie liebte ihn — schwarz, stabil und weil er so gut über das Papier rollte, wurden nur besondere Verträge damit unterzeichnet. Es kam ihr alles so langsam vor, auch wenn sie es gewollt hätte, hätte sie die Zeit nicht beschleunigen können. Deshalb konzentrierte sie sich nur auf diese eine Bewegung. Mia ergriff den Stift und als der Fremde ihre Tasche an sich zerrte, gab sie nach und stieß im selben Moment den Stift in sein Gesicht. Sie hörte über sich ein entsetztes Brüllen, Flüche in englischer Sprache, Schritte und dann erlosch das Licht, das sie umgab.

Verständnislos blickte Günther von einem zum anderen. Beide waren wie Ärzte gekleidet, mit Namensschild und den passenden weißen Schuhen. Vor einer Stunde waren die beiden in seinem Zimmer aufgetaucht und stellten immer wieder dieselben, bohrenden Fragen. Erinnerungen tauchten verschwommen auf. Er kannte sie! Das Sommerfest bei Mitch und Mia mit dem herrlich duftenden Grill, Bier und Mia … Sie trug dieses schöne, schwarze Kleid an diesem Abend, passend zu ihrem offenen Haar und den dunklen Augen.

„Wo ist Mia?", fragte er mitten in seinen Überlegungen.

Ihm war nicht entgangen, wie betreten Männer plötzlich zu Boden blickten. Jetzt waren alle seine Gedanken und Sinne hellwach.

„Also hört mal zu: Ich war dreißig Jahre lang Polizist und ich merke, wenn ihr mir irgendetwas verheimlichen wollt. Sagt es einfach und wir versuchen gemeinsam eine Lösung zu finden."

Aufmerksam schaute Günther sie an. Jetzt wusste er genau, wer die beiden waren. Der große blonde Mann mit den kurzen Haaren hatte den Spitznamen „Fisch" und der neben ihm, das war „Doc." Der Mann hatte eine Menge Ahnung von Waffen und dem ganzen taktischen Kram, den die Jungs auf ihren Reisen brauchten. Fisch gehörte zu der Führungsgruppe und war einer der besten Truppführer, fielen ihm die Worte von Becks wieder ein.

Fisch schaute ihn lange an, bevor er begann.

„Mia wurde heute im Parkhaus von Unbekannten mit einem Messer angegriffen. Sie erlitt schwere Verletzungen im Brustbereich. Der Arzt konnte vor Ort nur noch ihren Tod feststellen. Jetzt ermittelt die Berliner Polizei."
Die Nachricht sickerte nur langsam zu ihm durch. Erst hat es Mitch erwischt und jetzt auch noch Mia. Etwas zerbrach in seinem Inneren, sein Herz begann wie wild zu schlagen und seine Hände begannen zu zittern.

„Aber sie war doch gerade noch hier im Krankenhaus. Sie saß hier auf diesem Stuhl und wir haben uns unterhalten …", stammelte Günther und wischte sich eine Träne aus dem Gesicht.

„Wir gehen davon aus, dass dieser Angriff kein Zufall war. Wir haben das Videomaterial vom Eingangsbereich des Krankenhauses und das vom Parkplatz ausgewertet. Sie wurde beschattet. Auf den Bildern sieht man zwei Männer, die sie observieren und anschließend ein Fahrzeug besteigen. Leider haben wir keine Bilder von dem Tatort, aber einige Zeugen berichten von mindestens drei Fahrzeugen. Eins davon passt auf die Beschreibung von dem vor dem Krankenhaus zu", ergänzte Doc.

Günther versuchte, alle seine Gefühle, die Wut und die Trauer, beiseite zu schieben und die wenigen Informationen, die er hatte, zu analysieren. So wie er es früher getan hatte, als er Verbrecher jagte.

„Helft mir mal bitte auf. Ich muss mich bewegen, während ich nachdenke."

Als erstes ging er zu dem Stuhl, auf dem Mia vorhin noch saß. Sein Blick wanderte nach draußen auf die große Stadt. Dort irgendwo waren ihre Mörder.

Was machten sie wohl gerade?

„Ich gehe davon aus, dass das vermutlich dieselben sind, die mich in der Schweiz schon beseitigen wollten. Sie haben mich hier gefunden und warten auf eine Gelegenheit. Aber warum gerade Mia? Konnten sie eine Verbindung zu Mitch herstellen?"

Die beiden Männer schauten sich gegenseitig an, dann antwortete Fisch.

„Wir tappen selbst im Dunkeln, aber Mia hatte sich als deine Tochter im Krankenhaus eingetragen, um dich hier besuchen zu können."

„Aha. Dann sind sie mir irgendwie auf die Schliche gekommen und so war Mia in ihr Blickfeld geraten." Nachdenklich tippte Günther sich auf die Stirn. „Im Krankenhaus in der Schweiz wusste keiner, wohin ich verlegt werde. Ich wurde mit dem Flugzeug ausgeflogen und anschließend hierher gebracht — auf eine geschlossene Station."

Er wandte sich zu den beiden und fragte: „Braucht man eigentlich eine spezielle Genehmigung, um auf das Gelände eines Flughafens zu kommen?"

„Eigentlich schon. Das Vorfeld darfst du nur in Begleitung eines Lotsenfahrzeuges befahren und zuvor muss ein Antrag bei der Flughafengesellschaft gestellt werden. Dort werden die Kennzeichen und die Art der Fahrzeuge vermerkt", antworte Doc.

Günther zögerte und überlegte wieviel er den beiden anvertrauen konnte.

„Ich habe mich im Rahmen privater Ermittlungen in ein Netzwerk eingelockt und auf Informationen gestoßen, die sagen wir mal so: sehr brisant sind. Seitdem habe ich das seltsame Gefühl, dass wir es hier mit einer ziemlich cleveren Organisation zu tun haben. Mein Eindringen wurde bemerkt und ich wurde auf der Straße angegriffen. Ich erinnere mich genau an ihre blonden Haare. Selbst in meinen Träumen sehe ich ihr Gesicht vor mir." Sagte Günther nachdenklich. Seine Gedanken waren plötzlich wieder klar und von tiefer Trauer erfüllt.

„Habe ich diese Mörder zu Mia geführt?" Dieser Gedanke nagte an ihm.

Seine beiden Besucher hatten sich mittlerweile hingesetzt und beobachteten ihn aufmerksam.

Mit fester Stimme begann er seine Überlegungen vorzutragen.

„Wenn ich alle Anhaltspunkte zusammenzähle, dann bin ich es, den sie wirklich haben wollen. Ich weiß noch nicht genau, wer diese Leute sind, aber ich bin ihnen zufällig auf die Schliche gekommen. Zunächst ging es, um ein riesiges Kupfervorkommen in Afghanistan, welches mit indischen Partnern erschlossen werden sollte. So viel habe ich noch erfahren, bevor sie mich bemerkten und die Dinge seinen Lauf nahmen. Ihr müsst jetzt herausfinden, wie sie es herausbekommen haben, dass ich hierher verlegt wurde. Es gibt hier zwei Schwachpunkte: der Flug und die Abholung vom Flughafen, das angemeldet werden musste. Nur so konnten sie erfahren, wohin ich verlegt wurde."

Günther bemerkte ihre fragenden Blicke, atmete tief durch, um seinen Puls wieder zu beruhigen und begann mit der Erklärung.

„Sie konnten hier im Krankenhaus nicht an mich herankommen und versuchten es vermutlich deshalb bei Mia, da sie sich als meine Tochter ausgegeben hat. Es ist eine Warnung und ein Zeichen, dass ich der Nächste bin", beendete er seine Schlussfolgerungen.

„Was ist denn an diesem Kupferdeal so besonders? Ich meine, überall auf der Welt werden Vorkommen erschlossen und Firmenbeteiligungen arrangiert", fragte Doc.

„Es ist vermutlich nicht die Frage, warum, sondern wer daran beteiligt ist. Ich glaube mich zu erinnern, dass eine amerikanische Holding mit Sitz in Panama und ein Afghane aus Kandahar darin involviert sind. *Melai* war sein Name, wenn euch das etwas sagt."

In dem Moment, als Günther die Worte aussprach, veränderte sich etwas in seinem Inneren, aber auch die Gesichter der beiden Männer vor ihm schienen zu erfrieren.

„Die beiden Jungs sind gerade in Kandahar", sagte Fisch in die entstandene Stille und holte sein Telefon aus der Jacke.

Den Rest ihres Gesprächs sah Günther wie durch einen Schleier. *Jetzt weiß ich, was Mia mir die ganze Zeit sagen wollte.*

Fisch telefonierte bereits mit einer Sekretärin im Kanzleramt. Seine Stimme wurde immer lauter und ungeduldiger, je mehr Zeit er in dieser sinnlosen Diskussion verschwendete. Dann vergingen wertvolle Minuten in der Warteschleife. Irgendwann hatte er endlich ihren ehemaligen Chef erreicht und begann mit seinem Bericht, als Günther mitten in der Hektik fragte: „Haben die Angreifer im Parkhaus etwas mitgenommen?"

„Sie hatten es wohl versucht. Ihre Tasche lag auf dem Boden, der Inhalt verstreut. Eine lange Blutspur führte vom Fahrzeug weg. Die Leute sind durch den lauten Signalton auf das Geschehen aufmerksam geworden, als ihr Körper auf die Hupe fiel. Vermutlich hat diese unerwartete Störung die Angreifer gezwungen, ihr Vorhaben abzubrechen", antwortete Doc leise.

„Herr Direktor. Entschuldigen Sie die Störung, aber wir haben eine neue Entwicklung in unserem Fall. Ich stelle jetzt mein Telefon auf laut", sagte Fisch. Anschließend informierte er ihn kurz über den aktuellen Stand. Eine Weile herrschte Ruhe in dem Krankenhauszimmer. Auch der Staatssekretär im Bundeskanzleramt brauchte einen Moment, um die neuen Informationen zu verdauen.

„Was ich jetzt sage, bleibt in dieser Runde. Die Polizei verfolgt bereits eine heiße Spur. Einige Zeugen konnten insgesamt drei Fahrzeuge beschreiben. Von einem haben wir sogar ein Kennzeichen. Ich habe eine Schleierfahndung veranlasst mit dem besonderen Augenmerk auf die Grenzfahndung. Außerdem lasse ich jetzt prüfen, ob es Anfragen zu dem Flugtransport und zu der Abholung am Flughafen gab. Weiterhin möchte ich, dass wir diese Sache selbst klären und es nicht der Berliner Polizei überlassen. Wir werden unsere Einheit in Bereitschaft versetzen, die zum Einsatz kommen wird. Das werde ich mit ihrer neuen Leiterin persönlich klären. Ich möchte, dass Sie übernehmen, euch beide brauche ich in der Führungsgruppe zur Koordination des Einsatzes, da Sie bereits mit dem Fall vertraut sind. Die Verlegung aus dem Krankenhaus muss…"

Weiter kam der Direktor nicht, da er von Günther mitten im Satz unterbrochen wurde.

„Ich halte das für keine gute Idee. Die Täter wissen, wo ich bin, aber sie wissen nicht, dass wir ihnen bereits auf der Spur sind. Daher schlage ich vor, genau hier unser Hauptquartier aufzuschlagen und dazu brauche ich entsprechende Technik. Mein Partner weiß, was ich benötige und soweit ich mich erinnere, werde ich in meiner Cloud noch die eine oder andere überraschende Information finden. Ich wünsche mir sehr, dass derjenige, der meinen Laptop mitgenommen hat, versucht, ihn zu knacken. Wir haben damals diese Spionagesoftware installiert, um die Daten unserer VIP Kunden zu sichern. Der Virus versteckt sich nicht wie üblich im System, sondern in der Stromleitung. Immer wenn sie den Computer an ihr Stromnetz anschließen, aktivieren sie damit das Programm und das frisst sich durch ihre Firewall, vermehrt sich und sammelt alles, was es bekommen kann."

„Das ist eine gute Idee und ich bin bereits auf ihre Auswertung gespannt, denn wir haben dort unten gerade ein ernsthaftes Problem", fügte der Direktor hinzu.

Günther war jetzt in seinem Element.

„Da unsere Verfolger so auf mich fixiert sind, werden sie ihre nächsten Aktionen vermutlich weiter in meinem Umfeld planen. So wie ich es aus den Details vom Tatort entnehmen konnte, wollten sie die Tasche von Mia mitnehmen. Es ist ihnen zum Glück misslungen, aber sie werden, wenn sie gut sind, über das Kennzeichen des Wagens ihre Adresse herausfinden."

„Ich könnte die Polizei informieren, damit sie das Haus überwachen und wir die Täter so stellen können..."

Doch erneut unterbrach Günther den Direktor.

„Lasst sie ruhig alles finden, was sie suchen. Soviel ich von Mitch weiß, seid ihr alle unter einer Tarnadresse gemeldet. Also lasst uns die Spiele beginnen. Wir geben ihnen, was sie wollen, gewinnen Zeit und schicken sie auf eine Spur, die wir für sie auslegen. Wir spielen diese Bande einfach gegeneinander aus. Die Täter könnt ihr so lange überwachen, bis sie sich sicher fühlen und dann zuschlagen. Das sind Auftragsmörder, ich will die Hintermänner dieses Anschlages haben und die müssen wir identifizieren!"

Ich werde uns rächen. Für dich, Mia, für dich, Mitch, und auch für mich!

In dem Besprechungsraum des Amtes für Unterstützung und Kommunikation schien die Zeit still zu stehen. Noch nie war ihre Einheit im Inneren des Landes offiziell eingesetzt worden und noch nie war der Verlust von Freunden allen so nahe gegangen. Der Vorschlag von Günther war heikel und mit herkömmlicher Polizeitaktik nicht zu meistern. Jetzt warteten alle auf die Entscheidung aus dem Kanzleramt, die der Direktor ihnen bringen sollte. Eigentlich war ihr ehemaliger Chef nicht mehr ihr direkter Vorgesetzter, seit er die Arbeit der Geheimdienste koordinierte, aber wie es schien zog immer noch im Hintergrund die Fäden.

„Für mich persönlich steht die Entscheidung bereits fest und ich versuche alles Mögliche, um diesen Plan umzusetzen. Allerdings stehen uns einige rechtliche Hindernisse im Weg, die auf einer Etage über mir noch geklärt werden müssen. Diese Entscheidung bedarf eigentlich einer Zustimmung des Sicherheitskabinetts. Jedoch könnte die Bundeskanzlerin dies per Ermächtigung für eine gewisse Zeit überbrücken und ich habe zehn Minuten bekommen, um sie über diesen Fall zu unterrichten. In Anbetracht der Situation ordne ich an, alle erforderlichen Maßnahmen zu ergreifen, um die Täter zu identifizieren. Ich möchte dabei betonen, dass die jüngsten Ereignisse im Zusammenhang mit einer bereits fortgeschrittenen Operation stehen und wir diese unter keinen Umständen gefährden dürfen. In dieser schweren Zeit haben wir aber auch einen Hoffnungsschimmer. Uns liegt der DNA-Abgleich der Leichen, die nach Leipzig überführt wurden, vor und sie stimmen trotz der offiziellen Totenscheine der ISAF-Ärzte nicht mit unseren beiden vermissten Kameraden überein. Wir gehen weiterhin davon aus, dass die beiden noch am Leben sind und ihren Auftrag ausführen. Solange ich nichts

Gegenteiliges auf dem Tisch habe, werden wir diese Operation fortführen. Das weitere Vorgehen hier vor Ort haben wir bereits festgelegt und ich möchte, dass wir gemeinsam die Verantwortlichen für den Tod von Mia zur Rechenschaft ziehen."

Inmitten der bedrückten Stimmung keimte wieder etwas Hoffnung auf, da sie jetzt alle wussten, dass Mitch und Becks noch lebten. Günther hörte gedankenverloren über eine gesicherte Leitung zu und empfand keine richtige Freude dabei. Ihm graute schon vor dem Tag, wenn Mitch von Mias Tod erfahren würde.

Wir haben unsere Gegenspieler unterschätzt und aus einer einfachen Recherche ist eine internationale Affäre entstanden. Sie sind über mich auf unsere Spur gekommen, dass hätte nicht passieren dürfen. Warum musste es ausgerechnet Mia treffen? Sie war immer diejenige, die gegen diese Suche war und nur aus Liebe eingewilligt hatte. Bis zuletzt hatte sie nicht an den Tod von Mitch geglaubt und sich an diese kleinen Indizien geklammert, die sie bei der Gerichtsmedizin entdeckte. Jetzt wäre ihr eine riesige Last von den Schultern gefallen und doch konnte sie diesen Tag nicht mehr erleben.

Er spürte eine neue Stärke in sich, angetrieben von den Gedanken an Rache.

Zum Ende des Tages glich sein Krankenzimmer einer Einsatzzentrale. Zwei riesige Bildschirme, abhörsichere Leitungen und an die dreißig Meter Kabel verwandelten sein Zimmer in einen Gefechtsstand und er fühlte sich wie ein General, der seine Truppen auf das Schlachtfeld führte. Wobei sein Schlachtfeld eher ein Schachbrett war, wo man über jeden seiner Züge und die seines Gegenspielers genau nachdenken musste. Er hielt sich schon immer für einen guten Spieler.

Versteckt hinter seinem neuen Laptop durchforstete Günther gerade seine Cloud nach den Informationen, die das Spionageprogramm dort hinterlegte hatte.

KAPITEL 8

Mitch spürte, wie sein Körper langsam seine alte Kraft wiedererlangte. Trotzdem hütete er sich davor, es jemandem offen zu zeigen — auch nicht seinem Zellennachbarn Mohammed. Dieser kümmerte sich trotz seines gebrochenen Beines sehr fürsorglich um ihn. Er half ihm beim Aufstehen, brachte ihm Wasser, oder diesen dünnen gelben Tee, den die Wärter an der Tür mit einer kleinen Portion Reis für sie beide abstellten. Manchmal erwischte er Mohammed, wie er ihn eindringlich musterte, daher traute Mitch ihm nicht. *Wer weiß, was ich alles erzählt habe, als ich hier im Delirium lag.* Zu seinem Glück schien Mohammed die deutsche Sprache nicht zu verstehen, sprach dafür aber ganz passabel Englisch.

Vergangene Nacht war Mohammed zu ihm gekrochen, um ihm ein Angebot zu machen, aber es klang zu verlockend, um wahr zu sein. Es konnte sich dabei auch um eine Falle handeln. Auf der anderen Seite, wozu der Aufwand, wenn sie ihn gleich in der Zelle erledigen konnten? Mitch war klar, dass er diese Zelle nicht mehr lebendig verlassen würde. Aber irgendwie passten die Puzzleteile seiner Gefangenschaft nicht zusammen und er machte sich Gedanken, was an dieser Situation nicht stimmte. Es war das seltsame Verhalten des Engländers, das ihn so irritierte. Zunächst war der Mann abweisend und sehr abschätzend ihm gegenüber gewesen, doch seit kurzem spürte er eine Veränderung in dem Auftreten des Mannes. Mohammed meinte, dass der Engländer alle Medikamente, die die Amerikaner ihm brachten, wieder einsammelte, ihre Beschriftung genau studierte und dann gegen andere aus seiner Tasche austauschte. Seltsamerweise ging es ihm auch spürbar besser, seitdem der Engländer sich um ihn kümmerte. Die Albträume und die Angstschübe hörten auf und sein Körper und Geist stabilisierten sich langsam.

Eine Berührung an der Schulter riss ihn aus seinen Überlegungen heraus.

„Hast du darüber nachgedacht?" Mohammed lag neben ihm und blickte ihm direkt in die Augen.

„Das mache ich gerade und ich verstehe nicht, warum du hier raus willst. Hier hast du gutes Essen, Tee, ein Klo und kannst den ganzen Tag liegen. Was erwartet dich Zuhause? Arbeit, Kinder, Stress."

Ungläubig schaute der Afghane ihn an.

„Nein, nein. Du hast mich nicht verstanden. Ich versuche, meine Familie zu retten und dafür muss ich noch vor der großen Versammlung von hier verschwinden. Die Beschlüsse, die dort von den Stammesfürsten gefasst werden, sind bindend für alle Stämme. Solange ich hier im Gefängnis sitze, kann Melai meinen Vater unter Druck setzen und ihn zwingen, in seinem Sinne abzustimmen. Er will unser Land ausbeuten und dort eine große Fabrik bauen."

„Aber das ist doch gut für euch. Es gibt Arbeit, Straßen werden gebaut und ihr bekommt Steuereinnahmen, die gesamte Infrastruktur wird ausgebaut."

„Nein", zischte Mohammed aufgeregt. „Das ist unser Land, es gehört unserem Stamm schon seit vielen Generationen. Schon immer haben die Azai dort gesiedelt und wir werden das auch weiter tun. Dass in dieser Gegend Kupfer liegt, wissen wir schon lange, seit die Russen das Land damals erkundet haben. Aber wir wollten es damals und auch heute nicht. Denkst du, wir wissen nicht, wie die Kupferminen in Afrika aussehen, wie das Land ausgebeutet und verseucht wird? Hast du nicht von diesem großen Unglück gehört, als die Schlammlawine ganze Dörfer weggespült hat? Von welchen Infrastrukturmaßnahmen sprichst du? Ich habe dort keine Straßen gesehen, nur Dreck und eine zerstörte Landschaft und die Arbeiter bekommen einen Hungerlohn."

Überrascht schaute Mitch seinen Zellennachbarn mit ganz anderen Augen an.

„So habe ich die Sache tatsächlich noch nicht betrachtet." Gab er kleinlaut zu.

Eine Weile schwiegen sie, bis Mitch die unangenehme Stille unterbrach.

„Also … Auf eurem Land gibt es Kupfer?"

Mohammed machte eine wegwerfende Geste.

„Die Berge sind voll davon." Doch sein Interesse war geweckt und eine Ahnung beschlich ihn. „Warum fragst du danach?"

„Ach, weißt du, vielleicht will ich auch in das Geschäft einsteigen."

„Hey, willst du mich beleidigen?"

„Nein. Ich möchte endlich wissen, wo genau wir uns befinden und wie das Gelände aussieht."

Eine Weile schaute Mohammed ihn wortlos an, dann blitzte etwas in seinen dunklen Augen auf und er entblößte eine Reihe weißer Zähne in einem Lächeln.

„Ich wusste gleich, dass du mir helfen kannst. Nicht nur meine Zeit läuft ab, sondern auch deine. Die Wachen reden bereits davon und warten nur noch darauf, dass der Gouverneur dich besucht. Anschließend werden alle Zeugen beseitigt, mich eingeschlossen. So sieht es in meinem Land aus. Du brauchst deine ganze Kraft, um dich zu retten … Und du musst auch mir helfen."

Wortlos betrachtete Mitch den schmutzigen Gips, dessen weiße Krümel sich überall auf dem Boden der Zelle verteilten.

„Du bist etwa 1,70 Meter groß und über siebzig Kilogramm schwer und du kannst nicht laufen. Was meinst du, wie weit wir kommen? Selbst wenn wir es aus der Zelle schaffen, würde das bedeuten, dass ich dich die ganze Zeit tragen müsste. Ich könnte es vielleicht unter anderen Umständen schaffen, aber die Krankheit hat mir zu viel Kraft geraubt."

„Ich habe mir das genau überlegt. Wir müssen es nur bis in die Stadt schaffen und dann könnte ich Hilfe holen. Mein Vater ist ein bedeutender Mann und wenn unsere Familie um Hilfe bittet, dann wird diese gewährt. So verlangen es unsere Bräuche und unsere Tradition."

Nachdenklich schaute Mitch sich in der Zelle um. *Um hier herauszukommen, müsste ich zunächst die Kette an meinem Bein loswerden, anschließend müssten wir aus der Zelle fliehen und dann kam der schwerste Teil. Ein Kranker und einer, der nicht selbständig laufen kann, auf der Flucht. Wie sollten wir das ohne fremde Hilfe anstellen und wie lange würde meine Kraft reichen, um uns beide von hier wegzubringen?*

Als ob Mohammed seine Gedanken lesen konnte, antwortete er ihm.

„Unsere Probleme fangen erst draußen an. Die Zelle ist wahrscheinlich unser kleinstes Problem. Ich denke, außerhalb dieser Anlage werden wir es schwerer haben, aber du bist groß und stark. Ab heute werde ich dir mein Essen geben, damit du schnell zu Kräften kommst, denn du musst mich tragen. Ich komme keine zwei Meter weit ohne fremde Hilfe." Mohammed hielt inne und schaute Mitch in die Augen. „Ich spüre dein Misstrauen mir gegenüber, aber ich gebe dir meine Hand und schwöre bei meiner Ehre, dass ich mit dir gemeinsam gegen den Gouverneur kämpfen werde."

„Wie kommst du darauf, dass ich gegen den Gouverneur kämpfe?"

Erneut huschten dunklen Augen über sein Gesicht.

„Erstens: Sonst wärst du nicht hier. Zweitens: Er will dich selbst verhören. Das bedeutet, dass es etwas Persönliches ist. Außerdem habe ich den Engländer beobachtet, er hat sein Verhalten dir gegenüber geändert."

„Du bist ein guter Beobachter", schmunzelte Mitch.

Mohammed setzte sich bequem hin und fegte mit seiner Hand die Krümel vor sich auf dem Boden weg. Anschließend zog er seinen Schuh, einen

Teller und einen Becher zu sich und begann, die Sachen auf dem Boden aufzustellen.

„Wir befinden uns hier, am Rande des Regierungssitzes. Früher besuchte ich in der Nähe die Universität, deswegen kenne ich mich hier ganz gut aus. Allerdings habe ich erst vor ein paar Tagen das Innere dieser Anlage gesehen, als sie mich hierher gebracht haben. Während du in der Kiste gelegen hast, sollten alle in der Stadt sehen, dass ich in der Hand unserer Feinde bin."

„Warte! Beschreibe mir zunächst, wie die Anlage von außen aussieht."

Die Zentrale des Geheimdienstes der Provinz Kandahar wurde an drei Seiten von einer breiten, vierspurigen Straße umschlossen. Alle Zufahrten waren mit Straßensperren und Polizeiposten blockiert. Außerdem gab es zwei Zufahrten auf das Gelände, die ausschließlich von den Männern des Geheimdienstes bewacht wurden. Eine hohe Betonmauer umgab das gesamte Gelände, das sich an das Gebäude des Hohen Rates anschloss. Meterhohe Fichten, sauber angelegte Wege mit Rosensträuchern und Obstbäumen, deren Stämme mit weißer Kalkfarbe gestrichen waren, verteilten sich über die gesamte Anlage. Kasernen für die Wachmannschaften befanden sich im hinteren Teil, sowie ein dreistöckiger Neubau und ein Wirtschaftsgebäude. Eine weite, gebogene Zufahrt führte zu einem repräsentativen Haus mit einem Vordach. Das war der Sitz des mächtigen Geheimdienstchefs, der aber selten in diesem Gebäude weilte. Man erzählte sich, dass er lieber seine Zeit in den Zellen der Gefangenen verbrachte, um sie persönlich zu verhören und die Verwaltung seiner Behörde anderen zu überlassen. Es traute sich keiner, das Gedachte laut auszusprechen, aber ihm mangelte es an Bildung und das kompensierte der Mann mit seiner Brutalität. Rechts von seinem Sitz befand sich ein unscheinbarer Bau mit vergitterten und zugemauerten Fenstern. Sechs Soldaten schoben rund um die Uhr dort Wachdienst. Dazu kamen noch mindestens zehn Männer an jedem Tor. Weitere Soldaten waren in der Kaserne stationiert.

Aufmerksam blickte Mitch mit gerunzelter Stirn auf die Krümmel auf dem Boden. Er glaubte, sich an das schmale, bärtige Gesicht erinnern zu können, als sie ihn an der Decke aufhängten. Die blauen Flecke und die roten Striemen auf seinem Körper erinnerten ihn an diese Tage.

Gemeinsam mit Becks würden sie es vermutlichen schaffen, von hier auszubrechen. Was würde sein Freund an seiner Stelle tun? Auf Unterstützung von außerhalb konnten die beiden Freunde in diesem Moment nicht hoffen, das war ein Teil ihrer Abmachung und jetzt mussten sie jeder für sich aus dieser Situation entkommen. Becks hatte auch keine andere Möglichkeit, er würde alles tun, um ihn hier zu finden, aber die Chancen waren sehr gering. Trotzdem musste Mitch bereit sein.

Bis tief in die Nacht hörte Becks die Suchmannschaften. Er hatte Glück, dass die Männer keine Drohnen und keine Hunde einsetzten. Auf dem Dach eines zerfallenen Hauses verbrachte er die letzte Nacht, versteckt unter einem Berg von Müll. Kurzfristig hatte er sich gegen eine weitere Flucht in die Stadt entschieden und verblieb in der Nähe des Camps. Zurzeit war er vermutlich die meistgesuchte Person in dieser Stadt. Bei Tagesanbruch würden sie ihre Suchaktion fortsetzen und er musste sie irgendwie von diesem Vorhaben ablenken. Vielleicht nicht unbedingt wieder im Camp, aber irgendwo dort, wo es ihnen weh tat und womit sie eine Weile beschäftigen sein würden. Er erinnerte sich an diesen herrlichen Lehrgang im Schwarzwald, mit der offiziellen Bezeichnung: *„Sabotageakte hinter den feindlichen Linien"*. Zwei Wochen Spaß im Wald gemeinsam mit Mitch.

Leider sah die Wirklichkeit anders aus und im Gegensatz zu der Übung konnte jede verirrte Kugel hier tödlich sein. Die Sabotage, die in dem Lehrgang besprochen wurde, richtete sich vor allem gegen die Infrastruktur und Versorgungseinrichtungen des Feindes. Es waren Angriffe auf die Moral der Truppe. Nachschubwege, Versorgung und Strom sollten beeinträchtigt und unterbunden werden. Becks konnte hier allein nicht viel ausrichten, aber soviel er wusste, gab es noch weitere Camps der Legion in der Stadt und dort wechselten zweimal am Tag die Wachmannschaften.

Es gab sicherlich andere Möglichkeiten, einem Fahrzeugkonvoi zu folgen, aber Becks nahm die einfachste davon. Er hielt dem überraschten Taxifahrer zwanzig Dollar vor die Nase, öffnete die Tür und zwängte sich mit seinem Rucksack auf die Rückbank. Dann bedeutete er dem Fahrer, der verstaubten Fahrzeugkolonne zu folgen.

Sie folgten ihnen in östlicher Richtung entlang der Hauptverkehrsstraße bis zum Stadtrand, wo die Fahrzeuge wendeten und in eine staubige Seitenstraße hineinfuhren. Sie befanden sich jetzt in einem Industriegebiet. Zahlreiche Lagerhäuser, Zäune und hohe Hallen befanden sich rechts und links der Straße. Hier entließ er sein Taxi und machte sich zu Fuß auf den Weg. Schon nach wenigen Minuten wusste Becks, was er jetzt tun musste. Vor ihm lag ein weitläufiges Gelände, das von vier hohen Wachtürmen umgeben war. Von so einem Turm hatte man einen guten Überblick über die gesamte Gegend. Es war vermutlich der einzige Schwachpunkt dieses Camps — und erlaubte ihm, das zu tun, was er jetzt vorhatte. Das gesamte Gelände, das sich vor ihm erstreckte, war etwa fünf Fußballfelder groß. Sechs riesige Versorgungshallen, die man für die Unterbringung des Materials nutzte, zehn Mannschaftszelte, eine mobile Station für Stromerzeugung und ein Parkplatz mit ausgemusterten Humvees in der Wüstentarnfarbe der US-Streitkräfte.

Die Männer, denen er gefolgt war, gehörten nicht zu den Wachmannschaften, sie waren ein Versorgungstrupp. Den halben Tag beobachtete Becks das emsige Treiben auf dem Gelände und versuchte, eine Schwachstelle zu entdecken. Am späten Nachmittag sammelten sich die Männer und bereiteten sich für die Abfahrt vor. Da keine neuen Wachmannschaften hinzukamen, ging er davon aus, dass sie bereits in dem Camp untergebracht waren. Nach der Abfahrt der Kolonne kehrte Ruhe ein und auch außerhalb des Camps wurde es ruhiger. Die Beleuchtungslampen wurden eingeschaltet und das Brummen der Generatoren erfüllte die Luft. Aufmerksam beobachtete Becks die Wachposten seines ehemaligen Arbeitsgebers auf ihren Wachtürmen. Dieses Hindernis zu überwinden, um in das Lager zu gelangen, ohne großen Alarm auszulösen, würde nicht einfach sein. Der einzige Vorteil war, wenn er erst einmal drinnen war, dann konnte er sich dort einigermaßen frei bewegen, denn die Posten beobachteten nur das Gelände unmittelbar vor dem Camp. Also musste er zunächst für eine kleine Ablenkung sorgen — nicht zu viel, aber gerade noch so viel, dass sie darauf reagierten, aber es nicht als Bedrohung ansahen. Dazu bediente er sich der Neugierde der Menschen; wir wollen immer wissen, wenn es etwas Interessantes zu sehen gibt.

Nachdem Becks das kleine Feuer entzündet hatte, warf er eine Handvoll Patronen hinein und machte sich auf den Weg zum äußersten Turm. Der Wachmann dort war am weitesten von dem Spektakel entfernt und musste sich weit hinauslehnen, um zu sehen, was am anderen Ende der Mauer passierte.

Es war eine weite Runde und Becks musste sich beeilen, um rechtzeitig an sein Ziel zu gelangen. Als sich die ersten Schüsse in seinem kleinen Feuer lösten, hatte er noch etwa hundert Meter bis zu dem Turm, als er einen Arbeiter vor einem Holzstapel entdeckte. Nach harten Verhandlungen war er ein stolzer Besitzer einer langen Holzlatte und eines etwa drei Meter langen Seiles. Es war genauso, wie er es erwartet hatte, der Wachmann blickte aufmerksam in die Richtung, aus der die Schüsse kamen. Damit war die abgewandte Seite jetzt unbeobachtet und er nutzte sofort diese Möglichkeit aus. Mit schnellen Schritten rannte Becks direkt bis zu der Stelle, die er sich vorher ausgesucht hatte. Hier legte er sein Gepäck ab, befestigte das eine Ende des Seils an seinem Rucksack und schlang das andere um seinen Oberkörper. Jetzt kam der schwierige Teil und dazu brauchte er die Holzlatte, um an das obere Ende der Mauer zu kommen. Seine Größe kam ihm zugute, als er die Latte gegen die Mauer lehnte und sich an ihr hochzog. Oben angelangt, holte er sofort sein Gepäck nach. Die abgewandte Seite des Wachturms schützte ihn, aber jetzt befand er auf dem Gelände und hatte keine Zeit zu verlieren. Becks schaute sich schnell um und stellte fest, dass trotz der vereinzelten Schüsse vor dem Camp hier drinnen alles relativ ruhig wirkte. Über sich auf dem Turm hörte er, wie jemand in sein Funkgerät sprach. Ein Lachen ertönte und die Unterhaltung setzte sich fort. Die Männer fühlten sich offensichtlich sicher hier oben. Vorsichtig kletterte er die wackelige Leiter des Wachturms hinauf.

„Er hat was?", brüllte William Goldsby fassungslos in sein Telefon. Früher liebte er diese nächtlichen Anrufe, sie bedeuteten immer Action. Einen Kaltstart in einen neuen Einsatz. Doch seitdem er eine leitende Position bei „Thunder" bekleidete, bedeuteten solche Anrufe zwischen Mitternacht und den frühen Morgenstunden meistens Ärger und um genau so einen Anruf handelte es sich gerade. Keine zwanzig Minuten später stürmte er mit nassem Haar und einem Kaffeebecher in der Hand in die Einsatzzentrale. Die Spannung lag förmlich in der Luft und seine Laune verbesserte sich dadurch nicht besonders. Vier Augenpaare richteten sich auf ihn und warteten auf seine Anweisungen.

„Haben wir die Bilder der Überwachungskameras?", war seine erste Frage, nachdem er den Raum überblickt hatte.

Irgendjemand bejahte seine Frage, aber das interessierte ihn schon nicht mehr. Er musste sich selbst ein Bild vor Ort machen. Das bedeutete, ihm stand heute noch eine Fahrt in die Stadt bevor. Er zwang sich, ruhig zu bleiben, das war jetzt wichtig. Seine Männer sollten nicht merken, unter welch enormem Druck er gerade stand.

„Ich möchte die Aufnahmen auf dem Hauptmonitor haben." Es vergingen einige Augenblicke und schon liefen die ersten Bilder der Überwachungskameras.

Sie begannen mit leisen Explosionen außerhalb der Anlage und endeten mit dem Brand des Stromgenerators, der zu einem Stromausfall auf dem gesamten Gelände führte. Die Monitore wurden schwarz. Es dauerte einen Moment, ehe die Ersatzanlage ansprang. Nur für lebenswichtige Bereiche lieferte sie Strom, aber die wenigen Augenblicke, die sie lief, reichten aus, um zu sehen, wie die gesamten Vorratslager in einem grellen Feuerball in die Luft flogen. Die Überwachungskameras wechselten in den Nachtmodus, aber aufgrund des Feuerscheins im Camp war kaum etwas auf den Bildern zu erkennen. Doch um zu wissen, was sich gerade auf dem Gelände abspielte, brauchte Goldsby keine Videoüberwachung mehr. Wer auch immer diesen Brand gelegt hatte, wusste ganz genau, was er tat. Es war ein Muster in diesem Vorgehen zu erkennen. Es wurde mit Ablenkung gearbeitet, die Löschtrupps wurden mit neuen Brandherden von einem Ort zum anderen gehetzt. Es war raffiniert, denn so verloren sie den Überblick über das Ausmaß des Brandes auf dem Gelände.

Die Mannschaften hatten frustriert ihre Löschversuche aufgegeben, da der Brand immer mehr auf die umstehenden Hallen übergriff. Irgendwann ging das Tor auf und ein großer Feuerwehrwagen brauste herein, aber da sie auf dem Gelände nicht über einen Löschwasseranschluss verfügten, fuhr dieser nach zehn Minuten wieder ab, als sein Löschwassertank leer war.

Mittlerweile zählte William nicht mehr die Brände, sondern wog das Ausmaß des Schadens in US-Dollar: Fahrzeuge achttausend, Generator sechzigtausend, Ausrüstung zweihunderttausend … und es nahm kein Ende. Rund um die Stadt verteilt hatten er vier solcher Camps für den Tag X eingerichtet. Hier wurden Ausrüstung, Fahrzeuge und Waffen eingelagert, die „Thunder" den abziehenden US-Truppen für einen wahrhaften Spottpreis abkaufte. So sparten sich die Militärs die enormen Kosten für die Verschiffung der Technik in die Heimat. Außerdem schaffte nur ein geringer Teil der Technik unversehrt den langen Landweg von Afghanistan bis zu den Häfen nach Indien über Pakistan. Goldsby kannte die Bilder der ausgebrannten Konvois in den Bergen und im Talibangebiet in Pakistan. Doch auch hier hatte Jack seine Hände im Spiel. Mit Hilfe seiner mächtigen Freunde im Senat konnten sie nicht nur die Technik günstig erwerben, sondern gleich wieder an die Afghanen gegen ein Mehrfaches verkaufen. Eine andere Strategie erwies sich auch als sehr nützlich, wenn die Warlords einen Tipp über anstehende Konvois der abziehenden Truppen bekamen. Ein paar Schüsse in die Luft, die Fahrer flohen, dann wurden die Trucks geplündert und in Brand gesteckt. Anschließend gelangte die Technik mit Hilfe der Frachtflotte auf den Weltmarkt.

Die Militärverwaltung der US Streitkräfte konnte den riesigen Aufwand, der mit dem Abzug der Truppen aus Afghanistan zusammenhing, auf dem Landweg kaum noch bewältigen. Die Aufträge für die Transporte zu den verschiedenen Häfen waren an lokale Firmen vergeben und waren wahre Himmelfahrtkommandos. „Thunder" wurde zum Abnehmer für ihre Technik vor Ort und die Verwaltung erhielt zumindest einen Teil ihrer Kosten erstattet. Es war immer noch besser, als alles komplett zu verlieren und auf dem Schaden sitzen zu bleiben. Jack nutzte jede legale oder illegale Möglichkeit, um im Geschäft zu bleiben - darin war er ein wahrer Meister. Einen Teil dieser Gewinne investierte Jack Lebermann wieder in ihre zukünftigen Unternehmen.

William riss sich von den Bildern los und ging zum Kaffeeautomaten, um seine Gedanken zu ordnen. Er wusste, dass jeder seiner Schritte von den Männern genau beobachtet wurde.

Zurück auf seinem Platz befahl er: „Spult die Überwachungsbilder zurück. Ich möchte wissen, wer und wie sie auf das Gelände gelangt sind."

„Wir haben das Protokoll bereits für Sie vorbereitet. Der Angriff begann gegen achtzehn Uhr über den westlichen Wachturm."

Der Bildschirm wurde dunkel und dann sah William Goldsby einen Schatten, der über den Zaun kletterte, sein Gepäck nachholte und anschließend in aller Ruhe den Wachmann ausschaltete.

„Hat denn keiner der anderen Posten diesen Angriff bemerkt?", fragte er in die Runde.

„Der Posten meldete vorher ein Funkproblem und die anderen überwachten diese wilde Schießerei in der Nebenstraße."

Ein Ablenkungsmanöver. Wie raffiniert.

Der Schatten verließ nach wenigen Minuten den Wachturm und lief ohne Umwege zu einem großen Zelt. Anschließend steuerte er die Lagerhalle an.

„Er ist allein und kennt sich gut auf dem Gelände aus", stellte William überrascht fest. „Ich will wissen, wer das ist und wie er überhaupt zu unserem Camp gekommen ist."

Sofort wurde seine Anweisung ausgeführt und auf einem der Bildschirme erschien eine starke verschwommene Vergrößerung einer Person, die ihm irgendwie bekannt vorkam. Auf einem dritten Bildschirm lief jetzt ein Bilderabgleich aller Personen, die je das Camp der *„Thunder"* betreten hatten.

Auf den Überwachungsaufnahmen sahen sie, dass der Schatten als letztes den Generator aufsuchte. Hier verweilte er einige Minuten und machte sich anschließend zu den Unterkünften auf, denn hinter ihm begann sich das Feuer in der Anlage auszubreiten.

Ein Bild erschien auf dem Monitor, aufgenommen vor genau einem Tag, hier unten am Gate. William fühlte den dumpfen Schmerz in seiner gebrochenen Nase und wusste genau, woher er diesen Schatten kannte. Noch gestern saß er neben ihm auf dem Beifahrersitz und hätte ihn fast erwischt.

Er dringt hier am helllichten Tag ein. Nimmt mich als Geisel. Auf seiner Flucht beseitigt er ein Team meiner Scharfschützen und verletzt drei weitere Männer. Jetzt verursacht er auch noch einen Millionenschaden in einem Camp. Wir haben diesen Mann gründlich unterschätzt, der macht so etwas nicht zum ersten Mal. Er ist gefährlich und solange er da draußen ist, müssen wir mit allem rechnen.

„Könnte mir jemand seine Personalakte besorgen?"

„Die müssen wir von unserer Zentrale anfordern. Das könnte dauern …", antwortete jemand kleinlaut. Vermutlich hatten sie Angst vor seiner Reaktion, aber William spürte keine Wut, nur Enttäuschung über sich selbst und das Urteil, dass Jack über ihn fällen würde.

„Ok. Wie wir sehen, hat sich unser ehemaliger Kollege dazu entschlossen, als Rache für seine Kündigung unser Camp zu zerstören. Deshalb werden wir in den verbliebenen drei Standorten die Sicherheitsstufe erhöhen. Verdoppelt die Wachmannschaften, aber so unauffällig wie möglich. Es könnte sein, dass er heute Nacht erneut zuschlägt und wir wollen ihn nicht verschrecken. Ich erlaube grundsätzlich den Waffeneinsatz gegen diese Person, schließlich müssen wir uns gegen solche Angriffe verteidigen."

Jeder im Raum hatte diese Bemerkung genau verstanden und würde diese Anweisung entsprechend weitergeben. Sie bedeutete: nicht mehr tot *oder* lebendig gefangen nehmen, sondern vorzugsweise tot.

„Speichern Sie seine Bilder im System, sodass wir ihn schon bei der Erfassung mit einer Kamera feststellen können."

„Sir", meldete sich einer seiner Männer. „Wir haben die Bilder seiner Ankunft von den Überwachungskameras." Eine kurze Sequenz flimmerte über den Bildschirm.

„Was zum Teufel ist das...?", entfuhr es William Goldsby.

„So wie es aussieht, ist er mit dem Taxi gekommen und dann im Industriegebiet verschwunden."

Plötzlich herrschte Stille im Raum. Ungläubig schaute William Goldsby auf die Bilder, die ein gelbes Taxi zeigten, aus dem ein relativ großer Mann ausstieg und in einer Seitenstraße verschwand. Unverkennbar an dem Rucksack, den er mit sich schleppte, handelte es sich um dieselbe Person, die einige Zeit später die Mauer zu ihrem Camp überwand.

„Gibt es noch anderes Material, wie er das Camp wieder verlässt?"

„Es war viel los am Eingang zu der Zeit. Unsere Männer haben einige Fahrzeuge aus dem Camp gebracht und sie auf die Straße gestellt. Vermutlich hat er die unübersichtliche Situation ausgenutzt und ist durch das Haupttor verschwunden."

„Haben wir Aufnahmen nach dem Brand?" Es dauerte einige Minuten, bis jemand die richtige Stelle fand. Fassungslos sah Goldsby wie ein weißer Toyota Landcruiser in aller Ruhe das Camp verließ und die Straße in Richtung Stadt nahm.

Dieser Tag fing genauso beschissen an, wie der letzte aufhörte. So viel zum grandiosen Plan von Jack. Der ist wohl gründlich daneben gegangen, aber die Konsequenzen muss ich tragen. Zunächst müssen wir wissen, mit wem wir es hier zu tun haben. Das sind keine einfachen Soldaten, das sind Profis. Das Dilemma seit dieser missglückten Festnahme verfolgt uns immer noch.

Das anschließende Gespräch mit Jack Lebermann verlief wie erwarten schwierig. Jack war außer sich über den erneuten Vorfall in Kandahar, der die Verlegung weiterer Söldner aus Katar verzögerte. Sie hatten plötzlich zweihundert Mann weniger zur Verfügung, da die Instandhaltung des Camps mindestens vier Wochen andauern würde. Letztendlich hatte er die Leitung dieses Einsatzes vor Ort und musste dafür die Verantwortung übernehmen. Allerdings waren sie gemeinsam übereingekommen, dass die vielen Sicherheitsvorkehrungen, die sie eingebaut hatten, in diesem Fall nicht griffen. Gegen Einzeltäter konnte man selten etwas ausrichten, sie waren zwar durch ihr Sicherheitsnetz geschlüpft, aber das gesamte Unternehmen stand auf stabilen Säulen und sie hatten entsprechende Rückendeckung. Sie waren nur noch wenige Schritte bis zum Startschuss ihrer Operation entfernt und diese Rückschläge waren nicht mehr als störende Mückenstiche. Wichtig war jetzt, die Situation unter Kontrolle zu behalten und die Camps so lange zu sichern, bis weitere Verstärkung eintraf.

Mit dem politischen Putsch von Melai und der Sicherung seiner Macht durch die Landesfürsten begann ihre Unternehmung. Melai als neuer Präsident des Südens würde seinen Machtanspruch in der Region untermauern und gegenüber der Zentralregierung festigen. Schon heute reichte die Macht der Zentralregierung kaum über die Hauptstadt hinaus. Als nächstes würde der Norden mit den usbekischen und tadschikischen Mehrheiten seine Abspaltung fordern. Wir halfen nur etwas nach in diesem Chaos eine Lawine auszulösen. Damit hätten wir den direkten Zugriff auf die Rohstoffvorkommen und könnten mit politischer Unterstützung aus Washington die Spaltung des Landes vorantreiben. Jack Lebermann hatte unlängst seinen Chef Tom Seeger mit seinen politischen Ambitionen in diese Richtig gestoßen. Sie mussten nur einen Schritt vor ihm da sein, um den Entscheidungsprozess besser lenken zu können.

Nachdem Jack sich etwas beruhigt hatte, berichtete er William von dem erfolgreichen Einsatz ihrer operativen Einheit in Berlin. Es gelang ihnen, die Tochter des Schnüfflers aus der Schweiz zu eliminieren. Es war eine Warnung an den Vater und sie wussten, dass diese Botschaft von ihm verstanden werden würde. Noch in derselben Nacht war ihr Team in die Wohnung eingebrochen und konnte einige Daten von ihrem Computer sichern. Die mussten jetzt noch ausgewertet werden und Jack erwartete noch bis zum Abend die ersten Ergebnisse. Die Einheit war jetzt auf dem Weg nach Prag, von wo es mit dem Flugzeug nach Oman ausgeflogen werden sollte. Bis dahin sollten sie so viele Informationen über die beiden „toten" Deutschen erhalten, wie es nur ging. Immerhin verrottete einer von ihnen im Gefängnis und der andere würde schon bald die Lust an seiner jüngsten Zerstörungswut verlieren, wenn sie die richtigen Männer auf ihn ansetzten. Allerdings gab es in Berlin auch einen kleinen

Zwischenfall, was William mit einer kleinen Genugtuung registrierte. Einer ihrer Männer wurde schwer am Auge verletzt, was fast zum Abbruch des Einsatzes geführt hätte.

Es wurde langsam Zeit, die Initiative zu übernehmen und William Goldsby wusste genau, wie.

Eine Stunde später fuhr William Goldsby vor dem Tor des Geheimdienstes mit seinem Team vor. Sie blickten in die grimmigen Gesichter der Wachen, doch leider sprach keiner von denen Englisch. William versuchte es, über das Büro des Gouverneurs. Wieder vergingen endlose Minuten, bis ihm mitgeteilt wurde, dass heute kein Besuch angemeldet wurde. Das letzte, was er wollte, war, diesen Hassan um Hilfe zu bitten. Das größte Problem neben seiner Abneigung ihm gegenüber war nämlich, dass er sich mit ihm nicht verständigen konnte. Am Ende der sinnlosen Diskussion am Tor stand plötzlich derjenige, den er so verachtete, mit seinem Wagen direkt hinter ihnen und die Wachen am Tor gerieten in Aufruhr. So bekam William nicht nur den ersehnten Zutritt zum Hauptquartier des Geheimdienstes, sondern auch ein Glas dünnen, gelben Tee im Büro eines Todeskandidaten. Sie saßen sich eine Weile schweigend gegenüber, bis der Übersetzter den Raum betrat.

Hassan musterte verstohlen den Mann, der ihm gegenübersaß. Seine Haare waren akkurat frisiert und sein Bart frisch rasiert, aber seine grauen Augen waren tief umrandet von dunklen Augenrändern und er kannte auch den Grund dafür. Seit der misslungenen Festnahme und dem Kampf am Tor des Camps der Amerikaner bewunderte Hassan den großen Mann, der gejagt wurde. Er kämpfte mit allem und beschäftigte die Amerikaner mehr, als es ihnen lieb war. Im Moment beobachtete Hassan dieses Spiel lieber aus der Ferne. Zunächst verletzte es seinen Stolz, dass Melai diese Hetzjagd nicht ihm überlassen wollte, aber mittlerweile war er ganz froh darüber. Es war ein Genuss, dabei zusehen zu können, wie dieser die beiden Scharfschützen ausschaltete, den letzten sogar mit seiner Lieblingswaffe, dem Messer. Seine Männer verloren anschließend seine Spur, aber nach der Beschreibung des Taxifahrers ging der Brand auf sein Konto. Langsam fand Hassan Gefallen an diesem Burschen und versuchte, seine Schadenfreude durch einen grimmigen Gesichtsausdruck zu verbergen.

Genüsslich quälte er seinen amerikanischen Gast mit einer übertrieben langen Ansprache und Höflichkeitsfragen zu seiner Familie und seinem Befinden. Der ließ sich zwar nicht so leicht provozieren, wurde aber immer ungeduldiger, je länger ihr Gespräch andauerte.

Nach dem belauschten Gespräch im Gouverneurspalast wusste Hassan, dass seine Zeit auf diesen Posten abgelaufen war. Aber seinem heutigen Gesprächspartner erging es vermutlich ähnlich. Der einzige Unterschied zwischen ihnen war, dass er seinen Mörder persönlich kannte und gerade mit ihm in aller Ruhe Tee trank.

Ich weiß, wer den Auftrag für meinen Tod erteilt hat und wer ihn ausführen wird. Bis zur Versammlung werden sie mich in Ruhe lassen. Ich könnte die Gelegenheit nutzen, um zu verschwinden. Ich könnte mich irgendwo in den Bergen verkriechen und mit der Angst leben, dass eines Tages jemand vor meiner Tür stehen wird, so wie ich es selbst unzählige Male getan habe. Dieser Moment der Überraschung, dann die Erkenntnis und die Furcht in ihren Augen. Vermutlich wird es mir ähnlich ergehen. Es gab genug einflussreiche Familien, die nach ihm suchten und seinen Tod wünschten.

William sah sich unauffällig in dem Büro um, das irgendwie verlassen wirkte. Die Stühle an dem langen Konferenztisch, der mitten im Raum stand, waren immer noch mit Folie bezogen; vermutlich wurde hier noch keine einzige Sitzung abgehalten. Der Arbeitstisch war leer, weder ein Kugelschreiber noch eine Akte waren darauf zu sehen. Von einem Computer oder anderen digitalen Geräte, die mittlerweile jedes Büro säumten, war keine Spur. Wie rückständig aber andererseits auch sehr clever — eine technische Überwachung dieser Räume war nicht möglich. Außer man platzierte eine Wanze, aber diese Abteilung des Geheimdienstes die Hassan leitete erwies sich als sehr widerstandsfähig gegenüber allen ihren Versuchen, sie zu korrumpieren. Außerdem schien Hassan sein Büro kaum zu nutzen und überwachte fast alle Operationen seiner Leute persönlich. Er war ein gefährlicher Mann, obwohl er auf den ersten Blick sehr harmlos wirkte. Sein brauner Anzug wirkte stets zu groß an seinem schmächtigen Körper. Nur die Krawatte und das weiße Hemd verliehen ihm das Aussehen eines Büroangestellten. Ein dunkler Schnauzbart und ein glattrasiertes Gesicht, wie tausend andere Männer in diesem Land. Wer aber genau seine Augen betrachtete, der merkte schnell, dass der Mann irgendetwas an sich hatte — etwas Dunkles. William kannte diesen Blick und solchen Leute konnten aus den Menschen ihre tiefsten Geheimnisse und ihre Seele herausholen.

Ihr stilles Kräftemessen wurde von dem leisen Räuspern des Dolmetschers unterbrochen. William hatte keine Zeit zu verlieren, aber er musste sein Anliegen sehr vorsichtig formulieren.

„Es war sehr freundlich von dir, uns ohne Anmeldung zu empfangen", sagte er mit fester Stimme und dachte: *Du kleiner Wurm ... Genieße deine letzten Tage in deinem Büro. Schon bald wirst du die Sargnägel von unten zählen.*

„Es ist mir eine große Ehre, unsere amerikanischen Freunde hier zu empfangen. Die Türen meines Hauses sind immer für unsere Freunde offen. Herr Hassan bittet Euch, das kleine Missverständnis am Tor zu entschuldigen. Die Wachleute wussten nicht, dass mein Freund mich besuchen wollte."

Das werden wir schon bald sehen, wie weit deine Freundschaft geht. Und nenn mich bitte nicht deinen Freund.

Goldsby legte seine rechte Hand aufs Herz als Geste, dass er diese Bekundung verstanden hatte und sich für die Wertschätzung bedankte. Das gleiche tat Hassan ihm gegenüber. Somit waren die Höflichkeiten und die gegenseitige Arschkriecherei beendet — jetzt konnte er endlich sein Anliegen vortragen.

„Ich bin heute aus einem besonderen Grund hier." William Goldsby ließ eine Pause zwischen den Sätzen, um dem Dolmetscher Zeit zu geben, seine Einleitung zu übersetzen und gleichzeitig die Bedeutung seiner Worte zu unterstreichen.

Die toten Augen von Hassan ließen ihn nicht eine einzige Sekunde los. Obwohl seine Körperhaltung sehr entspannt wirkte, waren es die Augen, die ihn verrieten. Er weidete sich förmlich daran, dass William ihn um Unterstützung bitten musste und er wusste ganz genau, dass sie dieses Problem nicht allein lösen zu können.

„Wie du weißt, suchen wir zwei Männer, die sehr wichtig für den Gouverneur sind, um einen gewissen Sachverhalt zu klären. Dazu möchten wir den einen, der in deinem Gefängnis sitzt, befragen. Wir müssen noch einige Informationen zu seiner Vergangenheit überprüfen, von denen wir denken, dass sie für uns wichtig sein könnten."

Ich weiß ganz genau, was ihr von ihm wollt. Ihr sucht nach neuen Anhaltspunkten, um den anderen zu erwischen, der euch gerade so viel Ärger bereitet und weil dir das Wasser bis zum Hals steht, dachte Hassan unbeeindruckt.

„Natürlich helfe ich mit meinen bescheidenen Mitteln, wo ich kann", heuchelte er dem Amerikaner vor.

Bescheidene Mittel? Ich glaube, ich spinne! Was denkst du, was uns dein Wagen und die Möbel im Monat kosten? Der Konferenztisch, den du als Ablage für dein Funkgerät benutzt, hat uns zehntausend Dollar gekostet — ohne die Stühle. Der Schreibtisch und die Sessel, in denen wir uns gerade verarschen, viertausend Dollar — mit dieser Aufzählung könnte ich den ganzen Tag weitermachen.

„Leider sind mir die Hände gebunden. Er ist der Gefangene des Gouverneurs und nur er allein bestimmt, was mit ihm geschieht. Ihr selbst habt es so gewollt, als euer Ermittler diesen Mann bei seinen Ermittlungen identifizierte."

Echtes Bedauern klang natürlich anders, aber Hassan gab sich keine Mühe mehr, seine Schadenfreude zu verheimlichen. Er genoss die Ohnmacht in den grauen Augen seines Gegenübers. Wenn er jetzt könnte, würde er ihm am liebsten ein Messer durch sein Auge rammen.

Zum wiederholten Mal vibrierte sein Telefon in der Tasche, aber er hatte jetzt keine Zeit dafür. Dieses Gespräch war viel interessanter.

„Vielleicht müssen wir den Gouverneur nicht mit diesem kleinen Problem belästigen und können es unter uns regeln. Wir wären natürlich bereit, im Austausch für deine Unterstützung in dieser Sache, hochwertiges Material zu liefern. Alles, was ihr braucht: Waffen, Munition, Funkgeräte, Fahrzeuge oder entsprechende Barmittel in amerikanischen Dollar", versuchte William Goldsby es.

Hassan setzte sein strahlendes Lächeln auf, um seinen Ärger zu überdecken. *Denkt er, dass er uns alle kaufen kann? Wenn er bereit ist, für ein einziges Gespräch so viel auszugeben, dann war dieser Mann ihnen wohl wichtiger, als sie zugeben. Aber warum?*

„Ich verstehe euer Problem und versuche zu helfen, wo ich kann, aber ich werde nicht gegen den direkten Befehl des Gouverneurs handeln. Er hat euch über euren Ermittler einen Zugang zu dem Gefangenen ermöglicht. Vielleicht solltet ihr diesen Weg nutzen."

Das Dumme ist nur, dass er schon bald nicht mehr klar denken können wird, bei dem Cocktail, der ihm gerade verabreicht wird, dachte Goldsby sich. Ihnen blieb nicht viel Zeit, bevor sein Gehirn unter dem Einfluss der Medikamente endgültig seine Arbeit einstellte und der Mann nur noch ein großer, sabbernder Brocken war. Sie mussten so schnell wie möglich ihn verhören.

„Ja, natürlich, der Engländer pflegt ihn gerade, damit er alle Fragen des Gouverneurs beantworten kann. Aber womöglich verfügt der Gefangene über Informationen, die auch für uns wichtig sein könnten."

Als er diesen letzten Satz sagte, wusste William Goldsby, dass er zu viel preisgegeben hatte, aber irgendetwas musste er diesem unverschämten Kerl geben, sonst würden sie bis heute Abend noch hier sitzen.

Natürlich war Hassan die Bedeutung der letzten Worte nicht entgangen und jetzt war auch seine Neugier erwacht. Was verschwieg ihm dieser schmierige Kerl und warum war dieser Gefangene plötzlich so wichtig für sie? Seine Entscheidung stand längst fest, aber er befand sich gerade in der Position des Stärkeren und wenigstens in den letzten Tagen seines Lebens wollte er das große Spiel das Täuschens mitspielen.

„Helikopter", sagte er leise und beobachtete unschuldig die Reaktion von William Goldsby — es hatte sich gelohnt. Für einen winzigen

Augenblick schien die Iris in seinen Augen zu explodieren, dann atmete Goldsby geräuschvoll aus.

Der Kerl ist ein Psychopath, der ist irre und ich bringe ihn persönlich um, schwor er sich und krallte Hand in die weiche Rücklehne seines Sessels.

„Jaaa. So einfach ist es nicht, einen Helikopter hierher zu bringen, aber grundsätzlich sind wir bereit, dir diesen Wunsch zu erfüllen", begann William und versuchte, seine Verärgerung nicht in seine Tonlage hineinzubringen.

Im selben Augenblick wusste er bereits, wie er diesen widerlichen Typen töten würde.

Ich besorge dir einen Helikopter und wir werden gemeinsam einen Flug unternehmen. Dann werden wir sehen, ob du fliegen kannst. Es wird der schönste Tag meines Lebens und ich werde diesen Flug persönlich filmen.

Die Veränderungen im Gesicht seines Gegenübers waren Hassan nicht entgangen und er wusste jetzt, wann sein Todestag kommen würde.

„Zwanzigtausend sofort und weiter fünfzig nach dem Gespräch. Ihr dürft den Mann noch heute besuchen, aber nur einmal und ich will ihn lebend wiederhaben", übersetzte der Dolmetscher seine letzten Worte.

Nur mit äußerster Kraftanstrengung gelang es William Goldsby, ohne zu explodieren die letzten zehn Minuten ihrer Unterredung zu überstehen. Wortlos stieg er in sein wartendes Fahrzeug und befahl dem Fahrer: „Ich möchte mir das verbrannte Camp ansehen."

Er brauchte jetzt Ruhe und etwas Zeit für sich, um nachzudenken und einfach mal kurz die Augen zu schließen. Langsam machte sich die Anspannung bemerkbar, aber der Zug war nicht mehr aufzuhalten. Die letzten Monate der Vorbereitungen waren nicht spurlos an ihm vorbei gegangen. Je näher sie dem großen Finale kamen, umso unverschämter wurden die Forderungen und die Ansprüche ihrer „Partner". Sie mussten jetzt Ruhe bewahren, um das Geschäft nicht zu gefährden. Ihnen fehlten eigentlich nur noch die Unterschriften auf dem Vertrag und dann konnte er sich von dem Geld eine eigene Insel irgendwo in der Karibik kaufen.

Er entspannte sich in seinem Sitz und dann fiel ihm wieder ein, dass sein Handy vorhin vibriert hatte. Er fluchte leise, als er die Nummer von Jack Lebermann sah.

„Willam …", meldete sich Jack. Eine Spur der Ungeduld drang selbst tausende Kilometer weit durch das Telefon. „Leider habe ich wenig Zeit, aber die Auswertung der Daten aus Deutschland ist gekommen und ich wollte dich darüber informieren, da sie deinen Bereich betrifft. Dieser

Sicherheitsleck in der Schweiz – der Auftrag wurde über einen südafrikanischen Mittelsmann an eine Sicherheitsfirma in Großbritannien vergeben und die Briten haben diesen Schnüffler aus Deutschland beauftragt. Der Mann ist spezialisiert auf anspruchsvolle Aufträge, ausschließlich Industrie und prominente Kundschaft. Es hat eine Weile gedauert, aber wir konnten die Festplatten aus der Wohnung seiner Tochter entschlüsseln und wissen jetzt, wer der eigentliche Auftraggeber ist." Jack machte eine Pause und zog die Spannung bis zum Äußersten. „Es ist unser alter Bekannter und der zukünftige Präsident."

Goldsby glaubte, sich verhört zu haben und fragte ungläubig: „Melai?"

„Ist dir bei der ganzen Sache mal aufgefallen, dass wir immer einen Schritt zu spät sind?"

„Ja. Ich hatte mir darüber schon Gedanken gemacht, aber niemals wäre ich darauf gekommen, dass die Lösung des Rätsels die ganze Zeit vor unseren Augen liegt. Aber warum? Wir haben ihm die Möglichkeiten aufgezeigt und den Weg geebnet. Er hat alles von uns bekommen: das verfluchte Geld, Waffen und Macht."

„Es ist vermutlich ganz einfach: nach viel kommt mehr und nach mehr noch mehr. Ich schließe mich selbst davon nicht aus. Aber die ganze Angelegenheit gibt mir doch zu denken. Es ist nicht das erste Mal, dass so etwas passiert und wird auch nicht das letzte Mal sein. Verrat gehört zu unserem Geschäft. Ich muss aber zugeben, der verdammte Kerl hat es clever angestellt. Wir sind nur über eine E-Mail an den eigentlichen Auftraggeber aus der Schweiz gekommen. Es ist sein Mittelsmann, der seine Konten verwaltet, du kennst ihn selbst von unseren Treffen. Ich vermute, dass Melai, nachdem er Präsident mit unserer Hilfe geworden ist das Geschäft selbst durchziehen will. Den offenen Bruch kann er sich im Moment nicht leisten, da er von unserer Unterstützung abhängig ist. Aber mit solchen Aktionen schwächt er unsere Position erheblich."

William Goldsby ließ sich die Sätze durch den Kopf gehen und überlegte.

„In gewisser Weise ergibt jetzt alles einen Sinn. Eigentlich begannen die Störungen schon vor der Unterzeichnung unseres Vertrages in der Schweiz. Als erstes war die ganze Sache an die Presse durchgesickert, anschließend begann die Steuerbehörde zu ermitteln und seitdem werden uns permanent irgendwelche Stolpersteine in den Weg gelegt. Nichts Gravierendes, aber immer so, dass wir jedes Mal aus dem Gleichgewicht kamen. Allein wenn ich an die letzten Tage denke, kam ich da kaum zu unserem eigentlichen Kerngeschäft und hatte schon Selbstzweifel."

„Gut. Jetzt wissen wir zumindest, wer hinter den Attacken steckt und können entsprechend reagieren. Eigentlich wollte ich den Botschafter Whitaker zu den Fischen schicken, aber so wie es aussieht, könnte er uns doch noch behilflich sein, falls wir kurzfristig einen anderen Partner brauchen. Wie geht es bei dir voran?", fragte Jack unschuldig. Dabei hatte er gerade zwei Männer zum Tode verurteilt.

„Dank deiner Information verstehe ich jetzt endlich die Zusammenhänge. In zwei Tagen beginnen wir mit der Verlegung unserer Verstärkung, leider ist nach dem Brand in einem unserer Außenlager die Aufnahmekapazität geschrumpft, aber ich werde Zelte aufbauen lassen und dann müssen unsere Jungs eben eine Woche ohne den Strom auskommen. Die Aufträge sind so weit verteilt und wir warten nur noch, dass das Unternehmen auf der politischen Ebene abgesegnet wird. Ich komme gerade von den Verhandlungen mit unserem speziellen Freund. Das wird uns zunächst eine Stange Geld kosten, aber ich habe endlich die Erlaubnis, den Gefangenen zu befragen. Wir haben schon vorgearbeitet und mithilfe unserer Medizin wird er uns alles preisgeben."

„Denke an meine Worte und überlege – wer profitiert am meisten bei diesem Geschäft und warum will der Gouverneur unbedingt persönlich diesen Gefangenen verhören? Egal, was es kostet. Wir brauchen seine Angaben, ich will diesen Mistkerl endlich festnageln. Du hast doch vor einigen Tagen erwähnt, dass die beiden Deutschen nicht überrascht wirkten und sehr abgeklärt waren. Ohne dass ich weitere Einzelheiten weiß, finde ich die Art und Weise, wie sie uns ständig entkommen und dass der örtliche Geheimdienst angeblich im Dunkeln tappt, schon seltsam!"

„Jack, ich wusste schon immer, dass du ein genialer Stratege bist, aber dass du auch noch durch die Zeit reisen kannst", erlaubte sich William einen Scherz und vernahm das heisere Lachen am anderen Ende. „Da ist noch eine Sache, um die ich die bitten muss." Sofort erstarb das Lachen von Jack Lebermann.

„Ich brauche einen Hubschrauber."

Am anderen Ende der Leitung herrschte eine gespannte Stille, ehe Jack sich wieder meldete.

„Du willst doch nicht wieder die Flugnummer abziehen?!", fragte er heiter.

„Er besteht selbst darauf!"

„Sehr gut. Vielleicht zeigst du ihm deine berühmte Flugschule."

„Ich wollte mir zunächst deine Zustimmung einholen. Das OK des Gouverneurs habe ich bereits bekommen."

„Die bekommst du selbstverständlich auch von mir und ich bestehe auf die Bagdad-Pirouette. So hoch wie möglich."

„Es wird wunderbar und Hassan wird diesen Flug sogar einige Sekunden bis zum Aufprall live genießen können."

KAPITEL 9

Die ersten Tage der Ungewissheit waren die schlimmsten in seinem bisherigen Leben. In der Nacht wachte Tom Seeger schweißgebadet auf und seine Gedanken kreisten immer wieder um die Ereignisse der letzten Tage. Stand er vor den Scherben seiner Karriere? War es bereits vorbei mit seiner politischen Zukunft? Er wusste genau, worauf er sich eingelassen hatte, als er Jack Lebermann in sein Unternehmen holte. Der Mann war eine Legende in den Geheimdienstkreisen und ihm eilte ein gewisser Ruf voraus. Er war ein Mann ein Hardliner, ein Mann der alten Schule, der gerne eigene Wege ging. Eine Zeit lang schienen die Warnungen über nichts als üble Gerüchte zu sein. Die neue Abteilung, die für die nachrichtendienstliche Tätigkeit in seinem Unternehmen verantwortlich war, arbeitete unglaublich effizient und das war auch der Verdienst von Jack Lebermann. Mit seiner Erfahrung, seinen Verbindungen und seinem Gespür für das Geschäft wurden sie nicht nur in Amerika die Nummer eins, sondern avancierten zum erfolgreichsten Sicherheitsunternehmen weltweit. Heute wusste Tom, dass dieser Erfolg seinen Preis hatte. Jetzt war ihm nicht nur das verdammte FBI auf der Spur, sondern auch noch die Regierung und das könnte sehr bitter enden. *Wenn die ganze Sache irgendwann publik wird, dann zerreißt mich nicht nur die Presse und wenn sie uns die Aufträge entziehen, dann springen auch die Investoren ab. Das ist das Ende...*

Die Konkurrenz in diesem Geschäft war brutal und jeder lauerte auf den kleinsten Fehler. *Ich hätte in dieser verfluchten Tora-Bora-Festung im tiefsten Afghanistan bleiben und in einem kleinen Bretterverschlag Rosen züchten sollen, anstatt hier so einen Zirkus in der Weltpolitik zu veranstalten.*

Nein! Es war ein langer, steiniger Weg, er hat viel erreicht und das durfte er nicht aufs Spiel setzen. Die einfachste Lösung war: alle Ämter und seinen Sitz im Vorstand niederlegen, alle seine Anteile verkaufen und irgendwo auf dieser Welt die restlichen fünfzig Jahre im Luxus leben. Doch schon als Soldat hatte er Pläne für seine Zukunft geschmiedet und alles auf diesen Erfolg ausgerichtet. Nie stehen zu bleiben, immer auf der Suche nach einer Idee, nach einem neuen Geschäft. Jetzt, auf dem Höhepunkt seiner Karriere als erfolgreicher Unternehmer, sah er seine Zukunft im Kapitol. Wie konnte Jack ihn nur so hintergehen?

Dieser Erkenntnis waren seine Nachforschungen im Archiv seines Unternehmens vorausgegangen. Er hielt sich penibel an seine Absprachen mit den Bundesagenten. Einen einfachen Ermittler hätte er vielleicht stehen lassen und ihm seine Anwälte aufgehalst, aber wenn ein Justizminister ihn persönlich aufsuchte, dann war die Sache ziemlich ernst. Gerade fühlte er sich von zwei Seiten überwacht und musste sich etwas einfallen lassen. Er war gezwungen in seinem eigenen Unternehmen durch Lügen und Missbrauch seiner Stellung den Zugang zum Archiv zu verschaffen, um ein eigenes Bild von dem Ausmaß dieser Affäre zu bekommen. In den grauen bis zur Decke reichenden Regalen, die die riesige Halle füllten, wurden in braunen Kartons Unterlagen, Rechnungen und Anweisungen der Firma gelagert.

Statistik und Verwaltung waren eindeutig seine Schwäche, aber Tom grenzte seine Suche auf die Zeit ein, seitdem Jack Lebermann mit dem Aufbau seiner Abteilung im Unternehmen beauftragt wurde. Um die ersten Unstimmigkeiten zu finden, brauchte er keine zwei Stunden und je länger er suchte, umso mehr tat sich das bodenlose Loch unter ihm auf.

Gestoßen war Tom zunächst nur auf Papierkram und Rechnungen — sehr viele Rechnungen. Auffällig daran war, dass es sich meist um Baumaßnahmen handelte: elektrische Leitungen, Server, Klimaanlagen und Brandschutz. *Gut*, sagte er sich, *das Unternehmen brauchte eben neues Equipment.* Aber ihm fiel leider nicht ein, welche größere Baumaßnahme hier in der letzten Zeit durchgeführt wurde. Doch sämtliche Abrechnungen dafür wurden direkt von der neuen Abteilung beglichen, die Jack unterstand. Das machte Tom neugierig, denn alle Abrechnungen und Abstimmungen zu Baumaßnahmen liefen eigentlich über ihre Finanzverwaltung.

Später fand er eine Rechnung über eine große Lieferung von Waffen und Material aus den Altbeständen der US Army an die Garde des Scheichs von Katar. Das machte ihn stutzig, denn er kannte den Herrscher persönlich und dieser würde für seine eigenen Elitesoldaten niemals alte Ausrüstung kaufen. Ähnliche Rechnungen fand er aus der Türkei, Jemen und Albanien. Alle diese Länder hatten einen direkten Zugang zum Meer, dazu brauchte er die Weltkarte nicht zu studieren. Das nächste Problem tauchte auf, als er merkte, dass sämtliche Geldeingänge aus diesen Transfers nirgendwo in den Bilanzen des Unternehmens verbucht waren. Wohin verschwand das ganze Geld und mit welchen Mitteln bezahlte Jack Lebermann diese Geschäfte?

Ein ungutes Gefühl beschlich ihn, aber es war noch kein eindeutiger Beweis für die erhobenen Anschuldigungen, die das FBI ihnen machte. Er stolperte über eine weitere Rechnung, diesmal ging es um eine Flugzeugwartung - Triebwerke für eine CH 130, einen mittleren Truppen- und Materialtransporter. Eigentlich besaß sein Unternehmen keine Flugzeuge, nur acht kleine Helikopter, die zurzeit in Irak und im Mittleren Osten stationiert waren. Sämtliche Transporte seines Unternehmens wurden durch private Unternehmen abgewickelt, die für ihre Schäden und Ausfälle selbst hafteten. Auf der Rechnung war seltsamerweise sein Unternehmen als Eigentümer verzeichnet.

Unterschrieben war die Rechnung von William Goldsby, einem engen Mitarbeiter von Jack Lebermann. Das war aber auch die erste Rechnung, die eine leserliche Unterschrift trug. Ohne vorherige Legitimation würde kein Unternehmen ein unleserlich unterschriebenes Dokument ohne einen juristischen Namen akzeptieren. Das führte Tom wieder zu der Erkenntnis, dass diese Geschäftspartner sich kennen mussten.

Eine Stunde später schlich er sich in ein kleines Büro seiner Zentrale und wählte die Nummer, die auf der Rechnung stand.

„Hi, William Goldsby hier. Ich sitze gerade an unserer Abrechnung und sehe nur noch verwirrende Zahlen vor mir, aber vielleicht können sie mir weiterhelfen."

„Um welche Rechnung handelt es sich?" Meldete sich eine weibliche Stimme am anderen Ende.

„Eine Sekunde bitte, ich rufe unser Kundenverzeichnis auf" und Tom hörte das Klappern der Tastatur. „So, ich bin so weit, wie kann ich Ihnen helfen?"

„Ich habe eine alte Rechnung gefunden und kann sie nirgendwo zuordnen." Tom las die Rechnungsnummer vor. Wieder hörte er das Klappern.

„Der Vorgang ist wirklich alt. In der Zwischenzeit haben wir zwei weitere Wartungen durchgeführt und laut unserer Dokumentation wurden die Rechnungen bereits alle beglichen."

In seinem Kopf erschien eine Zahl — drei Jahre?! *Seit drei Jahren leisten wir uns eine Frachtmaschine?*

Laut sagte er: „Gut. Vielen Dank für Ihre Hilfe, dann kann ich endlich diese Akte schließen."

Gerade wollte er sich von der netten Stimme verabschieden, als sie sagte: „Brauchen Sie vielleicht die anderen Rechnungen auch?"

„Welche meinen Sie?"

Die Frau lachte kurz auf. „Na die für die anderen Charter-Maschinen natürlich."

Fast hätte Tom sich vor Überraschung auf die Zunge gebissen. Welche Charter-Maschinen? Warum weiß der Vorstand nichts davon?

„Ja. Natürlich schicken sie alle rüber. Wir wachsen so schnell, da kommen wir in der Verwaltung kaum hinterher. So langsam verliert man den Überblick", scherzte er benommen.

Er musste erst verdauen, was er eben erfahren hatte, doch so langsam dämmerte ihm, welche Ausmaße die Unternehmungen von Mister

Lebermann in Namen seines Unternehmens angenommen haben. Selbst wenn hier nur ein Teil der Dokumente lagerte, ihr Inhalt war toxisch. Was hatte er nur vor? Jack arbeitete nicht mehr am Rande der Legalität, nein, er hatte sich unter dem Deckmantel seiner Spionageabteilung ein eigenes Unternehmen geschaffen und er war in Unternehmungen involviert, für die ihn jeder Bundesrichter trotz seiner Verdienste für sein Land für Jahre hinter Gitter bringen könnte. Das gefährliche dabei war, dass er sie alle mit reingezogen hatte.

Auf seinem Weg nach draußen blieb Tom fassungslos mitten im Flur stehen und ging das Gespräch noch einmal durch. Es war unglaublich, er hatte jetzt nicht nur die Bundespolizei, sondern auch noch die Steuerfahndung am Hals. Schwarzgeld, verdeckte Konten, Flugzeuge, von denen bis zum heutigen Tag keiner etwas wusste, und wer weiß, was noch. Es ging nicht mehr um Unterstützungsleistungen für die Truppen und die Erschließung neuer Geschäftsfelder. Was führte dieser Mann im Schilde und wie konnte es überhaupt so weit kommen? *Die Fragen werden irgendwann an mich gerichtet, denn ich habe ihn angestellt. Bleib ruhig und überlege*, rief er sich zur Ordnung.

Sein Telefon meldete sich in der Tasche. Als er das Handy des FBI herausnahm, sah er die unterdrückte Nummer.

Wenn man vom Teufel spricht.

„Ja bitte", meldete er sich verstimmt.

„Wir müssen uns treffen. Sofort", sagte die ihm bekannte Stimme, die dem Agenten gehörte.

„Sagen Sie mir wann und wo."

„Starbucks. Zwei Blocks entfernt, in zehn Minuten."

„Ich bin unterwegs."

Vielleicht sollte ich doch alles verkaufen und flüchten ... Nein! Ich habe dieses Unternehmen aufgebaut und werde es nicht mehr hergeben!

Fünfzehn Minuten später stand Tom Seeger in der Schlange und tat so, als ob er sich einen Kaffee aussuchte.

Hinterer Tisch. Links.

Er nahm seinen Kaffee und einen Donut und schlenderte zu dem angegebenen Treffpunkt. Auf dem Weg zu seinem Tisch sah er sich unauffällig um und konnte mindestens vier Bundesagenten ausmachen. Vielleicht gehörte sogar noch das eine Pärchen dazu, so wie die Frau ihn musterte.

Der FBI Agent trug heute ein legeres Polohemd und eine helle Hose.

„Ich sehe, Sie haben schon einen Kaffee", sagte er zur Begrüßung und ein lässiges Lächeln erschien auf seinen Lippen, als er Tom musterte. „Die Situation hat sich leider unerwartet verändert und so bitte ich für das kurzfristige Treffen um Entschuldigung", fing der Polizist zu Toms Überraschung an.

„Auf einen unserer Informanten wurden mehrere Anschläge verübt. Dank ihm sind wir im Besitz umfangreicher Dokumente, die nicht nur die Sicherheit unseres Landes gefährden, sondern zu internationalen Verwicklungen führen können. Gestern wurde seine Tochter auf einem Parkplatz getötet. Meine Frage an Sie: Möchten Sie diesem Treiben von Jack lebermann noch länger zusehen oder wollen Sie endlich mit uns zusammenarbeiten?"

Noch vor einigen Tagen ahnte Tom nichts von diesen Aktivitäten in seinem Unternehmen, also was konnte er ihnen schon bieten?

„Ich habe mich bereit erklärt, mit Ihnen zusammen zu arbeiten und das werde ich auch tun, aber ich kann Ihnen zu diesen Vorgängen nichts sagen. Vorhin war ich in unserem Hauptarchiv und habe versucht, mir selbst ein Bild davon zu machen, um was es überhaupt geht."

Dann erzählte Tom dem FBI Agenten von den Rechnungen und dem seltsamen Telefonat. Seine eigenen Überlegungen behielt er aber vorerst für sich, um nicht noch mehr in diesem Sumpf zu versinken.

Schweigend hörte ihm der leitende Ermittler zu.

„Sie haben sich einen ehemaligen Geheimagenten ins Haus geholt. Was denken Sie, was er mit seinem Wissen alles anstellen kann? Dass es sich um ein Unternehmen innerhalb Ihres Unternehmens handelt, das wissen wir bereits. Auch von den Flugzeugen und ihrer Fracht…"

„Was für eine Fracht?", unterbrach Tom Seeger ihn.

„Na, was denken Sie, was für eine Fracht aus Afghanistan nach Europa und zu uns kommt?"

Jetzt traf ihn endlich die Erkenntnis.

„Die Häfen … Sie bringen das Opium zu den Häfen."

„Sie haben es erfasst. Ihre Mitarbeiter sind mit diesen Geschäften aufgewachsen. Es begann damals in Vietnam, als die CIA ihre verdeckten Operationen mit den Drogengeldern finanzierte. Lebermann hat das Geschäft perfektioniert und arbeitet jetzt auf eigene Rechnung. Was wir jetzt brauchen, ist eine Ablenkung … Beschäftigen Sie Ihren Mann. Geben Sie ihm einen neuen Auftrag und schicken Sie ihn durch die Welt."

„Er leitet gerade eine verdeckte Operation", stellte Tom lapidar fest.

Sein Gegenüber maß ihn mit einem Blick, schätzte ab, wie viel er ihm anvertrauen konnte, dann lächelte er und erwiderte: „Sie waren ein guter Soldat und kennen sich mit Taktik aus. Ich werde Ihnen nichts vormachen. Wir vermissen zwei Männer in Afghanistan, die von entscheidender Bedeutung für unsere Operation sind." Mehr sagte der Mann nicht, aber er schaute ihn prüfend an.

„Wir haben auch vor kurzem zwei Männer in Kandahar verloren. Ihre Leichen wurden nach Europa überstellt und ihren Familien übergeben", sagte Tom und dann machte es „Klick" bei ihm.

Eine Weile schlürften sie schweigend ihren Kaffee, bis der FBI Mann fragte: „Hatten Sie zufällig gestern einen Systemausfall in Ihrem Unternehmen?"

„Nein. Jede Störung unseres Netzwerkes oder Verlust sensibler Daten muss sofort an die Führungsebene gemeldet werden."

„Dann machen Sie sich vielleicht mal Gedanken über die Rechnungen, die Sie vorhin erwähnten. Klimaanlagen, Brandschutz, Server und die hohen Stromkosten. Wenn diese Anlagen nicht bei Ihnen in der Firma stehen — an welchem Ort befinden sie sich dann und wer nutzt diese Anlagen?"

Verständnislos blickte Tom ihn an, erhob sich langsam und verließ, ohne sich zu verabschieden, das Café.

Sein Kopf arbeitete auf Hochtouren. Die gute Nachricht aus dieser Unterhaltung war, dass sie ihn nicht länger verdächtigten, sonst würden sie ihm diese Informationen nicht preisgeben. Sie waren jetzt auf seine Mitarbeit angewiesen. Die schlechte Nachricht war, dass das Ausmaß der Unterwanderung seines Unternehmens ungeahnte Folgen mit sich zog und er hatte jetzt schon Angst davor, was noch alles ans Tageslicht kommen würde. Es spielte keine Rolle mehr, dass die Geschichte irgendwann in der Presse auftauchen würde, vielmehr galt es jetzt, seine eigene Haut zu retten und sich zum Opfer zu stilisieren.

KAPITEL 10

Whity schaute müde auf die an ihm schnell vorbeiziehende Landschaft. Mit zwei Teams folgten sie den beiden schwarzen Busen in etwa drei Kilometer Entfernung. Sie verfolgten die Männer, die Mia ermordet hatten. Eine Welle von Trauer und Wut überkam ihn und so ging es vermutlich den meisten in seinem Team. Noch vor einigen Tagen hatten sie alle gemeinsam im Garten gefeiert, nach diesem schrecklichen Tag in Leipzig.

Mia war diese Unstimmigkeit bei der Obduktion in Afghanistan aufgefallen und hatte erste Zweifel an dem Tod ihrer Freunde geäußert. Der DNA-Abgleich bestätigte ihre Vermutung und somit lebte die Hoffnung, dass Mitch und Becks immer noch am Leben waren, wieder auf. Gerade mochte er nicht darüber nachdenken, was passieren würde, wenn Mitch von ihrem Tod erfuhr. Dass es eines Tages einen von ihnen erwischen könnte, damit lebte ihre kleine Gemeinschaft jeden Tag. Jeder von ihnen hatte ein Testament und eine Patientenverfügung mit einem persönlichen Brief an die Familie hinterlegt. Aber dass es jemanden aus der eigenen Familie treffen könnte, darauf waren sie nicht vorbereitet. Das durfte einfach nicht sein.

Seit der Nacht, als die Mörder den Einbruch in die für sie speziell präparierte Wohnung von Günther begannen, wurden sie überwacht. Der Zugriff auf die Täter wurde von ihrer Führung immer wieder verschoben, der Direktor hatte ihnen keine offizielle Freigabe erteilt. Im Hintergrund glühten die Drähte auf den entsprechenden Ebenen, um diese Überwachung überhaupt zu ermöglichen. Auch wenn sie sich im vereinten Europa bewegten, so bestand jedes Land auf seine Souveränität zu entscheiden, wer, wann und wo eine Waffe oder ein Funkgerät benutzen durfte. Eigentlich brauchten die Bürokraten Wochen für solche Genehmigungsverfahren, aber die Zeit hatten sie nicht und so nutzte ihr ehemaliger Chef seine Kontakte, um diese Entscheidungen so schnell wie möglich zu erwirken. Sie befanden sich gerade in Österreich, auf der E60 in der Nähe von Wien, und die Route führte sie, wenn ihn nicht alles täuschte, in Richtung der ungarischen Grenze. Ein Team der österreichischen Spezialeinheit „Cobra" wartete abgesetzt in zwei Hubschraubern zur Unterstützung.

Fisch, der große Blonde, führte diesen Einsatz aus einem abgeschirmten Bunker unweit von Berlin. Keiner würde diese Anlage von außen als eine geheime Einrichtung identifizieren. Eine einzige, holprige Zufahrt führte auf einen Hügel zu, der wie das gesamte Gelände mit Nachtsicht und Wärmebildkameras gesichert und überwacht wurde. Die große Blechhalle, unter welcher sich die Anlage befand, wurde zur Tarnung als

Schrottplatz benutzt. Von Zeit zu Zeit wurden hier alte Fahrzeuge abgestellt, um die Legende dieser Anlage zu erhalten. Tief unter der Erde befand sich das Herzstück — die Kommandozentrale. Vor hier aus wurden ihre Einsätze über Satelliten per Livestream überwacht und koordiniert. In einem abgedunkelten Raum lief die Liveübertragung der Überwachung auf einem großen Bildschirm. Zwei schwarze Busse im Abstand von fünfzig Meter spulten Kilometer für Kilometer auf, verfolgt von einem unsichtbaren Auge aus dem Weltall.

Die Busse machten nur Pause, um aufzutanken. Selten verließ einer der Insassen die Fahrzeuge und wenn, dann immer zu zweit. Seit dem Beginn der Überwachung wussten sie, dass es insgesamt neun Männer waren, aber sie konnten bislang nur acht von ihnen identifizieren. Einer von ihnen war bei dem Angriff auf Mia schwer verletzt worden. In den Müllresten, die sie untersucht hatten, wurden blutgetränkte Verbände gefunden und das Blut stimmte mit dem vom Tatort überein. Das Seltsame war, dass weder von außerhalb noch innerhalb der beiden Busse irgendeine Form von Kommunikation stattfand. Das konnte nur bedeuten, dass diese ihr Endziel bereits kannten und dieser Einsatz nach Plan lief. Es gab nur einen einzigen Datentransfer, direkt nach dem Einbruch in die Wohnung, bei dem sie die gestohlenen Daten an ihren Auftraggeber schickten. Seitdem waren ihre IT-Spezialisten gemeinsam mit einer Einheit des FBI an diesem Fall dran, um die Spur der Daten zu verfolgen.

Fisch verfolgte die Überwachungsbilder auf der großen Leinwand. Natürlich würde er jetzt lieber in einem der Fahrzeuge sitzen und die Täter verfolgen, aber der Direktor hatte eigene Pläne. Dem vorausgegangen war ein Gespräch unter vier Augen und ein kurzer, heftiger Schlagabtausch zwischen der jetzigen Leiterin des Amtes und ihrem Vorgänger, der jetzt eigentlich die Geheimdienste im Kanzleramt koordinierte. Sie fühlte sich übergangen und wollte die Führung für diesen Einsatz beim Amt für Unterstützung und Kommunikation behalten, aber es gab eine eindeutige Weisung aus dem Kanzleramt und so waren die Kompetenzen schnell geklärt. Der Direktor brauchte ihn hier, um der Kanzlerin direkt über die neuesten Entwicklungen zu berichten. Immer noch erstaunte ihn der Umfang dieser Operation. Selbst das FBI hatte jetzt seine Handynummer und ohne Umwege erhielt er alle Informationen, die er brauchte, direkt aus Amerika. Umgekehrt informierte er die Amerikaner über aktuelle Lageentwicklungen. Jetzt hieß es noch warten.

Die Fahrzeuge bewegten sich immer weiter in Richtung der österreichisch-ungarischen Grenze. Das würde sie vor neue behördliche Probleme stellen, sollten sie auch diese Grenze überqueren müssen. Genehmigungen, Fragen und Zeit — die hatten sie nicht hatten. Umso größer der Kreis derjenigen war, der von diesem Einsatz wusste, desto größer war die Gefahr, dass diese Informationen irgendwann durchsickern würden und das musste man unter allen Umständen verhindern. Nach einer kurzen Einweisung durch den Direktor konnte sich Fisch die Ausmaße dieser Operation ungefähr vorstellen. Sie hatten den Teil mit der organisierten Kriminalität ganz an die Amerikaner abgegeben und konzentrierten sich ausschließlich auf die Fahrzeuge und die Männer, die sich in Europa befanden. Vordergründig mussten zunächst die Hintermänner dieses Auftrages identifiziert werden und dann waren ihre Handlanger dran. Günther hatte ihnen eine falsche Spur gelegt aber sie haben den Köder noch nicht geschluckt. Anschließend galt es, ihre beiden vermissten Freunde in Afghanistan zu finden. Das mussten sie auf ihrer Prioritätenliste jedoch erst einmal nach hinten schieben und so vermutete Fisch, dass es noch einen anderen Vorgang gab, über den gerade keiner reden wollte.

Überhaupt war diese Afghanistan Sache sehr mysteriös. Eigentlich bereiteten sie sich gemeinsam im Team auf ihre Einsätze vor, um sich voll auf ihren Auftrag zu konzentrieren, aber die beiden verschwanden einfach vor drei Monaten und seitdem wusste keiner etwas von ihnen. Erst mit der Nachricht über ihren Tod waren verschiedene Gerüchte und Spekulationen hochgekocht. Zum Glück wurde ihr Tod nicht bestätigt, aber sie galten immer noch als vermisst. Afghanistan und Kandahar, das war alles, was ihm der Direktor dazu sagte. Er bat ihn, selbst diese kleine „Information" vertraulich zu behandeln. Es gab sicherlich einen Zusammenhang mit den Ereignissen in Berlin und wenn keiner darüber reden wollte, dann war bestimmt Politik daran beteiligt.

Das Telefon an seinem Platz klingelte. Hier unten hatten sie nur gesicherte Satellitenverbindungen und Festnetztelefone, um eine Peilung ihres Standortes oder das Abhören eines Funktelefons zu unterbinden. Diese lagen in einem abgeschirmten Schrank außerhalb ihrer Einsatzzentrale.

„FBI. Mein Name ist Jeffrey Logan. Ich bin dein Verbindungsmann", meldete sich eine angenehme Stimme am anderen Ende der Leitung auf Englisch.

Zögerlich schielte Fisch in Richtung der Kamera, die an der Decke hing.

Der Direktor überwacht mich hier bestimmt.

Eine halbe Stunde später war das Telefonat beendet. Jetzt wusste er, dass Jeffrey bereits seit einiger Zeit mit Mitch zusammenarbeitete und die Situation gestaltete sich so, wie er es bereits vermutete. Es gab tatsächlich einen Zusammenhang zwischen dem Auftrag der beiden Freunde, den Anschlag auf Günther und Mias Tod. Die kleinen Puzzleteile fügten sich langsam zusammen und wie auch immer die beiden Jungs in diese Sache hineingeraten waren, ein Wespennest glich dagegen einem Kuraufenthalt.

Jeffrey bestätigte ihm, dass die Männer in den Bussen Angehörige der privaten Sicherheitsfirma „*Thunder*" waren und normalerweise im Oman stationiert sind. Es handelte sich um ehemalige CIA-Agenten, die jetzt auf eigene Rechnung arbeiteten. Das FBI konnte die meisten von ihnen anhand der Überwachungsbilder identifizieren und ihr Bewegungsprofil erstellen. Das große Geheimnis ihrer Kommunikation wurde auch gelöst: Sie erhielten ihre Anweisungen direkt über ein Satellitentelefon.

Eine neue Route erschien auf der Leinwand vor ihm und sie zeigte nach den neuen Zieleingaben in Richtung Westen.

„Whity, hör zu, unsere Busse werden an dem nächsten Autobahnkreuz ihre Richtung ändern. Wir werden die Österreicher abziehen und die Sache selbst übernehmen. Wir haben ein neues Ziel in der Schweiz", sagte Fisch in sein Telefon und wartete auf die Übertragung der neuen Stecke. „Ursprünglich planten sie, von Ungarn aus mit einer Charter-Maschine in den Oman zu fliegen. Aber jemand aus Washington hat diese Reisepläne kurzfristig geändert. Sie haben angebissen", fügte er hinzu.

„Eigentlich ist es mir egal, wo wir diese Typen kriegen, aber so langsam habe ich Mühe, unsere Jungs noch länger zurückzuhalten", erwiderte ihm Whity bitter.

„Ich habe gerade mit den Amerikanern und mit dem Direktor gesprochen. Wir müssen uns zurückhalten und auf ihren nächsten Schritt warten. Denk daran — nur observieren! So lautet die Anordnung unseres Chefs. Ich werde Doc und Icke nach Zürich schicken, der Bärtige reißt mir sonst noch die Tapete von den Wänden ab oder erschießt irgendjemanden. Sie werden das Zielobjekt in Zürich aufklären und sich dann mit dir in Verbindung setzen."

„Das hören wir schon seit Berlin", brummte Whity.

„Die Daten, die Günther ihnen zugespielt hat, scheinen eine außerordentliche Wirkung zu haben. Es war dieselbe Adresse in Zürich mit der alles begann."

„Das hört sich nicht mehr nach einem Kaffeeplausch an, sondern mehr nach einer Abrechnung. Da will wohl jemand seine Spuren verwischen."

„Ich denke sie wollen sich selbst überzeugen. Wir haben sie auf diese Spur gesetzt und müssen unsere Karten bis zum Schluss ausspielen. Dieser Schweizer ist kein Unbekannter, die Behörden und das Justizministerium haben sich schon früher für seine Tätigkeiten interessiert. Er ist das Verbindungsglied in dieser Ebene und die wollen wir zerreißen. Das FBI hat ihm genug kompromittierendes Material auf seinen Rechner geschickt, damit seine Geschäftspartner an seiner Integrität zweifeln. Seid trotzdem vorsichtig! Das muss für die wie ein Spaziergang aussehen."

„Gut. Ich werde das Team informieren, aber ich kann für nichts garantieren, die Jungs sind stinksauer."

„Hör zu, Whity. Wir haben Mia verloren, aber unsere Freunde sind irgendwo da draußen und brauchen unsere Hilfe, daher werden wir alles tun, um ihnen zu helfen. Ich denke, das wird jeder verstehen und ich will auch keine weiteren Diskussionen darüber führen. Was meinst du, wie ich mich fühle? Am liebsten würde ich diese Drecksschweine selbst platt machen, aber die Sache ist so hoch angehangen, dass sich das Kanzleramt direkt mit Washington über weitere Schritte abstimmt. Außerdem haben die Amis eine undichte Stelle bei sich entdeckt. Darüber wurde der Krankenhausaufenthalt von Günther und das Kennzeichen von Mia abgefragt. Sie haben einen „Schläfer" direkt bei der NSA, der ihnen alle Informationen liefert und die Abfragen über die Behörden macht, daher werden wir unseren Einsatz herunterfahren und in die Schweiz als Privatpersonen einreisen. Nichts Offizielles, sonst fliegen wir auf, wenn der große Behördenkrieg um die Anträge anfängt. Das würde für Aufsehen sorgen und dann könnte uns unsere Observation um die Ohren fliegen. Wir haben uns auch mit dem FBI geeinigt, dass sie diesen „Schläfer" so lange halten, wie der Einsatz läuft, um ihn mit falschen Informationen zu füttern und für unsere Zwecke zu nutzen."

„Gut. Ich gebe es so weiter. Klärst du den Abbruch mit „Cobra?", fragte Whity ihn resigniert.

„Das mache ich."

Eine beschauliche, ruhige Straße, deren Häuser direkt an den Zürichsee angrenzten. Das Wasser war spiegelglatt und die sanften Hügel des gegenüberliegenden Ufers spiegelten sich darin. Irgendwoher hörten sie das Geräusch eines vorbeifahrenden Zuges, dann wurde es wieder ruhig. Doc brauchte nur zehn Minuten in der Gegend, um festzustellen, dass eine längere Observation ohne eine entsprechende Legende hier nahezu unmöglich war. Die meisten Häuser versteckten sich hinter hohen Mauern und alle fremden Fahrzeuge, die eine längere Zeit in einer der Straßen parkten, fielen sofort auf. Sie gehörten einfach nicht hierher, da jedes Haus über mindestens zwei Garagen verfügte und kein anderer sein Auto auf der Straße abgestellt wurde.

„Keine Ahnung, ick würde am liebsten einen Luftballon mieten. Das ist doch eine Mausefalle hier. Jeder, der länger als zehn Sekunden auf der Straße verweilt, wird sofort aufgeschrieben", bemerkte Icke und schaute zu Doc herüber.

Sie waren angezogen wie zwei Jogger und hatten schon sechs Kilometer in den Beinen, während sie die Gegend im Laufschritt erkundeten.

„Dat wird nicht einfach. Wir haben auf die Schnelle keine andere Möglichkeit für eine neue Legende. Zum Glück haben wir noch die Satellitenüberwachung, sonst wüsste ick auch nicht weiter", fuhr er fort.

„Wir schicken unseren Jungs zunächst den Bericht und dann warten wir die Ankunft unserer „Besucher" ab, denn die müssen sich hier ja auch irgendwie zurechtfinden", meinte Doc.

Icke schaute auf. „Was meinst du, was die hier wohl vorhaben?"

„Die Änderung ihrer Route kam sehr überraschend. Vermutlich ist irgendetwas in der Zwischenzeit passiert, sodass sie jetzt einen Abstecher in die Schweiz machen. Wir wissen, wie sie arbeiten bereits aus Berlin und das gleiche werden sie vermutlich auch hier durchziehen. Ick hoffe, wir bekommen unseren Zugriff, sonst muss ich einige von denen ohne Freigabe erschießen", sagte Doc finster.

„Spätestens in vier Stunden wissen wir mehr, aber ich glaube nicht, dass sie uns hier solche Freiheiten erlauben. Offiziell existiert unsere Einheit überhaupt nicht und hier in der Schweiz muss man bestimmt für alles einen Antrag stellen. Unser Chef wird hier nicht die Hosen runterlassen. Andererseits scheint in diesem Fall alles möglich zu sein." Icke holte den Wagenschlüssel aus der Tasche. Sie hatten in einiger Entfernung auf dem Parkplatz von einem Supermarkt geparkt und die Gegend über zwei Stunden lang zu Fuß erkundet.

Kurz vor Zürich fuhren die beiden schwarzen Busse auf einen Parkplatz, wo die Busbesatzungen neu gemischt wurden. Anschließend trennten sich die beiden Fahrzeuge. Das war die denkbar schlechteste Variante, die ihnen passieren konnte.

Doc teilte seine Leute für die Überwachung des ersten Busses ein, der den Parkplatz in Richtung Stadtmitte verließ. Die anderen ließ er den Bus verfolgten, der die Abfahrt in Richtung des Flughafens nahm und in dem sich gerade drei der Attentäter befanden. Nach ihrer Bildauswertung befand sich auch der Verletzte in diesen Wagen. Ihr Auftrag war eindeutig: das Killerkommando sollte unauffällig und möglichst ohne Waffeneinsatz festgenommen werden. Sie planten zunächst die Männer in dem Bus, der zum Flughafen fuhr zu isolieren und anschließend die restliche Crew — aber die Situation war dynamisch.

Whity unterrichtete die Einsatzzentrale über die aktuelle Entwicklung in der Schweiz. Die monotone Müdigkeit der langen Fahrt war der Spannung des bevorstehenden Einsatzes gewichen und sie wussten, dass hier in Zürich etwas Entscheidendes passieren würde. Womöglich musste diese Entwicklung erst von den großen Entscheidern in Washington und Berlin neu bewertet werden. Doch sie verloren bei diesem Hin und Her zu viel Zeit, die Lage vor Ort konnte sich jederzeit ändern und sie mussten die Möglichkeit haben, schnell darauf zu reagieren. Dadurch, dass sie auf die Entscheidungen anderer warten mussten, waren ihnen die Hände gebunden. Das waren sie nicht gewohnt, ihre Teams operierten in der Regel selbständig und hatten immer einen entsprechenden Handlungsspielraum. Dieser Einsatz glich einer Zwangsjacke. Auf einem Feld oder in den Bergen von Afghanistan wird man von den Aufständischen beschossen und man schießt formlos zurück oder nimmt einen Drogenbaron fest — alles ohne langen Verwaltungskram. Gerade jagten sie ein Killerkommando, das einen Mord begangen hatte, doch die Staatsanwaltschaft sprach immer noch von mutmaßlichen Tätern und ermittelte. Sie hatten es noch nicht einmal geschafft, einen Haftbefehl auszustellen. Es gab eine interne Absprache in den Teams, dass sie die Mörder von Mia unter keinen Umständen davonkommen lassen werden, auch wenn sie das ihren Job kosten würde. Sie mussten diese Sache hier zu Ende bringen, aber sie mussten schlau vorgehen.

Omertà bedeutet so viel, wie versiegelte Lippen — alle, die sich an dieser Jagd beteiligten, wussten von dieser Bedeutung.

Der Bus, der auf dem Weg zum Flughafen war, hielt vor einer Apotheke und der Fahrer stieg aus. Whity hörte die Meldung und sagte: „Einer hinterher. Der Rest wartet."

Keine fünf Minuten später setzte sich der Bus erneut in Bewegung.

„Er hat Schmerztabletten und neue Verbände gekauft und mit der Kreditkarte bezahlt." Kam der Bericht über Funk.

„Gut. Bleibt dran und macht euch Gedanken, wie wir sie ohne größeres Aufsehen verhaften können", antwortete er und wusste, dass er sich auf seine Jungs verlassen konnte.

Der zweite Wagen fuhr ohne Umwege direkt zum Haus des Schweizers und parkte in einiger Entfernung in einer belebten Seitenstraße. Drei Männer verließen einzeln das Fahrzeug, um die Umgebung zu erkunden. Nach etwa einer halben Stunde erschien der erste mit zwei vollen Einkaufstüten — jetzt fehlten nur noch die beiden anderen.

Jetzt wäre eine gute Gelegenheit, sie direkt hier einen nach dem anderen festzunehmen, aber solange wir noch keine Freigabe haben, heißt es abwarten, überlegte Whity und studierte die Satellitenaufnahme der Umgebung.

Die Stimme von Doc riss ihn aus seinen Überlegungen.

„Die beiden spähen die Umgebung aus, also werden sie vermutlich schon bald hier zuschlagen. Für der Seeseite brauchen sie ein Boot. Die beiden Nachbarn rechts und links scheinen zuhause zu sein, also bleibt ihnen eigentlich nur der direkte Weg hinein. Ick würde einfach an der Haustür klingeln und reinspazieren."

„Ich vermute auch, dass sie es direkt von der Straße aus versuchen werden. Alles andere ist zu kompliziert. Von der Wasserseite wäre es zwar am einfachsten, vom Bootssteg aus ist man direkt auf dem Grundstück, aber sie haben kein Boot und zum Schwimmen ist es zu aufwändig. Ein Boot für heute Abend werden sie wohl nicht mehr kriegen, außer sie stehlen irgendwo eins. So wie die in Berlin vorgegangen sind, kennen sie sich mit Einbrüchen ganz gut aus und das wäre gar nicht so unwahrscheinlich. Vielleicht sollten wir diese Möglichkeit doch nicht außer Acht lassen", wandte Icke ein.

„Gut. Ich denke, wir konzentrieren uns auf den Bus, der bei dem Haus ist. Das ist ihre Basis, von hier aus werden sie auch operieren. Falls sie sich erneut trennen, haben wir ein Problem, denn dann haben wir nicht genug Männer, um sie zu überwachen. Die sind nicht umsonst mit dem Großteil ihrer Leute hierhergefahren, sie wollen hier rein und sich die Daten schnappen. Die große Frage ist nur, wie sie vorgehen werden. Warum denkst du, dass sie ein Boot stehlen werden?" Die Frage richtete Whity an Icke. Der schaute kurz zu Doc herüber, der ihm zunickte.

„In etwa sechs Kilometer Entfernung befindet sich ein Segelverein und eine Anlegestelle für eine Fähre. Dort liegen auch einige Motorboote. Wir haben uns den Eingangsbereich des Hauses genauer angeschaut und der ist ziemlich gut mit Kameras und Sicherheitssensoren überwacht, das gilt auch für die Zaungrenzen zu den Nachbarn. Vom Wasser aus konnten wir auf die Schnelle nichts überprüfen, aber da der See eine natürliche Barriere darstellt und man hier nicht einfach so ans Ufer kommt, würde ich persönlich hier weniger Sicherheit einbauen. Es erregt kein Aufsehen, wenn ein Boot anlegt, da nur die Eigentümer Zugang zu ihrem Bootssteg haben. Heute Abend könnte das Killerkommando die Dunkelheit für so ein Manöver nutzen. Ich würde dies Möglichkeit nutzen und anschließend meinen Leuten auf der Straßenseite das Tor aufmachen. Eine saubere Sache, ohne, dass jemand gleich die Polizei ruft. Ein Problem bleibt jedoch: der Hausherr. So viel wir wissen, lebt er allein. Eine Haushälterin, die jeden Tag kommt und ein Gärtner. Beide haben das Haus vor zwei Stunden verlassen. Aus dem Bericht von Günther wissen wir, dass sein Eindringen in das Netzwerk relativ schnell bemerkt wurde, daher gehe ich davon aus, dass der Hausherr großen Wert auf seine Sicherheit legt und er nicht jedem die Tür öffnen wird."

Jetzt ärgerte sich Whity, dass er den beiden nicht mehr Unterstützung gegeben hatte, aber er durfte seine Kräfte zurzeit nicht teilen.

„Das ist ein interessanter Ansatz. Wir warten ab, was passiert und passen uns der Lage an", sagte er und legte auf. Dann wandte er sich an sein Team.

„Habt ihr die Taser schon verteilt?" Er sah fragend in die Runde und bemerkte die säuerlichen Gesichter der anderen. „Mir gefällt es genauso wenig, wie euch, aber der Direktor hat uns klare Anweisungen erteilt. Die Schusswaffe nur im Notfall benutzen. Obwohl, ganz unter uns, für mich ist dieser Einsatz ein Notfall."

Wortlos verschwanden seine Männer in die anbrechende Dämmerung. Whity erinnerte sich wieder an ihre gemeinsamen Einsätze, an die gemeinsamen Abende und den Spaß, den sie hatten. Der Tod von Mia hing wie eine dunkle Wolke über ihnen.

Keine Stunde war vergangen, bis das dunkle Tor vor dem Haus sich öffnete und ein Tesla aus der Garage rollte.

„Eine Person im Fahrzeug", kam die Meldung über Funk.

Fast gleichzeitig wurde gemeldet, dass auch der Bus, der sich in der Nähe des Flughafens aufhielt, seine Position verlassen hatte.

„Wir bleiben hier", entschied Whity, da ein anderes Team bereits den Bus observierte.

Nach weiteren vierzig Minuten waren sie sich sicher, dass der Tesla zu einem Treffen fuhr. Der schwarze Bus vom Flughafen wartete auf dem Parkplatz des Hotels Park Hyatt Zürich, als der Tesla das Hotel erreichte. Das Hotel war ein imposanter Glaskasten an der Spitze des Zürichsees. Eine willkommene Adresse für alle, die bereit waren, über fünfhundert Franken für eine Übernachtung auszugeben. Nach einer kurzen Rücksprache mit Fisch entschied sich Whity gegen eine Observation des Treffens im Hotel. Die Amerikaner führten irgendetwas im Schilde, denn der andere Bus stand immer noch in der Nähe des Hauses und die beiden Typen, die vorhin verschwunden waren, waren immer noch nicht aufgetaucht.

Von der Einsatzzentrale aus Berlin bekam er die Meldung, dass sich ein Boot ohne Positionslichter dem Steg näherte.

„Achtung, es geht los! Sie versuchen es mit der Seenummer", gab Whity das Signal über das Funkgerät.

Die CIA Leute haben den Schweizer aus seinem Haus gelockt und jetzt kam das Aufräumkommando. Das bedeutete, dass der Hausbesitzer den Anrufer kannte oder zumindest jemanden aus diesem Umfeld.

„Wer ist bei dem Treffen im Hotel dabei?"

„Gleich bekommst du die Bilder, aber es ist nur ein Amerikaner. Der andere wartete draußen auf dem Parkplatz und jetzt ist er wieder im Fahrzeug."

„Im Bus tut sich etwas", hörte Whity die neue Meldung. „Sie steigen aus. Ich zähle zwei Mann. Sie laufen zum Haus."

Gut. Jetzt war die Sache eindeutig. Sie hatten dieses Treffen bewusst arrangiert, um in dieser Zeit sein Haus auszuräumen. Aus den Überwachungsbildern von dem Einbruch in die Wohnung in Berlin, wussten sie, wonach die Amis suchten. Sie waren nur an den digitalen Daten interessiert und versuchten, mit einem großen Aufwand und viel Risiko, ihre Spuren zu verwischen. Das bedeutete wiederum, dass es im Hintergrund um eine große Sache ging und irgendwie spielten ihre beiden Freunde dabei eine entscheidende Rolle.

KAPITEL 11

Der Tag von William Goldsby fing besser an als die letzten beiden. Im Lager wurden die Spuren der Verwüstung, die der flüchtige Deutsche hinterlassen hat, schnell beseitigt. Im Laufe des Tages erwarteten sie die ersten hundert Söldner, die in dem südlichen Camp am Rande der Stadt untergebracht werden sollten. So sollte es die nächsten Tage weitergehen, bis ihre Zahl auf fünfhundert angewachsen war. Um keine unnötige Aufmerksamkeit auf sich zu ziehen, wurde nur ein kleiner Teil von ihnen über den offiziellen Flughafen hierher geschleust. Der größte Teil sollte auf einer präparierten Piste in der Steinwüste abgesetzt und anschließend auf die Lager verteilt werden. In der gesamten Stadt merkte man die Anspannung so kurz vor dem großen Treffen der Provinzfürsten, daher fielen die vielen Truppentransporte nicht sonderlich auf.

Am Tag der großen Ratsversammlung wird die Stadt von den Bewaffneten der anwesenden Stammesfürsten überflutet werden. Melai rechnete mit etwa fünftausend Kämpfern in der Stadt und einigen tausend vor ihren Toren in riesigen Zeltlagern, die eigens dafür hergerichtet wurden. Zu ihrem Glück waren die stolzen Stämme seit Generationen zerstritten, sodass der Gouverneur mit seinen Truppen in einer sicheren Mehrheit war. Trotzdem waren die wilden, bärtigen Krieger in ihren vollbesetzten Pick-Ups nicht zu unterschätzen.

Für Melai galt es zunächst, seine Macht zu sichern und anschließend das Land an sich zu reißen. Bis jemand im entfernten Kabul etwas begriff war er sich bereits mit einer zwei Staaten Lösung konfrontiert. Die Zentralregierung war zu schwach, ihre Macht nur auf die Hauptstadt begrenzt und das Volk liebte einen starken Anführer. So wurde das hier gemacht und das konnte man selbst bei dem einfachen Bauvorhaben der Afghanen beobachten. Bevor sie ein Haus bauten, wurde als erstes das Grundstück mit einer festen Mauer umschlossen und der Besitzanspruch somit endgültig besiegelt. *Genauso werden wir es hier machen. Wir setzen dich auf den Thron und bevor du dich versähst, gehört das schöne Stück Erde, das uns reich machen wird, uns.*

Leider hat der Brand in ihrem Camp einen großen Teil ihrer Ausrüstung verbrannt, darunter auch die mobilen Zäune. Sie wurden „Hescos" genannt und waren aus Metallstäben hergestellte Schanzkörbe. Äußerst flexibel, faltbar und konnten direkt vor Ort mit Erde oder Steinen gefüllt, gestapelt und innerhalb weniger Stunden zu einer Bastion ausgebaut werden. Schneller konnte man eine stabile Mauer oder einen Unterstand nicht bauen, aber leider hatte dieser verdammte Deutsche ganze Arbeit geleistet. Neben seiner missglückten Festnahme und der anschließenden Flucht war der Brand und die folgende Zerstörung der schlimmste

Fehlschlag, den William Goldsby in seiner Laufbahn erlebte. Immer noch fehlte von dem gestohlenen Jeep und dem riesigen Kerl jede Spur. Die beiden hatten Hilfe und seit heute früh wusste er auch woher. Die Fehlschläge, die sich in der letzten Zeit häuften, wurden aus dem Gouverneurspalast koordiniert.

Jack hatte ihn heute früh über ihren Einsatz in der Schweiz informiert und die Beweise waren eindeutig. Ihren Männern gelang es, in das Haus seines Statthalters in der Schweiz einzubrechen und das, was sie dort fanden, stimmte mit den ausgewerteten Informationen aus Berlin überein. Einer der Männer wurde bei dieser Aktion schwer verletzt, aber sonst war Jack mit dem Einsatz seines Teams äußerst zufrieden. Sie kannten jetzt ihren wahren Gegenspieler und würden ihm ab heute immer einen Schritt voraus sein. Noch heute würde er mit der Säuberung im Gefängnis beginnen. Dieser Deutsche musste endlich sterben, als Warnung für seine Auftraggeber. Der andere würde ihm über kurz oder lang folgen.

Sein Telefon klingelte. Verwundert über die Nummer auf dem Display nahm er den Anruf entgegen.

Fünf Minuten später stürmte Goldsby mit hochrotem Gesicht in die Einsatzzentrale. Seine gute Laune verschwand mit einem einzigen Anruf von ihrem Firmensitz in Washington. In zwei Stunden ging sein Flug nach Kabul und der Vorstand erwartete, dass jemand das Unternehmen im Außenministerium bei dem Empfang des Präsidialamtes vertrat.

„Welcher Schwachsinnige hat das zu verantworten?", brüllte er.

Vorbei an seinen Mitarbeitern rauschte William direkt in sein Büro und wählte die Nummer von Jack Lebermann über die abhörsichere Leitung. Nach mehrmaligem Klingeln wurde er mit dem Vorzimmer verbunden.

„Mister Lebermann befindet sich auf einer wichtigen Reise und kann ihren Anruf nicht entgegennehmen", sagte seine Sekretärin in einem distanzierten Ton.

„Es ist dringend. Wie kann ich ihn sonst noch erreichen?", versuchte William es erneut.

„Sie sind heute bestimmt der zwanzigste Anrufer, der Mister Lebermann sofort sprechen möchte und ich werde ihm die Dringlichkeit Ihres Anliegens, wie das der Senatoren, mitteilen."

Blöde Ziege, lag es ihm auf der Zunge, aber im letzten Moment wurde daraus: „Vielen Dank, ich weiß Ihre Hilfe sehr zu schätzen."

Eigentlich wusste er genau, dass Jack über Umwege eigentlich auf dem Weg nach Kandahar war, aber es war ein Versuch sich über diese erneute Störung zu beschweren. Später, unter der Dusche, schämte er sich für seine Unbeherrschtheit und bereute den Anruf.

Genau zwei Stunden später saß William Goldsby frisch rasiert und im dunklen Anzug auf einem staubigen Sitz eines Militärtransporters, der sich auf die Startbahn schob. Es half alles nicht, er musste sich der Weisung aus der Zentrale beugen. Immerhin war er ihr Angestellter und der höchste Repräsentant des Unternehmens vor Ort. Solche Aufgaben gehörten häufig zu seinen Pflichten und es schadete nie, sich auf dieser Ebene zu zeigen. An jedem anderen Tag wäre er sehr geschmeichelt über diese Einladung gewesen, aber gerade heute stand sein teuer erkaufter Besuch im Gefängnis des Geheimdienstes an. Jetzt musste er seinen Stellvertreter zur Befragung schicken. Ein zuverlässiger Mann, der seinen Auftrag erledigen würde, zumal sie diese Befragung mit den entsprechenden Medikamenten bereits gut vorbereitet hatten. Jetzt war es nur noch eine Formalie, diese letzte Bestätigung über die Beteiligung von Melai.

Wie sagte es Jack: „Wenn du sicher sein willst, dass du alle Informationen bekommst, dann erledige es am besten selbst."

Er überschlug kurz die Zeit, die die Maschine bis Kabul brauchen würde, anschließend die Fahrt zum Empfang und dann den Rückflug. Vor 20:00 Uhr wäre er nicht zurück. Bis dahin sollte sich diese kleine Episode mit dem Gefangenen erledigt haben. Es blieb dann nur noch der letzte Flüchtige, aber nach den neuesten Entwicklungen bezweifelte William, dass sie ihn überhaupt noch brauchten. Sie wussten, wer hinter allem steckte und er bezweifelte nicht, dass Jack bereits einen anderen Geschäftspartner in der Tasche hatte.

Sie mussten nur noch die große Ratsversammlung abwarten; die Stammeskrieger waren schwer einzuschätzen und ihre Allianzen und Bündnisse wechselten ständig. Eine neue Figur, mit ihrer Unterstützung war eine Option in ihrem Plan. Sie wussten genau, was sie wollten und am Ende war es ihnen egal mit wem sie dieses Land regierten und ihre Geschäfte abschließen. Die stolzen Afghanen können danach weiter um ihr staubiges Land kämpfen, solange sie wollen. Wir hatten genug Waffen, die wir ihnen verkaufen konnten. *Am Ende werde ich in meinem Haus auf den Bahamas in einer Hängematte liegen und Cocktails schlürfen.*

Die Triebwerke heulten auf, als die Maschine beschleunigte. William schloss die Augen und zwang sich zur Ruhe. *Verschoben ist nicht aufgehoben*, dachte er sich und verfiel in einen kurzen, unruhigen Schlaf.

In seinem Traum lief er einen Weg, der sich durch einen Wald schlängelte. Manchmal erhaschte er einen Fuß vor sich, so als ob jemand vor ihm flüchtete. Doch immer, wenn er eine Kehre erreichte, verschwand die Person hinter der nächsten.

Ein dumpfer Stoß, der das ganze Flugzeug zum Schaukeln brachte und das Aufheulen der Triebwerke weckten ihn aus diesem endlosen Albtraum.

Summend senkte sich die Ladeklappe herunter und eine bunte Mischung aus Soldaten und Zivilisten strömte auf das Flugfeld zu dem wartenden Bus hinaus.

William kniff die Augen zusammen, als er zu der hochstehenden Sonne hinaufblickte. Blauer Himmel und schroffe Bergspitzen umstellten die Stadt, der Lärm der Rotoren und der Geruch nach Kerosin lagen in der Luft. Der KAIA Airport in Kabul, wie er offiziell bezeichnet wurde, war der Knotenpunkt der Einsatzversorgung der Koalitionstruppen in Afghanistan und hatte entsprechend viel Verkehr auf dem Rollfeld.

Ich hoffe, ich muss nicht länger hier sein als nötig, dachte er sich und schritt mit langen Schritten zum wartenden Bus.

Seine Eskorte wartete draußen vor dem kleinen Abflugterminal. Die Jungs sahen alle aus wie aus einem Söldnerfilm. In Kandahar ging es etwas ruhiger zu, aber hier in der Hauptstadt musste man jederzeit mit einem Selbstmordanschlag oder einem Angriff auf ein Konvoi rechnen — dafür waren seine Begleiter ausgerüstet.

„Guten Morgen, Sir", begrüßte ihn der Teamleader und hielt ihm verschmitzt eine schusssichere Weste hin. „Bevor es los geht, müssen Sie bitte die Weste anziehen."

Keine zwanzig Minuten später standen sie im ersten Stau auf der langen zweispurigen Straße in Richtung des Massoudkreisels. Die in den Himmel ragende Säule aus braunem Marmor markierte den Beginn der grünen Zone, in der sich sämtliche Botschaften und der Präsidentenpalast befanden. Von hier aus ging es in den früheren Zeiten, als die Stadt noch für jedermann offen war, wie auf einer vierspurigen Autobahn bis ans andere Ende der Stadt. Dort befand sich einer der Paläste des Shahs und direkt dahinter der seiner Frau. Jetzt waren es nur noch traurige, zerschossene Ruinen längst vergangener Tage, als die Warlords um die Macht in der Stadt kämpften. Heute war die gesamte Stadt in Sicherheitszonen aufgeteilt und durch Checkpoints abgeriegelt. Hohe Betonwände entlang den Straßen sollten Attentate verhindern und die Angriffe der Taliban erschweren, aber sie engten die Stadt ein und machten sie faktisch unpassierbar. Der Verkehr staute sich in den wenigen freien Straßen und genau in so einem Stau befanden sie sich gerade, keine zweihundert Meter von der amerikanischen Botschaft entfernt.

Natürlich kannte William sich in dieser schrecklichen Stadt aus. Seit sieben Jahren übernahm die „*Thunder*" alle Sicherheitsleistungen der amerikanischen Einrichtungen in Afghanistan, inklusive der Sicherheit des Botschafters. Alle anderen Sicherungsmaßnahmen wurden mit ihren Partnern koordiniert und abgestimmt, soweit diese amerikanische Interessen oder Belange des Unternehmens betrafen.

Sie waren jetzt zwischen dem obersten Gericht der islamischen Republik Afghanistan auf der linken und den flachen Geschäftszeilen auf der rechten Seite eingeklemmt. Darüber thronte der berühmte „Schwimmbad Berg". Die Sowjets hatten damals die Spitze des Berges abgetragen und dort ein fünfzig Meter langes Betonbecken mit einem Drei-Meter- und einem Fünf-Meter-Turm gebaut. In dem tiefen Becken plantschten Kinder heute im brackigen Regenwasser. Von hier aus hatte man eine gute Sicht auf den Flughafen, das Diplomatenviertel und die amerikanische Botschaft. Immer wieder versuchten Selbstmordkommandos, die Botschaft anzugreifen, um allen zu zeigen, wie machtlos so ein großes Land wie Amerika hier war.

Sie hatten nur noch fünfzig Meter vor sich und konnten schon die Betonsperren und den schwer bewachten Checkpoint zu der „Green Zone" erkennen. William wusste, dass seine Männer über seine Ankunft unterrichtet und sie bereits erwartet wurden. Wie zur Bestätigung fuhr der Maschinengewehrturm des Panzerwagens, der an der rot-weißen Schranke stand, langsam von links nach rechts, als suche er jemanden in dem dichten Verkehr. Die fragilste Stelle war der Kreisverkehr, in den von links und rechts Hunderte von Fahrzeugen gleichzeitig hineindrängten. Hier herrschte das Recht des Stärkeren und des Unerschrockenen.

„Verdammt!", fluchte der Fahrer leise und die Anspannung der Männer nahm zu. Mit jeder Minute, die sie hier stillstanden, erhöhte sich die Gefahr eines Angriffs auf ihr Konvoi.

Ich bin noch nicht einmal drei Meilen vom Flughafen entfernt und bin schon völlig durchgeschwitzt. Das gleiche Prozedere steht mir auch noch für die Rückfahrt bevor. Welcher Wahnsinnige ist nur auf diese Idee gekommen?

Eine Stunde später und nach zwei Bechern Kaffee besserte sich seine Laune. Sie bewegten sich jetzt in einem hermetisch abgeriegelten Teil der Stadt. Hier herrschte nur wenig Verkehr und überall lungerten Bewaffnete herum, die verschiedene Ministerien sicherten.

Das afghanische Außenministerium befand sich in einem langen weißen Haus, umgeben von einem schwarzen, schmiedeeisernen Zaun und einem angrenzenden Park. Ein junger Mann vom Protokoll empfing William Goldsby am roten Teppich und begleitete ihn zu seinem Platz im großen Saal, der bereits gut gefüllt war. Er drückte ihm im Weggehen ein dünnes Programmheftchen in die Hand und verschwand mit einem Lächeln. Mehrere Grüppchen von Offizieren in Ausgehuniformen unterhielten sich an der Seite, sowie Botschafter und Vertreter von Hilfsorganisationen, die er an ihren Namensschildern erkannte. Irgendwie fühlte er sich deplatziert in diesem Saal, aber es hieß in der Botschaft, dass der afghanische Präsident persönlich die Eröffnungsrede halten würde. Somit war es eine Pflichtveranstaltung für jeden Internationalen, der hier im Land die Interessen seines Landes oder seiner Organisation vertrat.

William wählte einen Platz in der Nähe des Ausgangs, um so schnell wie möglich nach dem Ende dieser Veranstaltung verschwinden zu können.

Jemand erschien auf der Bühne und bat die Versammelten zu ihren Plätzen. Die Veranstaltung begann mit einem Gebet und der Nationalhymne des Landes. Anschließend folgten mehrere Redner, die von ihren Zetteln ablasen, das übliche internationale Bla-Bla. Den ersten Zuhörern fielen bereits die Augen zu. Goldsby hörte auch nicht zu und zählte nur noch die Redner auf seinem Programmheft. Als auch seine Augenlider immer schwerer wurden und er sich dabei erwischte, wie er eingenickt war, brauste plötzlich Applaus auf und die Veranstaltung war beendet. Er sprang von seinem Platz auf und wandte sich der breiten Holztür zu, die gerade geöffnet wurde, als jemand sich neben ihm räusperte.

Als er sich umdrehte, stand er einem älteren Afghanen mit dunklen Augen und einem dezenten, blauen Anzug gegenüber.

„Guten Tag Mister Goldsby." Er bemerkte den schnellen Blick auf sein Namensschild.

„Mein Name ist Wanta. Ich bin der persönliche Berater des Präsidenten", stellte sich der freundliche ältere Herr in sehr gutem Englisch vor und neigte dabei leicht seinen Kopf.

Der Berater des Präsidenten, hallte es durch seinen Kopf. Der Mann sah eher aus wie ein zerstreuter Professor.

„Sehr erfreut, Sie kennenzulernen, Mister Wanta. Ich habe schon viel von Ihnen gehört", erwiderte er, ohne sich überhaupt an den Namen erinnern zu können. Diese Höflichkeiten gehörten einfach zu den diplomatischen Gepflogenheiten dazu.

Die Stimme in seinem Kopf drängte ihn, sich zu beeilen, denn die Strecke zum Flughafen war wegen der verstopften Straßen immer voll und das hier könnte noch eine Weile dauern.

„Ja. Sehr gut. Nun haben wir uns endlich kennengelernt. Meistens lese ich nur Berichte, aber heute hatte ich die Möglichkeit, die Akteure dahinter persönlich kennenzulernen. Wie ich von Ihrem Botschafter hörte, sind Sie heute extra aus Kandahar zu diesem Empfang gekommen", fuhr Wanta ungerührt fort.

„Soweit es uns die Zeit erlaubt, folgen wir gerne einer Einladung aus dem Palast", versuchte Goldsby zu schmeicheln. In seinem Kopf widmete er sich jedoch schon wichtigeren Dingen zu: der Befragung des Gefangenen.

„Wie ist denn gerade die Lage im Süden aus Ihrer Sicht?", fragte ihn der Berater des Präsidenten plötzlich und seine dunklen, klugen Augen klebten an seinen Lippen.

Solch eine direkte Frage hatte er bei so einem öffentlichen Auftritt nicht erwartet und William brauchte einige Augenblicke, um sich zu sammeln. Die Stimme in seinem Kopf mahnte ihn zur Vorsicht.

„Wir machen gute Fortschritte … Gouverneur Melai ist sehr beliebt in der Provinz, er genießt einen großen Rückhalt in der Bevölkerung und das erleichtert unsere Arbeit ungemein. Die Lage ist stabil, aber einige Teile der Provinz machen uns immer wieder Sorgen, da die Aufständischen nach ihren Überfällen einfach in den Stammesgebieten untertauchen."

„Ja. Diese Grenze war schon immer unser Schwachpunkt, aber das hat, wie Sie vielleicht wissen, historische Hintergründe. Mich persönlich interessiert die Drogenproblematik. Die Bauern würden vermutlich viel mehr Weizen anbauen, wenn wir ihnen entsprechende Preise für ihre Ernte zahlen, aber wir brauchen Abnehmer und die jetzigen Erträge reichen kaum, um den Bedarf im eigenen Land zu decken. Vielleicht könnten wir uns auf den Anbau von Safran und Obst konzentrieren, aber hier fehlt uns die Logistik, um die Ware aus dem Land zu schaffen. Sehen Sie, diese riesige Menge an Drogen, die in meinem Land geerntet wird, muss doch irgendwie außer Land gebracht werden. Hier klappt seltsamerweise die Logistik und wie wir wissen, können die Afghanen das nicht alleine bewerkstelligen. Was meinen Sie, wie verlässt das Rohopium unser Land?"

Alle Warnlampen in seinem Kopf gingen sofort an und alle anderen Gedanken, die gerade durch seinen Kopf schwirrten, verschwanden.

„Also das, lieber Herr Wanta, müssen wir vermutlich diejenigen Fragen, die sich damit beschäftigen. Unser Unternehmen hilft beim Aufbau der Sicherheitsstrukturen der afghanischen Polizei und der Armee im Süden. Irgendwann werden Ihre Männer die Sicherheit im Land übernehmen und dann, denke ich, werden Sie diese kriminellen Strukturen zerschlagen."

Etwas wie ein Lächeln huschte über das sanfte Gesicht des älteren Mannes.

„Ja. Das ist auch meine Hoffnung." Wanta streckte ihm die Hand zum Abschied entgegen. „Leider verlangt man wieder nach mir. Ich muss gehen, aber genießen Sie den heutigen Abend."

Ein seltsames Gespräch, dachte William Goldsby, als der zerstreute Berater im Gewühl der Diplomaten verschwand. Sie hätten sich an diesem Abend vermutlich über alles Mögliche unterhalten können, aber ausgerechnet das Opium und die Sicherheitslage hatte der Berater angesprochen. Gerade diese beiden Felder, in denen sie sehr aktiv waren - es fehlte nur noch, dass er ihn auch nach dem Kupfervorkommen fragte. Der Gedanke bedrückte ihn und William beschloss unverzüglich, Jack Lebermann darüber zu informieren. Solche Fragen stellte man nicht einfach so, schon gar nicht in einer solchen Position. Das könnte nur bedeuten, dass man im Präsidentenpalast sich der Probleme im Süden bewusst war und diese aufmerksam verfolgte.

Wanta eilte zum seitlichen Eingang der Bühne. Der seltsame Anruf, den er heute aus Washington von dem amerikanischen Justizminister erhielt, und ihr Gespräch, welches sich um die hohe Zahl der Drogentoten in Amerika drehte, beschäftigte ihn immer noch. Ohne dass sein Land erwähnt wurde, wusste er, dass sie beide eigentlich über Afghanistan sprachen. Seine Bitte ihn bei den internen Ermittlungen zu unterstützen, war ungewöhnlich, aber sie zeigte, dass die Amerikaner sich endlich entschlossen hatten, dem Drogenproblem zu stellen. Er war zwar nicht in alle Prozesse des Kabinetts eingebunden, da seine Tätigkeit sich ausschließlich auf die präsidiale Ebene beschränkte, aber er las viel und er hörte viel in den Besprechungen. Seit Melai den Posten des Gouverneurs in Kandahar bekleidete, hatte sich vieles verändert im Süden des Landes. Unter seiner Leitung entstanden einige renommierte, internationale Projekte, es gab einen regelrechten Bauboom und Investoren interessierten sich plötzlich für die Gegend, was durchaus als positives Signal für die Wirtschaft des Landes gewertet werden konnte. Aber nie wurde der Gouverneur in den Palast bestellt oder nahm an den jährlichen Beratungen der Gouverneure teil. Es gab eine Zeit, da war der Schwager des Präsidenten der zweitmächtigste Mann des Landes. Ein Skandal um die größte Bank des Landes brachte das Zerwürfnis zwischen den beiden Männern. Die Wellen dieses Bebens erreichten sogar die internationale Presse. Es ging um veruntreute Hilfsgelder und Schwarzgeldkonten in Dubai, die gesamte Familie des Präsidenten geriet in die Schlagzeilen. Als der Druck und die Fragen ihrer internationalen Freunde immer stärker wurden, mussten sie die Notbremse ziehen. Der Schuldige wurde seiner Ämter enthoben und in den Süden abgeschoben. Trotz aller Vorwürfe hatte man ihm das Amt des Gouverneurs der Provinz übertragen. Ein unwissender Betrachter würde natürlich fragen, warum, aber ein Kenner der Politik des Landes würde wie Wanta nur still lächeln, in dem Wissen um die Winkelzüge der präsidialen Familienpolitik.

Sein vorheriger Gesprächspartner hatte den Eindruck eines typischen Geheimdienstlers hinterlassen, der hinter seinen grauen, unruhigen Augen viele Geheimnisse verbarg. Noch konnte er nicht einschätzen, welche Rolle der Mann genau spielte, aber vermutlich hatte es etwas mit dem heutigen Anruf zu tun und so spielte auch Wanta seine Rolle in diesem undurchsichtigen Schlachtfeld der Politik.

Natürlich war ihm die Problematik im Süden bekannt. Über neunzig Prozent des weltweiten Rohopiums kam aus seinem eigenen Land und es machte ihn traurig, dass die eigene Regierung nach all den Jahren nichts dagegen unternehmen konnten. Die Drogenbarone steigerten jährlich ihre Erträge und sie waren bei diesem Geschäft auf fremde Unterstützung angewiesen. Das Opium musste geerntet, verarbeitet, gelagert und anschließend außer Land geschafft werden; es war eine wahre logistische Meisterleistung. Pakistan im Osten, Iran im Süden und die ehemaligen Sowjetrepubliken im Norden. Der Großteil des Rohopiums verschwand jedoch auf unerklärliche Weise aus dem Land und tauchte später auf der ganzen Welt auf. Wer steckte dahinter und wer kontrollierte die Transportwege? Es musste eine Organisation mit internationalen Verbindungen und Zugang zu den entsprechenden Märkten sein, jemand, der über genug Einfluss und über die entsprechende Logistik verfügte. Ihm fielen die zahlreichen Berichte über nicht gekennzeichnete Flüge wieder ein, von denen in den Sitzungen des Sicherheitsrates die Rede war. Er wusste nicht, warum, aber auch das Gespräch zwischen dem Präsidenten und dem Chef des Innlandgeheimdienstes drehte sich um den Verlust einer wichtigen Quelle in Kandahar. Irgendwie schien sich gerade alles auf den Süden zu konzentrieren. Diese seltsame Anfrage des Justizministers, diesen Mann heute Abend zu beschäftigen und der Streit im Kabinett um die Zuständigkeit bei der Vergabe der Schürfrechte machten ihn noch misstrauischer. Zufall war etwas Unvorhergesehenes, etwas Unerwartetes, aber in der letzten Zeit gab es doch eindeutig zu viel im Süden davon. Das war eindeutig nicht mehr sein Fachbereich.

Wanta schüttelte mit dem Kopf und ein Lächeln erschien auf seinem Gesicht, als er die wage Theorie aufstellte, dass diese Dinge vielleicht doch alle zusammenhingen. Seine Überlegungen endeten abrupt, als er einen neuen Gesprächspartner in einer Gruppe Männer, die gerade sich miteinander unterhielten, entdeckte.

Ungeduldig drängelte sich William Goldsby mit der Masse der Diplomaten nach draußen. Er ärgerte sich über die verlorene Zeit und das sinnlose Gespräch. Rückwirkend betrachtet war diese Unterhaltung vielleicht doch nicht erwähnenswert. Jack Lebermann erzog sie immer wieder zur Selbständigkeit. Sie sollten ihre Entscheidungen immer in dem Bewusstsein treffen, dass sie das Richtige im Sinne ihrer gemeinsamen Sache tun. *Wenn sich so ein gelangweilter Sesselfurzer wichtig machen will, dann soll er das tun, aber er wird weder an der Sache etwas ändern können, noch kann er uns stoppen.*

William beschloss, das Wichtigere dem Unwichtigen vorzuziehen und sich auf das Wesentliche zu konzentrieren. Sein Auftrag war, ihr Vorhaben vor Ort zu überwachen und Gouverneur Melai in die richtige Richtung zu führen. Der Mann war verschlagen und bedurfte ihrer ständigen Kontrolle. Den Hauptteil übernahm sein Chef persönlich, der hatte einen ausgeklügelten Plan und mächtige Freunde die ihn unterstützten.

KAPITEL 12

Stimmen hallten auf dem Flur, dann hörten sie einen Schlüssel klimpern und einige Augenblicke später schwang die Tür auf. Drei dunkle Gestalten hoben sich aus dem gelben, matten Licht ab. Die Männer starrten wortlos in die dunkle Zelle hinein, bevor ein heller Lichtstrahl die Dunkelheit zerschnitt.

„Da ist ja unser Held", sagte eine raue Stimme fröhlich. „Holt ihn euch!", befahl sie und zwei große Schatten traten in die Zelle herein.

„Boah. Das stinkt aber hier", sagte einer der beiden angeekelt.

Der andere Schatten brummte etwas Undeutliches und schob sich das große Tuch, das er um den Hals trug, über die Nase.

Mitch kniff die Augen vor dem grellen Licht der Taschenlampe zusammen und spannte seinen Körper an. Der Lichtkegel wanderte langsam über sein Gesicht und seinen Körper bis zu seinem Knöchel entlang, um den die lange Kette gewickelt war.

Die afghanischen Wachen fehlten und deswegen wusste er sofort, was die drei Männer mit ihm vorhatten. Nach einem kurzen Moment der Unsicherheit beschloss er, weiter die Rolle des Kranken zu spielen. Seitdem der Engländer ihm Medikamente verabreichte, waren seine Halluzinationen und Angstschübe verschwunden, also hatten sie ihn vorher vermutlich mit irgendetwas zugedröhnt. Von Tag zu Tag fühlte er sich besser und seine Kraft kehrte allmählich zurück, aber er war noch nicht topfit. In zwei oder vielleicht drei Tagen könnte er einen Fluchtversuch wagen, aber diese drei haben gerade seinen Plan zunichte gemacht. Nach der heutigen Behandlung war vermutlich an eine Flucht nicht mehr zu denken; er wusste, wie Gefangene nach solchen Verhören aussahen.

„Macht ihm die Fesseln ab!", sagte ihr Anführer, der im Flur stehen geblieben war und warf die Schlüssel auf den Boden.

Aus dem Augenwinkel bemerkte Mitch, wie sich etwas in der Ecke bewegte. Es war Mohammed, den die Männer bislang noch nicht bemerkt hatten.

Dumpf fiel seine Kette auf den Boden. Dann spürte Mitch einen Schlag gegen seine Hüfte, dann noch einen.

„Hey, wach auf! Hoch mit dir!", brüllte der Mann, der ihn von links umrundete.

„Der ist so stoned, dass wir ihn schleppen müssen", sagte die andere Stimme.

„Was macht ihr da so lange? Schnappt ihn euch und bringt ihn raus! Wir haben nur für zwei Stunden bezahlt." Die Männer lachten und er hörte an ihren Schritten, wie sie sich ihm näherten.

„Fünfzehntausend Dollar die Stunde, so einen Stundenlohn möchte ich auch haben",

kicherte einer von ihnen.

„Was willst du mit dem ganzen Geld? Außerdem werden wir gleich diesen Spaß umsonst haben, andere bezahlen dafür." Man merkte ihm die Vorfreude schon an der Stimme an.

Einer der Männer trat Mitch auf den rechten Arm und entlockte ihm ein Stöhnen.

„Na geht doch. Hey Brian, der lebt noch."

„Gut. Dann lasst uns endlich beginnen."

Er wurde angehoben und sie zerrten ihn hoch. Mitch stöhnte erneut. Seine Füße schleiften auf dem Boden, als sie ihn von beiden Seiten umgriffen und zum Ausgang schleppten.

„Bleib ruhig, mein Großer, gleich hast du es geschafft." Ein grimmiges Lächeln erschien vor seinem Gesicht.

Genau. Gleich werden wir alle viel Spaß haben, dachte Mitch und atmete tief durch.

Sie schleppten ihn durch die offene Tür der Zelle und er hörte an ihren Schritten, dass der dritte Mann hinter ihnen blieb, um die Tür zu verschließen. Das war sein Zeichen - jetzt oder nie.

Er spannte seine Armmuskeln an und umfasste die beiden Männer fest um die Schultern, dann warf er seinen eigenen Oberkörper in einer fließenden Bewegung nach hinten und stieß die beiden mit seiner ganzen Kraft gegeneinander. Sie hatten keine Chance, da er zwischen ihnen eingeklemmt war und ihre Arme unter seinem Körper waren. Ein dumpfer Knall, ein Stöhnen als die beiden, wie zwei Bowlingkugeln auseinanderflogen. Erbarmungslos nutzte Mitch das Durcheinander im engen Flur und schlug dem Mann, der links von ihm stand, die Faust ins Gesicht. Den Schwung ausnutzend nahm er seinen Ellenbogen in die Gegenbewegung und schlug nach rechts. Der Mann reagierte schnell und duckte sich von dem Schlag weg, aber Mitch erwischte ihn mit seinem Knie, dass er sofort nach oben riss. Etwas krachte in seinen Rücken. Es war der dritte Mann, der ihn jetzt von hinten angriff. Jetzt fand er sich in der Defensive und war gezwungen auf ihre Angriffe zu reagieren, denn die anderen beiden hatten sich schnell von seinem Überraschungsangriff erholt. Ein Schrei erklang hinter ihm und etwas Schweres knallte auf den Boden, aber er hatte keine Zeit darüber nachdenken, denn schon musste er sich dem Mann stellen, der ihn von links angriff. Dieser führte zwei schnelle Schläge gegen seinen Kopf, die Mitch mit seinen hochgerissenen Ellenbogen blockierte, dann versuchte dieser, ihn mit einem Fußstoß zu Boden zu bringen. Mit einem schnellen Schritt verkürzte Mitch die Distanz zwischen ihnen, fing das Bein seines Angreifers, tauchte gleichzeitig unter und schlug dem Mann mit seiner linken Faust zwischen die Beine. Ein lautes Keuchen und ein gepresstes Stöhnen waren die Antwort auf seinen Schlag, bevor der wie ein gefällter Baum zu Boden ging. Doch sein Triumph währte nicht lange, denn kurz darauf hämmerte etwas gegen seinen Kopf und er merkte, wie weiße Punkte um ihn herum tanzten. Mit einem lauten Brüllen stürzte sich der nächste Mann im Stil eines Footballspielers, seinen Gegner zu Boden zu werfen, auf ihn. Mit dem harten Aufprall auf dem Boden ließ Mitch die gesamte Luft aus seinen Lungen mit einem lauten Keuchen heraus. Der Typ lag schwer auf ihm und presste seine Arme um seinen Körper, sodass sie in diesem Griff eingeklemmt waren. Ohne lange zu überlegen, schlug Mitch mit seiner Stirn zu, denn der Schwung des Zusammenpralls hatte sie beide nah zusammengebracht. Zähne knirschten, als er auf etwas Weiches traf. Sofort bog er seinen Körper nach hinten, soweit es überhaupt noch möglich war, um neuen Schwung zu holen, und schlug wieder mit seiner Stirn zu. Erneut traf er auf etwas Weiches und dann lief warme, klebrige Flüssigkeit über sein Gesicht. Mitch schmeckte Blut auf seiner Zunge und wusste, dass er einen empfindlichen Punkt seines Gegners getroffen hatte.

Seit seinem ersten Angriff auf die Söldner waren nur einige wenigen Minuten vergangen. Er hatte sie mit seiner vorgetäuschten Bewusstlosigkeit überrascht, denn bislang zeigte keiner von ihnen eine Reaktion auf seinen Angriff. Jetzt lag er auf dem Boden und jeden Moment konnten zwei weitere Männer in den Kampf eingreifen. Das wusste vermutlich auch der, der ihn immer noch verbissen umklammerte, aber Mitch hörte, wie schwer dieser atmete und das Blut ihm aus dem Gesicht ran.

„Entschuldige. Ich würde gerne diesen Moment mit dir genießen, aber nicht heute", flüsterte er seinem Gegner leise ins Ohr. Gleichzeitig schob er seine Hand weiter unter seinen Rücken und ertaste die verschränkten Hände darunter. Trotz seiner Schmerzen versuchte der Mann ihn mit aller Kraft auf den Boden zu halten. Sein Griff war eisern, aber es gab immer eine Schwachstelle und das waren in diesem Fall seine Finger. Der kleine Finger brach wie ein Hühnerknochen mit einem trockenen Laut. Ein Stöhnen über ihm bestätigte, dass er auf dem richtigen Weg war, also ergriff Mitch den nächsten Finger. Die Bewegungen auf ihm wurden hektischer, als der Söldner merkte, was ihm bevorstand, aber es war zu spät. Als der nächste Finger brach, grunzte und keuchte der Mann vor Schmerzen laut auf. Mitch hatte keine Zeit mehr zu verlieren, er ergriff die beiden gebrochenen Finger und verdrehte sie ineinander. Der Körper über ihm versteifte sich einen kurzen Moment und dann brach der Mann bewusstlos zusammen. Erst jetzt nahm Mitch Schläge und Schreie hinter sich wahr und beeilte sich, den schweren Körper von sich zu rollen.

Ein Blick nach hinten ließ ihn die Stirn runzeln. Mohammed rang mit dem dritten Mann auf dem Boden. Es war schwer, zwischen den beiden am Boden ringenden Körpern eine Lücke zu finden, also trat Mitch dem Afghanen auf die Hand, der daraufhin einen Schlag ins Gesicht abbekam, und sofort dem letzten Söldner mit dem Fuß gegen die Schläfe, sodass er augenblicklich zusammensackte. Ein Kopf mit zerwühlten Haaren tauchte aus der Umklammerung auf und ein paar dunkle Augen funkelten ihn böse an, bevor Mohammed grinste. Doch das Gefühl des Triumphs verschwand augenblicklich, als Mitch ein leises Klicken hinter sich hörte.

„Ich sage es nur einmal. Ich will deine Hände sehen. Schön langsam", hörte er eine tiefe Stimme. Mitch drehte seinen vor Schmerzen pochenden Körper zu der Stimme und hob seine Hände in die Höhe.

Der Mann lehnte gebeugt an der Wand und hatte vermutlich noch starke Schmerzen. Er atmete stoßweise, aber in seiner linken Hand hielt er eine Pistole, die auf Mitch gerichtet war.

„Auf die Knie, du Mistkerl … Auf die Knie!", stieß er heiser hervor und machte eine unmissverständliche Bewegung mit seiner Waffe.

Langsam bewegte Mitch sich in die Richtung des Söldners.

„Übertreib es nicht! Auf die Knie!", stieß dieser erneut aus.

Noch in der Bewegung bemerkte Mitch einen Luftzug und etwas Dunkles flog an seinem Ohr vorbei. Im gleichen Augenblick schepperte es an der Wand, der Söldner zuckte zusammen, schwenkte seine Waffe an ihm vorbei und schoss. Diese kleine Ablenkung genügte. Ein langer Schritt brachte Mitch in die Nähe der Waffe und er griff mit seiner Hand danach. Seine Finger umschlossen den Lauf der Pistole und drückten sie gleichzeitig gegen die Wand. Es war eine einfache Entwaffnungstechnik. Man konnte sie links- wie rechtshändig anwenden. Die eigene Hand blockiert dabei die Bewegung des Verschlusses und verhindert somit ein erneutes Repetieren der Waffe. Mit der anderen Hand blockiert man das Handgelenk des Gegners. Die Waffe wirkt dabei wie ein verlängerter Hebel und mit einer eleganten Drehung nach außen oder innen bricht meistens der Finger, der im Abzugsbügel steckt — natürlich bei Bedarf. Ein Problem bei dieser Technik war, dass eine Kugel immer noch im Lauf der Waffe steckte und deswegen war es besonders wichtig, die Pistole bei dieser Technik aus der Schusslinie zu bringen.

Dieser einzige Schuss, bevor Mitch die Waffe seines Gegners endgültig blockieren konnte, dröhnte in dem engen Flur wie ein Kanonenschlag. Das Brechen des Fingers und der laute Aufschrei folgten nur einen Augenblick später. Sein Schlag traf den Söldner direkt am Kinn und er fiel wie ein Sack Kartoffeln zu Boden.

Im nächsten Moment herrschte absolute Stille im Flur, unterbrochen nur von ihrem Keuchen nach dieser Anstrengung. Es regte sich weder etwas in den anderen Zellen, noch waren besorgte Schritte der Wärter zu hören. Mitch ließ die Pistole langsam sinken und blickte sich nach Mohammed um.

Keine zehn Minuten später hockten sie gemeinsam in ihrer alten Zelle. Mitch atmete schwer, da er die drei Söldner hier geschleppt hatte. Einer von ihnen war tot, erschossen von seinem eigenen Kameraden mit freundlicher Unterstützung von Mohammed, aber das dürfte wohl später vor Gericht keine Rolle spielen. Mitch bezweifelte generell, dass es überhaupt zu einer Verhandlung kommen würde. Hier ging es um Leben und Tod und wenn man nicht schnell genug war, dann gewannen die anderen.

„Was willst du jetzt machen?", fragte der Afghane ihn und betrachte neugierig, wie Mitch die Rucksäcke durchwühlte, die seine Folterknechte mit sich führten.

„Sie wollten mir dieses Zeug spritzen, damit ich Halluzinationen und Angstschübe bekomme. Jetzt verabreiche ich ihnen ihr eigene Medizin, damit sie diese Erfahrung selbst erleben können. Das verschafft uns Zeit."

„Also ist das keine gute Medizin?"

„Nee. Das ist so, als ob du ganz viel Mohn in flüssiger Form zu dir nimmst, dabei Gras rauchst und ohne Fallschirm aus dem Flugzeug springst."

„Woher weißt du so viel darüber?" Misstrauisch beobachtete Mohammed, wie er den beiden eine Spritze gab.

„Ich habe es in einem Film gesehen und das sah alles ziemlich echt aus."

„Und wie ist jetzt unser Plan?"

„Ich würde sagen, den einfachsten Teil unserer Flucht, unsere Wachen auszuschalten, haben wir geschafft. Jetzt müssen wir versuchen, hier lebend rauszukommen, das ist vermutlich der schwierigste Teil."

„Wir könnten ihren Wagen nehmen."

„Ja, das wäre eine Möglichkeit, aber bereits am ersten Tor würden wir in Schwierigkeiten kommen. Die Wachen werden sofort den Unterschied zwischen mir und denen dort merken. Nein. Wir haben noch etwa eine

Stunde und zwanzig Minuten Zeit, bevor hier Alarm geschlagen wird. Bis dahin müssen wir von hier verschwunden sein."

„Könnten wir uns hier auf dem Gelände verstecken und versuchen morgen zu entkommen?"

„Darüber habe ich auch schon nachgedacht, aber wenn ihr Wagen hierbleibt und uns bis dahin keiner entdeckt, dann werden sie uns als erstes hier auf dem Gelände suchen."

„Ich wollte es dir ersparen, aber so wie es aussieht, musst du mich doch tragen, sehe ich das richtig?" fragte Mohammed unschuldig.

„Das ist vermutlich unsere einzige Chance. Wenn wir es nach draußen schaffen, werden deine Leute uns helfen?"

Sein neuer afghanischer Freund grinste schief und flüsterte: „Sie werden alle kommen, von überall."

Mitch schlenderte zum weißen Geländewagen der Söldner, der keine fünf Meter weit vom Eingang zum Gefängnis stand. Unauffällig schaute er sich um, aber das, was er sah, gefiel ihm überhaupt nicht. Zu viele Wachen — zu viele, die ihre Flucht verhindern könnten. Nein, er musste eine andere Möglichkeit finden und zwar schnell. Das Gebäude, in dem sich das Gefängnis befand, stand am äußersten Rand der gesamten Anlage, umgeben von einer niedrige Mauer, die überwiegend als Sichtschutz diente. Es war ein grauer Kasten, zwei Stockwerke hoch. Die vergitterten Fenster waren zusätzlich mit Glasbausteinen zugemauert.

Er hörte lautes Lachen und die Stimmen der afghanischen Wachen, die gleich neben dem Eingang ihr Zimmer hatten. Vier Männer, die um einen Tisch saßen und aus einem großen Alutopf aßen. Mohammed und er mussten die Gelegenheit nutzen, noch waren die Wachen abgelenkt. Es grenzte an ein Wunder, dass diese Männer nicht auf den Kampflärm aufmerksam geworden waren, oder sie waren es gewohnt, dass es hier laut wurde. Von den bezahlten zwei Stunden waren bereits dreißig Minuten vergangen.

Hinter dem Gefängnis befand sich eine fast drei Meter hohe Mauer. Mitch startete den Wagen und fuhr langsam rückwärts, bis die Stoßstange gegen die Mauer stieß. Dann schlüpfte er durch die Eingangstür um Mohammed zu holen.

In der Zelle angekommen berichtete er ihm von seinem Plan.

„Ich gehe überall mit hin. Hauptsache, wir verschwinden aus diesem Loch. Wenn sie dich schon töten wollen, was meinst du, was sie mit dem einzigen Zeugen machen werden? Ha! Sie werden mich sofort beseitigen, sobald mein Vater unser Land an den Gouverneur abgetreten hat, da bin ich mir ganz sicher. Komm, mein Freund, ich zeige dir meine Stadt."

Mitch knebelte die beiden Söldner. Dem einen, der einen Streifschuss abbekommen hatte, legte er einen Verband an, was einen fragenden Blick von Mohammed hervorrief.

„Ja, ich weiß, er wollte mich foltern, aber er blutet stark und ich breche mir keinen Zacken aus der Krone, wenn ich ihm helfe."

„Du bist ein komischer Kerl. Das sind deine Feinde, du musst sie töten."

„Das mache ich beim nächsten Mal, aber heute haben wir wirklich keine Zeit dafür", beruhigte er seinen afghanischen Freund.

Sie zogen sich die taktische Bekleidung der Söldner an. Mitch nahm einen Rucksack mit, in dem Munition, eine Pistole, zwei Flaschen Wasser und ein paar Riegel waren.

„Also, hör zu. Wir gehen gemeinsam zu dem Jeep. Ich setze dich auf die Motorhaube, dann helfe ich dir, auf das Dach des Wagens zu klettern und anschließend setze ich dich auf die Mauer. Warte dort, bis ich bei dir bin. Anschließend klettere ich auf die andere Seite. Du wartest, bis ich unten bin und ich hole dich nach. Es muss schnell gehen. Wir reden nicht, sondern arbeiten uns von Hindernis zu Hindernis. Was uns auch immer auf der anderen Seite erwartet, wir entscheiden dort, wie wir weiter vorgehen. Hast du mich verstanden?"

Einen Augenblick sah er so etwas wie Unsicherheit in den dunklen Augen von Mohammed.

„Ich vertraue dir, mein Freund."

„Gut, dann lass uns diese schöne Unterkunft verlassen."

Sich an den Wachen vorbei zu schleichen, war trotz der tippelnden Schritte auf dem Steinboden ihre einfachste Übung. Er schätzte das Gewicht von Mohammed auf etwa siebzig bis achtzig Kilogramm plus den Gips, der ihn so unbeweglich machte. An jedem anderen Tag hätte er sich darüber keine Sorgen gemacht, aber heute war das wirklich ein Problem. Sein Körper hatte sich zwar von der Infektion erholt, aber Mitch bemerkte, wie kurzatmig er bei jeglicher Anstrengung wurde und wie schnell seine Kräfte ihn verließen. Eine bessere Möglichkeit für ihre Flucht würden sie vermutlich nicht mehr bekommen.

Das Klettern auf das Dach des Jeeps ging relativ schnell. Die ersten Probleme begannen beim Übergang auf die Betonmauer, die aus quer gelegten Elementen bestand. An deren Ende waren spitze, fünf Zentimeter lange Metalldornen angebracht.

„Schnall dir deinen Rucksack um den Bauch und leg dich über den Zaun." Vorsichtig schob Mitch den Afghanen auf die Mauer. Als er sich davon überzeugt hatte, dass Mohammed sicher auf dem Zaun lag, stieß Mitch dem Jeep von der Mauer weg und kletterte schnell hinterher. Sie hingen jetzt in drei Meter Höhe wie zwei aufgespießte Heringe. Der Wagen war in einigen Metern Entfernung von der Mauer stehen geblieben. Damit würde ihr Fluchtweg ihren Verfolgern einige Kopfzerbrechen bereiten.

Das Gefängnisgebäude verdeckte sie zwar, aber sie mussten so schnell wie möglich von hier runter. Die Metalldornen bohrten sich schmerzhaft in seinen Körper, aber Mitch ignorierte den Schmerz und begann vorsichtig, die Beine von Mohammed auf die andere Seite zu drehen. Anschließend brachte er seinen Körper auf die andere Seite und sprang in die Tiefe. Unten stellte er sich direkt an die Mauer und rief Muhammed zu, sich langsam nach unten zu lehnen. Die Zeit schien nicht zu vergehen, aber dann schaffte er, seine Beine so weit nach unten zu bringen, dass Mitch ihn fassen konnte.

„Ich halte dich fest, komm jetzt langsam runter", zischte er und einige Augenblicke später lehnten sie beide schwer atmend an der Mauer.

Mitch schaute sich um. Sie befanden sich in einem langen, breiten Gang, der wie eine breite Zufahrt aussah. Auf der rechten Seite zog sich die hohe Mauer entlang, hinter der sich ihr Gefängnis befand und zu ihrer linken stand eine etwas niedrigere und durch mehrere Eingangstore durchbrochene Mauer. Ihnen gegenüber befand sich ein blau gestrichenes Eingangstor, das scheinbar nicht abgeschlossen war. Mit eiligen Schritten überquerten sie den Gang und schlüpften in die Einfahrt hinein. Schnell erfasste Mitch die Situation. Es war eine kleine Hofeinfahrt, die zu einem zweistöckigen Haus führte. Er sah einen Generator und einen weißen Stuhl, auf dem eine zusammengerollte Decke lag und vermutlich von einem Wachmann benutzt wurde. Sie mussten sofort von hier verschwinden. Jederzeit könnte jemand auftauchen und Alarm schlagen.

„Es tut mir leid, mein Freund, aber ich fürchte, wir müssen erneut klettern und zwar da hinauf." Mitch zeigte auf den Generator und anschließend auf das Flachdach des Hauses.

Das Gesicht von Mohammed war schweißüberströmt, aber seine Augen blickten ihn entschlossen an.

„Worauf warten wir dann … Ich liebe klettern."

Das Dach über dem Generator ächzte, als er Mohammed darauf hievte. Dort blieb der Afghane schwer atmend liegen, bis Mitch sich neben ihn legte.

„Wir machen das gleiche noch einmal wie vorhin bei der Betonmauer. Atme noch einmal tief durch und dann müssen wir auch schon los."

Sie erhoben sich und er half Mohammed, bis zum nächsten Hindernis zu kommen. Wieder stellte sich Mitch mit dem Rücken gegen die Wand und ging in die Knie, damit der Afghane seinen Fuß in seine Handflächen stellen konnte. Vorsichtig drückte er sie in die Höhe und hob den Afghanen auf seine Schultern. Erst als dieser sicher auf dem nächsten Dachvorsprung lag, warf er einen letzten Blick auf ihr Gefängnis. Dann sprang er in die Höhe und seine Hände griffen nach der Dachkante.

Das Dach, worauf sie sich jetzt befanden, war etwa dreißig Meter lang. Ein Schornstein und eine Satellitenantenne befanden sich darauf.

„Bleib hier, ich schaue, wie es da vorne aussieht." Er sah, unter welchen Schmerzen Mohammed gerade litt, aber er hielt sich tapfer und klagte nicht. Trotzdem würde er sie über kurz oder lang einschränken und irgendwann könnte womöglich der Schmerz siegen.

Was mache ich dann? Lasse ich ihn liegen, töten sie ihn. Bleiben wir zusammen, töten sie uns beide.

„Die gute Nachricht ist, dass wir die Gefängnismauer überwunden haben und hinter dieser Dachkante die Freiheit auf uns wartet. Die schlechte ist, dass da vorne das Gebäude endet und wir einen etwa drei Meter großen Abstand zu einer neuen Mauer, die mit Stacheldraht gesichert ist, überqueren müssen, bevor wir auf die Straße der Freiheit kommen. Wir haben wenig Zeit nach einer anderen Lösung zu suchen und müssen uns beeilen, sonst ist dieser schöne Augenblick gleich beendet."

Sie sahen sich einen Augenblick lang in die Augen und schon erhob sich Mohammed schwerfällig. Sie brauchten einige Augenblicke, bis sie das Ende des Daches erreichten, doch es wurde mit jedem Meter deutlich, dass er am Ende seiner Kräfte angelangt war.

„Jetzt könnten wir einen Hubschrauber gebrauchen", murmelte er, als er den Abstand zwischen dem Dach und der Mauer betrachtete.

Mitch schaute kurz in die Richtung, aus der sie gerade gekommen waren, so als ob er überlegte, wieder dorthin zurückzukehren. Dann schüttelte er den Kopf und konzentrierte sich auf das neue Hindernis.

Links von ihnen stand ein einsamer Baum, dessen Äste weit auf die Straße hinausragten. Sein Problem bestand nicht darin, dass er das neue Hindernis nicht überwinden konnte, nein, er suchte fieberhaft nach einer Möglichkeit, wie er es gemeinsam mit Mohammed bewerkstelligen konnte. Seine Beinverletzung behinderte ihn mehr, als er zugab, aber der tapfere Afghane wollte trotz aller Schmerzen, die ihn quälten, nicht aufgeben.

„Im Prinzip ist es ganz einfach", begann Mitch und in seinem Kopf begann ein Plan Konturen anzunehmen. „Wir müssen zuerst auf diesen Baum klettern, anschließend über die Mauer und dann auf die Straße."

„Das hört sich alles sehr einfach an, wenn du mir das so erzählst, aber wie willst das anstellen?", fragte Mohammed ihn resigniert.

Mitch beachtete seine Frage nicht. „Gib mir deinen Rucksack." Ohne nachzudenken, ließ er die beiden Rucksäcke auf das Dach fallen. „Jetzt gehe ich in die Knie und nehme dich auf meine Schultern."

Jetzt kam der schwierigste Teil seines Plans und sie hatten vermutlich nur einen einzigen Versuch, bevor ihnen beiden die Kraft ausging. Er musste mit Mohammed auf seine Schultern den Ast über ihnen erreichen.

„Bei Zirkus „Krone" machen sie diesen Trick jeden Tag, das kriegen wir auch hin", murmelte Mitch zu sich selbst.

Er stellte sich breitbeinig darunter auf, um mehr Stabilität zu bekommen und ergriff die Hände von Mohammed. „So, mein Freund, jetzt versuche vorsichtig, auf meine Schultern zu klettern. Ich helfe dir. Du hast früher bestimmt deinen Bruder auf deinen Schultern gehabt und ihr habt gegen andere Kinder gekämpft. So ähnlich ist das jetzt auch..."

Seine Beine zitterten vor Anstrengung, sie wackelten, aber sie schafften es gemeinsam. Unendlich langsam, aber mit jedem Zentimeter streckte sich Mohammed in die Höhe, bis er endlich seine Hände losließ. Der Gips drückte ihm schmerzhaft gegen das Schlüsselbein, aber Mitch ignorierte den Schmerz und konzentrierte sich auf den nächsten Schritt.

„Gut. Jetzt musst du den Ast mit beiden Händen ergreifen", stieß er schweratmend hervor.

„Ich habe ihn", keuchte der Afghane.

Mitch verlor keine Zeit. Er schnappte sich die beiden Rücksäcke, nahm Anlauf und sprang vom Dach auf den staubigen Baum. Der Aufprall nahm ihm die Luft weg, aber er hatte keine Zeit, lange darüber nachzudenken oder sich seine Abschürfungen anzuschauen. Er musste so schnell wie möglich Mohammed erreichen, der auf einem Ast zwischen der Dachkante und dem Zaun hing. Er war froh, dass die Schuhe, die er einem der Söldner abgenommen hatte, einen guten Grip hatten, denn so konnte er sich ohne große Mühe von Ast zu Ast schlängeln, um seinen Freund zu erreichen.

Mohammed betete, keuchte und hielt sich mit der letzten Kraft, die er noch aufbringen konnte, an dem Ast fest. Als Kind war er oft auf den Bäumen in ihrem Garten herumgeklettert, aber heute ging es um sein Leben. Unter ihm klaffte ein dunkles Loch und er mochte sich nicht vorstellen, was bei einem Sturz aus vier Metern Höhe mit ihm geschehen würde. Aus dem Augenwinkel bemerkte er, wie der verrückte große Mann, der mit einer unglaublichen Ruhe alle Hindernisse überwand und ihn mit sich schleppte, gegen den Baum sprang. Ihm fielen die Szenen in dem engen Flur im Gefängnis ein, wie dieser gleichzeitig gegen zwei Männer kämpfte und am Ende sogar gegen einen Bewaffneten. So etwas kannte er nur aus Filmen. Dieser Mann hatte ein Geheimnis und dahinter steckte mehr, als er es ihm sagte.

Sein Atem ging jetzt nur noch stoßweise und seine Gebete wurden immer wirrer. Aus Verzweiflung warf er seinen Kopf in den Nacken, aber das half nicht wirklich, seine Finger wurden unter der Last seines Körpers immer schwächer. Ein letzter Krampf, bevor seine linke Hand unkontrolliert von dem Ast herunterrutschte, aber im gleichen Moment griffen zwei starke Hände nach seinen.

„Ich werde dich jetzt hin und her schaukeln und du musst versuchen, dich mit deinem gesunden Bein um den Ast zu wickeln", sagte Mitch leise und Mohammed stöhnte zu Bestätigung.

Beim dritten Versuch schafften sie es, seinen Körper so um den Ast zu legen, dass er nicht mehr in der Luft hing. Anschließend kletterte Mitch nach oben und drehte Mohammed so, dass er jetzt auf dem Ast lag und nur sein Gipsbein herunterhing. Völlig erschöpft und schwer atmend flüsterte der Afghane: „Geh und lass mich hier liegen, mein Freund. Allein wirst du es schaffen, aber ich kann nicht mehr."

„Nur noch diese Mauer und dann haben wir es geschafft. Ich werde dich dann auf meinen Schultern tragen", erwiderte Mitch ihm zuversichtlich, aber Mohammed wusste, dass dieser in seinem Zustand nicht weit kommen würde.

Seine eigenen Muskeln brannten und sein Körper war am Rande des Zusammenbruchs und trotzdem wollte Mitch nicht aufgeben. Er kaute gedankenverloren an einem Eiweißriegel, um etwas Energie aufzunehmen.

Als sie nach zwei gescheiterten Versuchen die letzte Mauer überwanden, brach Mohammed zusammen. Tränen liefen über sein Gesicht und sein Körper weigerte sich, ihm zu gehorchen. Mitch spritze ihm Wasser ins Gesicht und gab ihm noch einen dieser widerlich süßen Energieriegel, die er in einem der Rucksäcke fand. Diese zwei Minuten Pause gönnte er ihnen, denn er brauchte sie selbst. Irgendwie ahnte Mitch, dass der komplizierte Teil ihrer Flucht gerade erst begann. Gleichzeitig nutzte er die Zeit, um die breite Straße, auf der sie sich gerade befanden, genauer zu betrachten. Seltsamerweise waren weder Menschen noch Fahrzeuge darauf zu sehen. Nur zu ihrer Linken, in etwa zweihundert Meter Entfernung, sah er eine Straßensperre und drei Soldaten, die sie noch nicht bemerkt hatten.

„Hey Mohammed, ich habe uns aus dem Gefängnis gebracht und jetzt musst du mir den Weg zu deiner Familie erklären", beendete Mitch ihre Pause.

Mohammed machte eine hilflose Geste in Richtung der Soldaten.

„Na toll, müssen wir wirklich dorthin?"

Der Afghane nickte und flüsterte: „Es das Regierungsviertel, wir müssen diesen Weg nehmen", wiederholte er stur.

„Hast ja recht, ich habe auch keine Lust auf lange Spaziergänge. Wenn du sagst, wir müssen nach links, dann gehen wir auch dorthin." Mitch blickte auf den Afghanen herunter, der kraftlos versuchte, sich zu erheben.

„Lass das mal sein, ich nehme dich auf den Rücken."

Mit Mohammed quer auf seinem Rücken näherte sich Mitch der Kontrollstelle mit festen Schritten. Den Rucksack mit der Waffe hatte er sich vorne um die Brust geschnallt, um im Notfall seine Pistole ziehen zu können. Er hatte den Söldnern nicht nur ihre Waffen abgenommen, sondern auch ihre Ausweise und ein Funkgerät; die Ausweise, damit er ihre Namen kannte und das Funkgerät, um ihren Funkverkehr abhören zu können. Etwa fünfzig Meter vor dem Checkpoint wurden sie bemerkt. Aus dem Schatten der Bäume schälten sich zwei weitere Soldaten heraus und beobachteten sie aufmerksam. Scheinbar ergaben sie kein übliches Bild in diesem Viertel, was man an den lauten, aufgeregten Sprachfetzen merkte. Wenn ein Angriff von vorne kam, darauf konnte er vielleicht noch reagieren, aber von hinten, dort lag ihr Gefängnis und das stellte im Moment die größere Gefahr dar. Die zwei Stunden, die die Söldner sich für seine Folter erkauft hatten, waren fast abgelaufen und Mitch rechnete jeden Augenblick mit einer lauten Sirene, die ihre Flucht bekannt gab.

Ohne die Soldaten zu beachten, lief Mitch zielstrebig die Straße entlang. Aus dem Augenwinkel beobachtete er, wie sich drei von ihnen langsam in Bewegung setzten, um ihn den Weg abzuschneiden.

Eigentlich war die Situation einfach, die Soldaten wollten wahrscheinlich nur wissen, wer sie waren und was sie im Regierungsviertel trieben. Zumal sie beide schon ein komisches Bild abgaben. Ihre Kleidung war zerrissen und dreckig von der Flucht und bestand aus einem Mix aus afghanischer Kluft und dem, was Mitch den Männern im Gefängnis abnehmen konnte. Außerdem schaute ein Mann über seine Schulter, was nicht gerade vertrauenserregend aussah. Die drei Soldaten bildeten einen Halbkreis um sie herum und die deutliche Bewegung ihrer Kalaschnikow zeigte ihm, dass sie anhalten sollten. Das war keine Bitte mehr.

„So, Mohammed, jetzt kannst du denen erklären, dass wir unsere Oma besucht haben und jetzt nach Hause wollen. Lass die Geschichte mit deinem Fuß aus, das dauert zu lange und wir haben keine Zeit mehr. Sag einfach, wir kommen morgen wieder zum Tee", flüsterte Mitch.

Nach der Begrüßung der Posten schwieg Mohammed plötzlich und Mitch fiel ein, dass sie sich für einen solchen Fall überhaupt nicht abgesprochen hatten. Dafür übernahm der afghanische Offizier das Reden und seine Fragen, die Mitch nicht verstand, wurden immer lauter und schriller.

„Jetzt reicht es!", brüllte Mitch und blickte in die erschrockenen Gesichter vor sich, die sofort an ihren Waffen fummelten. Sie machten alle einen Schritt zurück, als ihnen auffiel, wie groß der Ausländer war, der ihnen mit wutverzerrtem Gesicht gegenüberstand. Stille breitete sich zwischen ihnen aus und es war so ein Moment, der die Gewalt explodieren lassen konnte. Noch zögerten sie, aber sie waren kurz davor. Genau in dieser spannungsgeladenen Atmosphäre, die zwischen ihnen entstand, erwachte plötzlich sein Funkgerät zu Leben.

Mitch hörte nur mit halbem Ohr zu, aber es ging wohl um ein Team, das am Flughafen wartete und jetzt nach der neuen Order fragte, da der Fluggast aus Kabul nicht angekommen war. Obwohl die Soldaten nicht verstanden, was dort gesprochen wurde, schien es sie aber so weit zu beeindrucken, dass sie ihre Waffen senkten und jetzt unentschlossen auf der Straße standen.

Sofort nutzte Mitch diese Situation zu ihren Gunsten aus. Er hielt den Ausweis eines Söldners in die Höhe und sagte laut.

„Security! American Security!"

Nach einer gründlichen Überprüfung seines Ausweises durfte er unter dem Gelächter der Soldaten Mohammed wieder auf den Rücken hieven und den Checkpoint passieren. Bei der ersten Gelegenheit riss er das Funkgerät aus der Tasche, nahm den Akku heraus und schleuderte das Ding über den Zaun. Falls sie versuchten, das Gerät zu orten, würde es ihren Verfolgern nicht viel nutzen.

So schnell, wie seine Beine ihn noch trugen, schleppte er sich durch das Wirrwarr der Straßen, den Mohammed ihm zeigte. Einmal blieben sie einen kurzen Augenblick zum Verschnaufen an einem Schaufenster stehen, das sich als eine Bäckerei herausstellte. Hier wechselte sein neuer afghanischer Freund ein paar Worte mit dem Bäcker, der ihnen grimmig ein frisch gebackenes Fladenbrot zusteckte. Dieses Mal war es Mohammed, der ihn zum Aufbruch drängte.

„Wir müssen weiter, schnell … Komm …"

„Du hast dich da oben erholt und jetzt drängelst du. Wir können jetzt gerne tauschen und ich mache ein Nickerchen auf deiner Schulter und du kannst mich bis nach Kabul schleppen", antwortete Mitch ihm mit vollem Mund. Er wusste nicht, wie sein Magen auf diese erste feste Nahrung reagieren würde, aber es war ihm egal, er war erschöpft und brauchte dringend etwas zu essen und Erholung.

Sie schleppten sich immer weiter durch das Dickicht der engen Straßen. Er wusste nicht mehr genau, wie lange sie bereits auf der Flucht waren, unterbrochen von kurzen Pausen, in denen er seine Schultern entspannte und etwas durchatmen konnte. Sein Körper rebellierte, doch sein Verstand schloss alle Gedanken und Schmerzen aus seinem Kopf aus. Laufen, atmen, alles andere um ihn herum ignorieren. Plötzlich führte die enge Straße sie auf einen breiten zerfahrenen Platz. Von hier gingen Straßen in alle Richtungen ab.

„Keine Pause, wir müssen weiter. Bitte … beeile dich …", drängte ihn der Afghane.

Sie hatten den Platz bereits zur Hälfte überquert, als Mitch ein anstrengendes Motorgeräusch vernahm, das sich näherte. Ohne seinen Schritt zu verlangsamen, griff er in den Rucksack und umfasste den Griff der Pistole. Eine Staubwolke überholte sie, als das Fahrzeug vor ihnen scharf bremste und den Weg versperrte. Aus der Staubwolke hörte er schnelle Schritte, die sich jetzt um sie verteilten. Als jemand versuchte, nach ihm zu greifen, begleitet von einer scharfen, befehlsgewohnten Stimme, stieß er seine Pistole nach vorne. Mitch sah sich drei Männern gegenüber, die in grüne Tarnuniformen gekleidet waren. Jeder von ihnen hielt ein amerikanisches Maschinengewehr in der Hand. Sofort wusste er, dass es keine gewöhnlichen Soldaten waren. Sie standen sich mit gezogenen Waffen gegenüber und schwiegen. In diesem Moment fiel ihm wieder ein, woher er diese seltsamen Uniformen kannte: aus dem Gefängnis. Die Soldaten zeigten keine Reaktion, sie warteten einfach nur, denn sie wussten, dass er nicht ewig so stehen konnte, mit dem Gewicht von Mohammed auf den Schultern und der ausgestreckten Waffe in der Hand. Sein Arm begann zu zittern und Mitch kämpfte dagegen an, aber seine Kraft verließ endgültig seinen Körper. Die Männer vor ihm lächelten kalt, als sie bemerkten, wie er kämpfte und mit der Erkenntnis, dass ihre Flucht gescheitert war. Langsam senkte Mitch seine Waffe.

Ein neues Geräusch drängte zu ihnen, es schien von allen Seiten zu kommen. Dann schoss der erste Pick-Up aus einer Seitenstraße auf den kleinen Platz. Innerhalb weniger Augenblicke war der gesamte Platz voller Fahrzeuge und Männer.

Von dem bekam Mitch jedoch nur wenig mit, denn er beugte sich herunter und stellte Mohammed auf die Füße. Er war mit seiner Kraft am Ende und konnte sich kaum noch auf seinen Beinen halten. Das Blut pochte in seinen Ohren, müde und zerschlagen starrte er vor sich auf den Boden.

Als er sich wieder aufrichtete, sah er, dass auch die Soldaten von allen Seiten umzingelt waren. Ihre Gesichter sagten, dass an der Situation etwas nicht stimmte. Ihre Selbstsicherheit war verschwunden und sie wandten sich gehetzt um. Die neue Gruppe sah wild aus. Keiner von ihnen trug eine Uniform, die Männer sahen eher aus wie die, gegen die sie früher in den Bergen gekämpft hatten. Bärtige, wilde Krieger mit schwarzen Tüchern, überkreuzten Patronengurten und Waffen, die jetzt auf alle gerichtet waren. Eine elektrisierende Spannung legte sich über den Platz.

„Haben wir ein Glück heute", murmelte Mitch. Dabei fiel ihm auf, dass sein afghanischer Freund seelenruhig neben ihm stand, ohne ein Wort zu verlieren.

Verwirrt schaute er zu ihm herüber und sah, wie dessen dunkle Augen vor Freude glänzten.

„Sie sind gekommen, so wie ich es dir gesagt habe", flüsterte Mohammed stolz.

Ein kleiner, grauhaariger Mann mit einem weißen Bart bahnte sich einen Weg durch die Krieger.

Mohammed rief etwas, stolperte dem Mann entgegen und fiel in seine Arme. Der Mann hielt ihn fest umklammert und küsste seine Wange. Die wilden Krieger rissen ihre Waffen in die Höhe und jubelten. Die einzigen, die nicht in diesen Jubel verfielen, waren die Soldaten und Mitch.

Mohammed riss sich aus der Umarmung seines Vaters und humpelte zu Mitch, dabei redete er die ganze Zeit irgendetwas, was er nicht verstand. Der ältere Mann blieb würdevoll vor ihm stehen und schaute ihn neugierig aus seinen strengen Augen an.

„Salam alaikum", sagte er mit einer überraschend weichen Stimme und legte seine Hand aufs Herz.

„Salam alaikum", antwortete Mitch mit rauer Stimme und legte gleichfalls seine Hand aufs Herz.

Einen Augenblick lang sahen sie sich in die Augen und dann drückte der ältere Mann ihn an sich und küsste ihn auf die Wange.

„Ich danke dir, dass du mir meinen Sohn zurückgebracht hast", sagte er nach einer Weile in gutem Englisch und musterte ihn erneut.

Die Freundlichkeit des Mannes verschwand augenblicklich, als er sich umdrehte und auf die Soldaten zuging. Ihre Selbstsicherheit war von einem Augenblick auf den anderen verschwunden. Keiner von ihnen dachte mehr daran, seine Waffe auf sie zu richten, sie wirkten unsicher und ihre Augen huschten hin und her.

Es folgte ein lauter Wortwechsel, den Mitch nicht verstand, aber es sah so aus, als schien der Vater von Mohammed sie zu befragen. Die vormals strenge Stimme unter den Soldaten versuchte, sich zu rechtfertigen. Mit einer deutlichen Handbewegung schnitt der Stammesfürst ihm das Wort ab und sein eben noch weiches Gesicht sah sehr zornig aus. Er bellte einen Befehl und die Masse der Bewaffneten um sie herum geriet in

Bewegung. Die Soldaten legten ihre Waffen auf den Boden und rührten sich nicht mehr vom Fleck. Mohammed zog Mitch eilig zu einem großen, weißen Jeep, umringt von seinen Männern. Der Rest der wilden Kämpfer verteilte sich augenblicklich auf die herumstehenden Fahrzeuge. Wenige Augenblicke später setzte sich die gesamte Kolonne, die wie ein langer, waffenstarrender Wurm durch die belebten Straßen der Stadt kroch, in Bewegung.

KAPITEL 13

Stehend auf der eleganten Treppe aus weißem Marmor beobachtete William Goldsby schweigend das Chaos. Alle Gäste des Empfangs waren gerade dabei, gleichzeitig aus dieser engen Ausfahrt herauszukommen. Die Polizisten, die versuchten, eine geordnete Abfahrt zu organisieren, wurden beflissen von allen ignoriert. William bemerkte einen seiner Männer in der Nähe und steuerte auf ihn zu.

Es vergingen weitere zwanzig Minuten, ehe sie endlich auf die breite Straße vor dem Gebäude des Außenministeriums gelangten um aus der sicheren „Grünen Zone" zum Flughafen zu kommen. Er hatte noch zwei Stunden bis zum Abflug und es musste schon mit dem Teufel zugehen, um es in dieser Zeit nicht bis dahin zu schaffen.

Vorbei an der amerikanischen Botschaft passierten sie schnell den letzten Checkpoint der Sicherheitszone und keine fünf Minuten später standen sie eingekeilt im Stau. Es war der gleiche Stau, der ihn schon bei der Hinfahrt aufhielt, nur dass dieser jetzt in Richtung des Flughafens zog und es bewegte sich weder etwas nach vorne noch nach hinten. Je länger sie auf der Stelle standen, umso nervöser wurden die Männer in seinem Fahrzeug. Die drückende Stimmung, die immer wieder von dem Knattern des Funkgerätes unterbrochen wurde, breitete sich wie eine bleierne Decke über ihnen aus. Als dann auch noch sein Telefon klingelte und er über die Flucht aus dem Gefängnis unterrichtet wurde, hatte William das Gefühl, als zerreiße etwas in seinem Inneren.

Geschlagene zehn Minuten tobte er auf der Rücksitzbank des Geländewagens, aber es nutzte alles nichts; er saß in Kabul auf einer staubigen Straße fest und in Kandahar spazierte gerade einer seiner wichtigsten Gefangenen in die Freiheit. Sollte es diesem Kerl gelingen, irgendwie Kontakt zu den internationalen Truppen aufzunehmen, dann hätten sie ein ernsthaftes Problem. Wenn die Situation nicht so verrückt oder er nicht direkt darin involviert wäre, dann hätte er schadenfroh darüber gelacht. Dass dem von allen gefürchteten Sicherheitschef einer seiner wichtigsten Gefangenen, den er über Jahre jagte, aus einem seiner Gefängnisse ausgebrochen war, das war schon ein Brüller. Leider war er selbst zu sehr in diesen Fall involviert und hatte auf dieser Befragung bestanden und steckte gerade ganz tief bei dem Bären im Arsch. Was für eine Rolle seine Männer bei dieser Flucht gespielt hatten, das stand auf einem anderen Blatt, aber er hatte diesen Termin „gekauft" und musste die Verantwortung dafür übernehmen.

Wie konnte jemand, der mit Drogen vollgestopft war, drei seiner Männer gleichzeitig überwältigen und dann noch mit einem Gefangenen fliehen, der einen Gips trug? William erinnerte sich an ihre erste Begegnung im Fahrzeug, an das anschließende Chaos bei der Festnahme der beiden deutschen. Dieser Becks, der, statt zu fliehen, ihre Camps überfiel und seine besten Männer tötete. Wer auch immer diese beiden waren, wir haben sie unterschätzt, sie waren gefährlich. Was bedeutete überhaupt, dass einer seiner Männer in Kandahar tot war und die anderen beiden auf einem Trip? Hatten diese Idioten das Zeug etwa selbst genommen? Je mehr unbeantwortete Fragen er sich stellte, desto wütender wurde er. Dabei musste er jetzt einen klaren Kopf behalten und nach einem Ausweg aus dieser Situation suchen. Er hatte plötzlich eine Eingebung, dass die beiden deutschen nicht zufällig hier aufgetaucht waren und Melai vielleicht mit ihnen ein ganz übles Spiel spielte. Warum beharrte er so sehr diesen Kerl selbst zu vernehmen. Wollte er ihn sogar schützen oder versuchte er sie gerade aus dem Geschäft zu verdrängen? Nein das konnte er sich nicht vorstellen! Dafür war er zu besessen von der Idee diese beiden „Bankräuber" zu ergreifen.

Einen Augenblick lang war er versucht, sofort in Washington anzurufen, aber dann besah er sich eines Besseren. So wie er seinen Chef kannte, musste er ihm Ergebnisse und Eigeninitiative präsentieren. Untätigkeit duldete Jack nicht. Zunächst mussten er es bis zum Flughafen schaffen, denn mit jeder Minute, die sie im Stau verloren, starb seine Hoffnung, heute Abend noch nach Kandahar zu kommen.

Als sie die breite Zufahrtsstraße zum Flughafen nach einer Stunde verließen und in die schmale Straße einbogen, die sie zum „Bravo"-Gate führte, mussten sie zunächst durch eine Sicherheitskontrolle, ehe sie in die lange, umständliche Umleitungsstraße um die Landebahn einbogen. Sie waren schon so nahe, dass William das Dröhnen der Rotoren auf dem Flugfeld spürte. Der lange Schatten einer grauen Transportmaschine zog langsam über sie hinweg und die beiden Wagen rasten auf die letzte Sicherheitskontrolle des militärischen Teils des Flughafens zu. Die Türen flogen auf und William rannte auf das kleine Abfertigungsgebäude aus rotem, ausgewaschenem Klinker zu. Die kleine Halle wirkte verlassen und die blauen Anzeigen am Abfertigungsschalter waren ausgeschaltet. Seine Männer verteilten sich in der Halle und suchten nach jemanden von der Abfertigung, aber es war keiner mehr da.

Weitere zehn Minuten vergingen, bis sie endlich jemanden fanden, der ihnen eine Auskunft erteilen konnte und seine schlimmsten Befürchtungen wurden wahr. Sein Flug wurde kurzfristig abgesagt und auf 05.20 Uhr in der Frühe verlegt. William wusste, dass weder sein Schreien noch ein weiterer Wutausbruch die Lage, in der er sich gerade befand, ändern konnte. Eine Weile überlegte er, einen Hubschrauber zu ordern, aber die Norweger, die diesen Service hier anboten, verlangten über zehntausend Dollar für einen Flug. Eine Menge Geld, die er im Notfall ausgeben konnte, aber was würde das an seiner jetzigen Situation ändern. Lieber eine Nacht hier verbringen und am nächsten Morgen in den Tag mit frischen Kräften starten, das klang nicht verkehrt. Er gewann etwas Zeit, um die Situation noch einmal gründlich zu überdenken und gleichzeitig konnte er einige Männer zur Verstärkung aus Kabul mitnehmen.

„Besorgt mir hier irgendwo einen Schlafplatz. Ich gehe keinen Schritt von diesem Flughafen weg", befahl er schmallippig. „Ach ja und noch etwas. Ich brauche ein neues Team, das mich nach Kandahar begleitet."

Seine Männer sahen sich schweigend an, als ihnen klar wurde, dass auch sie hier übernachten mussten.

Die Nacht verbrachte William Goldsby in einem Zelt mit zwanzig schnarchenden Männern. An Schlaf war dabei nicht zu denken und in den kurzen Momenten, in denen die Träume ihn übermannten, befand er sich auf der Flucht. Entsprechend schlecht gelaunt und mit dunklen Augenringen reihte er sich pünktlich um 04.30 Uhr am nächsten Morgen in die Abfertigungsschlange ein. Hinter ihm standen fünf frische Männer, die ihn nach Kandahar begleiten sollten.

In dieser unruhigen Nacht hatte er eine waghalsige Erklärung gefunden, um dieses Debakel, gegenüber seinem Boss, zu erklären. Leider hatte sich der britische Ermittler aus Kandahar verabschiedet. Angeblich betrachtete er, da der Gesuchte gefunden wurde, seinen Job als erledigt an und war abgereist. Jetzt mussten sie den Gouverneur und seinen Sicherheitschef gegeneinander ausspielen. Andererseits brauchte er diesen Bluthund, um die Deutschen zu fassen und Melai war auf ihre Unterstützung angewiesen. Der Gouverneur war eine Spielfigur von Jack Lebermann, er kontrollierte ihn und hatte ihn zu dem gemacht, was er heute war. Jack wusste genau wie man ein Geschäft aufbaut und er folgte einer Mission. Das hatte er bereits in Asien im Auftrag der CIA erfolgreich praktiziert. Damals benutzten sie das Geld aus dem Drogengeschäft, um ihre schmutzigen Operationen vorbei am Kongress zu finanzieren. Heute floss das Geld auf ihre Konten nach Panama und in die Schweiz. Ihr Geschäft florierte und war durch die Abzugspläne aus dem Weißen Haus bedroht. Bis Melai ihnen eines Tages die Kupferproben aus seinen Bergen präsentierte. Als Jack weitere Untersuchungen veranlasste und das Ergebnis seinen Freunden und ihren Investoren bestätigte, veränderte das alles. Innerhalb weniger Tage hatten sie einen Plan erarbeitet und jetzt waren sie kurz vor seiner Vollendung. Die Interessenten standen Schlange, um einen lukrativen Vertrag sich zu sichern. Kupfer, Eisen, selten Erden diese Berge hier waren voll davon. Jetzt mussten sie den Gouverneur in Position bringen, um endlich das ganz große Geld zu verdienen. Wie in jedem großen Spiel war bereits ein Ersatzmann war eingeplant, falls sich jemand entschließen sollte eigenen Weg zu gehen.

Diese Feststellung beruhigte ihn und William Goldsby freute sich seltsamerweise auf den kommenden Tag.

Er drehte sich in der Reihe um und nickte den beiden großen Männern aus seinem Team freundlich zu, die hinter ihm standen. Zwei kleine Stiche mit der richtigen Dosis und das Gehirn schrumpfte auf die Größe einer Erbse. Sie würden alles nachplappern, was man ihnen in den Mund legte. So konnte er nicht nur Jack zufriedenstellen, sondern auch beim Gouverneur punkten.

Warum bin ich nicht schon früher auf diese Idee gekommen? Erleichtert schaute William in den blauen Himmel über sich und zog tief die kühle, nach Kerosin riechende Luft in sich hinein. So gesehen hatte sich sein Ausflug nach Kabul doch gelohnt.

Hassan saß am Ende eines langen Tisches. Zu seiner Linken wie zu seiner Rechten saßen jeweils drei Offiziere in grünen Uniformen mit grauem Tarnmuster. Mit hängenden Köpfen blickten sie auf die leeren, weißen Blätter, die vor ihnen lagen. Noch nicht einmal vor zwei Jahren saß er selbst auf dieser Seite des Tisches und er kannte die Regeln. Einer dieser Männer wird eines Tages sein Nachfolger werden. So war das Geschäft.

Noch heute konnte er sich genau an alle Einzelheiten des Tages erinnern, als er diese Chance ergriff. Seit diesem Tag, unterstand ihm der Geheimdienst der Provinz Kandahar und der gesamte Sicherheitsapparat im Palast.

Sein Vorgänger wusste sofort, warum er ihn so spät in seinem Büro aufsuchte.

„Mach es schnell und bete, dass dir eines Tages auch jemand diese Bitte erfüllen kann", waren seine letzten Worte, bevor er starb.

Heute wusste er, wieviel Wahrheit in diesen Worten steckte.

Monotone Sätze drangen an sein Ohr, als einer seiner Untergebenen gerade die Ergebnisse der Absuche nach den Geflüchteten vortrug. Er wusste auch ohne diesen Vortrag, wo die beiden sich gerade befanden, aber um dorthin zu gelangen, brauchte er eine kleine Armee. Der Gouverneur scheute eine offene Konfrontation mit den Stammesfürsten am Vorabend der großen Ratsversammlung. Seine Gedanken schweiften zu ihrem letzten Treffen.

Er sah die vor Wut verzerrte Miene von Melai vor sich, den Speichel, der aus seinem Mund flog. Er schrie und tobte. Der Gouverneur wusste, dass Hassan der Einzige in diesem Raum war, der keine Angst vor ihm hatte und dieser Umstand stachelte ihn noch mehr an. Als dieser sich müde und mit rotem Gesicht endlich hingesetzt hatte, unterrichtete Hassan ihn was in den letzten Tagen und Stunden sich ereignet hatte. Dabei vergaß er seine Bestechungssumme zu erwähnen aber ein anderes Thema weckte das Interesse des Gouverneurs.

„Dieser Händler war ein Spion? Hätte ich nie im Leben vermutet und du sagst, er ist im Krankenhaus verstorben?"

„Ja, Herr. Es war ein furchtbarer Autounfall und sie konnten ihm im Krankenhaus auch nicht mehr helfen. Glücklicherweise konnte er mir noch vor seinem Tod den Namen seines Informanten verraten."

„Und wer ist es?!"

„Er arbeitet in der Küche und wurde von ihm in diese Stellung gebracht. Sein Name ist Azizullah…"

Mordlüstern schaute Melai auf ihn herab und Hassan sah, wie es in seinem Gesicht arbeitete. Vermutlich wägte der Gouverneur gerade ab wieviel der Junge bereits wusste.

„Ich rede mit den Amerikanern, die sollen das Haus des Händlers überwachen, dann bekommen wir auch die Hintermänner", entschied Melai und winkte ab.

„Verzeiht Herr…", beeilte sich Hassan, denn er musste diese Chance nutzen und nicht nur sein eigenes Leben hing jetzt davon ab. Sein Todesurteil war beschlossen und wenn er heute diesen Raum verließ, dann werden seine Mörder auf ihn warten, so wie er es selbst es bei anderen getan hatte.

„Was willst du?", zischte Melai ungehalten. Sein Blick zuckte für einen kurzen Augenblick zur Tür, hinter der vermutlich sein Mörder lauerte.

„Wir haben eine Möglichkeit, wie wir selbst die Informationen der Spitzel steuern können, ohne die Hilfe der Amerikaner." Hassan erhoffte sich zwei Dinge von diesem Vorschlag. Das Leben von Azizullah zu retten und den Zwist zwischen Melai und den Amerikanern anzuheizen.

Er wusste genau, dass es Melai nicht passte, dass die Fremden ihre Nasen in seine Geschäfte hineinsteckten, aber anderseits war er von ihnen abhängig. Jetzt hätte er die Möglichkeit alles selbst zu kontrollieren und würde gleichzeitig die Zentralregierung in Kabul auf eine falsche Fährte setzen. Warum auch immer, aber Hassan war es schwergefallen, seinen kleinen Freund zu verraten. Er musste es tun, um ihnen etwas Zeit zu erkaufen, um sie beide zu retten. Irgendwie mochte er diesen schüchternen Jungen mit seinen großen, traurigen Augen, die vor Freude strahlten, wenn sie gemeinsam unterwegs waren. Als einziger zeigte Azizullah keine Angst vor ihm und seltsamerweise fühlte er sich verantwortlich für ihn, nachdem der Junge ihm seine Lebensgeschichte anvertraut hatte. Natürlich ließ Hassan alles überprüfen und schickte sogar Männer zu seinem Dorf, um die Geschichte zu bestätigen. Die beiden Gräber auf dem Friedhof, das kleine, zerfallene Haus. Vieles erinnerte ihn an seine eigene Kindheit, an ihr jähes Ende und vielleicht mochte er ihn deswegen. Vermutlich war es die Todessehnsucht, die sie beide verband. Über kurz oder lang wäre es sowieso herausgekommen, dass der Junge seine Stellung im Palast seinem Onkel verdankte, die Umstände spielten dabei keine Rolle. Allein diese Tatsache war sein Todesurteil.

„Hassan. Du überraschst mich immer wieder", sagte Melai mit einem zufriedenen, schmierigen Lächeln und man sah ihm förmlich an, wie er sich an der Tatsache, dass er seinem Schwager in Kabul ein Bein stellen konnte, weidete. Melai machte eine wegwerfende Bewegung mit der rechten Hand.

„Geh jetzt und nimm diese Sache persönlich in die Hand", entließ er ihn großzügig und verlängerte mit diesem einzigen Satz sein Leben um einige Tage.

Die Offiziere am Tisch blickten unsicher zu ihm auf, als Hassan mit der flachen Hand auf den Tisch in seinem Büro schlug.

„Wir haben die Schuldigen für ihr Versagen bestraft, damit ist die Sache mit den Gefängnis für uns erledigt. Verstärkt unauffällig die Überwachung der Innenstadt. Die Amerikaner sollen sich selbst um ihre eigenen Leute kümmern. Wir müssen uns auf die große Ratsversammlung konzentrieren. Jeder kennt seinen Auftrag und ihr wisst, wie wichtig dieses Treffen ist. Das ist der Befehl des Gouverneurs."

Als keiner etwas darauf erwiderte, entließ er sie und die Erleichterung in ihren Gesichtern sprach Bände. Sie spürten, dass seine Tage auf diesem Sessel gezählt waren. Sie waren wie ein Rudel hungriger Hyänen, das sich um die verwundete Beute sammelte.

Aus seiner Sicht war die Sache noch längst nicht erledigt. Das System, dass der Gouverneur seit seiner Amtseinführung installiert hatte, basierte auf Gewalt und Einschüchterung. Zwei seiner wertvollsten Gefangenen waren gestern aus dem Gefängnis entwischt und jemand musste dafür bezahlen. Hassan machte sich keine Illusionen darüber, wer das sein würde. Obwohl er selbst von dem Gouverneur von diesem Fall abgezogen worden war, musste trotzdem ein Schuldiger von entsprechendem Rang dafür büßen und nichts wäre abschreckender, als seine Ermordung. Er war jetzt angeschlagen und Hassan wusste ganz genau, wann der Tag seiner „Ablösung" kommen würde: es würde passieren, wenn Azizullah den ersten Kontakt mit dem neuen Kontaktmann aus Kabul herstellte.

KAPITEL 14

Der Soldat der neuseeländischen Streitkräfte am hintersten Ende des Camps „Kiwi" saß bekleidet in Badeshorts und einem Shirt auf dem hölzernen Wachturm und döste. Sein Gewehr lag auf seinen Knien und die Sonnenbrille, die eine Hälfte seines Gesichtes verdeckte, hatte in dieser Hitze viel zu tun. Hundert Soldaten des dritten Aufklärungsregimentes gehörten zum Kontingent der internationalen Koalitionstruppen. Für drei Monate sicherte ihre Einheit die Zentralprovinz Bamyan und ihre Grenzen.

Wenn er sich zwingen würde, in der Nachmittagssonne aufzustehen, dann würde er von seinem Turm aus den flachen Gebirgszug sehen, der das Tal wie eine hochaufragende Mauer durchschnitt. Es war eine eigenartige Gegend. Der Stein der Tafelberge vor ihm hatte eine seltsam gelbbraune Farbe. Weiter im Osten, etwa eine halbe Stunde entfernt von ihrem Stützpunkt entfernt, befand sich eine uralte Festung, die aus seltsamem, rotem Lehm erbaut worden war. Links von ihm in der Ferne glänzten die schneebedeckten Gipfel des Hindukusch gegen den blauen Himmel. Durch das Tal wand sich ein Fluss, der alles, was er berührte, in ein saftiges grün verwandelte. Auf der Nordseite der Tafelberge, in einer senkrechten Sandsteinklippe, befanden sich die uralten Höhlen der buddhistischen Mönche. Vor tausenden von Jahren schlugen sie die berühmten Buddhastatuen in den Felsen. Kilometerlange, verschlungene Gänge, durchbrochen von Galerien, Tempeln und verblichenen Wanddarstellungen, die die Besucher mit ihren strengen Augen anschauten, fanden sich darin. Vermutlich konnte man in diesen Höhlensystemen ganze Monate verbringen und würde immer wieder etwas Neues entdecken, aber dazu waren sie nicht hergekommen und er bezweifelte, dass er seinen Urlaub eines Tages hier verbringen würde.

Er hatte noch zwei Stunden Wache auf dem Turm vor sich. Ihre Freizeitmöglichkeiten waren begrenzt in diesem Lager. Sie hatten einen Gym, ein Gemeinschaftsraum und die meisten seiner Kameraden hingen an der Spielkonsole bis spät in die Nacht. Der Wachdienst gehörte noch zu den angenehmsten Diensten. Die Patrouillenfahrten, die sie dreimal die Woche unternahmen, waren der gefährlichste Teil dieses Einsatzes. Voll aufgerüstet in ihren gepanzerten Fahrzeugen ging es über Stunden durch die staubige Gegend, um zu zeigen, dass sie noch da waren. Hier, in der zentralen Region, war es vergleichbar ruhig, aber an den östlichen Grenzen der Provinz machten sich die Taliban bemerkbar. Immer wieder verübten sie Überfälle auf Dörfer, um anschließend wieder zu verschwinden. Die Straße von Kabul nach Bamiyan gehörte mittlerweile zu der unsichersten im Land und langsam sah es so aus, als ob die

Gotteskrieger den Ring um die Hauptstadt immer enger zogen. Aber er war kein Politiker und er hatte keine Ahnung, was später aus diesem Land werden sollte. Heute war er hier auf dem Turm und in zwei Monaten wieder zuhause auf seiner grünen Insel. Welchen neuen Auftrag er bekommen wird, werden sie ihm schon mitteilen, denn er war Berufssoldat und führte die Befehle seiner Vorgesetzten aus.

Der Soldat war so in seine Gedanken versunken, dass er erst hochschreckte, als sich ein Schatten über ihn legte und diesem drei weitere folgten. Sein Funkgerät erwachte plötzlich zum Leben und die Stimme seines Kommandeurs rief ihn. Einen Moment lang war er unsicher, was er machen sollte, aber die neuen Besucher nahmen ihm die Entscheidung ab. Wo auch immer die so plötzlich herkamen, zwei schwere Chinook Hubschrauber und zwei wendige Apache Hubschraubern donnerten keine zwanzig Meter über ihm durch die Luft. Leise fluchend beobachtete er die Hubschrauber, die in einem weiten Bogen über das Tal flogen und sich nach wenigen Minuten erneut der verstaubten Landepiste näherten.

„Was soll das denn? Für heute war doch kein Versorgungsflug angemeldet."

Noch ehe er sich weitere Gedanken darüber machen konnte, landete der erste Hubschrauber bereits und riss tausende kleiner Steine vom Boden.

So schnell war er noch nie von diesem Turm geklettert und als sich Staub und Dreck vor ihm legten, hörte er schnelle Schritte hinter sich. Sein Captain eilte mit ernster Miene zu den Hubschraubern, deren Rotoren sich mit dem letzten Heulen der Triebwerke noch langsam drehten. Die Heckklappen der großen Transportmaschinen sanken zu Boden und spuckten eine Truppe von Männern heraus.

Falls er dachte, dass das Auftauchen der Hubschrauber eine Überraschung war, dann war das, was er vor sich sah, noch erstaunlicher. Das waren keine Soldaten, aber diese Männer waren bis an die Zähne bewaffnet. Sie sahen zwar wie welche aus, aber er fand einfach keine Erklärung für ihr Auftreten. Jeder von ihnen trug eine Multicam-Tarnung der Spezialkräfte, aber weder ein Rangabzeichen noch eine Flagge war daran zu entdecken.

Die Männer begannen nach der Landung sofort, lange Kisten aus den Hubschraubern zu entladen. Die ganze Aktion dauerte nur wenige Minuten und schon setzte sich der gesamte Tross, angeführt von seinem Captain an der Spitze, in Bewegung. Sie passierten ihn in einer Reihe und begaben sich zu einer leerstehenden Baracke in der Nähe der Landepiste. Einige der Männer musterten ihn mit einem offenen Grinsen. Stirnrunzelnd sah er an sich herunter: Sonnenbrille, Schutzweste, blaue Badeshorts und Gewehr. *Mist ... Ich habe den Helm vergessen.*

Die Gerüchteküche im Lager brodelte zum Abendessen. Die einen meinten, es sei wohl eine schwedische Spezialeinheit, die anderen waren davon überzeugt, dass es die Spanier waren, aber egal woher sie kamen, so schnell wie sie gekommen sind, waren sie auch schon wieder weg. Bereits am nächsten Tag waren die Hubschrauber, sowie der geheimnisvolle Trupp, aus ihrem Camp verschwunden. Ein kurzes Aufheulen der Turbinen und das Donnern der Hubschrauber durch das Tal und schon erlosch das Interesse an diesem geheimnisvollen Besuch.

Wenige Tage später hatte er Dienst in der Funkstelle des Stabes und aus reiner Neugier stöberte er in den Büchern nach den Einträgen der letzten Tage, um vielleicht doch einen Hinweis zu finden, aber er fand keinen einzigen Eintrag darüber. Nicht einmal die Landung der Hubschrauber war vermerkt. Es war so, als ob es die nie gegeben hätte und hätte er nicht selbst an diesem Tag Dienst auf dem Wachturm gehabt, dann würde er auch alles abstreiten.

KAPITEL 15

Einen Augenblick lang verweilte sein Blick auf dem scharfen Profil seines Freundes, das sich an der Lehmmauer, an der sie gerade lehnten, abzeichnete. Das Erlebte der letzten Tage tauchte wieder in seinem Kopf auf und störte seine Konzentration. Trotzdem würde Mitch den Augenblick nie vergessen, als er mithilfe seiner neuen afghanischen Freunde seinen Freund und Partner Becks im Gewimmel von Kandahar aufstöberte.

Die Stammeskämpfer hatten den weißen Toyota relativ schnell in der Stadt aufgespürt. Eine Weile beobachten sie den Wagen, um sicher zu gehen, dass es keine Falle war und dass sich keine Spione des Gouverneurs in ihrer Nähe herumtrieben. So viel Mühe sein Freund sich auch gab, um in dem Gewusel der Stadt unterzutauchen, er war einfach zu groß, zu breit und zu auffällig. Selbst seine ständigen Positionswechsel halfen ihm nur kurzzeitig, am Ende war er gezwungen, sich immer in der Nähe der Hauptstraßen aufzuhalten. Immerhin gelang es Becks, mit dieser Taktik nicht geschnappt zu werden. Doch sein großer weißer Toyota zog zu viel Aufmerksamkeit auf sich, denn nur wenige Wohlhabende konnten sich solche teuren Fahrzeuge leisten und diese standen nicht über Nacht auf der Straße herum.

Nachdem sie den Wagen lokalisiert hatten, mussten sie vorsichtig vorgehen, denn Mitch kannte seinen Freund und wusste, wozu er in der Lage war, wenn er eine Falle witterte. Trotz der Gefahr, von ihren Verfolgern entdeckt zu werden, entschied Mitch sich dazu, selbst die Sache zu erledigen.

Seit er bei Mohammed weilte, wurde er neu eingekleidet. Jetzt trug er eine weite, dunkelbraune Pluderhose, ein weites, braunes Kniehemd und eine schwarze Weste. Um seine hellen Haare zu verbergen, setzte er sich eine breite paschtunische Mütze aus heller Wolle auf den Kopf, die fürchterlich kratzte. Ein Tuch verdeckte zur Hälfte sein Gesicht und nur noch seine blauen Augen verrieten ihn.

In der einen Hand hielt Mitch jetzt einen großen Zettel, auf dem stand: „Becks_Ich bin's."

Es war zwar nicht gerade sein genialster Einfall, aber es würde seinen Freund auf ihn aufmerksam machen. Es bestand immer noch die Gefahr, Becks überwacht wurde und jetzt wäre eine gute Möglichkeit, sie beide zu ergreifen.

In seiner Verkleidung schlich Mitch sich dicht an den weißen Toyota heran, der in der Nähe einer Tankstelle zwischen zwei Lastkraftwagen stand. Vorsichtig näherte er sich dem Wagen, es sah fast so aus, als ob sein Freund gerade schlief. Zwei kleine Steine klapperten auf das Dach und sofort richtete sich Becks ruckartig in seinem Sitz auf. Jetzt, wo er die volle Aufmerksamkeit seines Freundes hatte, humpelte Mitch an dem Wagen vorbei und hielt im letzten Augenblick den Zettel in die Höhe. Ihre Blicke trafen sich. Mitch wusste, dass die Hand seines Freundes gerade eine Pistole umklammerte, bereit, die Waffe gegen jeden einzusetzen, der ihm an den Kragen wollte. Seine Augen funkelten wild, aber als er den vermeintlichen Störenfried direkt vor seinem Wagen entdeckte und erkannte, weiteten sie sich vor Überraschung und Freude.

Bevor Mitch zu seinem Freund in den Wagen stieg, signalisierte er den Männern von Mohammed, dass alles in Ordnung war. Als nächstes mussten sie schnell die Stadt verlassen, denn sie wurden immer noch gesucht. Dank der grimmigen Blicke ihrer Begleiter und der machtvollen Demonstration ihrer Bewaffnung verließ ihre kleine Kolonne schon kurze Zeit später die Stadt.

Endlich waren sie wieder zusammen und sein Freund war außer sich vor Freude. Becks erzählte ihm von seinen Erlebnissen der letzten Tage und schwieg lange, nachdem Mitch ihm von seinem Martyrium berichtete.

Am Ende waren sich die beiden Freunde einig. Ihr ursprünglicher Plan war grandios gescheitert. Ihnen blieb nur noch die Möglichkeit mit der Hilfe von Muhammed weiterhin für so viel Unruhe zu sorgen, wie es nur möglich war.

Im Gefängnis hatte Mitch genug Zeit gehabt, über die ganze Situation nachzudenken und irgendwas störte ihn an ihrem Auftrag. Dieses Gefühl, dass sie nur Marionetten in einem Spiel waren, war allgegenwärtig. Zunächst war es nur ein störender Gedanke, aber umso mehr er darüber nachdachte, desto mehr verstärkte sich dieses Gefühl.

Als ihr ehemaliger Chef sich ihre Geschichte damals in Berlin geduldig angehörte blieb er relativ gelassen. Trotz etlicher Dienstverstöße blieb ihr Ausflug nach Kabul ungeahndet. Es gab eine klare Linie in diesem Geschäft und daher war seine Zurückhaltung im Nachhinein nicht verständlich. Außer es gab etwas, das eine höhere Priorität hatte und er brauchte sie dafür.

„… du hättest es selbst sehen sollen, das ganze Lager war voller Technik, Fahrzeuge, Dieselgeneratoren und Stacheldraht. Genug Material zum Bau von etlichen Unterkünften. Keine Ahnung, wozu die das alles brauchen, aber es sah nach einem großen Bauvorhaben aus", drangen die Worte seines Freundes zu ihm, als er ihm von seinem Einbruch in das amerikanische Camp erzählte.

„Weißt du was? Ich denke, dass wir nicht nur der große Köder sind, sondern dass hier eine noch eine ganz andere Operation läuft und wir davon ablenken sollen", platzte es aus Mitch heraus.

Nachdenklich schaute Becks ihm in die Augen.

„Du weißt, dass ich jede Art von Abenteuerurlaub mit dir sehr schätze, aber du hast recht, hier stimmt etwas nicht. Nachdem du mir von der Geschichte deines neuen Freundes erzählt hast, denke ich, dass hier mindestens noch eine Unbekannte ist, von der wir nichts wissen. Der Direktor wird uns nie in seine Pläne einweihen. Was will er mit diesen Informationen und für was werden sie verwendet? Vorher war nur die Rede vom Kupfer. Jetzt haben wir eine arabische Söldertruppe gefunden und ihre seltsame Zusammenarbeit mit unserem ehemaligen amerikanischen Arbeitgeber. Das funktionier nicht ohne das Einverständnis des Gouverneurs", setzte Becks seine Überlegungen fort.

„Melai plant etwas Großes. Er hat Söldner einfliegen lassen und die Amerikaner stellen die entsprechende Logistik dafür."

Becks sah seinen Freund einen Augenblick verwirrt an.

„Welche Rolle haben wir in diesem Spiel und für wen sind wir eigentlich?"

„Tja, das ist eine sehr gute Frage, vermutlich werden wir benutzt für eigene Interessen."

Eigentlich mussten sie es besser wissen, denn die Politik wog immer das Risiko und die Vorteile ab, die sich daraus ergaben, eher man sich auf die eine Seite oder die andere schlug. Aber selbst nach einer Entscheidung musste man immer damit rechnen, dass die Politiker ihre Unterstützung nur bis zu einem gewissen Grad hielten und nur für eine gewisse Zeit. Was in ihrem Fall bedeutete, dass sie vermutlich am Ende auf sich allein gestellt waren und so mussten sie jetzt zusehen, dass sie irgendwie aus dieser Sache heil herauskamen. Sie beschlossen die einzige Person, die vermutlich alle Zügel der Macht in ihren Händen hielt aus dem Spiel zu nehmen.

Um diesen Plan zu verwirklichen, brauchten sie die Unterstützung ihrer neuen afghanischen Freunde.

Keine zwei Stunden später saßen sie in einem großen Runde auf dem Teppich und tranken Tee und aßen karamellisierte Mandeln. Mitch erzählte den Afghanen seinen Teil der Geschichte und Becks ergänzte den Rest mit seinen eigenen Erlebnissen. Die Ältesten lauschten gespannt der Übersetzung. Besonders viele Nachfragen gab es seltsamerweise zu dem Überfall der Söldner. Im Verlauf des Gesprächs stellten sie fest, dass viele Überfälle in der letzten Zeit auf das Konto dieser Männer gingen. Besonders hart traf es vor allem jene, die sich offen gegen den

Gouverneur stellten. Die Schlussfolgerungen, die die Afghanen für sich daraus zogen, waren logisch und jetzt, nachdem sie begriffen, in welcher Gefahr sie schwebten, erwachte der Widerstand der streitsüchtigen Paschtunen.

Nach dem Abendgebet informierte Mohammed die beiden Freunde über den Beschluss der Ältesten und bat sie, ihnen dabei zu helfen, die Fremden aus ihrer Gegend zu verjagen. Lange diskutierten sie darüber, wie und in welcher Weise sie helfen können. Sie waren sich darüber im Klaren, welche Ausmaße die letzte Bitte eines Freundes aus Kabul angenommen hatte und in ihrer jetzigen Situation lief es definitiv auf eine Blutfehde hinaus. Auf der anderen Seite hatten sie immer noch einen Auftrag und sie waren auf die Unterstützung der Afghanen angewiesen. Sie mussten nur genau abwägen, was jetzt für ihre Sache von Vorteil war, denn dieses Mal mussten sie für ihr Handeln eine Rechenschaft ablegen. Letztendlich entschieden sie sich im Hintergrund zu agieren und den Kampf aus der Ferne zu organisieren.

Zunächst mussten sie die zornigen Stammeskrieger in ihrer Wut bremsen und am Ende einigten sie sich auf eine kleine mobile Truppe die das Anwesen, in dem sich die fremden Söldner versteckten, stürmen sollte.

Während ihrer Vorbereitungen verwandelte sich das Dorf, in dem sie untergebracht waren in ein mobiles Heerlager und die Häuser glichen der Waffenmesse in Abu Dhabi. Erst der Hinweis auf die Drohnen der Amerikaner und einen möglichen Raketenabwurf konnten dem regen Treiben ein Ende bereiten.

Mohammed schickte seinen kleinen Brüder mit einer Herde Ziegen, um das Anwesen zu beobachten. Dabei konnten sie eine Verfahren bei der Einfahrt feststellen. Ein Wagen fuhr einmal am Tag vor und hupte zweimal vor dem Tor. Die Wachen kannten das Zeichen und der Wagen wurde sofort hereingelassen. Etwa eine Stunde später verließ das Fahrzeug die Liegenschaft.

„Sie bringen vermutlich Verpflegung und Material", überlegte Mitch in der Besprechung und legte so ihren Plan fest. „Wir werden den Lieferdienst benutzen und über das Haupttor mit dem Hauptteil unserer Kräfte in die Unterkunft eindringen. Zwei andere Trupps werden gleichzeitig von beiden Flanken das Anwesen angreifen. Damit sorgen wir für ein durcheinander, um die Männer am Tor zu überwältigen."

Der grüne Wagen bog in die staubige Dorfstraße ein und beschleunigte.

„Ich sehe drei Männer", sagte leise Becks in sein Funkgerät.

Daraufhin gab Mitch das Zeichen.

Zögernd lief die erste Ziege auf die Straße hinaus, ihr folgte die nächste und innerhalb weniger Augenblicke standen mindestens zwanzig Tiere auf der Straße. Zwei kleine Jungs trieben sie mit langen Ruten dem näherkommenden Wagen entgegen. Der Fahrer bremste hupend, bis ihn die eigene Staubwolke überholte. Es war ein Pick-Up mit einer Doppelkabine. Der Soldat auf der hinteren Sitzbank verlor als erster die Nerven, als die kleine Herde den Wagen umzingelte. Er sprang herunter und versuchte zunächst, die Tiere vor dem Wagen auseinander zu treiben, aber als er merkte, dass die Jungs ihre Tiere immer wieder vor den Wagen brachten, richtete sich sein Zorn gegen sie. Er schnappte sich den Jungen. Sofort tauchte nach ihrem Plan der erste Erwachsene auf, der sich in diesen Streit einmischte.

„Das ist besser als Fernsehen", flüsterte Becks.

„Ich verstehe alles auch ohne Untertitel", antwortete ihm Mitch.

Wenige Augenblicke später standen zwei Soldaten auf der Straße, umringt von den Ziegen, und stritten sich mit den Einheimischen.

Mitch gab ein Zeichen und drei bewaffnete Stammeskrieger tauchten im Rücken der Soldaten auf und machten ihnen mit ihren Kalaschnikowgewehren unmissverständlich klar, wer diesen Streit gerade gewann. Die Soldaten sahen sich ratlos an. Der Offizier brüllte irgendetwas aus der Fahrerkabine und Mitch drehte sich zu Mohammed um, der sie gestützt auf seine Krücken überallhin begleitete. Er sah seinen fragenden Blick und übersetzte.

„Er droht ihnen und sagt, dass er im Auftrag des Gouverneurs hier ist. Wenn sie ihn nicht fahren lassen, dann kommt er mit weiteren Soldaten wieder."

„Das glaube ich ihm aufs Wort, denn keine fünf Minuten von hier entfernt verstecken sich einige davon", meinte Becks trocken.

„Wir dürfen jetzt keinen Lärm machen. Deine Männer sollen sie schnell entwaffnen und befragen. Wir müssen wissen, wie viele Männer sich auf dem Anwesen befinden", bat Mitch seinen afghanischen Freund.

Jetzt gab es ein kurzes Handgemenge am Fahrzeug, aber als die Soldaten erkannten, dass sie den Stammeskriegern weit unterlegen waren, ergaben sie sich ihrem Schicksal.

„Er sagt, es sind zwei Wachmänner am Tor und weiter auf das Gelände dürfen sie nicht fahren. Sie laden die Lebensmittel direkt am Eingangstor ab", übersetzte Mohammed nach einem kurzen Wortwechsel.

Keine zehn Minuten später erinnerten nur noch die Ziegen, die vertrocknete Grashalme von der Straße fraßen, an die Geschehnisse der letzten Minuten. Der grüne Armeejeep, besetzt mit einer neuen Crew bog unterdessen um die Ecke zum Anwesen.

Ihr Start in das neue Unternehmen verlief, bis das Tor nach dem verabredeten Zeichen geöffnet wurde, nach Plan. Aber nachdem das Fahrzeug auf das Anwesen gelassen wurde, wurden sie nicht von zwei, sondern von vier Wachposten umzingelt. Ihr freundliches Winken erstarb augenblicklich, als sie bemerkten, dass Fremde im Fahrzeug saßen. Versteckt auf der Pritsche unter einer provisorischen Plane kauerten die beiden Freunde eng aneinander gedrängt mit drei weiteren Stammeskriegern.

„Ich glaube, wir sollten etwas unternehmen, sonst ist unsere Reise hier zu Ende. Schapp dir den Offizier auf deiner Seite und ich schicke unsere Männer zum Tor", flüsterte Mitch. Dann schüttelte er den Afghanen neben sich und deutete mit seiner Hand zum Tor.

Im nächsten Augenblick später flog die Plane herunter und mit einem gewaltigen Satz landete Becks neben dem völlig verdutzen Offizier, der sich gerade aufmachte, zu der Fahrerkabine zu gehen. Ihr Plan sah vor, die Wachen möglichst ohne Lärm zu überwältigen um das Tor für die restlichen Kämpfer aufschließen. Das Hupsignal vor war das verabredete Zeichen für die beiden Angriffstrupps, mit dem Flankenangriff zu beginnen.

Während Mitch die Soldaten mit der Waffe in Schach hiel, sah er sich um. Sie standen im geräumigen Innenhof eines riesigen Areals, das zum Teil wie eine stillgelegte Baustelle wirkte. Das Gebäude vor ihnen schien wie aus einem Stück Beton gegossen worden zu sein und befand sich noch im Rohbau. Dahinter, auf dem lang gestreckten Grundstück, konnte er weitere, kleinere Gebäudeteile erkennen, die zumindest einen bewohnten Eindruck hinterließen. Vermutlich befanden sich die Söldner, die sie suchten, irgendwo dort hinten. Die Situation am Tor schien eingefroren zu sein. Die Wachleute machten nicht den Eindruck, als ob sie ihren Widerstand aufgeben wollten. Hinter sich hörte er das knarzende Geräusch des sich öffnenden Tores und das Aufheulen der Motoren. Erst jetzt fiel ihm auf, dass die Soldaten, die vor ihm standen, andere Uniformen trugen. Sie glich der seiner Bewacher im Gefängnis, also gehörten sie dem Geheimdienst an und so benahmen sie sich auch so mit dem Wissen, das hinter ihnen eine machgierige und rachsüchtige Organisation steckte. Sie wirkten weder überrascht noch beeindruckt von den auf sie gerichteten Waffen. Mohammed humpelte auf den Hof und schrie den Offizier an, aber der hatte nur ein mildes, abschätziges Lächeln für ihn übrig. Seine Soldaten richteten augenblicklich ihre Waffen auf sie, als er ihnen den Befehl dazu gab. Nun standen sie sich mit gezogenen Waffen gegenüber und da Mohammed ihnen durch seinen Beinbruch nur eingeschränkt helfen konnte und sie ihn als Dolmetscher brauchten, war er in diesem Augenblick keine große Hilfe. Erst, als weitere vollbesetzten Wagen der Stammeskrieger durch das offene Tor hinein fuhren bekam ihre Standhaftigkeit erste Risse. Plötzlich war der ganze Hof voller bewaffneter Männer und Stimmengewirr. In der Ferne fiel der erste Schuss und ihm folgten mehrere Salven.

„Mist", fluchte Mitch leise. Sie wollten so lange wie möglich unentdeckt bleiben, aber jetzt war ihr schöner Plan hin und sie mussten sich beeilen.

„Fesselt sie! Die könnt ihr noch später befragen. Verschließt das Tor und lasst fünf Männer zur Bewachung hier", wandte er sich an Mohammed, der über das ganze Gesicht lächelte.

Nachdem die Wachen ihren Widerstand aufgaben, wurde auch der Offizier sehr gesprächig und berichtete Mohammed, dass sich insgesamt zwölf Söldner verteilt auf die beiden hinteren Häusern versteckten. Ursprünglich waren es fünfzehn, aber nach einem Gefecht hatten sie zwei Tote und einen Verletzten zu beklagen. Die Soldaten versicherten, dass sie nichts mit den Fremden zu tun hatten und nur zur Bewachung abgestellt wurden. Den grimmigen Gesichtern der Stammeskrieger zufolge, schien diese Aussage sie überhaupt nicht zu besänftigen. Sie hatten vermutlich noch die nächtlichen Überfalle auf ihre Dörfer in frischer Erinnerung.

Dann erwähnte der Offizier in seinem Redefluss, dass in den nächsten Tagen weitere Kämpfer erwartet wurden. Das schien alle aufzurütteln. Sie sammelten sich und rückten langsam zu dem leerstehenden Gebäude vor. Gerade als sie die Ecke des Hauses erreichten, flammte das Gefecht vor ihnen auf. Zwei lautstarke Explosionen, gefolgt von anschwellendem, heiserem Bellen der Gewehre. Sie mussten sich beeilen. Bereits im Vorfeld hatten sie die ungeduldigen Stammeskrieger angewiesen, geordnet vorzugehen und schnell zu reagieren, falls sie entdeckt wurden. Ihre Gegner saßen hier in der Falle, aber sie konnten in einem Gebäude, das ihnen Deckung bot, lange Widerstand leisten. Mitch und seine Leute mussten versuchen, die Söldner aus ihrem Versteck in die Richtung des Tores zu treiben und das so schnell wie möglich.

Immer wieder schaute Mitch zum Himmel, denn dort könnte eine unangenehme Überraschung auf sie lauern. Die Drohnen. Die Camps der Koalitionstruppen wurden durch große, weiße Zeppeline gesichert. Sie hingen an einem im Boden verankerten Metallkabel in fast einhundert Meter Höhe, ausgerüstet mit Kameras und Richtmikrofonen, die jede Bewegung und jedes verdächtige Geräusch in zehn Kilometer Entfernung aufnehmen konnten. Sollten sie dieses Gefecht irgendwie aufnehmen, dann würde sofort eine Drohne starten, um die Ursache dafür zu untersuchen.

Erneut hörten sie schwere Einschläge und schwarzer, dichter Rauch stieg auf. Das Kampfgeschehen griff jetzt auf das zweite Gebäude über. Es schien so, als ob die Männer von Mohammed auf der linken Seite schneller zu ihrem Ziel kamen, während aus dem rechten Gebäude immer noch starker Schusswechsel zu hören war. Diese beiden Häuser, die mit frischer, weißer Farbe bestrichen waren, erinnerten mit ihren flachen Dächern an langgezogene, überdimensionierte Garagen.

„Das werden sie wohl noch einmal streichen müssen", meinte Becks trocken neben ihm.

„Wenn unsere Jungs weiterhin so fleißig mit ihren RPGs das Gebäude bearbeiten, muss wohl die gesamte Anlage anschließend saniert werden", antwortete Mitch und beobachtete, wie eine Tür in dem linken Gebäude aufgestoßen wurde. Ein Mann rannte zu den beiden abgestellten Fahrzeugen herüber. Einen Augenblick später folgten ihm zwei weitere. Flammen schlugen aus dem Gebäude, gefolgt vom trockenen Knall explodierender Munition.

„Lasst den Wagen bis zum Tor passieren!" rief Becks zu Muhammad herüber. Diese Flucht sollte die restlichen Kämpfer animieren, dasselbe zu tun. Mitch gab ein Zeichen und die Männer um sie herum wichen zurück, um den Wagen, der jetzt auf ihre Ecke zu raste, vorbeizulassen. Eine weitere Tür flog auf und der nächste Trupp versuchte sein Glück in der Flucht. Hinter ihm entstand Tumult und als Becks sich umdrehte, bemerkte er nur noch einen Schatten, der barfuß zurück rannte und schrie. Einem Söldner war es gelungen, ihnen zu entwischen und jetzt rannte er über die freie Fläche zurück. Die anderen Männer bemerkten die Falle und zogen sich wieder ins Haus zurück. Noch bevor der Mann das rettende Haus erreichen konnte, wurde er von einer Kugel getroffen. Das Gebäude rechts von ihnen wurde jetzt von drei Seiten belagert und die Stammeskrieger nahmen sich vor, jede freie weiße Stelle mit den Salven aus ihren Gewehren abzutragen.

„Wir geben ihnen noch fünf Minuten, um sich an den Kugelhagel zu gewöhnen und dann erledigen wir es selbst", sagte Mitch und lief zu Mohammed.

Das Gewehrfeuer erstarb mit einem Mal und Stille legte sich über das Gelände. Der Ring der Belagerer zog sich enger um das Gebäude, in dem jetzt die letzten Söldner sich verschanzt haben. Mohammed saß wie ein König in seinem Wagen und gab Anweisungen über das Telefon oder schrie seinen Männern etwas zu.

Mitch schaute sich um. „Wir brauchen sie lebendig, um sie zu befragen."

„Was ist mit den beiden aus dem ersten Jeep?", fragte Becks, der zu ihnen trat.

„Leider wollten sie nicht mit uns kooperieren und daher musste ich sie erschießen lassen. Diese Männer haben unsere Dörfer überfallen und unsere Familien getötet", sagte Mohammed ernst.

Mitch runzelte die Stirn und ihn überkam eine böse Vorahnung, was mit den restlichen Gefangenen passieren würde. Somit waren alle ihre vorherigen Absprachen reine Makulatur. Er schaute unentschlossen zu Becks herüber. Ihre Blicke trafen sich und auch sein Freund ahnte jetzt, wie wenig Einfluss sie noch in diesem Unterfangen hatten. Das Geschehen erinnerte sie an die Geiselnahme in Kabul, als die Familie am Ende ihre Rache einforderte. Lange hatten sie damals diskutiert, wie moralisch verwerflich das „Auge um Auge"-Prinzip war. Aber was konnten sie schon tun? Die Afghanen wuchsen in einer Gesellschaft auf, die Rache als ihr oberstes Gebot hielt, und waren durch die fürchterlichen Jahre der Herrschaft der Taliban zur Gewalt erzogen worden. Sie kannten keine rechtsstaatlichen Prinzipien und innerhalb weniger Jahre kannst du keine tolerante, demokratische Gesellschaft installieren. Das sind Prozesse die Jahrhunderte für ihre Entwicklung brauchen. Hier auf dem Land entschied immer noch das alte Recht. Heute füllten sie sich machtlos und enttäuscht darüber, dass ihnen in den langen Jahren, die sie nun hier im Land waren, so wenig gelungen war zu ändern. Aber vielleicht brauchte diese neue afghanische Gesellschaft ihre Zeit und sie waren einfach zu ungeduldig.

„Gut. Wir warten einen Augenblick und wenn keiner herauskommt, dann holen wir sie uns", sagte er laut an Mohammed gewandt. Aber auch diese Entscheidung wurde ihnen einige Augenblicken durch einen erneuten Angriff abgenommen.

Zunächst wurde das bereits stark beschädigte Gebäude von beiden Seiten von Raketen getroffen, anschließend rückten die Stammeskrieger dagegen vor. Hier hielt sich keiner mehr an die Absprachen und so, wie es gerade aussah, wollte jeder seine persönliche Rache. Aus dem Gebäudeinneren kamen laute Explosionen und das, was davon noch übrig war stürzte in sich zusammen. Die Söldner wussten, welches Schicksal ihnen bei einer Gefangennahme bevorstand, und hatten ihr Leben in die Hand Gottes gelegt.

KAPITEL 16

Tom Seeger folgte der schweigsamen Mitarbeiterin durch die langen Flure des Kapitols und nahm sich einen Augenblick Zeit, um sein eigenes Abbild im spiegelglatten Marmor zu betrachten. Er sah einen Endvierziger in einem dezenten, blauen Anzug, einem weißen Hemd und roter Krawatte, passend gesprenkelt mit blauen Punkten. Am Revers seines Anzuges steckte die amerikanische Fahne, so wie es sich für einen Patrioten gehörte. Seine Schuhe glänzten blank poliert, wie er es noch aus seiner Zeit bei der Navy gewohnt war.

Heute, auf dem Gipfel seiner unternehmerischen Karriere, könnte dieser Tag hier allem, was er bisher erreicht hatte, noch die Krone aufsetzen. Er hatte sich vom Soldaten zu einem der erfolgreichsten Unternehmer hochgearbeitet. Die Umstände nach dem ersten Irakkrieg waren äußerst günstig und er hatte seine Chance genutzt.

Vielleicht war sein Unternehmen nicht das Größte auf den Markt aber mit den Spezialisierungen, die sie anboten, das Vielseitigste. Verglichen mit den Anfangsjahren hatte sich das Aufgabenfeld der privaten Armeen, wie man sie heute nannte, stetig weiterentwickelt. Die Tätigkeitsfelder reichten jetzt weit über die Sicherheitsverantwortung von verschiedenen Ländern hinaus. Mit Hilfe dieser privaten Unternehmen wurden gewaltsame Konflikte gelöst und ganze Regionen befriedet. Abgesehen von den Piraten vor Somalia waren seine Männer heute sogar in weiten Teilen von Afrika mit verschieden Aufträgen unterwegs. Das lief nicht immer unblutig ab und natürlich kämpften sie nur für den, der sich ihre Dienstleistungen auch leisten konnte, aber diese Aufträge wurden stets in enger Absprache mit dem State Department durchgeführt. Letztendlich setzten sie amerikanische Interessen durch und verdienten damit Geld - viel Geld. Ohne diese Verflechtung zwischen Politik und Wirtschaft würde er vermutlich immer noch die Botschaft in Bagdad bewachen.

Er war der Zeit einen Schritt vorausgegangen und einige einflussreiche Männer aus Politik und Wirtschaft saßen heute im Vorstand seines Unternehmens. Mit ihm als Aushängeschild waren sie in der Lage, sich strategisch so zu positionieren, dass sie auf jede politische Entwicklung reagieren konnten. Um genau so einen Schritt ging es bei dieser Anhörung, zu der er heute geladen war. Der neue Präsident umgab sich gerne mit Sonderausschüssen besetzt mit Senatoren, die ihm in bestimmten Fragen als Entscheidungshilfe dienten. Dabei ging er äußerst schlau vor: Einerseits band er den Senat in seine Entscheidungen mit ein und auf der anderen Seite nahm er einen Teil der Verantwortung von seinen Schultern, aber lenkte sie in die Richtung seiner eigenen Agenda. Auch dieser Ausschuss wird dem Präsidenten nach der Anhörung aller geladener Entscheidungsträger und Dienstleister eine Empfehlung aussprechen. Vermutlich hatte sich der Präsident bereits festgelegt, ließ aber durch den Ausschuss die Argumente und die Kosten seiner Entscheidung noch einmal prüfen.

Wenn nur dieses Problem „Jack Lebermann" nicht wäre, könnte dieser Tag nicht schöner werden. War das wirklich ein Problem? Diese Frage hatte Tom sich schon einige Male seit diesem denkwürdigen Abend gestellt und wägte ab. Was hatte er bislang gefunden, das die Integrität dieses Mannes in Frage stellte? Inwieweit konnten diese Vorwürfe seinem Unternehmen schaden?! Auf der anderen Seite überwog sein Fachverstand, sein Wissen und seine internationalen Kontakte, die er in das Unternehmen einbrachte. Diese Parallelstrukturen innerhalb seines Unternehmens waren aber ein deutliches Zeichen, dass Jack einen eigenen Weg ging und das konnte er unmöglich zulassen, den damit setzte er seine eigene politische Zukunft aufs Spiel.

Bis zu seinem Abflug in den Mittleren Osten hatte Jack ihn auf seinen heutige Auftritt gut vorbereitet. Fast wäre er bereit, ihm alles zu verzeihen und zu vergeben, aber das Misstrauen, das der Justizminister bei ihm gesät hatte, trug erste Früchte und so erkundigte er sich dieses Mal im Vorfeld genauer über die Eckpunkte dieser Reise.

Der Reiseverlauf entsprach nicht ganz dem, was offiziell in seinem Programm stand. Ein kleines, unscheinbares Land in Europa, in dem Jack eine Station plante, erregte sein Argwohn erneut. Was wollte er in Albanien? Sie hatten keine Ambitionen auf dem europäischen Kontinent. Da fiel ihm ein, dass der Justizminister bei ihrem geheimnisvollen Treffen genau dieses Land erwähnt hatte. War das alles nur Zufall oder warum interessierten sich alle plötzlich für Albanien?

Etwas passte nicht zusammen und diese Geheimniskrämerei ging ihm mittlerweile mächtig auf die Nerven. Unter anderen Umständen hätte er längst seine Anwälte beauftragt, aber der Fall war wirr und er brauchte Zeit, um Beweise für seine eigen Unschuld zu finden. Bei seinen Recherchen zu dem kleinen Land an der europäischen Adriaküste fielen ihm sofort die vielen Drogenberichte auf. Manche Kommentatoren bezeichneten dieses Land sogar als den ersten Narco-Staat in Europa. Doch falls irgendjemand etwas damit zu tun hatte, dann geschah es ohne sein Wissen. Das Hauptproblem blieb: Diese Geschäfte geschahen innerhalb seines Unternehmens und als CEO musste er über alle Vorgänge im Bilde sein.

Alle seine Zweifel und Gedanken verschwanden sofort, als sie vor der riesigen braunen Tür stehen blieben. Äußerlich war außer den beiden Wachmännern, die den Eingang bewachten, nicht zu erkennen, was sich hinter diesen verschlossenen Türen abspielte. Als sich die Flügel geräuschlos vor ihm öffneten, atmete Tom tief ein, richtete seinen Blick in den hell erleuchteten Raum und machte seinen ersten zukunftweisenden Schritt. Hinter sich hörte er ein leises Klicken, als die Türen wieder verschlossen wurden. Er befand sich jetzt in einem großen, aus dunklem Holz getäfelten Raum, der von schweren Kristallleuchtern beleuchtet wurde. Am Ende des Raumes saßen drei Senatoren auf einem Podest - von ihrem Votum hing die zukünftige Agenda seines Unternehmens ab. Es gab nur zwei Möglichkeiten bei dieser Sache: Entweder sie blieben bei ihren bisherigen Sicherheitsleistungen, oder sie stießen in eine neue Dimension der Zusammenarbeit mit dem Verteidigungsministerium und dem State Department.

Der Raum wurde von einem breiten Durchgang geteilt, der direkt vor einem Stuhl an einem Tisch endete. In der rechten Ecke des Raumes saß jemand, der die Befragung protokollierte. Die Sitzreihen auf der linken Seite waren besetzt mit den Vertretern des Militärs und ihnen gegenüber nahmen die Vertreter der Geheimdienste Platz. Auf dem Weg zu seinem Platz visierte Tom die Männer an, zu denen er gleich sprechen würde. Gleichzeitig spürte er, dass die ganze Aufmerksamkeit der hier Anwesenden auf ihn gerichtet war. Zu seiner Verwunderung waren die Plätze alle belegt. Das zeigte ihm, welchen Stellenwert diese Befragung in den Fachkreisen in Washington hatte.

Die Senatorin Linda Evans als Director der Intelligence Community saß eingebettet zwischen den beiden Senatoren und leitete die heutige Befragung. Sie war vermutlich die derzeit mächtigste Frau der amerikanischen Sicherheitsbehörden. Ihrer Aufsicht unterstanden sechszehn Geheimdienste mit Tausenden von Mitarbeiten und Informationen, die nur direkt an den Präsidenten und seine Sicherheitsberater gingen.

Linda Evans blickte Tom Seeger streng über ihre Brille hinweg an und wies mit der Hand auf den Stuhl. Aus der Memo von Jack Lebermann wusste er alles über die Senatoren. Ihre Kinder, Ehefrauen, wer wie oft und von wem zum Essen eingeladen wurde, politische Freunde und Ambitionen. Jack hatte sich wirklich Mühe gegeben und zu jedem von ihnen eine Akte angelegt, aber darüber waren sie geteilter Meinung. Als Unternehmer war Tom stets bemüht, neue Partner und Geschäftsfelder zu finden und daraus Kapital zu schlagen, das war seine Stärke. Jack wollte, bevor er etwas unternahm als erstes wissen, *warum* und *wer* darin involviert war, er blieb seiner Geheimdienstlinie treu.

Als er seinen Platz erreichte und sich setzte, bemerkte er, wie das Gremium ihn neugierig musterte. Anschließend blickte Linda Evans in den Raum, um sich zu vergewissern, dass sie die geteilte Aufmerksamkeit des Fachpublikums hatte und begann: „Das Thema der heutigen Anhörung ist die mögliche Privatisierung des Krieges gegen den Terror. Der Zweck ist, einstige Fehler zu analysieren und nach Möglichkeiten zu suchen, um unsere Truppen aus den zahlreichen Konflikten nach Hause zu holen. Der Abschlussbericht ergeht an das Büro des Präsidenten. Ich übergebe an Senator Winters."

„Vielen Dank, Director Evans", begann der republikanische Senator. „Wir haben Tom Seeger heute bei uns zu Gast den CEO des Unternehmens „*Thunder*", das unsere Armee in zahlreichen Ländern bereits erfolgreich unterstützt. Außerdem hat dieser Mann unserem Land ehrenvoll in Uniform gedient. Bitte, Mister Seeger, ich erteile Ihnen das Wort.

„Ich danke Ihnen, Senator Winters. Die Möglichkeit, heute vor Ihnen zu sprechen, weiß ich sehr zu schätzen, denn unser Land ist müde … Müde von den vielen Opfern der nicht endenden Kriege. Gerade die sicherheitspolitische Entwicklung der letzten Jahre zeigt uns, dass sich eine neue Dimension der Auseinandersetzung in der Welt entwickelt hat. Dieser Zustand gefährdet die Sicherheit unserer Nation, da unsere Truppen sich den zahlreichen Konflikten stellen und wir unser Interesse in diesen Gebieten auch nach deren Beendigung wahren müssen. Wir alle kennen die militärischen Begriffe dazu: „Eroberte Räume sind zu halten…", „Nachaufsicht" …Letztendlich bedeutet das, dass wir jemanden in diesen Ländern lassen müssen, der uns den Rücken freihält. Diese Aufgabe, wie sie aus unseren eingereichten Unterlagen entnehmen können, könnten private Sicherheitsdienste übernehmen, die gleichzeitig unsere Soldaten von diesen Aufgaben entlasten würden."

„Mister Seeger, ich bin gänzlich anderer Meinung. Ich möchte nicht, dass Söldner Kriege für uns führen", meldete sich Senator Laurence mit einer tiefen Stimme, die keinen Widerspruch duldete.

Mit dem Einwand des Republikaners hatten sie bereits im Vorfeld gerechnet. Sie wussten um seine Verbundenheit mit dem neuen CIA-Chef, daher setzte Tom an diesem wunden Punkt an.

„Wie Sie bereits wissen, Senator, gelang einem der Topterroristen vor wenigen Tagen die Flucht aus einem CIA-Gcfängnis in Irak."

Seinem Gesichtsausdruck zu urteilen, wusste der Senator ganz genau, auf was er anspielte.

„Sie meinen Sabir Shanal?", fragte er und schaute ihn über seine Brille hinweg an. Sein Blick huschte zu den Vertretern der CIA.

„Korrekt. Ich möchte hier aber keine Vorwürfe an die Vertreter der Geheimdienste machen — sie müssen einfach zu viel leisten. Der Krieg gegen den Terror ist, finanziell und historisch betrachtet, ein Desaster und diese Männer, die Sie, Senator Laurence, als Söldner bezeichnen, haben unserem Land treu gedient. Es sind ehemalige Soldaten, die uns weiterhin die Treue erweisen. Aufgaben wie die Bewachung von Feinden und der

Unterhalt von Gefängnissen können selbstverständlich von privaten Sicherheitsdiensten übernommen werden."

„Was schlagen Sie konkret vor?", mischte sich jetzt Senator winters ein. Die Blicke des gesamten Gremiums ruhten auf Tom Seeger und in dem Saal wurde es plötzlich ganz still.

„Wir müssen unsere Strategie in diesen Ländern ändern. Dort könnten die privaten Sicherheitsdienste nicht nur die Geheimdienste unterstützen, sondern unsere Soldaten auch in Teilbereichen ablösen. Daraus ergibt sich nicht nur, dass wir Teile unserer Streitkräfte abziehen können, es entstehen auch erhebliche finanzielle Einsparungen. Ich möchte Ihnen das Beispiel Afghanistan ins Gedächtnis rufen: sechzehn Jahre Kampf und hohe Verluste. Heute müssen wir zugeben, dass das alles wenig gebracht hat. Wir müssen mit härteren Bandagen kämpfen, einen Sonderverwalter installieren, jemanden, der die dortigen Missionen überwacht und amerikanische Leben schätzt. Diese Aufgabe können von privaten Unternehmen im Auftrag der Regierung übernommen werden. Daher möchte ich Sie heute ersuchen, mir und meinen Männern zu gestatten, diesem großartigen Land auf diese Weise weiterhin dienen zu dürfen", beendete Tom seine Ausführungen und schmeckte den süßen Geschmack seiner Worte im Mund. Ja. Heute mehr denn je war er von seiner Idee überzeugt und die Zeit spielte gerade für ihn.

Natürlich gab es viele Gegner der privaten Armeen, aber die Zahl seiner Unterstützer wuchs mit seinen Aufträgen und so pervers es sich auch anhörte, aber mit jedem toten Soldaten und mit jedem Anschlag stieg die Zahl seiner Befürworter. Die verlorenen Jahre in Afghanistan, das Chaos nach dem zweiten Irakkrieg, Syrien, Libyen und Somalia. Wohin man auch schaute, hatten private Sicherheitsdienste schon längst begonnen, die Aufgaben der regulären Truppen zu übernehmen. Was ihnen noch fehlte, war die Absolution der Politik, die sich bislang nur beteiligte, wenn es um die Vergabe lukrativer Vorstandsposten ging. Sollte ihm dieser Schritt gelingen, dann befand er sich auf einer ganz anderen Ebene und diese Verflechtung ermöglichte ihm, seine Zukunft ganz anders zu planen.

KAPITEL 17

Steve nutzte seine Mittagspause für einen kleinen Spaziergang. Er setzte sich im Schatten einer alten Buche auf den Rasen und streckte seine Beine aus. Die Sonne schien grell am blauen Himmel und die Stadt stöhnte unter den steigenden Temperaturen. Für einen Augenblick schloss Steve seine Augen und wäre vermutlich auch sofort eingeschlafen, wenn er nicht bemerkt hätte, wie jemand dicht an ihn herantrat. Als Soldat hat er immer einen leichten Schlaf und achtet stets auf die Geräusche der Umgebung — somit war er sofort wieder wach und blickte in ein ihm sehr vertrautes Gesicht, das ihn mit einem Lächeln begrüßte.

„Ich habe eine Stunde gewartet, denn ich wollte dich nicht sofort wecken", begrüßte ihn sein alter Freund Jeffrey. „Ob du es mir glaubst oder nicht, ich würde mich am liebsten neben dich setzen und einfach den Tag genießen", fuhr er fort und reichte Steve die Hand. Sofort platzierte er einen Becher mit heißem Kaffee in der anderen.

„Der Kaffee ist noch heiß. Das mit der Stunde hast du dir ausgedacht", meinte Steve gut gelaunt.

Sein Freund grinste nur und sagte: „Ich bin hier ganz entspannt lang gelaufen und sah plötzlich jemanden, den ich kenne, unterm Baum liegen. Ich bin ein Cop und muss den Menschen helfen. Also habe ich uns einen Kaffee geholt und bin sofort hierher zurückgeeilt."

„Wenn alle Cops so fürsorglich wären, wie du, dann hätten wir glaube ich ein ernsthaftes Kaffeeproblem."

Jeffrey setzte sich zu ihm und strecke seinen langen, massigen Körper aus. Eine Weile saßen sie nebeneinander, ohne ein Wort zu sagen und jeder schlürfte seinen Kaffee.

„Du bist doch nicht ohne Grund hier im Park aufgetaucht", beendete Steve ihr Schweigen und sah zu seinem Freund hinauf. Es schien, als suchte Jeffrey nach einem Einstieg für ihr Gespräch, denn in seinem Gesicht arbeitete es.

„Es ist zwar nicht meine Gehaltsklasse, aber ich habe gehört, dass es da unten einige Komplikationen gibt."

Sofort wusste Steve, worum es ging und sein Verstand begann, auf Hochtouren zu arbeiten. War das vielleicht der Grund, warum Mia seit Tagen seine Anrufe ignorierte? Sie waren sich vor vielen Jahren näher gekommen, aber beide hatten in diesem Moment jemanden gebraucht und es tat ihm sehr leid gegenüber seinem Freund, aber was geschehen war, war geschehen und er konnte die Zeit nicht mehr zurückdrehen. Er war so in seine eigenen Gedanken versunken, dass er den folgenden Satz nur zur Hälfte mitbekam.

„Was meinst du mit Särgen?", fragte er hastig und merkte, wie eine eisige Kälte in seinen Körper kroch.

Ein skeptischer Blick und dann setzte Jeffrey erneut an. „Es gab eine Mitteilung der „Thunder" über zwei tote Deutsche. Die Leichen der beiden wurden bereits nach Deutschland überführt. Aber...", Jeffrey erhob seinen Finger. „Es gibt berechtigte Zweifel, ob es sich um unsere Pakete handelt. Leider ist zur vereinbarten Kontaktaufnahme und bis zum heutigen Tag keine Nachricht von unseren Freunden eingegangen. Es gab aber einen seltsamen Anruf über ein totes Telefon in Afghanistan. Die Deutschen bewerten das als ein mögliches Lebenszeichen."

Steve hielt die Luft an und traute sich nicht, seinen Freund zu unterbrechen. Vor seinem inneren Auge tauchten die Berge, die verstauben Dörfer und die zerstörten Fahrzeuge auf. Er wusste genau, wie schwer es da unten war und wie sehr man bei so einem Auftrag auf sich allein gestellt war.

„Vor einigen Tagen ist ein Lager der „Thunder" am Rande der Stadt Kandahar in Brand geraten und auf dem Gelände ihrer Basis gab es ein Feuergefecht. Seitens der Company gibt es nur Berichte über einige Schießereien unter den Einheimischen und eine Notiz zu einem Kabelbrand. Die Auswertung der Satellitenbilder sagt uns jedoch etwas anderes und als Ermittler würde ich nur die Hälfte der Informationen zur Auswertung nehmen und dann kommen wir vermutlich der Wahrheit sehr nahe."

Steve schwieg und wägte das Gehörte ab. War etwas schief gelaufen? Warum zu so einem frühen Zeitpunkt? Die ganze Operation war gut vorbereitet und sollte ohne großes Aufsehen starten. Nie würde Mitch sich freiwillig in etwas stürzen, das er vorher nicht kalkulieren konnte. Es gab immer das Unvorhersehbare, aber er war immer so besonnen und mit Becks im Rücken waren sie ein perfektes Team. Wenn die Operation zu so einem frühen Zeitpunkt scheiterte, dann mussten sie einen Verräter in ihren Reihen haben, anders konnte Steve es sich nicht vorstellen. Die ganze Geschichte hatte eine Dynamik aufgenommen, die sie nicht mehr steuern konnten. Zu viele verfolgten dabei ihre eigenen Interessen.

„Wollt ihr etwas unternehmen?", fragte er und kannte bereits die Antwort von Jeffrey.

„Du weißt, dass wir bereits an zwei Fronten kämpfen. Ich mag deinen Freund sehr und er hat mir mit seinen Informationen eine neue Karriere beschert. Auch mein Vorgesetzter hat eine hohe Meinung von ihm, immerhin hat Mitch seinen Arsch gerettet, seitdem ist er Dauergast im

Weißen Haus. Ich weiß es direkt von meinem großen Chef, dass den Deutschen erlaubt wurde, ein Team nach Afghanistan zu entsenden."

Steve atmete tief durch. Es war zwar nicht die optimale Lösung, aber zumindest wurden die beiden nicht vergessen. Eine Frage kreiste in seinem Kopf und so sprach er sie aus.

„Welche Namen wurden seitens der „Thunder" angegeben?"

„Laut Firmenliste und der Frachtliste, die in Leipzig angekommen ist, waren es Mitch und sein Freund." Jeffrey schaute sich unauffällig um, bevor er leise hinzufügte: „Seine Frau hat nach der Videoidentifizierung, die ihr vorgespielt wurde, erhebliche Zweifel geäußert und so haben die Deutschen einen DNA-Abgleich veranlasst und ihre Zweifel wurden bestätigt. Sie waren es nicht. Jetzt kommt die große Frage: Was ist da unten passiert und wo sind sie jetzt?"

„Hat es Auswirkungen auf euren Plan?"

„Nein, wir kommen hier ganz gut voran. Tom Seeger kooperiert mit uns, aber er ist noch auf der Suche. Gestern war es beim geheimen Ausschuss eingeladen und hielt ein gutes Plädoyer für seine Ideen. Er schlägt eine Sonderverwaltung für besetzte Gebiete mit Unterstützung von privaten Sicherheitsdiensten vor."

Obwohl er immer noch abgelenkt war, meinte Steve: „Diese Idee ist nicht neu. Das gab es schon unter den Spaniern und in Indien unter den Briten, als dort Vizekönige eingesetzt wurden. Dem Seeger geht es nur um das Geschäft. Lass mich raten, er will unsere Streitkräfte entlasten."

Jeffrey grinste breit. „Es ist, als ob du an diesem Tag selbst vor dem Ausschuss gesprochen hättest."

Darüber musste Steve lächeln. Doch seine gute Laune verging sofort, als ihm die Schriftsätze von Senator McCoyle einfielen. Diese Zeilen kannte er ganz genau und wenn er über die Besucher in dem Büro des Senators der letzten Monate nachdachte, dann blieb ihm eigentlich nur eine Schlussfolgerung übrig. Trotzdem wollte er sicher gehen.

„Hat Tom Seeger schon Unterstützer für sein Vorhaben?", fragte er vorsichtig.

Falls Jeffrey sein Zögern bemerkte, ließ er es sich nichts anmerken.

„Ich denke, dass er eine Menge Unterstützer innerhalb des Senats hat. Unsere Truppen verzetteln sich immer mehr in der Verwaltung der besetzten Gebiete und für diese Art der asymmetrischen Kriegsführung braucht man kleine, bewegliche Einheiten. In der letzten Zeit gelang einigen Topterroristen der Ausbruch aus geheimen CIA-Gefängnissen und das erzeugte natürlich zusätzlichen politischen Druck. Es gibt immer zwei Mannschaften bei solchen Projekten und wenn ich das genau betrachte, dann macht er gerade alles richtig."

„Es hört sich an, als ob du auch dabei wars."

Lächelnd nickte sein Freund.

„Du wirst staunen, wer noch alles in diesem kleinen Saal anwesend war. Nahezu alle Vertreter unserer Streitkräfte und alle Vertreter der Geheimdienste. Hier ging es nicht darum, die Ausführungen von Tom Seeger zu hören. Sie wollten alle bei der Anhörung dabei sein und herausfinden, in welche Richtung sich die strategische Politik des Weißen Hauses ausrichtet."

Steve hatte genug gehört, um sich ein eigenes Bild zu machen. Selten fielen solche Ereignisse innerhalb einer gewissen Zeitspanne zufällig zusammen. Nach seiner eigenen Einschätzung arbeitete er gerade für einen Senator, der genau diese Strategie der asymmetrischen Politik mit seinem Wirken verfolgte.

Seinem Freund entging die Veränderung in seinem Gesicht nicht.

„Ich glaube, dich hat gerade eine Erkenntnis getroffen. Zufällig weiß ich genau, um was es geht und ja … Wir haben Beweise. Bei dieser Anhörung ging es nicht nur um die Stationierung unserer Truppen in besetzten Gebieten, es ging vorrangig um die Sicherung wirtschaftlicher Interessen. Der Zugriff auf Bodenschätze und Geld sind die neuen Waffen und Tom Seeger soll es für sie richten. Sie brauchen einen Türöffner und er ist mit seiner öffentlichen Präsenz und seiner Ausstrahlung genau der Richtige." Mehr sagte Jeffrey nicht, aber sein Blick deutete an, dass er vieles wusste, aber einiges davon nicht hier und nicht heute aussprechen wollte.

„Weiß er, dass er benutzt wird?"

„Der Typ ist nicht auf den Kopf gefallen und nach unseren Gesprächen hatte er sich einige Gedanken gemacht. Er brauchte nur das Budget seines Geheimdienstes, das Jack Lebermann freundlicherweise für ihn aufgebaut hat, mit den laufenden Personalkosten zu vergleichen und schon fand er eine Finanzlücke. Wir fragten uns bereits, wie Lebermann diese hohen Ausgaben abrechnet, aber dann sind wir auf seine seltsamen Flugbewegungen und die Ladung die sie transportieren aufmerksam geworden. Vieles davon erinnert an die ehemalige Fluglinie der CIA, als sie die Drogen aus dem „Goldenen Dreieck" ins Land brachte, um ihre geheimen Operationen zu finanzieren. Er hat das System mit verdeckten Konten perfektioniert, ihm steht ein schier unerschöpfliches Budget zur Verfügung, anders sind seine Erfolge nicht zu erklären."

Eine Weile saßen sie schweigend nebeneinander und jeder ging seinen Gedanken nach.

„Ich muss jetzt wieder ins Büro", erhob sich Steve.

Sie liefen gemeinsam zur Straße.

„Da ist noch eine Sache", begann Jeffrey zögerlich, was Steve verwunderte, da sein Freund immer offen mit ihm redete. Doch heute schien er sein wirkliches Anliegen bis zum Schluss aufgehoben zu haben.

„War Mitch verheiratet?"

Diese Frage überraschte Steve.

„Nein. Er lebte mit seiner Lebensgefährtin zusammen, soweit ich weiß im eigenen Haus", erwiderte er vorsichtig, überrascht von der plötzlichen Wendung in ihrem Gespräch.

Der Ton von Jeffrey wurde offiziell, als er sagte: „Vor einigen Tagen wurde seine Lebensgefährtin auf einem Parkplatz in Berlin angegriffen."

„Was?!", entfuhr es Steve und plötzlich verstand er, warum Mia sich auf seine Anrufe nicht mehr meldete.

„Vermutlich wollte man sie entführen, aber sie hatte sich heftig dagegen gewehrt und einen der Angreifer dabei schwer verletzt. Leider kam jede Hilfe für sie zu spät."

Die Stimme seines Freundes verschwand aus seinem Bewusstsein und noch bevor Steve die Tragweite dieser Information realisierte, reagierte sein Körper. Seine Beine wurden schwach und er merkte, wie er zu zittern begann. Alles um ihn herum wurde plötzlich still.

Jeffrey schaute seinen Freund besorgt an und fasste ihn am Arm.

„Alles in Ordnung?"

„Wie ist sie gestorben?", presste Steve hervor.

„Es war ein Stich ins Herz. Die Deutschen konnten die Täter identifizieren und verfolgten sie bis in die Schweiz."

„Wieso sagst du sie?"

„Es hat sich herausgestellt, dass dieses Team für die „Thunder" arbeitet und in Bahrain stationiert ist."

Seine Trauer verwandelte sich plötzlich in Wut. „Soll das heißen, ihr habt sie laufen lassen?"

Das Gesicht von Jeffrey wurde hart. „Du hast selbst diese Sache zu mir gebracht und jetzt sind wir so weit gekommen, dass wir nicht mehr aussteigen können. So bitter es auch ist, aber den Deutschen ist es gelungen ihnen falsche Informationen zu zuspielen. Wenn wir die Sachen jetzt beenden, dann werden nicht nur deine Freunde sterben. Du warst selbst Soldat, du weißt, wie es ist. Es tut mir wirklich leid, aber wir sind an einem Punkt angekommen, an dem nur ein einziger Mann dieses Unternehmen noch stoppen kann und das ist der Präsident."

Steve schaute verwundert auf, denn mit dieser Tragweite der Ereignisse hatte er niemals gerechnet. Was sollte er darauf antworten? Sein Freund hatte mit allem Recht.

„Danke, dass du es mir erzählt hast", antworte er niedergeschlagen. Er drückte Jeffrey zum Abschied die Hand und seine Beine trugen ihn einfach die Straße entlang. Lange blickte Jeffrey seinem Freund hinterher und machte sich zum ersten Mal ernsthafte Sorgen um ihn.

Die ganze Nacht über regnete es und der Himmel bildete eine durchgehende graue Wolkenwand, aus der es ununterbrochen schüttete. Senator McCoyle saß nachdenklich in seiner Limousine in der Pennsylvania Avenue und schaute auf die schweren Tropfen, die an der Seitenscheibe hingen. Sein Fahrer machte keine Anstalten, ihm die Tür zu öffnen oder einen Regenschirm zu reichen. Fünfzig Schritte trennten ihn von dem schützenden Dach des Kapitols, dessen Silhouette dem Regen wie eine weiß schimmernde Festung trotzte. Ein Gebäude, das pure Macht ausstrahlte. Hier wurden Entscheidungen getroffen, die nicht nur das Schicksal des Landes, sondern der gesamten Welt bestimmten. In diesem Bollwerk wurden Pläne geschmiedet, Allianzen gebildet und Präsidenten in die Knie gezwungen. Eine Instanz, die all diejenigen versammelte, die für die Zukunft des Landes und der Verteidigung seiner Freiheit kämpften.

Der liberale Kurs der neuen Administration bedrohte das Gleichgewicht und war strittig innerhalb der Demokratischen Partei. Die Unzufriedenheit wuchs und gemeinsam mit seinen Mitstreitern bildete Senator McCoyle eine Mauer gegen diese Zersetzung. Der Kurs der Administration musste korrigiert werden. Was auch immer der Präsident in seiner neuen Agenda vorbereitete, sie hatten bereits eine andere Antwort darauf gefunden. Vier Jahre Amtszeit gingen schnell vorbei und sie würden es ihm so schwer wie möglich machen, seine Pläne umzusetzen. Wir werden im Süden von Afghanistan Tatsachen schaffen und Jack Lebermann war der richtige Mann dafür. Seine Laune besserte sich merklich, als er die überraschten Gesichter im Office des Präsidenten vorstellte. Entschlossen riss er die Tür seiner Limousine auf.

Der Regen nahm keine Rücksicht auf seine hohe Stellung und er wäre innerhalb weniger Augenblicke komplett durchnässt gewesen, wenn nicht jemand von hinten an ihn herangetreten wäre und einen großen schwarzen Regenschirm spannte. Mit einem Nicken bedankte er sich flüchtig bei dem Fremden, der ihm die Treppen hinauf folgte. In dem geschützten Gang mit massiven Kolonnaden aus Marmor angekommen, schnappte er wie ein Fisch nach Luft. Dankbar drehte er sich zu seinem Retter um und stieß überrascht aus: „Steve! Sie hatte ich jetzt am wenigsten erwartet! Trotzdem bin ich Ihnen sehr dankbar, dass Sie mich vor diesem abscheulichen Regen gerettet haben."

„Senator", antwortete Steve und merkte, wie dünn seine Stimme an diesem Morgen klang.

„Soweit ich mich erinnere, ist unsere Besprechung für heute Nachmittag angesetzt."

„Ich wollte etwas früher kommen und dachte, wir könnten ungestört reden."

Der Senator schaute ihn besorgt aus seinen blassen Augen an.

„Junge, was ist los mit Ihnen? Sie sehen sehr bedrückt aus. Wollen wir ein Stück gemeinsam gehen. Ich habe einen Augenblick Zeit, bis die Sitzung beginnt."

Steve faltete penibel seinen Schirm zusammen und folgte dem Senator.

„Falls Sie Unterstützung brauchen, dann werde ich sehen, was ich tun kann".

„Vielen Dank, Sir", antwortete Steve wie ein Roboter. Doch der letzte Satz des Senators löste einen Knoten in seiner Brust.

Dieser achtete nicht weiter auf ihn und redete weiter. „Was ist los? Sie sehen so bedrückt aus?"

„Wissen Sie, Sir, als Sie mir den Vorabdruck von dem Buch des Botschafters gaben, war ich Ihnen sehr dankbar dafür. Endlich konnte ich einen Teil der Geschichte auflösen, die mich seit dem Tod meines Vaters so sehr beschäftigte. Aber ich glaube, ich habe etwas übersehen und brauche doch Ihre Hilfe."

„Wenn Sie möchten, können wir es gerne diese Sache noch einmal gemeinsam durchgehen."

Sie bogen jetzt um die Ecke und folgten dem langen Gang.

„Botschafter Whittaker erwähnt ein Unternehmen namens „*Palmyr*" in seinem Buch. Lange Zeit konnte ich mit diesem Namen nichts anfangen und vielleicht hätte ich diesen Namen auch aus meinem Gedächtnis gestrichen, wenn mir nicht die Anfrage unserer Steuerbehörden in die Hände gefallen wäre. Eine Notiz dazu fand ich zufällig in Ihrem Kalender."

Der Senator machte eine beschwichtigende Geste und lächelte. „Ja, natürlich, dem Botschafter gehört dieses Unternehmen und der Rest in die Klatschspalten der Presse…"

„Das ist leider nicht korrekt. Was die wenigsten wissen, ist, dass dem Botschafter nur die Hälfte des Unternehmens gehört. Das ist das eigentliche Problem", unterbrach Steve den Senator. „Die andere Hälfte gehört einer Briefkastenfirma namens „LongTec", die in Texas registriert ist. Saubere Papiere, gute Anwälte. Dieses Unternehmen besitzt nicht nur Flugzeuge, die sehr oft von Afghanistan nach Albanien fliegen, sondern auch Anteile an dem indischen Unternehmen *Olisha Mining,* das Kupfer abbaut. Das FBI erhielt vor kurzem einen Tipp und während einer internationalen Razzia wurde eine große Ladung Heroin gefunden. Das Flugzeug hatte diese Fracht in Kandahar geladen. Augenscheinlich bedeutet das wenig, außer Sie brauchen diese Flugzeuge noch für Ihre Wahlkampfauftritte und Reisen. Aber da Ihnen dieses Unternehmen gehört, werden Sie sicherlich eine andere Maschine für diese Transporte finden können."

Der Senator blieb abrupt stehen. Jetzt standen sie so dicht beieinander, dass Steve seinen süßlichen Atem roch.

„Ich wusste schon immer, dass Sie ein cleverer Junge sind und trotzdem muss ich Ihnen etwas erklären. China besitzt bereits die Hälfte aller Kupfervorkommen in dieser Welt und jetzt haben wir in Afghanistan die Möglichkeit diese Bodenschätze zu sichern. Was wären die Konsequenzen, wenn China die Kontrolle darüber erlangen würde? Kupfer ist die Zukunft der modernen Technologie, es könnte wertvoller werden als Gold. Verstehen Sie die Tragweite dieser Entscheidung? Das, was wir gerade vorbereiten wird Einfluss auf unsere Politik für die nächsten Generationen haben."

„Wollen Sie damit Morde rechtfertigen?"

Senator McCoyle schaute ihn wie einen kleinen, trotzigen Jungen an, dem er etwas fürs Leben erklären wollte.

„Sie müssen Ihre Emotionen zurückstellen und das große Ganze für unser Land betrachten. Wir sind nicht mehr bereit unsere Soldaten und unser Geld in diese Länder zu schicken. Irgendwann wieder abzuziehen und am Ende wie der große Verlierer zu stehen. Während die anderen die Früchte unserer Arbeit ernten. Der Präsident muss endlich erkennen, dass seine liberale Politik uns nur schwächt und ich habe eine Möglichkeit gefunden, wie wir diese Dinge ändern können. Wir werden die Administration vor vollendete Tatsachen stellen. Diese Länder sind nicht fähig eine Demokratie aufzubauen und da können wir sonst wie viele Milliarden hineinpumpen. Nichts wird sich ändern. Wir werden diesen Prozess umkehren und als Gegenleistung uns den Zugriff auf ihre

Bodenschätze sichern. Die neue politische Agenda wird auf die wirtschaftliche Strategie ausgerichtet und nicht mehr auf die Schaffung demokratischer Strukturen. Sie waren Soldat so wie ich. Sie haben gekämpft und ihr Blut für dieses Land vergossen. Lassen sie uns gemeinsam ein neues Kapitel in diesem Haus aufschlagen. Möchten Sie eine politische Karriere machen und im Kongress sitzen? Ich sorge dafür und ebne Ihnen den Weg."

Die Worte des Senators widerten Steve an und kopfschüttelnd wich er vor diesem Mann, den er früher so achtete, zurück.

„Entscheiden Sie sich für eine Seite und tun Sie das Richtige."

„Ich lehne Ihr Angebot ab und kündige."

„Steve. Überlegen Sie sich ihre Entscheidung noch einmal und denken Sie dabei auch an ihre Familie." Die letzten Worte des Senators klangen, wie eine Drohung und noch bevor Steve ihm etwas erwidern konnte, traten drei Männer in schwarzen, durchnässten Mänteln an sie heran.

„Senator McCoyle? Ich bin Spezialagent Wattnik vom FBI. Sir. Sie sind verhaftet. Hier ist der Gerichtsbeschluss." Der Agent, der den Senator ansprach, holte einen gefalteten Umschlag mit dickem Amtssiegel aus seiner Tasche heraus.

Die Stimme des Senators klang jetzt nicht mehr so selbstbewusst.

„Steve, lassen Sie es mich das erklären ... Sie machen einen großen Fehler... Es geht hier um unser Land ... Ich…"

Dann überschlug sich seine Stimme, als das Metall sich um seine Gelenke schloss.

„Eins will ich an dieser Stelle klarstellen. Ich hatte nie etwas damit zu tun…"

Barsch unterbrach der FBI Agent den Senator. „Ihnen wird Steuerhinterziehung, Anstiftung zum politischen Umsturz in einem befreundeten Land und Drogenhandel vorgeworfen. Sie haben das Recht einen Anwalt zu kontaktieren".

„Haben Sie diese Morde in Auftrag gegeben?" Fragte Steve ihn leise.

Der Senator sah ihn an aber sein Blick war leer.

„Diese Menschen waren eine Bedrohung für unser Unternehmen und im Sinne einer größeren Idee müssen diese Störungen beseitigt werden!"

KAPITEL 18

Gedankenverloren spähte Azizullah aus dem Fenster der großen Küche des Gouverneurspalastes in den weitläufigen Garten, der von alten Eichen und duftenden Rosenbüschen umsäumt war. Seit Tagen glich der Palast einem Ameisenhaufen. Arbeiter kamen und gingen, Zelte wurden aufgestellt und riesige Teppiche ausgerollt. Angestellte und Bedienstete wurden platziert und anschließend alles nach der Besichtigung wieder verworfen. So einen Menschenauflauf hatte er noch nie erlebt, obwohl er in seinem Leben bereits viel gesehen hatte. Selbst die großen Treffen seiner Glaubensbrüder liefen beschaulicher ab.

Der alte Koch prophezeite, dass ihnen große Zeiten bevorstanden. Der Gouverneur plane, einen eigenen Staat zu errichten in dem nur die Paschtunen leben werden. Selbst die großen Warlords der Provinz wären einverstanden, es fehlte nur noch der Segen der Stammesältesten. Das waren Dinge, für die Azizullah sich nie interessiert hatte. Er lebte im Palast und seit Hassan ihn beschützte, belästigte ihn keiner mehr. Es war seltsam, aber er empfand kein Mitleid für seinen verstorbenen Onkel, obwohl er ein enger Verwandter von ihm war. Seltsamerweise spürte er sogar eine Erleichterung über das, was geschehen war. Er war es leid, immer von anderen ausgenutzt zu werden. Ausgerechnet Hassan, der Schrecken der Stadt, öffnete ihm die Augen und ermutigte ihn, eigene Wege zu gehen. Von ihm erfuhr er, wie es zu seiner Anstellung im Palast kam und welche Rolle sein Onkel dabei spielte. Jetzt ergaben alle seine seltsamen Anwandlungen ihm gegenüber auch einen Sinn: Er war nur gierig nach Informationen. An die Schläge konnte man sich schnell gewöhnen, wenn man seinen Geist aus dem Körper vertrieb. Erneut war es Hassan der die Spuren dieser Erniedrigung in seinem Gesicht bemerkte und Antworten verlangte.

Diess euphorische Gefühl, selbst einen Wagen durch die Stadt zu steuern. Nach dem Unfall kicherten sie beide wie zwei Verschwörer, denen ein besonderer Coup gelungen war. Darauf folgten Tage der Leichtigkeit und Freude mit seinem neuen Freund. Leider verblasste diese schöne Zeit viel zu schnell, wie alles andere in seinem bisherigen Leben.

Die Kontaktmänner des Emirs erinnerten ihn an seinen Eid und seine neue Aufgabe. Er war schon einmal auf dem Weg ins Paradies gescheitert, als er die Flucht seiner Brüder mit einer Sprengweste decken sollte. Bis vor kurzem konnte er sich nicht erklären, ob seine Sprengstoffweste damals ein Defekt hatte oder er Angst hatte den Auslöser zu drücken. Heute war er sich sicher, es war die Angst. Sie lähmte ihn damals so wie heute. Verstohlen schaute Azizullah zu der schwarzen Weste, die in der Ecke lag. Dieser Tag war schneller gekommen, als er es sich wünschte. Der Emir hatte sie ihm persönlich überreicht. Seine Lippe zitterte und eine salzige Träne rollte über sein Gesicht. Ja, es war eine große Ehre, aber warum gerade jetzt, wo er seine Lebensfreude und einen neuen Freund gefunden hatte?

„Für alle Zeiten werden wir dich in unseren Liedern besingen und dein Vater wird dich im Paradies empfangen. Unsere Gebete und unsere Hoffnung gehen mir dir, mein Sohn." Das sagte ihm sein Lehrer Mullah Dardullah und drückte ihn zur Verabschiedung an sich. Noch vor einiger Zeit hätte Azizullah diese Weste, ohne zu überlegen an sich genommen und wäre mit einem Gebet auf den Lippen in den Kampf gestürzt. Die Gespräche mit Hassan hatten etwas in ihm verändert. Er begann darüber nachzudenken, warum die Menschen, die ihm lieb und teuer waren, plötzlich eine Gegenleistung für ihre Liebe verlangten. Warum sprach der Prophet nicht direkt mit ihm und warum forderte der Emir sein Leben? Seine Eltern waren einfache Bauern und hatten nichts mit den „Heiligen Krieg" zu tun. Es waren verbotene Gedanken, auf die er keine Antworten fand, aber etwas in seinem Inneren sperrte sich gegen diese blinde Gefolgschaft, in der Fragen nicht erlaubt waren.

Die Weste war gespickt mit Schrauben und Sprengstoff. Sie sollte alle seine Fragen beantworten und sie war sein Weg ins Paradies.

In vier Stunden wird der Gouverneur seine Ansprache halten, bis dahin waren Sondierungstreffen mit den Stammesabordnungen geplant. Eigens dafür wurden Zelte eingerichtet und die Wachen verdoppelt. Die Clanführer brachten ihre eigenen Männer als Zeichen der Stärke mit und oft endeten solche Versammlungen im Streit oder in einer Blutfehde.

In den letzten Tagen hatte Azizullah nichts mehr von Hassan gehört, der hatte mit der Absicherung dieses Ereignisses alle Hände voll zu tun. Er hätte bestimmt einen Rat für ihn, aber Hassan war auch der Sicherheitschef und er würde ein Attentat auf den Gouverneur niemals zulassen.

Azizullah schob alle seine Gedanken und Zweifel beiseite, holte tief Luft und machte einen Schritt auf die Weste zu. In seinen Gedankten formte er die Worte:

Sure 4, Vers 57

„Diejenigen aber, die da glauben und das Rechte tun, die werden Wir einführen in Gärten,

durcheilt von Bächen, darinnen zu verweilen ewig und immerdar;

und reine Gattinnen sollen darinnen sein, und führen werden Wir sie überschattenden   Schatten."

Hassan kannte zwar alle Posten am Tor des Palastes, aber die beiden Männer, die jetzt an die Tür seines Wagens traten, waren ihm neu. Als die Wachen erkannten, wer im Fahrzeug saß, wichen sie sofort einen Schritt zurück.

Sein Ruf eilte ihm voraus und ersparte weitere Erklärungen.

„Alles in Ordnung?", fragte er streng und versuchte das Brennen, das in seiner Seite wütete, aus seiner Stimme zu verbannen.

Noch nicht einmal vor einer Stunde überraschte er drei seiner Hauptleute bei einem heimlichen Treffen, wo sie seine Ermordung planten. Der erste starb eines schnellen Todes durch seine Pistole. Leider gelang es einem von ihnen, ihn zu erwischen, bevor er ihm das Gesicht und dann die Kehle zerschnitt. Der letzte gab seinen Widerstand nach dem Tod seiner beiden Mitverschwörer auf und berichtete ihm bereitwillig über ihre Pläne. Anschließend nahm Hassan auch ihm das Leben.

Es war alles genau so eingetreten, wie er es vorausgeahnt hatte. Der Befehl dazu kam direkt von Gouverneur Melai und noch vor der großen Ratsversammlung sollten sie ihn beseitigen. Er kam ihnen zuvor. Sein Glück war, dass diese Anordnung noch nicht an seine Einheiten herausgegangen war, sondern nur an diese drei Dummköpfe. Doch er kannte diesen verschlagenen Kerl, Melai würde sich absichern und womöglich war der nächste Anschlag von Seiten der Amerikanern zu erwarten. Vielleicht hatte er etwas Zeit gewonnen, aber zu welchem Preis?

Seine Bauchwunde pochte unter dem Verband und erinnerte ihn daran, wie sein Blut mit jedem Schlag seines Herzens aus seinem Körper herausgepumpt wurde. Er hatte einen anderen Plan für seine Zukunft, aber als einer seiner Informanten ihn über das Treffen seines Killerkommandos berichtete, war er gezwungen zu handeln. Hassan war so in Gedanken vertieft, dass er erst jetzt bemerkte, wie die beiden Posten ihn unschlüssig anschauten.

„Hört zu, Männer. Der Gouverneur schickt gleich einen Boten aus dem Palast. Er wird mit diesem Wagen rausfahren, denn er hat wichtige Informationen für das Hauptquartier des Geheimdienstes. Er muss sofort durchgelassen werden." Er nahm die Strenge aus seiner Stimme heraus und klang jetzt verschwörerisch. Anschließend fischte er in seiner Tasche herum und holte ein paar schmierige Geldscheine heraus.

Die Augen der beiden Wachposten wurden groß, als sie das Geld erblickten.

„Hier. Ich brauche immer ein paar zuverlässige Männer. Seid wachsam! Heute ist ein großer Tag für uns alle."

Er reichte ihnen das Geld und sein Wagen passierte die Einfahrt. Im Rückspiegel sah er, wie die beiden Soldaten ihm immer noch hinterher winkten.

Erst als er auf dem Parkplatz angekommen war, stieß er pfeifend die Luft aus und merkte, wie viel Anstrengung ihn dieses kleine Episode gekostet hat. Seine Kraft schwand mit jeder Minute und jetzt musste er noch Azizullah finden, denn auch er schwebte in großer Gefahr. Zunächst brauchte er etwas Ruhe. Hassan legte sich einen frischen Verband an und trank Wasser aus der Flasche, dann schloss er die Augen. Seltsamerweise trugen ihn seine Erinnerungen zurück zu der kleinen Hütte seiner Eltern. Erneut stand er vor der schiefen Tür und hatte Angst, hineinzutreten. Dieser Traum verfolgte ihn oft. Er sah sich selbst auf dem Boden, wie er das rostige Messer ergriff. Dieses Messer trug er seit diesem Tag immer bei sich und auch heute nahm er damit zwei Leben. Es war sein Glücksbringer und sein Fluch. Ein Blick auf die Uhr zeigte ihm, dass er fast eine halbe Stunde geträumt hatte.

„Das ist nicht gut. Ich sollte jetzt gehen", murmelte er und stieß schwerfällig die Tür auf.

Heute schienen die langen Flure im Palast kein Ende zu nehmen. Hier drinnen kannte er jeden Meter. Noch zweimal um die Ecke und dann war er bereits in der Küche, vorbei an den Eingang zum Empfangssaal, wo sich ihre geheime Kammer befand. Es war ihr kleines Geheimnis, dort trafen sie das erste Mal aufeinander. Azizullah war der erste Mensch in seinem Leben, den er wirklich mochte. Er war wie ein kleiner Bruder für ihn. Daher nahm er das Risiko auf sich, hierher zu kommen, um wenigstens ihm ein anderes Leben zu ermöglichen. Er musste den Jungen von hier wegbringen, von dieser Gewalt und diesen Machtspielen, zu deren Spielball er geworden war. Irgendwann wird er auch zu einem Mörder, vor dem die Menschen Angst haben, bis eines Tages jemand kommt und ihn wie ein stumpfes Werkzeug beseitigt, nachdem er jahrelang benutzt wurde.

Hassan erblickte zwei Bedienstete in diesem halbdunklen Gang, die sofort die Köpfe senkten und an ihm vorbeieilen wollten.

„Halt!", zischte er. „Wo finde ich den Jungen Azizullah?"

Die beiden blieben wie erstarrt stehen. Doch dann traute sich der Ältere von ihnen.

„Er ist heute zum Servieren eingeteilt."

Mit einer Handbewegung entließ er die beiden und sie stürmten erleichtert davon.

Innerlich fluchte und wunderte Hassan sich über diesen Umstand. Nicht, weil er jetzt auf die andere Seite des Palastes musste, sondern warum sollte Azizullah ausgerechnet heute servieren? Er war bis gestern noch für die Küche eingeteilt gewesen.

Die Gedanken lenkten ihn von seinen Schmerzen ab und so schlich Hassan den langen Weg in das Innere des Palastes. Die Unruhe, die die große Versammlung mit sich brachte, verbreitete sich bis in die tiefste Ecke des verwinkelten Hauses und er spürte die Präsenz der Macht mit jeder Faser seines Körpers. Diese Narren, wenn sie nur ahnten, was der Gouverneur mit ihnen plante, dann würden sie sofort von hier verschwinden. Aber vermutlich würde dieser Mann sie bis ans Ende dieser Welt verfolgen, um sicher zu gehen, dass er ihnen jeden Quadratmeter ihres Landes entreißen konnte. Die Killerkommandos standen bereit und die Amerikaner brachten weitere Söldner aus Syrien nach Kandahar. Solange die Drogenbarone und die Warlords weiterhin ihren Geschäften nachgehen durften, drohte Melai von dieser Seite keine Gefahr. Mit den Mudschahedin konnte man sich einigen, wenn man ihnen entgegenkam. Sobald der Gouverneur sich das Land gesichert hat, wird er versuchen, die „Heiligen Krieger" gegen die Drogenbarone auszuspielen, denn sie hatten etwas gegen die Drogen. Der schlaue Mistkerl würde so mit einem Streich zwei seiner stärksten Gegner von sich ablenken. Blieben nur noch die Warlords, aber er würde ihnen etwas Macht und die Logistik der Amerikaner anbieten. Leider kannte er Melai zu gut und wusste, wie der Mann wirklich tickte. Vermutlich hatte er noch eine Überraschung für den einen oder den anderen geplant. So war er und deswegen musste Hassan selbst hier im Palast vor ihm auf der Hut sein.

Endlich erreichte er den Servicebereich, der nach Essen und Kräutertee roch. Ein letztes Mal gönnte er sich eine Pause und stieß eine schmale Seitentür auf und blickte in das überraschte Gesicht von Azizullah.

„Junge", stieß er heißer aus und stürzte in den Raum hinein.

„Hassan!"

Nach der anfänglichen Freude über das Wiedersehen kam sofort die Ernüchterung, als Hassan die roten Augen des Jungen bemerkte. Dieser wirkte verunsichert und mied seinen Blick. Etwas stimmte nicht und er roch förmlich die Gefahr, die den Jungen umgab. Doch noch bevor er etwas sagen konnte, erbebte sein Körper unter einem Krampf und er krümmte sich vor Schmerzen, die sich wellenartig in seinem Körper ausbreiteten.

Azizullah bemerkte, dass mit seinem Freund etwas nicht stimmte. Sein Gesicht war blass und er hielt sich die Arme vor den Bauch. Er stürzte sich zu ihm hin und half Hassan, sich auf den Boden zu setzen. Erst hier bemerkte er die rotbraunen Flecke an seinen Händen.

„Was ist passiert? Bist du verletzt?", fragte er bestürzt.

„Ach was. Ich musste meinen Plan etwas ändern, nachdem ich erfahren habe, dass sie mich loswerden wollen."

Die Augen des Jungen wurden groß. „Hat das etwas mit meinem Onkel zu tun?"

„Nein", versuchte Hassan ihn zu beruhigen. „Die Sache ist etwas komplizierter. Unser Gouverneur möchte seine Altlasten loswerden und ich gehöre leider dazu."

Azizullah runzelte die Stirn und dachte darüber nach, aber er konnte es sich nicht vorstellen, wie ein einzelner Mann gegen Hassan etwas ausrichten konnte.

„Wollten sie dich töten?", stieß er hervor.

„Ich bin ihnen natürlich zuvorgekommen, aber sie haben es versucht. Diesen Männern blieb keine andere Wahl, entweder starben sie durch meine Hand oder Melai hätte sie erledigt."

Der schlaksige Junge setzte sich neben ihn auf den Boden und öffnete mit zitternden Händen die schwarze Weste, die er über seinem weißen Hemd trug.

Hassan verschlug es den Atem, als er die Drähte und den Sprengstoff sah. Für einen Augenblick vergaß er sogar seine eigenen Schmerzen.

„Aber warum ...?", stammelte er ungläubig.

Die Stimme von Azizullah war ruhig und gefasst, als er mit seiner Erzählung begann. Das meiste davon wusste Hassan bereits, aber als der Junge seine Geschichte beendete, fügte sich jedes Detail seines Lebens, das vorher noch unklar war. Natürlich wusste er, dass Azizullah von den Mudschahedin aufgezogen wurde und dass er eine Medrasa besucht hatte, aber das Mullah Dardullah persönlich hier im Palast auftauchte, um ihm einen zu Auftrag erteilen, war schon bemerkenswert. An einem anderen Tag hätte er sofort Alarm geschlagen und eine Fahndung ausgerufen, aber warum sollte er jemanden retten, der Männer schickte, um ihn zu töten. Das konnte nur bedeuten, dass die Heiligen Krieger dem Gouverneur nicht trauten und nahmen die Gelegenheit wahr, ihn in seinem eigenen Haus zu beseitigen, bevor er das mit ihnen tat. Aber warum musste der Junge dieses Opfer bringen? Dieser Gedanke und viele andere tobten in einem immer lauter werdenden Chor in seinem Kopf. Azizullah erzählte ihm von den Worten des Emirs, dass er eines Tages seine Familie wiedersehen werde, vereint für die Ewigkeit. Natürlich begriff Hassan die Bedeutung dieser Botschaft. Der Junge sollte sich für sie in die Luft sprengen und sie haben ihn mit seiner Familie geködert. Hassan wusste aus seinen Nachforschungen, dass es den beiden Schwestern in ihren neuen Familien gut ging. Sein Vater hatte vermutlich damals einfach Pech gehabt, aber dafür musste doch der Junge nicht sein Leben opfern.

Er selbst hatte damals in dieser Hütte seine Seele verloren und wurde lebenslang dafür verdammt. Nein, damit muss jetzt Schluss sein. Hassan wusste in diesem Moment, was er tun musste. Vielleich das einzig richtige in seinem Leben.

„Genug jetzt", sagte er streng und bemerkte, wie Azizullah sich anspannte und von ihm zurückwich. Eine unglaubliche Ruhe legte sich über ihn, es war ein Moment, von dem er dachte, dass er nie kommen würde. Jetzt wusste er, dass er sich die ganzen Jahre danach gesehnt hatte. Er rückte ein Stück auf Azizullah zu und sah ihm fest in die Augen.

„Ich hatte für uns beide einen anderen Plan, aber leider ist es anders gekommen", er holte tief Luft und setzte fort. „Weißt du, wir sind uns gar nicht so verschieden. Wir haben beide früh unsere Familien verloren und bis zum heutigen Tag haben andere über unser Leben bestimmt. Wir müssen dem ein Ende bereiten, unsere Peiniger werden sonst nie Ruhe geben. Wenn sie einmal ihr Ziel erreichen, dann zwingen sie dich erneut, sich für sie zu opfern. Ich hätte es nie gedacht, aber du bist wie ein kleiner Bruder für mich und ich möchte, dass du das Leben lebst, das ich nie hatte. Mach es besser als ich und werde ein besserer Mensch, als ich es je war." Hassan machte eine kleine Pause, um wieder Luft zu holen und die aufkommenden Schmerzen zu unterdrücken.

Der Gesichtsausdruck von Azizullah veränderte sich, als er begriff, was sein Freund ihm gerade gesagt hat.

„Hassan, komm, lass uns von hier verschwinden", stieß er hervor und machte sich daran, seine Sprengstoffweste auszuziehen.

Hassan half dem Jungen und zog die Weste an sich.

„Leider habe ich nicht mehr viel Zeit, deswegen höre mir genau zu. Draußen steht mein Wagen. Du fährst damit über die Lieferanteneinfahrt aus dem Palast heraus. Die Wachen wissen Bescheid und werden dich passieren lassen. Unter dem Fahrersitz findest du einen großen Umschlag mit Dokumenten, die auf deinen Namen ausgestellt sind. Mit dem Wagen bringst du zu einem Händler am Eingang der Stadt in Shardah. Dieser Mann bringt dich weiter nach Pakistan, den Wagen behält er seine Entlohnung. Von dort aus fliegst du nach Istanbul in die Türkei. Das ist eine riesige Stadt am Meer, wo das Wasser so blau ist, wie der Himmel über uns. Geld und alles, was du brauchst, findest du in der schwarzen Tasche, diese darfst du nie verlieren. Darin befindet sich auch die Visitenkarte einer Bank. Ich habe eine Vollmacht für mein Konto ausgestellt, da ich ahnte, dass so etwas eines Tages passieren könnte", Hassan lächelte schief und schmeckte das Blut in seinem Mund. „Es ist genug, um dir ein neues Leben zu ermöglichen. Ich möchte, dass du etwas daraus machst. Besuche eine Schule und eine Universität, der

Mann in der Bank wird dir dabei helfen." Jetzt umklammerte Hassan die schwarze Weste. „Hilf mir, das Ding anzulegen."

„Nein. Warum? Was hast du damit vor?!" Azizullah klang verzweifelt.

„Ich beende heute unsere Abhängigkeit."

„Bitte, Hassan ..." Der Junge flehte und Tränen liefen ihm über das Gesicht. „Lass uns gemeinsam von hier verschwinden."

„Das können wir nicht, das weißt du ganz genau. Sie werden uns beide jagen und eines Tages, wenn du eine Familie hast, steht einer von ihnen vor deiner Tür. Willst du das?"

„Aber ..."

„Schau mal, ich habe eine Wunde im Bauch und das Blut kommt mir aus dem Mund." Hassan spuckte den blutigen Schleim auf den Boden. „Mir kann kein Arzt mehr helfen und daher möchte ich meine verbliebene Zeit sinnvoll nutzen und ein letztes klärendes Gespräch mit dem Gouverneur führen."

Er entblößte seine Zähne zu einem blutigen Grinsen. Azizullah schluchzte, als er seinem Freund half, die Weste über den Arm zu legen und darüber einen gefalteten Kaftan, um den Sprengsatz zu verdecken.

Zum Abschied umarmten sie sich.

„Geh jetzt, Junge", sagte Hassan leise. „Versprich mir, nie wieder zurückzublicken. Und dass du etwas aus deinem Leben machst. Ich werde mit deinem Vater gemeinsam auf dich herabschauen und irgendwann, wenn deine Lebenszeit auf der Erde zu Ende ist, sehen wir uns im Paradies."

Dann schob er den widerstrebenden Azizullah aus dem Zimmer. Hassan brauchte einen Augenblick für sich, um nicht komplett den Verstand zu verlieren. Als die Schritte des Jungen im Flur verstummt waren, holte er tief Luft, spürte das kleine, rostige Messer in seiner Tasche, an dem noch das frische Blut seiner Angreifer klebte, und griff entschlossen nach dem Türknauf.

Seit achtzehn Sunden lagen die beiden Freunde auf dem staubigen Vordach eines Hauses, das nur knapp über den Gipfeln der Bäume in den Palastgarten hinausragte. Von hier aus hatten sie eine etwa drei Meter breite Sichtschneise, die sich an ihrem Ende auffächerte und einen Blick auf das riesige Festzelt und den dahinter liegenden Gang zum Hauptgebäude des Palastes freigab. Ihre Suche nach einem passenden Platz war sehr abenteuerlich gewesen, aber dank Google und den guten Augen von Becks hatten sie letztendlich eine Stelle gefunden, die ihnen einen Einblick in den Garten ermöglichte.

Sie hatten beschlossen, der Schlange den Kopf abzuschlagen und anschließend aus diesem Land zu verschwinden. Diese Möglichkeit hatten sie bereits in Berlin mit dem Direktor diskutiert aber der gewiefte Stratege ließ sich nicht Festlegen und überließ ihnen diese Entscheidung. Nach ihrer eigenen Einschätzung war ihnen klar, dass sie nach allem, was bislang passiert war, dieses Land nicht mehr lebend verlassen würden. Falls sie heute scheiterten, dann hatten sie ein echtes Problem, denn nicht nur der Gouverneur war ihnen auf den Fersen, sondern auch ihr ehemaliger Arbeitgeber. Die Amerikaner waren gut auf der ganzen Welt vernetzt, sie waren ein ernstzunehmender Gegner und durften nicht unterschätzt werden.

Das Zentrum der Stadt Kandahar war seit gestern Nacht hermetisch von der Außenwelt abgeriegelt. Ihnen blieb nur zu hoffen, dass Mohammed sein Versprechen hielt und sie aus der Stadt herausbringen konnte. Er humpelte jetzt ohne seinen Gips und mit den beiden Krücken konnte er sein Bein sogar wieder belasten.

Seine Stammeskrieger waren nach ihrem großen Sieg über die Söldner kaum noch zu bändigen. Trotz der vielen Missverständnisse und misslungenen Absprachen wurden sie gefeiert wie zwei Helden. Am Ende zählte nur noch das Ergebnis. Das löste bei ihnen unterschiedliche Gefühle aus, eigentlich wollten sie eine erneute Verwicklung in eine Stammesfehde vermeiden. Aber die Selbsterkenntnis war: sie waren schon längst mittendrin. Das Unternehmen ähnelte der Befreiung von Onkel Nabi in Kabul. Sie halfen sich gegenseitig, solange jeder daraus seinen Vorteil zog, aber am Ende hatten wir ein unterschiedliches Rechtsverständnis. Sie waren übereingekommen, dass sie doch nicht so verschieden waren. *Wir waren wählerischer im Töten, aber auch wir lebten nach dem Gesetz der Rache*, überlegte Mitch. Deswegen lagen sie hier in der prallen Sonne, die von Tag zu Tag immer höher über ihnen kletterte. Das trockene Schilf, das ihnen als Deckung diente, spendete zwar etwas Schatten, aber darunter konnte man die Luft in Scheiben schneiden. Ihre Schuhsohlen waren eindeutig nicht für solche Einsätze ausgelegt und lösten sich langsam von dem restlichen Schuh ab. Aber sie mussten noch einige Stunden hier oben ausharren.

Der schöne grüne Garten vor ihnen glich seit Stunden einem Ameisenhaufen. Mehrfach erschien ein großer Pulk auf dem Rasen mit anscheinend wichtigen Entscheidungsträgern, dann wurde alles verworfen und die Sachen, die bereits aufgestellt waren, mussten auf einen anderen Platz gestellt werden. Am Ende erschien der Gouverneur persönlich mit einer riesigen Entourage. Jede seiner Anweisungen sollte auf der Stelle umgesetzt werden, sofort bemühten sich alle seine Befehle auszuführen und brachten somit erneut alles durcheinander. Einige dieser Sachen, die ständig umgestellt wurden, dienten ihnen als

Orientierungspunkte und sie mussten jedes Mal das Gewehr neu ausrichten.

Mitch beobachtete jetzt den mittelgroßen Mann mit seinem sauber gestutzten, schwarzen Bart und dunklen, braunen Augen durch das Fernglas. Er trug ein weißes Hemd und an seiner rechten Hand funkelte ein massiver Ring mit einem dunklen Stein. Neben sich hörte er, wie Becks seine Atemübungen machte. Einatmen, die Luft halten und langsam einen Teil ausatmen. Den Druckpunkt am Abzug finden, anhalten und langsam den Finger krümmen. Sein Freund war der bessere Schütze und ließ sich eine Waffe, die er bei einem Kampf erbeutet hatte, nicht so einfach wegnehmen. Außerdem war Becks zehn Zentimeter größer und damit war die Sache entschieden.

Zunächst mussten sie überhaupt eine Möglichkeit für ein freies Schussfeld bekommen. Melai war permanent von seinen Untergebenen umringt und selbst Becks zweifelte an einem sicheren Kopftreffer aus dieser Entfernung. In den Morgenstunden war die Thermik nahezu optimal. Am Nachmittag kam der Wind aus Südosten auf und die knapp eintausend Meter Entfernung waren zu weit für einen präzisen Treffer.

Sie hatten zwar ein gutes Gewehr, aber nicht genug Munition, um damit üben zu können. Becks versuchte es für seine Parameter einzustellen und hatte zu verschiedenen Uhrzeiten einige Probeschüsse abgegeben, aber um zeitweilige Abweichungen feststellen zu können, reichte die Zeit und die Menge an Munition nicht aus. Er musste je nach Situation entscheiden, ob er wie üblich auf den Kopf oder auf den Körper schoss. Die Wirkung der Munition und die damit verursachten Verletzungen führten in der Regel zu einem hohen Blutverlust und somit auch zum Tod. Was sie auch beabsichtigten außer der Gouverneur trug unter seinem Hemd eine Schutzweste. Alles andere lag dieses Mal in Gotteshand, denn sie hatten vermutlich nur diesen einen Schuss. Mohammed würde sie bei der anschließenden Flucht mit seinen Männern unterstützen, aber selten funktionierten solche Sachen ohne Missverständnisse. Nach dem abgegebenen Schuss wird vermutlich ein riesiges Chaos auf dem Rasen ausbrechen und diese kurze Zeitspanne mussten sie nutzen, um aus der Stadt zu entkommen. Erst außerhalb der Stadtgrenze würden sie den vereinbarten Code an ihr Team schicken.

„Langsam steigt die Spannung", flüsterte Becks, als eine große Männergruppe aus der Moschee hinaustrat. Neben ihm brummte Mitch zustimmend.

Becks suchte den Gouverneur mit seinem Zielkreuz. „Jetzt wäre der perfekte Moment."

„Unser Fluchtwagen steht erst in einer Stunde Uhr bereit", erwiderte sein Freund.

„Hast du dir schon Mal überlegt, dass Mohammed uns vielleicht auffliegen lassen könnte, um dann als der große Held präsentiert zu werden, der zwei Attentäter schnappte?"

„Möglich ist alles, aber immerhin habe ich sein Leben gerettet und er weiß ganz genau, dass er ohne mich das Gefängnis nicht überlebt hätte. Er steht in meiner Schuld und die Paschtunen sind sehr bedacht, ihre Schuld zu begleichen. Seine Leute kennen unsere Geschichte und Mohammed kann es sich nicht leisten, das Gesetz zu brechen. Eines Tages wird er den Stamm anführen und er hat mehr als seinen Ruf zu verlieren."

„Sag mal, Mitch, könnte es sein, dass du im Gefängnis einen Kurs zu den rechtlichen Grundlagen der Blutrache und Ehre besucht hast?"

„Ach, habe ich das nicht erwähnt? Dazu gehörte auch eine kleine Hindernisbahn zum Abschluss, so eine Art der Teambildung."

„Hätte ich das vorher gewusst, dann hätte ich mir das Fahrtraining im Camp gespart und wäre vorbeigekommen. Bildung schadet nie."

„Das müssen wir das nächste Mal besser koordinieren. Ich würde zum Beispiel gerne die zerstörten Buddhastatuen sehen. Es soll eine wunderschöne Ecke sein, mit diesen blauen Seen und wir waren noch nicht dort. Ich habe gelesen, dass es dort oben auf dreitausend Metern Höhe eine Skischule gibt. Am Vormittag Ski fahren und am Nachmittag runter ins Tal und die alten Mönche besuchen."

„Ich werde es dem Direktor…", setzte Mitch an.

Er beobachtete gerade wie Melai plötzlich seine Begleiter verließ und alleine auf die Wiese schlenderte.

„Jetzt könnten wir die Sache zu Ende bringen." Neben Mitch raschelte es, als sein Freund sich in eine bequeme Position brachte. „Ziel erfasst."

„Warte! Wir haben neue Besucher." Drei Männer in den Uniformen des Geheimdienstes traten an den Gouverneur heran. Es sah so aus, als ob er ihnen Anweisungen erteilte. Anschließend setzte sich die kleine Gruppe in Bewegung und verließ ihr Sichtfeld.

„Verdammt", fluchte Becks leise.

„Knapp vorbei ist auch daneben. Wir warten", entschied Mitch.

Die Spannung, die sich für einen kurzen Moment in seinem Körper aufgebaut hatte, löste sich und er entspannte sich wieder.

Nach dem zweiten Gebet begann sich der Veranstaltungsort langsam zu füllen. Die abgesperrten Straßen rund um den Palast erwachten zum Leben, als die langen Fahrzeugkolonnen mit den Gästen zum Palast strömten. Die ersten Würdenträger tauchten festlich gekleidet in dem Garten auf und Mitch begann langsam zu verstehen, wie schwierig ihr Unterfangen war. Melai würden sie in dieser bunten Truppe sofort identifizierenden, aber es wird schwierig werden, ihn allein zu erwischen.

„Wenn das so weitergeht, sehen wir bald kein grün mehr, so voll wird es werden."

„Das befürchte ich auch", grunzte Becks.

Mitch konzentrierte sich wieder auf das Geschehen im Garten, um Becks rechtzeitig eine Zielzuweisung geben zu können, da die Sicht aus dem Zielfernrohr sehr eingeschränkt war. Der Schütze nahm in der Regel nichts aus der Umgebung wahr, da er nur das Ziel vor sich hatte und sich auf die Schussabgabe konzentrierte.

„Das glaube ich nicht", entfuhr es Mitch, als er William Goldsby durch sein Fernglas erblickte. „Zwei Uhr, unterhalb der Hecke", gab er die Zielrichtung an seinen Freund weiter.

„Ach. Mein Lieblingsfreund ist heute auch eingeladen", antwortete Becks zögerlich, nachdem er die Situation überblickte.

„Er ist in Begleitung."

Neben Goldsby stand ein älterer Mann mit grauen Haaren und dunklem Anzug. Der Mann bewegte sich, als sei er der Hausherr hier und strahle eine gewisse Selbstsicherheit aus.

„Weißt du was, Mitch? Ich erkenne selbst auf diese Distanz jemanden vom Geheimdienst."

„Wo ist unsere Zielperson..."

Noch bevor er den Satz beenden konnte, eilte Melai plötzlich aus irgendeinem seitlichen Eingang, der ihnen bis dahin verborgen blieb, wieder auf die Festwiese. Jetzt trug er einen langen, dunklen Mantel, der ihm über die Schultern hing. Seine Leibwächter schwärmten aus und bildeten einen dichten Ring um ihn.

„Verdammter Mantel", flüsterte Becks. „Der verdeckt seine Körperumrisse."

Der grauhaarige Amerikaner trat dem Gouverneur entgegen und beide Männer umarmten sich herzlich. Sie standen jetzt wie auf dem Präsentierteller.

„Jetzt ist der perfekte Moment. Eine bessere Chance werden wir nicht bekommen. Ich könnte durch sie beide hindurch schießen."

„Nein. Warte. Wir wissen nicht genau, wer dieser Typ ist und es könnte zu Komplikationen führen, wenn wir beide beseitigen."

„Mir reicht schon, dass Goldsby in seiner Nähe ist, da machen wir nichts verkehrt. Aber du bist der Boss...“

Die beiden Männer unten im Garten sprachen eine Weile miteinander und Goldsby blieb die ganze Zeit in ihrer Nähe. Damit war eins klar, die Person da unten stand mindestens zwei Stufen über Goldsby. Zuweilen schien es, als würde er ihre Fragen beantworten.

„Die gehen aber wirklich sehr vertraut miteinander um“, bemerkte Mitch nach einer Weile.

„Sage ich doch. Am liebsten würde ich sie alle drei erledigen. Dieser kleine Arsch hat vor einigen Tagen noch versucht, uns beide zu töten.“

Die Erinnerungen an den Kampf und die Entbehrungen der letzten Tage tauchten vor seinem inneren Auge auf und seltsamerweise dachte Mitch in diesem Moment auch an Mia. Drei Monate lang waren sie schon voneinander getrennt, ohne ein Lebenszeichen. Das war die längste und die schwierigste Zeit in ihrer Beziehung. Was machte sie wohl gerade in diesem Moment? War sie in ihrer Praxis oder entspannte sie sich im Garten? Heute war Freitag und das Wochenende stand vor der Tür. Hier war dieser Tag eher wie ein Sonntag. Heute hatten sie die Möglichkeit, die lange Verfolgung zu beenden und könnten schon nächste Woche zu Hause sein. Oder…

Er war so in seine Gedanken versunken, dass er erst jetzt bemerkte, wie sein Freund ihn an der Schulter rüttelte.

„Mitch ... Mitch, schau dir das an.“

Oberhalb der kleinen Gruppe, etwas verdeckt durch den Säulengang, stand der Hassan Nangasi der Sicherheitschef des Gouverneurs.

„Das ist doch dieser miese Typ, der in der Türkei den Laptop abholte.“

„Genau! Und dank ihm konnte dieser wunderbare, wissbegierige Virus in alle Netzwerke platziert werden.“

„Meinst du, wir hätten es ihm sagen sollen?“, fragte Becks unschuldig.

„Leider waren sie selbst daran Schuld, als sie Günther von der Straße drängten. Ich glaube mich zu erinnern, ihn auch im Gefängnis gesehen zu haben, als sie mich an die Decke gezogen haben.“

„Also wenn dieser Typ hier so plötzlich auftaucht, dann ist irgendetwas im Busch. Ich hoffe nicht, dass es um uns gerade geht.“

„Schau dir ihn an.“

Durch das Fernglas konnte Mitch jede Bewegung des Mannes sehen. Dieser zögerte, als wartete er auf irgendetwas. Seine gekrümmte Körperhaltung erschien Mitch sehr seltsam.

„Mach dich bereit", gab Mitch den Befehl. Keiner auf der Wiese schien das Auftauchen des Sicherheitschefs wirklich zu bemerken. Selbst die Wachen, die ihn umgaben, schauten eher nach innen zum Gouverneur.

„Ziel erfasst. Hast du etwas dagegen, wenn ich Goldsby treffe?"

„Nimm ihn mit, aber warte, bis sie sich verabschieden, dann stehen sie ganz dicht beieinander."

„Roger."

Hassan löste sich von der Säule und trat auf die Wiese. Hier wurde er sofort von dem ersten Wachmann bemerkt und wider Erwarten stellte sich dieser ihm in den Weg. Jetzt wurde wild gestikuliert und vermutlich fielen gleichzeitig ein paar laute Worte, denn die Gruppe um den Gouverneur wurde auf diese Szene aufmerksam. Alle Köpfe drehten sich in seine Richtung um.

Der Gouverneur machte eine ungeduldige Bewegung mit der Hand und der Ring seiner Leibwächter öffnete sich. Mit tippelnden Schritten trat Hassan auf die Gruppe zu. Die Bewegungen des Mannes wirkten mechanisch. Melai schien auch etwas entdeckt zu haben, denn er neigte seinen Kopf zur Seite und trat einen Schritt auf ihn zu. Selbst Goldsby, mit seinem selbstgefälligen Grinsen, und sein Gast schauten interessiert zu den beiden Männern. Durch die Entfernung konnte Mitch die Mimik des Einzelnen nicht genau erkennen, aber für einen Augenblick wirkten die Gesichtszüge von Melai wie eingefroren. Genau in diesem Moment wurde ihnen die Sicht durch einen grellen Feuerball genommen und eine graue Explosionswolke stieg in den blauen Himmel über Kandahar. Die Druckwelle brachte die trockenen Zweige über ihnen zum Rascheln und der Staub der letzten Jahrzehnte fiel auf sie herab. Nachdem die Explosionswelle verebbt war, breitete sich eine ungewöhnliche Stille aus.

Neben ihm fluchte sein Freund.

„Upps. Was war das denn?"

„Ich denke, das wars. Wir können wieder einpacken."

Dort, wo noch einige Augenblicke zuvor eine Menschengruppe auf der Wiese gestanden hatte, lagen verstreut zerfetzte, blutige Körper. Jetzt drangen auch die Schreie der Verwundeten bis zu ihnen. Die Männer, die zuvor einen schützenden Ring um den Gouverneur bildeten, hatte es am schlimmsten erwischt, denn sie hatten den Hauptteil der Sprengladung abbekommen. Alle anderen, die in unmittelbarer Nähe zum Explosionsradius standen, lagen verstreut durch die Druckwelle auf der Wiese, dessen Grün durch das rote Blut und die Eingeweide besudelt worden war. Mitch suchte immer wieder die Stelle ab, an der Melai noch vor wenigen Augenblicken stand. Von Hassan waren nur noch blutige Klumpen und so etwas, das wie Beine aussah, übrig. An der Stelle, wo der Gouverneur zuvor noch stand, lag nur noch ein weißer, blutiger zerfetzter Körper. Auch die beiden Amerikaner schienen diesen Anschlag nicht überlebt zu haben, da konnte nur noch ein DNA-Abgleich die Existenz dieser beiden Personen bestätigen.

„Becks? Siehst du, was ich sehe?"

Sein Freund meldete sich mit kratziger Stimme.

„Eins möchte ich klarstellen: ich habe nicht geschossen, aber was auch immer der Kerl vorhatte, es ist ihm gelungen. Ich sehe die Reste unserer Zielperson tot am Boden liegen. Seine beiden amerikanischen Freunde liegen durchsiebt wie Schweizer Käse direkt nebeneinander."

Mehr Bestätigung brauchte Mitch nicht. Für ihn war klar, dass der Sicherheitchef des Gouverneurs sich gerade selbst in die Luft gesprengt hatte und gleichzeitig seinen Gouverneur in die ewigen Jagdgründe mitgenommen hatte. Einen Augenblick bedauerte Mitch, diesen Mistkerl nicht selbst erledigt zu haben, aber tot ist tot. Wer weiß, welche Gründe der Mann hatte, so zu sterben aber eine solche Selbstopferung hat meistens eine Vorgeschichte.

Unten im Gouverneurspalast brach jetzt das Chaos aus und die Menschen rannten in alle Richtungen. Verletzte saßen oder lagen auf dem Rasen, einige versuchten ihnen zu helfen. Noch bevor die Sirenen begannen zu heulen, waren die beiden Freunde schon unterwegs zu ihrem Fluchtwagen.

Unter den mit Melonen beladenem kleinen Pick-Up war ein Doppelboden eingebaut, damit sollte ihnen die Flucht aus der Stadt gelingen. Zumindest sollte er sie so weit wie möglich aus dem Zentrum des Geschehens herausbringen, das gerade so unerwartet endete. Ein Kontaktmann würde sie aus der Stadt bringen, da in diesem Augenblick vermutlich alle Zufahrten abgeriegelt wurden. Nach dieser Wendung der Ereignisse würden nicht nur die afghanischen Sicherheitskräfte, sondern auch die Koalitionstruppen in Alarmbereitschaft stehen. Wer würde schon zwei abgerissenen Typen, die eigentlich seit mehreren Tagen tot waren, ein Wort glauben? Ihnen blieb nur zu hoffen, dass Mohammed seine Zusagen hielt und sein Vater lebend aus dem Garten herausgekommen war. Es war eine Sache, den Gouverneur aus weiter Distanz zu töten, aber ein Selbstmordanschlag war schon eine andere Nummer. Heute wurden viele Unbeteiligte verletzt und getötet. Diese Sache wird ein Nachspiel haben und sie mussten diesen Ort so schnell wie möglich verlassen und am besten lebend.

Ihr Fahrer brachte sie nach einer endlosen Fahrt zu einem staubigen Schuppen. Ihr Besitzer war ein entfernter Verwandter von Mohammed und natürlich ließ er es sich nicht nehmen, eine Geste in Richtung des

Gouverneurpalastes zu machen und formte dabei mit seinen Lippen: „Bomb?!"

Sie konnten nur noch müde zustimmen, voller Staub und Dreck im Gesicht und angespornt von dem Willen, so schnell wie möglich von hier zu verschwinden.

Doch der Mann trat an Becks heran und fasste ihn am Arm.

„Mohammed?!"

„Good!", sagte dieser zu ihm und zeigte den Daumen nach oben.

„Melai", mischte Mitch sich ein.

„Melai?", fragte der Mann verwundert, dann grinste er breit und machte eine wegwerfende Geste mit der Hand.

Eine halbe Stunde später blies ihnen ein heißer Wind entgegen, als sie die staubige Piste verließen und auf eine glänzende, asphaltierte Straße abbogen. Auf dieser würden sie einige Stunden in nordöstlicher Richtung fahren, um bei der nächsten Gelegenheit wieder scharf nach Süden abzubiegen. Hier, in den zerklüfteten Tälern, gab es einen kleinen Stützpunkt aus der Zeit der sowjetischen Besatzung, der genau zwischen den grauen Felsenformationen erbaut wurde. Heute wurde er von Spezialkräften für geheime Operationen genutzt und dieser Ort war jetzt ihr Ziel.

* * *

Dieses Zitat wird Alexander dem Großen zugeschrieben und spiegelt die Lehren seines Feldzugs in Baktria, dem heutigen Afghanistan, vor 2350 Jahren wider:

»Oh Gott, schütze mich vor dem Gift der Kobra,

den Zähnen des Tigers

und der Rache der Afghanen. «